清·朱彝尊 編

詞綜

（一）

中國書店

詳校官戶部員外郎臣牛稔文

臣紀昀覆勘

欽定四庫全書　　集部十

詞綜　　詞曲類　詞選之屬

提要

臣等謹案詞綜三十卷

國朝朱彝尊編其同時增定者則休寧汪森也彝尊有經義考森有粤西詩載並已著録是編録唐宋金元詞通五百餘家於專集及諸選本外凡稗官野紀中有片詞足録者輒為

採掇故多他選未見之作其詞名句讀為他選所淆亂及姓氏爵里之誤皆詳攷而訂正之其去取亦具有鑒别蓋彝尊本工于填詞平日嘗以姜夔為詞家正宗而張輯盧祖臯史達祖吴文英蔣捷王沂孫張炎周密為之羽翼謂自此以後得其門者或寡又謂小令當法汴京以前慢詞則取諸南渡又謂論詞必出于雅正故曾慥録雅詞鮦陽居士輯復

雅又盛稱絶妙好詞甄録之當其立説大抵
精確故其所選能簡擇不苟如此以視花間
草堂諸編勝之遠矣乾隆四十九年閏三月
恭校上
總纂官臣紀昀臣陸錫熊臣孫士毅
總　校　官　臣　陸　費　墀

欽定四庫全書

詞綜卷一

翰林院檢討朱彛尊編

唐詞六十八首

昭宗皇帝 二首

李白 五首

張志和 二首

韋應物 一首

戴叔倫 一首

王建 二首

韓翃 一首

白居易 五首

劉禹錫 二首　温庭筠 三十三首

皇甫松 五首　鄭符 一首

段成式 一首　司空圖 一首

韓偓 一首　張曙 一首

吕嵓 一首　柳氏 一首

王麗真 一首　無名氏 一首

昭宗皇帝

巫山一段雲　題寶雞驛壁

蜨舞梨園雪鶯啼柳帶烟小池残日艷陽天学蘿山又山青鳥不來愁絶忍看鴛鴦雙結春風一等少年心閑情恨不禁

李白 字太白蜀人一云山東人供奉翰林

菩薩蠻

平林漠漠烟如織寒山一帶傷心碧暝色入高樓有人樓上愁玉階一作闌干空竚立宿鳥歸飛急何處是歸程長亭更一作連短亭湘山野録云此詞不知何人寫在鼎州滄水驛樓後不知何人所撰魏道

輔泰見而愛之後至長沙得古風集於曾子宣内翰家乃知李白所撰

憶秦娥

簫聲咽秦娥夢斷秦樓月秦樓月年年柳色灞陵傷別樂游原上清秋節咸陽古道音塵絶音塵絶西風殘照漢家陵闕

清平樂令

禁闈秋夜月探金窓罅玉帳鴛鴦噴蘭麝時落銀燈香灺 女伴莫話孤眠六宮羅綺三千一笑皆生百媚宸

遊教在誰邊

張志和 字子同金華人擢明經肅宗命待詔翰林坐貶不復試自稱烟波釣徒

漁歌子

西塞山前白鷺飛桃花流水鱖魚肥青蒻笠綠蓑衣斜風細雨不須歸 黄魯直云有遠韻

又

松江蟹舍主人歡菰飯蓴羹亦共餐楓葉落荻花乾醉宿漁舟不覺寒

韋應物 京兆人官左司郎中歷蘇州刺史

調笑

河漢河漢曉挂秋城漫漫愁人起望相思塞北江南別

離離別離別河漢雖同路絶

戴叔倫 字幼公金壇人官撫州刺史封譙縣男遷容管經略使

轉應詞

邊草邊草邊草盡來兵老山南山北雪晴千里萬里月

明明月明月嗚笳一聲愁絶

王建 字仲初 進士

調笑

團扇團扇美人並來遮面玉顏憔悴三年誰復商量管

絃絃管絃管春草昭陽路斷

又

蝴蝶蝴蝶飛上金枝玉葉君前對舞春風百葉桃花樹

紅紅樹紅樹燕語鶯啼日暮

韓翃 字君平南陽人天寶十三載進士以駕部郎中知制誥終中書舍人

章臺柳 寄柳氏

章臺柳章臺柳往日依依 一作青青 今在否縱使長條似舊垂也應攀折他人手

白居易 字樂天其先太原人徙下邽貞元十四年進士歷官中書舍人出知杭州以刑部尚書致仕卒贈僕射謚文有長慶集

花非花

花非花霧非霧夜半來天明去來如春夢不多時去似朝雲無覓處

憶江南

江南好風景舊曾諳日出江花紅勝火春來江水緑如藍能不憶江南

又

江南憶最憶是杭州山寺月中尋桂子郡亭枕上看潮頭何日更重遊

又

江南憶其次憶吳宮吳酒一杯春竹葉吳娃雙舞醉芙

暮早晚得相逢

長相思

深畫眉淺畫眉蟬鬢鬅鬙雲滿衣陽臺行雨迴　巫山高巫山低暮雨瀟瀟郎不歸空房獨守時

劉禹錫字夢得中山人貞元中進士仕為太子賓客會昌中檢校禮部尚書

春去也

春去也多謝洛城人弱柳從風疑舉袂叢蘭裛露似沾巾獨坐亦含嚬

瀟湘神

斑竹枝斑竹枝淚痕點點寄相思楚客欲聽瑤瑟怨瀟湘深夜月明時

温庭筠 本名岐字飛卿太原人官方山尉有握蘭金荃等集黄叔暘云飛卿詞極流麗宜為花間集之冠

菩薩蠻

小山重疊金明滅鬢雲欲度香顋雪嬾起畫蛾眉弄妝梳洗遲 照花前後鏡花面交相映新帖繡羅襦雙雙

金鷓鴣

又

水精簾裏頗黎枕暖香惹夢鴛鴦錦江上柳如烟鴈飛殘月天　藕絲秋色淺人勝參差剪雙鬢隔香紅玉釵頭上風

又

玉樓明月長相憶柳絲裊娜春無力門外草萋萋送君聞馬嘶　畫羅金翡翠香燭銷成淚花落子規啼緑窓

殘夢迷

又

牡丹花謝鶯聲歇綠楊滿院中庭月相憶夢難成背窗燈半明　翠鈿金壓臉寂寞香閨掩人遠淚闌干燕飛春又殘

又

滿宮明月梨花白故人萬里關山隔金鴈一雙飛淚痕沾繡衣　小園芳草綠家住越溪曲楊柳色依依燕歸

君不歸

又

寶函鈿雀金鸂鶒沉香閣上吳山碧楊柳又如絲驛橋春雨時　畫樓音信斷芳草江南岸鸞鏡與花枝此情誰得知

又

竹風輕動庭除冷珠簾月上玲瓏影山枕隱濃妝綠檀金鳳凰　兩蛾愁黛淺故國吳宮遠春恨正關情畫樓

殘點聲

更漏子

柳絲長春雨細花外漏聲迢遞驚塞鴈起城烏畫屏金鷓鴣　香霧薄透簾幕惆悵謝家池閣紅燭背繡簾垂夢長君不知

又

星斗稀鐘鼓歇簾外曉鶯殘月蘭露重柳風斜滿庭堆落花　虛閣上倚闌望還似去年惆悵春欲暮思無窮

舊歡如夢中

又

玉爐香紅蠟淚偏照畫堂秋思眉翠薄鬢雲殘夜長衾

枕寒　梧桐樹三更雨不道離情正苦一葉葉一聲聲

空階滴到明　胡元任云庭筠工於造語極為竒麗此詞尤佳

歸國遥

香玉翠鳳寳釵垂䍐䍦鈿筐交勝金粟越羅春水綠

畫堂照簾殘燭夢餘更漏促謝娘無限心曲曉屏山斷

續

又

雙臉小鳳戰篦金颭艷舞衣無力風斂藕絲秋色染

錦帳繡幃斜掩露珠清曉簟粉心黄蘂花靨黛眉山兩

點

酒泉子

楚女不歸樓枕小河春水月孤明風又起杏花稀　玉

釵斜篸雲鬟重裙上鏤金雙鳳八行書千里夢鴈南飛

南歌子

手裏金鸚鵡胸前繡鳳凰偷眼暗形相不如從嫁與作鴛鴦

又

似帶如絲柳團酥握雪花簾卷玉鈎斜九衢塵欲暮逐香車

又

倭墮低梳髻連娟細掃眉終日兩相思為君憔悴盡百

花時

又

轉盼如波眼娉婷似柳腰花裏暗相招憶君腸欲斷恨

春宵

又

懶拂鴛鴦枕休縫翡翠裙羅帳罷爐薰近來心近切為

思君

河瀆神

河上望叢祠廟前春雨來時楚山無限鳥飛遲蘭棹空
傷别離 何處杜鵑啼不歇艷紅開盡如血蟬鬢美人
愁絶百花芳草佳節

又

孤廟對寒潮西陵風雨蕭蕭謝娘惆悵倚蘭橈淚流玉
筯千條 暮天愁聽思歸樂早梅香滿山郭回首兩情
蕭索離魂何處飄泊

女冠子

含嬌含笑宿翠殘紅窈窕鬟如蟬寒玉簪秋水輕紗卷

碧烟　雪胸鸞鏡裏琪樹鳳樓前寄語青娥伴早求仙

玉蝴蝶

秋風凄切傷離行客未歸時塞外草先衰江南鴈到遲

芙蓉凋嫩臉楊柳墮新眉摇落使人悲斷腸誰得知

清平樂

洛陽愁絶楊柳花飄雪終日行人爭攀折橋下流水鳴

咽　上馬爭勸離觴南浦鶯聲斷腸愁殺平原年少回

首揮淚千行

遐方怨

憑繡檻解羅幃未得君書腸斷瀟湘春鴈飛不知征馬幾時歸海棠花謝也雨霏霏

訴衷情

鶯語花舞春晝午雨霏微金帶枕宮錦鳳凰帷柳弱燕交飛依依遼陽音信稀夢中歸

思帝鄉

花花滿枝紅似霞羅袖畫簾腸斷卓香車迴面共人閒語戰篦金鳳斜惟有阮郎春盡不歸家

夢江南

梳洗罷獨倚望江樓過盡千帆皆不是斜暉脉脉水悠悠腸斷白蘋洲

河傳

江畔相喚曉妝鮮仙景箇女采蓮請君莫向那岸邊少年好花新滿船　紅袖搖曳逐風軟垂玉腕腸向柳絲

斷浦南歸浦北歸莫知晚來人已稀

又

湖上閒望雨蕭蕭烟浦花橋路遥謝娘翠蛾愁不銷終朝夢魂迷晚潮　蕩子天涯歸棹遠春已晚鶯語空腸斷若耶溪溪水西柳堤不聞郎馬嘶

蕃女怨

萬枝香雪開已遍細雨雙燕鈿蟬箏金雀扇畫梁相見鴈門消息不歸來又飛迴

又

磧南沙上驚鴈起飛雪千里玉連環金鏃箭年年征戰

畫樓離恨錦屏空杏花紅

荷葉杯

鏡水夜來秋月如雪采蓮時小娘紅粉對寒浪惆悵正

思惟一作相思

又

楚女欲歸南浦朝雨濕愁紅小船摇漾入花裏波起隔

西風

皇甫松 字子奇湜之子

天仙子

晴野鷺鷥飛一隻水葓花發秋江碧劉郎此日别天仙登綺席淚珠滴十二晚峯青一作高歷歷

又

躑躅花開紅照水鷓鴣飛遶青山觜行人經歲始歸來千萬里錯相倚懊惱天仙應有以

摘得新

酌一卮須教玉笛吹錦筵紅蠟燭莫來遲繁紅一夜經風雨是空枝

夢江南

蘭燼落屏上暗紅蕉閒夢江南梅熟日夜船吹笛雨瀟瀟人語驛邊橋

又

樓上寢殘月下簾旌夢見秣陵惆悵事桃花柳絮滿江

城雙鬐坐吹笙

鄭符字夢復官秘書監

閒中好題永壽寺

閒中好盡日松為侶此趣人不知輕風度僧語

段成式字柯古文昌子會昌中官太常少卿

閒中好

閒中好塵務不縈心坐對當窻木看移三面陰

司空圖字表聖泗州人咸通中進士官禮部員外郎黄巢之亂避地中條山昭宗反正以户部侍

卽召至京復歸再以兵部侍郎召不赴有一鳴集

酒泉子

買得杏花十載歸來方始坼假山西畔藥欄東滿枝紅　旋開旋落旋成空白髮多情人更惜黄昏把酒祝東風且從容

韓偓字致堯一作光萬年人龍紀中進士累官兵部侍郎朱全忠惡之貶濮州司馬有香奩集

生查子

侍女動妝奩故故驚人睡那知本未眠背面偷垂淚

嬾卸鳳凰釵羞入鴛鴦被時復見殘燈和烟墜金穗

張曙小字阿灰侍郎禕子

浣溪沙

枕障薰爐隔繡帷二年終日兩相思杏花明月始應知

天上人間何處去舊歡新夢覺來時黄昏微雨畫簾

垂

吕嵓字洞賓闗右人咸通中舉進士不第携家隱于終南

梧桐影景德寺僧房

落日斜秋風冷今夜故人來不來教人立盡梧桐影揆别

本首句皆作落月斜非是今從竹坡詩話更正又景德寺蛾眉院壁所題今夜故人作幽人今夜

柳氏韓翃寵姬

楊柳枝答韓員外

楊柳枝芳菲節可恨年年贈離别一葉隨風忽報秋縱使君來豈堪折

王麗真女郎見才鬼録

字字雙

牀頭錦衾斑復斑架上朱衣殷復殷空庭明月閒復閒
夜長路遠山復山

無名氏

後庭宴

千里故鄉十年華屋亂魂飛過屏山簇眼重眉褪不勝
春菱花知我銷香玉　雙雙燕子歸來應解笑人幽獨
斷歌零舞遺恨清江曲萬樹緑低迷一庭紅撲簌

詞綜卷二

翰林院檢討朱彝尊編

五代十國詞七十二首

後唐莊宗 二首　蜀主王衍 一首

蜀主孟昶 一首　南唐中宗李璟 二首

南唐後主李煜 十首　和凝 四首

韋莊 二十首　薛昭藴 四首

牛嶠七首　毛文錫八首

牛希濟二首　歐陽炯十一首

後唐莊宗皇帝

一葉落

一葉落褰朱箔此時景物正蕭索畫樓月影寒西風吹羅幕吹羅幕往事思量著

蜀主王衍

醉妝詞

者邊走那邊走只是尋花問柳那邊走者邊走莫厭金杯酒 北夢瑣言云蜀主衍嘗裹小巾其尖如錐宮女多衣道服簪蓮花冠施胭脂夾臉號醉妝作此詞

蜀主孟昶

玉樓春 夜起避暑摩

水肌玉骨清無汗水殿風來暗香滿繡簾一點月窺人欹枕釵橫雲鬢亂 起來瓊户啟無聲時見踈星渡河漢屈指西風幾時來只恐流年暗中換 按蘇子瞻洞仙歌本檃括此詞然未免反有點金之憾

南唐中宗李景

山花子

菡萏香銷翠葉殘西風愁起緑波間還與韶光共憔悴不堪看　細雨夢回雞塞遠小樓吹徹玉笙寒多少淚珠何限恨倚闌干

後主李煜

相見歡

林花謝了春紅太匆匆無奈朝來寒雨晚來風　胭脂

淚相留醉幾時重自是人生長恨水長東

又

無言獨上西樓月如鈎寂寞梧桐深院鎖清秋　剪不斷理還亂是離愁別是一般滋味在心頭（黃叔暘云此詞最悽惋所謂亡國之音哀以思）

清平樂

別來春半觸目愁腸斷砌下落梅如雪亂拂了一身還滿　鴈來音無憑路遙歸夢難成離恨恰如春草更

行更遠還生

浪淘沙

簾外雨潺潺春意闌珊羅衾不暖五更寒夢裏不知身是客一晌貪歡　獨自暮凭欄無限江山别時容易見時難流水落花歸去也天上人間　蔡絛云含思悽惋

又

往事只堪哀對景難排秋風庭院蘚侵階一行珠簾閒不卷終日誰來　金劍已沉埋壯氣蒿萊晚凉天靜月

華開想得玉樓瑤殿影空照秦淮

玉樓春

晚妝初了明肌雪春殿嬪娥魚貫列鳳簫聲斷水雲間重按霓裳歌遍徹 臨風誰更飄香屑醉拍闌干情未切歸時休放燭花紅待踏馬蹄清夜月

子夜

花明月暗籠一作飛輕霧今宵好向郎邊去剗一作衩襪步香階一作㕃手提金縷鞋 畫堂南畔見一晌偎人顫好

一作奴為出一作去來難教君恣意憐

又

人生愁恨何能免消魂獨我情何限故國夢重歸覺來雙淚垂 高樓誰與上長記秋晴望往事已成空還如一夢中

虞美人

風迴小院庭蕪綠柳眼春相續凭闌半日獨無言依舊竹聲新月似當年 笙歌未散樽罍在池面氷初解燭

明香暗畫樓深滿鬢清霜殘雪思難禁

又

春花秋月何時了往事知多少小樓昨夜又東風故國不堪回首月明中　雕欄玉砌應猶在只是朱顏改問君能有幾多愁恰似一江春水向東流

臨江仙

櫻桃落盡春歸去蝶翻輕粉雙飛子規啼月小樓西玉鈎羅幕惆悵暮烟垂　別巷寂寥人散後望殘烟草低

迷爐香閒裊鳳凰兒空持羅帶回首恨依依 蘇子由云淒凉怨慕真亡國之聲也　按是詞相傳後主在圍城中賦未就而城破闕後三句劉延仲補之云何時重聽玉驄嘶撲簾柳絮依約夢回時而耆舊續聞所載故是全作當從之

和凝 字成績鄆州人舉進士仕後唐知制誥翰林學士晉天福中拜中書侍郎同中書門下平章事後歸後漢拜太子太傅封魯國公有紅葉稿

春光好

蘋葉軟杏花明畫船輕雙浴鴛鴦出綠汀棹歌聲 春水無風無浪春天半雨半晴紅粉相隨南浦晚幾含情

採桑子

蝤蠐領上訶梨子繡帶雙垂椒戸閒時競學樗蒱賭荔枝　叢頭鞋子紅編細裙窣金絲無事嚬眉春思翻教阿母疑

河滿子

寫得魚牋無限其如花鎖春輝目斷巫山雲雨空教殘夢依依却愛薰香小鴨羨他長在屏幃

漁父

白芷汀寒立鷺鷥蘋風輕翦浪花時烟冪冪日遲遲香

引芙蓉惹釣絲

韋莊字端已杜陵人乾寧元年進士入蜀王建辟掌書記尋召為起居舍人建表留之後為蜀散騎常侍判中書門下事有流花集

菩薩蠻

紅樓别夜堪惆悵香燈半捲流蘇帳殘月出門時美人和淚辭　琵琶金翠羽絃上黄鶯語勸我早歸家緑窻人似花

又

人人盡說江南好遊人只合江南老春水碧於天畫船聽雨眠　罏邊人似月皓腕凝霜雪未老莫還鄉還鄉須斷腸

又

如今却憶江南樂當時少年春衫薄騎馬倚斜橋滿樓紅袖招　翠屏金屈曲醉入花叢宿此度見花枝白頭誓不歸

又

洛陽城裏春光好洛陽才子他鄉老柳暗魏王堤此時心轉迷　桃花春水淥水上鴛鴦浴凝恨對斜暉憶君君不知

歸國遥

金翡翠為我南飛傳我意罨畫橋邊春水幾年花下醉別後只知相愧淚珠難遠寄羅幙繡幃鴛被舊歡如夢裏

應天長

緑槐陰裏黄鸝語深院無人春晝午畫簾垂金鳳舞寂寞繡屏香一炷　碧天雲無定處空有夢魂來去夜夜緑窻風雨斷腸君信否

又

别來半歲音書絶一寸離腸千萬結難相見易相别又是玉樓花似雪　暗相思無處説惆悵夜來烟月想得此時情切淚沾紅袖黦

荷葉杯

絶代佳人難得傾國花下見無期一雙愁黛遠山眉不忍更思惟　閒掩翠屏金鳳殘夢羅幕畫堂空碧天無路信難通惆悵舊房櫳古今詞話云韋莊以才名寓蜀王建割據遂羈留之莊有寵人資質艷麗兼善詞翰建聞之托以教内人為詞强莊奪去莊追念悒怏作小重山及此詞情意悽怨人相傳播盛行於時姬後傳聞之遂不食而卒

又

記得那年花下深夜初識謝娘時水堂西面畫簾垂携

手暗相期　惆悵曉鶯殘月相别從此隔音塵如今俱是異鄉人相見更無因

清平樂

野花芳草寂寞關山道柳吐金絲鶯語早惆悵香閨暗老　羅帶悔結同心獨凭朱欄思深夢覺半牀斜月小窗風觸鳴琴

又

鶯啼殘月繡閣香燈滅門外馬嘶郎欲别正是落花時

節　妝成不畫蛾眉含愁獨倚金扉去路香塵莫掃掃

即郎去歸遲

河傳

何處烟雨隨堤春暮柳色葱蘢畫橈金縷翠旗高颭香

風水光融　青娥殿脚春將媚輕雲裏綽約司花妓江

都宮闕淮江月映迷樓古今愁

又

春晚風暖錦城花滿狂殺游人玉鞭金勒尋勝馳驟輕

塵惜良晨　翠蛾爭勸臨卭酒纖纖手拂面垂絲柳歸時烟裏鐘鼓正是黄昏暗銷魂

又

錦浦春女繡衣金縷霧薄雲輕花深柳暗時節正是清明雨初晴　玉鞭魂斷烟霞路鶯鶯語一望巫山雨香塵隱映遥望翠檻紅樓黛眉愁

訴衷情

燭燼香殘簾半卷夢初驚花欲謝深夜月籠明何處按

歌聲輕輕舞衣塵暗生負春情

又

碧沼紅芳烟雨淨倚蘭橈垂玉珮交帶褭纖腰鴛夢隔星橋迢迢越羅香暗銷墜花翹

上行盃

芳草灞陵春岸柳烟深滿樓絃管一曲離聲腸寸斷今日送君千萬紅縷玉盤金鏤盞須勸珍重意莫辭滿

女冠子

四月十七正是去年今日别君時忍淚佯低面含羞半斂眉　不知魂已斷空有夢相隨除却天邊月沒人知

更漏子

鐘鼓寒樓閣暝月照古桐金井深院閉小庭空落花香露紅　烟柳重春霧薄燈背水窻高閣閒倚戶暗沾衣待郎郎不歸

薛昭蘊 仕至侍郎

浣溪沙

粉上依稀有淚痕郡庭花落欲黄昏遠情深恨與誰論

記得去年寒食日延秋門外卓金輪日斜人散暗銷

魂

相見歡

羅襦繡袂香紅畫堂中細草平沙蕃馬小屏風　卷羅

幕凭妝閣問無窮暮雨輕烟魂斷隔簾櫳

女冠子

求仙去也翠鈿金篦盡捨入巖巒霧卷黄羅帔雲彫白

玉冠　野烟溪洞冷林月石橋寒靜夜松風下禮天壇

謁金門

春滿院疊損羅衣金線睡覺水精簾未捲簾前雙語燕
斜掩金鋪一扇滿地落花千片早是相思腸欲斷忍
教頻夢見

牛嶠字松卿一字延峰隴西人乾符五年進士歷官
拾遺補尚書郎王建鎮蜀辟判官後仕蜀為給
事
中

女冠子

錦江烟水卓女燒春濃美小檀霞繡帶芙蓉帳金釵芍藥花　額黃侵膩髮臂釧透紅紗柳暗鶯啼處認郎家

感恩多

兩條紅粉淚多少香閨意強攀桃李枝斂愁眉　陌上鶯啼蝶舞柳花飛柳花飛願得郎心憶家還早歸

望江怨

東風急惜别花時手頻執羅幃愁復入　馬嘶殘雨春蕪濕倚馬立寄語薄情郎粉香和淚泣

菩薩蠻

舞裙香暖金泥鳳畫梁語燕驚殘夢門外柳花飛玉郎猶未歸　愁匀紅粉淚眉剪春山翠何處是遼陽錦屏春晝長

又

緑雲鬢上飛金雀愁眉斂翠春烟薄香閣掩芙蓉畫屏山幾重　窗寒天欲曙猶結同心苣啼粉涴羅衣問郎何日歸

西溪子

捍撥雙盤金鳳蟬鬢玉釵搖動畫堂前人不語絃解語

彈到昭君怨處翠蛾愁不擡頭

江城子

鵁鶄飛起郡城東碧江空半灘風越王宮殿蘋葉藕花

中簾捲水樓魚浪起千片雪雨濛濛

毛文錫字平珪唐進士事蜀為翰林學士遷內樞密使歷文思殿大學士司徒

虞美人

鴛鴦對浴銀塘暖水面蒲稍短垂楊低拂麴塵波蛛絲結網露珠多滴圓荷　遥思桃葉吴江碧便是天涯隔錦鱗紅鬣影沉沉相思空有夢相尋意難任

又

寶檀金縷鴛鴦枕綬帶盤宫錦夕陽低映小窗明南園緑樹語鶯鶯夢難成　玉爐香暖頻添炷滿地飄輕絮珠簾不捲度沉烟庭前閒立畫鞦韆艷陽天

更漏子

春夜闌春恨切花外子規啼月人不見夢難憑紅紗一點燈　偏怨別是芳節庭下丁香千結宵霧散曉霞輝梁間雙燕飛

紗窗恨

新春燕子還來至一雙飛壘巢泥濕時時墜涴人衣後園裏看百花發香風拂繡戶金扉月照紗窗恨依依

又

雙雙蝶翅塗鉛粉咂花心綺窗繡戶飛來穩畫堂陰

二三月愛隨飄絮伴落花來拂衣襟更剪輕羅片傅黄

金

醉花間

休相問怕相問相問還添恨春水滿塘生鸂鶒還相趁

昨夜雨霏霏臨明寒一陣偏憶戍樓人久絶邊庭信

又

深相憶莫相憶相憶情難極銀漢是紅牆一帶還相隔

金盤珠露滴兩岍榆花白風揺玉珮清今夕為何夕

巫山一段雲

雨霽巫山上雲輕映碧天遠風吹散又相連十二晚峰前　暗濕啼猿樹高籠過客船朝朝暮暮楚江邊幾度

降神仙

牛希濟　嶠兄子仕蜀為御史中丞降於後唐

生查子

春山烟欲收天澹稀星少殘月臉邊明別淚臨清曉

語已　一本無已字　多情未了回首猶重道記得緑羅裙處處

憐芳草

又

新月曲如眉未有團圞意紅豆不堪看滿眼相思淚

終日劈桃穰人在心兒裏兩朶隔牆花早晚成連理

歐陽烱 事後蜀爲中書舍人宣和畫譜貫休傳云大學士

三字令

春欲盡日遲遲牡丹時羅幌卷翠簾垂彩箋書紅粉淚

兩心知人不在燕空歸負佳期香燼落枕函欹月分

明花淡薄惹相思

南鄉子

嫩草如烟石榴花發海南天日暮江亭春影綠鴛鴦浴

水遠山長看不足

又

畫舸停橈槿花籬外竹橫橋水上遊人沙上女迴顧笑

指芭蕉林裏住

又

岸遠沙平日斜歸路晚霞明孔雀自憐金翠尾臨水認
得行人驚不起

又

洞口誰家木蘭船繫木蘭花紅袖女郎相引去南浦笑
倚春風相對語

又

路入南中桄榔葉暗蓼花紅兩岸人家微雨後收紅豆
樹底纖纖擡素手

又

袖斂鮫綃采香深洞笑相邀藤杖枝頭蘆酒滴鋪葵席

豆蔻花間趖晚日

賀聖朝

憶昔花間初識面紅袖半遮妝臉輕轉石榴裙帶故將

纖纖玉指偷撚雙鳳金線　碧梧桐鎖深深院誰料得

兩情何日教繾綣羡春來雙燕飛到玉樓朝暮相見

江城子

曉日金陵岸草平落霞明水無情六代繁華暗逐逝波聲空有姑蘇臺上月如西子鏡照江城

鳳樓春

鳳髻緑雲叢深掩房櫳錦書通夢中相見覺來慵勻面淚臉珠融因想玉郎何處去對淑景誰同　小樓中春思無窮倚闌凝望闇牽愁緒柳花飛趁東風斜日照簾

清平樂

櫳羅幌香冷粉屏空海棠零落鶯語殘紅

春來街砌春雨如絲細春徑滿飄紅杏蔕春燕舞隨風勢　春幡細縷春繒春閨一點春燈自是春心撩亂非關春夢無憑

詞綜卷三

翰林院檢討朱彝尊編

五代十國詞七十六首

顧敻九首　　鹿虔扆一首

閻選二首　　魏承班二首

尹鶚二首　　毛熙震五首

李珣十五首　　孫光憲十三首

張泌五首　馮延巳二十首

成幼文一首　耿玉真一首

顧夐仕蜀為太尉

河傳

燕颸晴景小窗屏暖鴛鴦交頸菱花掩却翠鬟欹慵整

海棠簾外影　繡幃香斷金鸂鶒無消息心事空相憶

倚東風春正濃愁紅淚痕衣上重

醉公子

柳岓垂金線雨晴鶯百囀家住緑楊邊往來多少年
馬嘶芳草遠高樓簾半捲斂袖翠蛾攢相逢爾許難

玉樓春

月照玉樓春漏促颯颯風揺庭砌竹夢驚鴛被覺來時
何處管絃聲斷續　惆悵少年游冶去枕上兩蛾攢細
緑曉鶯簾外語花枝背帳猶殘紅蠟燭

訴衷情

香滅簾垂春漏永整鴛衾羅帶重雙鳳縷黄金窓外月

光臨沉沉斷腸無處尋覓負春心

又

永夜拋人何處去絶來音香閣掩眉斂月將沉爭忍不相尋怨孤衾換我心為你心始知相憶深

臨江仙

碧染長空池似鏡倚樓閒望凝情滿衣紅藉細香清象牀珍簟山障掩玉琴横　暗想昔年歡笑事如今贏得愁生博山爐暖澹烟輕蟬吟人静殘日傍小窻明

秋夜香閨思寂寥漏迢迢鴛幃羅幌麝烟銷燭光搖正憶玉郎遊蕩去無尋處更聞簾外雨瀟瀟滴芭蕉

鹿虔扆 事蜀為永泰軍節度使加太保

臨江仙

金鎖重門荒苑靜綺窗愁對秋空翠華一去寂無蹤玉樓歌吹聲斷已隨風　烟月不知人事改夜闌還照深宮藕花相向野塘中暗傷亡國清露泣香紅

閻選 後蜀處士事後主

浣溪沙

寂寞流蘇冷繡茵倚屏山枕惹香塵小庭花露泣濃春

劉阮信非仙洞客嫦娥終是月中人此生無路訪東

鄰

閻選

河傳

秋雨秋雨無晝無夜滴滴霏霏暗燈涼簟怨分離妖姬

不勝悲　西風稍急喧窓竹停又續膩臉懸雙玉幾回

邀約鴈來時違期鴈歸人不歸

魏承班 仕至太尉

玉樓春

寂寂畫堂梁上燕高卷翠簾橫數扇一庭春色惱人來滿地落花紅幾片　愁倚錦屏低雪面淚滴繡羅金縷線好天凉月盡傷心為是玉郎長不見

生查子

烟雨晚晴天零落花無語難話此時心梁燕雙來去

琴韻對薰風有恨和情撫腸斷斷絃頻淚滴黃金縷

尹鶚 官參卿

臨江仙

深秋寒夜銀河靜月明深院中庭西窻幽夢等閒成逡巡覺後特地恨難平 紅燭半條殘焰短依稀暗背燈屏枕前何事最傷情梧桐葉上點點露珠零

菩薩蠻

隴雲暗合秋天白俯窻獨坐窺烟陌樓際角重吹黃昏

方醉歸　荒唐難共語明日還應去上馬出門時金鞭莫與伊

毛熙震 蜀人官祕書監

臨江仙

幽閨欲曙聞鶯囀紅窗月影微明好風頻謝落花聲隔幃殘燭猶照綺屏箏　繡被錦茵眠玉暖炷香斜裊烟輕淡蛾羞斂不勝情暗思閒夢何處逐雲行

清平樂

春光欲暮寂寞閒庭戶粉蝶雙雙穿檻舞簾卷晚天疎
雨　含愁獨倚閨幃玉爐烟斷香微正是銷魂時節東
風滿樹花飛

南歌子

遠山愁黛碧横波慢臉　明賸香紅玉茜羅輕深院晚堂
人靜理銀箏　鬢動行雲影裙遮點屐聲嬌羞愛問曲
中名楊柳杏花時節幾多情

後庭花

越羅小袖新香蒨薄籠金釧倚闌無語搖輕扇半遮面

面　春殘日煖鶯嬌懶滿庭花片一作綻争不教人長相

見畫堂深院

河滿子

寂寞芳菲暗度歲華如箭堪驚緬想舊歡多少事轉添

春思難平曲檻垂絲金柳小窗絃斷銀箏　深院空聞

燕語滿園閒落花輕一片相思休不得忍教長日愁生

誰見夕陽孤夢覺來無限傷情

李珣梓州人蜀人才有瓊瑶集黄休復茅亭客話其先波斯人有詩名預賓貢

巫山一段雲

古廟依青嶂行宫枕碧流水聲山色鎖妝樓往事思悠悠　雲雨朝還暮烟花春復秋啼猿何必近孤舟行客自多愁　黄叔暘云唐詞多缘題所賦臨江仙則言仙事女冠子則述道情河瀆神則咏祠廟大槩不失本題之意爾後漸變失題遠矣如珣此作實唐人本來詞體如此

南鄉子

烟漠漠雨淒淒岸花零落鷓鴣啼遠客扁舟臨野渡思

鄉處潮退水平春色暮

又

蘭橈舉水紋開競攜藤籠采蓮來迴塘深處遥相見邀同宴淥酒一巵紅上面

又

歸路近叩舷歌采真珠處水風多曲岸小橋山月過烟深鎖荳蔻花垂千萬朶

又

乘綵舫過蓮塘棹歌驚起睡鴛鴦帶香游女偎人笑一作游女帶香偎伴笑爭窈窕競折團荷遮晚照

又

傾綠蟻泛紅螺閒邀女伴簇笙歌避暑信船輕浪裏閒游戲夾岸荔支紅蘸水

又

漁市散渡船稀越南雲樹望中微行客待潮天欲暮逑春浦愁聽猩猩啼瘴雨

又

相見處晚晴天刺桐花下越臺前暗裏回眸深屬意遺
雙翠騎象背人先過水

又

攜籠去采菱歸碧波風起雨霏霏趁岸小船齊棹急羅
衣濕出向桄榔樹下立

又

登畫舸泛清波采蓮時唱采蓮歌攔棹聲齊羅袖斂池

光颭驚起沙鷗八九點

又

雙髻墜小眉彎笑隨女伴下春山玉纖遥指花深處爭迴顧孔雀雙雙迎日舞

菩薩蠻

迴塘風起波紋細剌桐花裏門斜閉殘日照平蕪雙雙飛鷓鴣　征帆何處客相見還相隔不語欲魂銷望中烟水遥

又

隔簾微雨雙飛燕砌花零落紅深淺撚得寶箏調心隨征棹遥　楚天雲外路動便經年去香斷畫屏深舊歡何處尋

西溪子

金縷翠鈿浮動妝罷小窻圓夢日高時春已老人未到滿地落花慵掃無語倚屏風泣殘紅　尊前集作離恩正難燕燕喃喃

河傳

去去何處迢迢巴楚山水相連朝雲暮雨依舊十二峰前猿聲到客船　愁腸豈異丁香結因離別故國音書絕想佳人花下對明月春風恨應同

孫光憲 字孟文陵州人游荆南高從晦署為從事仕南平累官檢校秘書兼御史大夫勸高繼冲獻三州之地宋太祖授以黃州刺史將用為學士未及而卒有荆臺筆傭橘齋聱湖諸集

河瀆神

汾水碧依依黃雲落葉初飛翠娥一去不言歸廟門空掩斜暉　四壁陰森排古畫依舊瓊輪羽駕小殿沉沉

清夜銀燈飄落香灺

又

江上草芊芊春晚湘妃廟前一方卵色楚南天數行斜鴈聯翩　獨倚朱闌情不極魂斷終朝相憶兩槳不知消息遠汀時起鸂鶒

後庭花

石城依舊空江國故宮春色七尺青絲芳草碧絕世難得　玉英落盡何人識野棠如織只是教人添怨憶悵

望無極

清平樂

愁腸欲斷正是青春半連理分枝鸞失伴又是一場離散掩鏡無語眉低思隨芳草萋萋憑東風夢吹夢與郎終日東西

女冠子

淡花瘦玉依約神仙妝束佩瓊文瑞露通宵貯幽香盡日焚 碧紗籠絳節黃藕冠濃雲勿以吹簫伴不同羣

風流子

樓倚長堤欲暮瞥見神仙伴侣微傳粉攏梳頭隱映畫簾開處無語無緒慢曳羅裙歸去

又

金絡玉銜嘶馬繫向緑楊陰下朱户掩繡簾垂曲院水流花謝歡罷歸也猶在九衢深夜

思帝鄉

如何遺情情更多永日水晶簾下斂羞蛾六幅羅裙窣

地微行曳碧波看盡滿池疎雨打團荷

上行盃

離棹逡巡欲動臨極浦故人相送去住心情知不共

金船滿捧綺羅愁絲管咽迴別帆影滅江浪如雪

浣溪沙

蓼岸風多橘柚香江邊一望楚天長片帆烟際閃孤光

目送征鴻飛杳杳思隨流水去茫茫蘭紅波碧憶瀟

湘

謁金門

留不得留得也應無益白紵春衫如雪色揚州初去日輕別離甘拋擲江上滿帆風疾却羡綵鴛三十六孤鸞還一隻

思越人

古臺平芳草遠館娃宮外春深翠黛空留千載恨教人何處相尋　綺羅無復當時事露花點滴香淚惆悵遙天橫淥水鴛鴦對對飛起

又

渚蓮枯宮樹老長洲廢苑蕭條想像玉人空一作何處所月明獨上溪橋　經春初敗秋風起紅蘭綠蕙愁死一片風流傷心地魂銷目斷西子

張泌字子澄江南人仕南唐為內史舍人

酒泉子

紫陌青門三十六宮春色御溝輦路暗相通杏園風咸陽沽酒寶釵空笑指未央歸去插花去馬落殘紅月

明中

南歌子

柳色遮樓暗桐花落砌香畫堂開處遠風凉高卷水精
簾額襯斜陽

江城子

碧闌干外小中庭雨初晴曉鶯聲飛絮落花時節近清
明睡起卷簾無一事勻面了没心情

又

浣花溪上見卿卿臉波明黛眉輕高綰綠雲金簇小蜻蜓好是問他來得麽和笑道莫多情

浣溪沙

鈿轂香車過柳堤樺烟分處馬頻嘶為他沉醉不成泥花滿驛亭香露細杜鵑聲斷玉蟾低含情無語倚樓西

馮延巳字正中其先彭城人唐末徙家新安事南唐為左僕射同平章事有陽春録一卷

陳世修序云馮公全外舍祖

樂府思深詞麗韻逸調新

羅敷艷歌

馬嘶人語春風岸芳草綿綿楊柳橋邊落日高樓酒旆

懸舊愁新恨知多少目斷遥天獨立花前更聽笙歌

滿畫船

又

小堂深靜無人到滿院春風惆悵牆東一樹櫻桃帶雨

紅愁心似醉兼如病欲語還慵日暮疎鐘雙燕歸來

畫閣中

清平樂

雨晴烟晚緑水新池滿雙燕飛來垂柳院小閣畫簾高捲　黄昏獨倚朱欄西月初月眉彎砌下落花風起羅衣特地春寒

又

春愁南陌故國音書隔細雨霏霏梨花白燕拂畫簾金額　盡日相望王孫塵滿羅衣淚痕誰向橋邊吹笛駐馬西望銷魂

芳草渡

梧桐落蓼花秋烟初冷雨纔收蕭條風物正堪愁人去後多少恨在心頭　燕鴻遠羌笛怨湫湫澄波一片山如黛月如鈎笙歌散魂夢斷倚高樓

歸國謡

江水碧江上何人吹玉笛扁舟遠送瀟湘客　蘆花千里霜月白傷行色明朝便是關山隔

蝶戀花

六曲闌干偎碧樹楊柳風輕展盡黄金縷誰把鈿箏移玉柱穿簾燕子雙飛去　滿眼游絲兼落絮紅杏開時一霎清明雨濃睡覺來鶯亂語驚殘好夢無尋處

又

誰道閒情抛棄久每到春來惆悵還依舊日日花前常病酒不辭鏡裏朱顔瘦　河畔青蕪堤上柳為問新愁何事年年有獨立小橋風滿袖平林新月人歸後

又

幾日行雲何處去忘却歸來不道春將暮百草千花寒食路香車繫在誰家樹　淚眼倚樓頻獨語雙燕來時陌上相逢否撩亂春愁如柳絮依依夢裏無尋處

又

庭院深深深幾許楊柳堆烟簾幕無重數玉勒雕鞍遊冶處樓高不見章臺路　雨横風狂三月暮門掩黄昏無計留春住淚眼問花花不語亂紅飛過秋千去

南鄉子

細雨濕秋風金鳳花殘滿地紅閒蹙黛眉慵不語情緒寂寞相思知幾許　玉枕擁孤衾抱恨還同歲月深簾卷曲房誰共醉憔悴惆悵秦樓彈粉淚

喜遷鶯

宿鶯啼鄉夢斷春樹曉朦朧殘燈和燼閉朱櫳人語隔屏風　香已寒燈已絶忽憶去年離别石城花雨倚江樓波上木蘭舟

虞美人

玉鉤鸞柱調鸚鵡宛轉留春語雲屏冷落畫堂空薄晚春寒無奈落花風　搴簾燕子低飛去拂鏡塵鸞舞不知今夜月眉彎誰佩同心雙結倚闌干

抛毬樂

梅落新春入後庭眼前風物可無情曲池波晚氷還合芳草迎船緑未成且上高樓望相共憑欄看月生

又

霜積秋山萬樹紅倚巖樓上挂朱櫳白雲天遠重重恨

黄葉烟深淅淅風髣髴梁州曲吹在誰家玉笛中

菩薩蠻

敧鬟墮髻揺雙槳采蓮晚出清江上顧影約流萍楚歌嬌未成　相逢顰翠黛笑把珠璫解家住柳陰中畫橋東復東

三臺令

春色春色依舊青山紫陌日斜柳暗花嫣醉卧春風少年年年少年少行樂直須及早

又

南浦南浦翠鬟離人何處當時攜手高樓依舊樓前水流流水流水中有傷心雙淚

浣溪沙

馬上凝情憶舊遊照花淹竹小溪流鈿箏羅幕玉搔頭早是出門長帶月可堪分袂又經秋晚風斜日不勝愁

應天長

一鉤初月臨粧鏡蟬鬢鳳釵慵不整重簾靜層樓迴惆悵落花風不定綠烟低柳逕何處轆轤金井昨夜更闌酒醒春愁過却病

成幼文 江南人仕南唐官大理卿

謁金門

風乍起吹皺一池春水閒引鴛鴦香徑裏手挼紅杏蘂鬬鴨闌干遍倚碧玉搔頭斜墜終日望君君不至舉頭聞鵲喜 陳質齋云世言風乍起為馮延巳作或云成幼文也今陽春集無有當是幼文作

耿玉真女郎 南唐書云盧絳病痁且死夜夢白衣婦人歌此詞勸酒歌數闋因謂絳曰子之疾蔗食即愈如言果差迨數夕又夢前婦人曰妾乃玉真也他日富貴相見于固子坡後入金陵累官柱國唐亡歸宋以龔慎儀事坐誅臨刑有白衣婦人同斬姿貌宛如所夢問其姓名曰耿玉真問受刑之地即固子坡也

菩薩蠻

玉京人去秋蕭索畫簷鵲起梧桐落欹枕悄無言月和清夢圓 背燈惟暗泣何處砧聲急眉黛遠山攢芭蕉生暮寒

詞綜卷三

欽定四庫全書

詞綜卷四

翰林院檢討朱彝尊編

宋詞六十七首

徽宗皇帝二首　高宗皇帝一首

徐昌圖一首　潘閬三首

夏竦一首　寇準三首

王禹偁一首　錢惟演一首

晏　殊八首　　賈昌朝一首

王　琪二首　　林　逋二首

李遵勗一首　　葉清臣一首

聶冠卿一首　　李師中一首

韓　琦一首　　范仲淹三首

宋　祁二首　　鄭　獬一首

韓　縝一首　　張　昇一首

謝　絳一首　　歐陽脩二十一首

梅堯臣一首　石延年一首

司馬光一首　王安石二首

范純仁一首

徽宗皇帝

探春令

簾旌微動峭寒天氣龍池氷泮杏花笑吐香猶淺又還

是春將半　清歌妙舞從頭按等芳時開宴記去年對

著東風曾許不負鶯花願

燕山亭 見杏花作

裁翦冰綃輕疊數重冷淡臙脂勻注新樣靚妝艷溢香融羞殺蘂珠宮女易得凋零更多少無情風雨愁苦問院落淒涼幾番春暮　憑寄離恨重重這雙燕何曾會人言語天遥地遠萬水千山知他故宫何處怎不思量除夢裏有時曾去無據和夢也有時一作新來不做

高宗皇帝

漁父詞

水涵微雨湛虚明小笠輕蓑未要晴明鏡裏縠紋生白鷺飛來空外聲

廖瑩中江行雜録云漁父詞清新簡遠雖古之騷人詞客老於江湖擅名一時者不能企及

徐昌圖

莆陽人太祖時守國子博士累遷殿中丞

臨江仙

飲散離亭西去浮生長恨飄蓬回頭烟柳漸重重淡雲孤鴈遠寒日暮天紅　今夜畫船何處潮平淮月朦朧酒醒人靜奈愁濃殘燈孤枕夢輕浪五更風

潘閬 字逍遥大名人太宗朝賜進士第坐事遁中條山後收繫得釋以為滁州參軍有詞一卷

酒泉子

長憶孤山山在湖心如黛簇僧房四面向湖開輕棹去還來 芰荷香細連雲閣閣上清聲簷下鐸別來塵土污人衣空役夢魂飛 山陰陸子遹云句法清古語帶烟霞近時罕及

又

長憶西湖靈隱寺前天竺後冷泉亭上幾曾遊三伏似清秋 白猿時見攀高樹長嘯一聲何處去別來幾向

畫圖看終是欠峯巒

又

長憶西湖湖水上盡日憑欄樓上望三三兩兩釣魚舟島嶼正清秋　笛聲依約蘆花裏白鳥成行忽驚起別來閒想整綸竿思入水雲寒　古今詞話云石曼卿見此詞使畫工繪之作圖又湘山云錢希白愛之自書玉堂屏風

夏　竦字子喬德安人舉賢良方正慶歷中同中書門下平章事判大名府召入為宰相改樞密使封英國公進鄭國公卒贈太師中書令諡文正劉敞言竦姦邪諡為正不可改諡文莊

有集

喜遷鶯令 宫詞

霞散綺月垂鈎簾卷未央樓夜涼銀漢截天流宫闕鎖清秋 瑶臺樹金莖露鳳髓香盤烟霧三千珠翠擁宸遊水殿按涼州

寇凖 字平仲下邽人太平興國中進士累官尚書右僕射集賢殿大學士景德中同中書門下平章事封萊國公為丁謂所搆乾興初貶雷州司户參軍卒贈中書令謚忠愍有巴東集

點絳唇

小陌輕寒社公雨足東風慢定巢新燕溼雨穿花轉象尺薰爐拂曉停針線愁蛾淺飛紅零亂側卧珠簾捲

江南春

波渺渺柳依依孤村芳草遠斜日杏花飛江南春盡離腸斷蘋滿汀洲人未歸

陽關引

塞草烟光闊渭水波聲咽春朝雨霽輕塵斂征鞍發指青青楊柳又是輕攀折動黯然知有後會甚時節 更

盡一杯酒歌一闋歎人生裏難歡聚易離別且莫辭沉醉聽取陽關徹念故人千里自此共明月

王禹偁 字元之鉅野人太平興國八年進士第累知制誥入翰林為學士咸平初出守黃州徙蘄州卒有小畜集

點絳脣

雨恨雲愁江南依舊稱佳麗水村漁市一縷孤烟細天際征鴻遥認行如綴平生事此時凝睇誰會憑闌意

錢惟演 字希聖吳越王俶之子少補牙門將歸宋為右屯衛將軍累遷樞密使罷為鎮國軍節度

觀察留後改保大軍節度使知河陽入朝加同中書門下平章事坐擅議宗廟且與后家通婚落平章事為崇信軍節度使歸鎮卒謚曰思改謚文僖有擁旄集

玉樓春

城上風光鶯語亂城下烟波春拍岸緑楊芳草幾時休淚眼愁腸先已斷　情懷漸變成衰晚鸞鏡朱顔驚暗換昔年多病厭芳樽今日芳樽惟恐淺黄叔暘云此暮年作詞極悽惋

晏殊字同叔臨川人景祐二年同進士出身康定間拜集賢殿學士同中書門下平章事兼樞密使卒贈司空兼侍中謚元獻有珠玉詞一卷

晁无咎云元獻不蹈襲人語而風調閑雅如舞低楊柳樓心月歌盡桃花扇底風知此人不住三家村也　劉貢父云元獻尤喜馮延巳歌詞其所自作亦不減延巳

破陣子

燕子來時新社梨花落後清明池上碧苔三四點葉底黃鸝一兩聲日長飛絮輕　巧笑東鄰女伴采桑徑裏逢迎疑怪昨宵春夢好元是今朝鬬草贏笑從雙臉生

清平樂

金風細細葉葉梧桐墜綠酒初嘗人易醉一枕小窗濃

睡　紫薇朱槿初殘斜陽却照闌干雙燕欲歸時節銀屏昨夜微寒

又

紅牋小字說盡平生意鴻鴈在雲魚在水惆悵此情難寄　斜陽獨倚西樓遥山恰對簾鈎人面不知何處綠波依舊東流

踏莎行

碧海無波瑶臺有路思量便合雙飛去當時輕別意中

人山長水遠知何處　綺席凝塵香閨掩霧紅箋小字憑誰附高樓目盡欲黄昏梧桐葉上蕭蕭雨

又

小徑紅稀芳郊緑遍高臺樹色陰陰見春風不解禁楊花濛濛亂撲行人面　翠葉藏鶯珠簾隔燕爐香靜逐遊絲轉一場愁夢酒醒時斜陽却照深深院

蝶戀花

檻菊愁烟蘭泣露羅幙輕寒燕子雙飛去明月不諳離

別苦斜光到曉穿朱戶　昨夜西風凋碧樹獨上高樓望盡天涯路欲寄彩鸞無尺素山長水濶知何處

清商怨

關河愁思望處滿漸素秋向晚鴈過南雲行人回淚眼雙鸞衾裯悔展夜又永枕孤人遠夢未成歸梅花聞塞管

相思兒令

昨日探春消息湖上綠波平無奈遶堤芳草還向舊痕

生　有酒且醉瑶觥更何妨檀板新聲誰教楊柳千絲就中牽繫人情

賈昌朝字子明獲鹿人天禧中進士累拜同中書門下平章事兼侍中封許國公進魏國公卒謚文元有集

木蘭花令

都城水渌嬉遊處仙棹往來人笑語紅隨遠浪泛桃花雪散平堤飛柳絮　東君欲共春歸去一陣狂風和驟雨碧油紅旆錦障泥斜日畫橋芳草路黄叔暘云文元公平生惟賦此

一詞極有風味

王琪字君玉華陽人舉進士歷官知制誥加樞密直學士以禮部侍郎致仕陳輔之云君玉有望江南十首自謂謫仙荆公酷愛其紅綃香潤入梅天之句

望江南

江南雨風送滿長川碧瓦烟昏沈柳岸紅綃香潤入梅天飄灑正瀟然　朝與暮長在楚峯前寒夜愁欹金帶枕春江深閉木蘭船烟渚遠相連

又

江南岸雲樹半晴陰帆去帆來天亦老潮生潮落日空沈南北別離心　興廢事千古一沾襟山下孤烟漁市遠柳邊疎雨酒家深行客莫登臨

林逋　字君復錢塘人結廬孤山二十年足不及城市真宗賜以粟帛詔長吏歲時勞問既卒仁宗賜諡和靖先生有集

霜天曉角　梅

氷清霜潔昨夜梅花發甚處玉龍三弄聲搖動枝頭月　夢絶金獸爇曉寒蘭燼滅要捲珠簾清賞且莫掃堦

前雪

點絳脣 草

金谷年年亂生春色誰為主餘花落處滿地和烟雨

又是離歌一闋長亭暮王孫去萋萋無數南北東西路

李遵勗 字公武崇矩孫第進士尚荊國大長公主授左龍武軍駙馬都尉累遷寧國軍節度使徙鎮國軍知許州卒贈中書令謚和文有閑宴集

滴滴金

帝城五夜宴遊歇殘燈外看殘月都來猶在醉鄉中聽

更漏初徹 行樂已成閒話說如春夢覺時節大家同

約探春行問甚花先發

葉清臣字道卿長洲人天聖初進士歷官翰林學士權三司使罷知河陽卒贈左諫議大夫有集

賀聖朝

滿斟緑醑留君住莫匆匆歸去三分春色二分愁更一

分風雨 花開花謝都來幾許且高歌休訴不知來歲

牡丹時再相逢何處

聶冠卿字長孺新安人舉進士慶歷中入翰林為學士判昭文館兼侍讀學士有蘄春集

多麗　李良定席上賦

想人生美景良辰堪惜向其間賞心樂事古來難是并得況東城鳳臺沁苑泛晴波淺照金碧露洗華桐烟霏絲柳綠陰搖曳蕩春一色畫堂迴玉簪瓊佩高會盡詞客清歡久重燃絳蠟別就瑤席　有飄若驚鴻體態暮為行雨標格逞朱唇緩歌妖麗似聽流鶯亂花隔慢舞縈回嬌鬟低嚲腰肢纖細困無力忍分散彩雲歸後何處更尋覓休辭醉明月好花莫謾輕擲黄叔暘云冠卿詞不多見如此

篇亦可謂才情富麗矣其露洗華桐四句又所謂玉中之珙璧珠中之夜光每一觀之撫玩無斁　胡元任云露洗華桐二語此是仲春天氣下乃云綠陰搖曳蕩春一色其時未有綠陰亦語病也

李師中　字誠之楚邱人中進士科仁宗朝權主管經畧司文字提點廣西刑獄歷天章閣待制河東都轉運使貶和州團練副使安置遷右司郎中

菩薩蠻

子規啼破城樓月畫船曉載笙歌發兩岸荔支紅萬家烟雨中　佳人相對泣淚下羅衣溼從此信音稀嶺南無鴈飛

韓琦

字稚圭安陽人天聖中進士嘉祐初同中書門下平章事集賢殿大學士遷昭文館大學士封儀國公進封衛國公再進魏國公拜右僕射卒贈尚書令謚忠獻徽宗追論定策勳贈魏郡王

有安陽集

吳虎臣云魏公皇祐初鎮揚州撰維揚好四章所謂二十四橋千步柳春風十里上珠簾者是也其後罷相出鎮安陽復作安陽好詞十章

點絳唇

病起懨懨庭前花影添憔悴亂紅飄砌滴盡真珠淚

惆悵前春誰向花前醉愁無際武陵凝睇人遠波空翠

范仲淹字希文吳縣人大中祥符八年進士仕至樞密副使參知政事卒贈兵部尚書楚國公謚文正有集

蘇幕遮

碧雲天紅葉地秋色連波波上寒烟翠山映斜陽天接水芳草無情更在斜陽外　黯鄉魂追旅意夜夜除非好夢留人睡明月樓高休獨倚酒入愁腸化作相思淚

御街行

紛紛墜葉飄香砌夜寂靜寒聲碎真珠簾捲玉樓空天

澹銀河垂地年年今夜月華如練長是人千里　愁腸已斷無由醉酒未到先成淚殘燈明滅枕頭欹諳盡孤眠滋味都來此事眉間心上無計相迴避

漁家傲

塞下秋來風景異衡陽鴈去無留意四面邊聲連角起千嶂裏長烟落日孤城閉　濁酒一杯家萬里燕然未勒歸無計羌管悠悠霜滿地人不寐將軍白髮征夫淚

宋祁　字子京安州安陸人徙開封之雍邱天聖中進士累官翰林學士承旨卒贈尚書謚景文

有出塵小集

西洲猥稿

李端叔云宋景文歐陽永叔以餘力游戲而風流閑雅超出意表

好事近

睡起玉屏風吹去亂紅猶落天氣驟生輕暖襯沈香帷箔 珠簾約住海棠風愁拖兩眉角昨夜一庭明月冷秋千紅索

浪淘沙 別劉原父

少年不管流光如箭因循不覺韶華換到如今始惜月

滿花滿酒滿　扁舟欲解垂楊岸尚同歡宴日斜歌闋將分散倚闌橈望水遠天遠人遠

鄭　獬字毅夫安陸人皇祐五年舉進士第累官翰林學士坐不肯用按問新法王安石惡之出為侍讀學士知杭州徙青州有鄖溪集

好事近

江上探春回正值早梅時節兩行小槽雙鳳按涼州初徹　謝娘扶下繡鞍來紅靴踏殘雪歸去不須銀燭有山頭明月

韓縝字玉汝雍邱人第進士累官太中大夫知樞密院事拜尚書右僕射兼中書侍郎以太子太保致仕贈司空崇國公謚莊敏

芳草 即鳳簫吟

鎖離愁連綿無際來時陌上初熏繡幃人念遠暗垂珠露泣送征輪長行長在眼更重重遠水孤雲但望極樓高盡日目斷王孫 消魂池塘別後曾行處綠妒輕裙恁時攜素手亂花飛絮裏緩步香茵朱顏空自改向年年芳意長新遍綠野嬉遊醉眼莫負青春

張昇 字杲卿韓城人第進士累官參知政事以彰信軍節度使同中書門下平章事判許州改鎮河陽以太子太師致仕贈司徒兼侍中諡康節

離亭燕

一帶江山如畫風物向秋瀟灑水浸碧天何處斷霽色冷光相射蓼嶼荻花洲掩映竹籬茅舍 雲際客帆高挂烟外酒旗低亞多少六朝興廢事盡入漁樵閒話悵望倚層樓寒日無言西下

謝絳 字希深富陽人舉進士歷官兵部員外郎擢知制誥判吏部流內銓太常禮院出知鄧州

有

集

夜行船

昨夜佳期初共鬢雲低翠翹金鳳尊前和笑不成歌意偷傳眼波微送　草草不容成楚夢漸寒深翠簾霜重相看送到斷腸時月西斜畫樓鐘動

歐陽脩字永叔廬陵人第進士歴官禮部侍郎兼翰林侍讀學士拜樞密副使參知政事以太子少師致仕卒贈太子太師謚文忠有六一居士詞三卷

陳質齋云歐陽公詞多有與花間陽春相混亦有鄙褻之語厠其中當是仇人無名子所

為也　羅長源云公嘗致意於詩為之本義溫柔寬厚所得深矣今詞之淺近者前輩多謂是劉煇僞作又云元豐中崔公度跋馮延巳陽春錄謂其間有誤入六一詞者今柳三變詞亦有雜之平山集中則其浮艷者殆亦非皆公少作也

摸魚兒

卷繡簾梧桐院落一霎雨添新綠小池閒立殘妝淺向晚水紋如縠凝遠目恨人去寂寥鳳枕孤難宿倚欄不足看燕拂風簷蝶翻露草兩兩鎮相逐　雙眉蹙可惜年華婉婉西風初弄庭菊況伊家年少多情未已難拘

東那堪更趣涼景追尋甚處垂楊曲佳期過盡但不說
歸來多應忘了雲屏去時祝按後半闋較他集未協疑有誤

采桑子

輕舟短棹西湖好綠水逶迤芳草長堤隱隱笙歌處處
隨　無風水面琉璃滑不覺船移微動漣漪驚起沙禽
掠岸飛

又

羣芳過後西湖好狼籍殘紅飛絮濛濛垂柳闌干盡日

風　笙歌散盡遊人去始覺春空垂下簾櫳雙燕歸來
細雨中

踏莎行

候館梅殘溪橋柳細草熏風暖搖征轡離愁漸遠漸無
窮迢迢不斷如春水　寸寸柔腸盈盈粉淚樓高莫近
危欄倚平蕪盡處是春山行人更在春山外

蝶戀花

越女採蓮秋水畔窄袖輕羅暗露雙金釧照影摘花花

似面芳心只共絲爭亂　鸂鶒灘頭風浪晚霧重烟輕不見來時伴隱隱歌聲歸棹遠離愁引著江南岸

又

小院深深門掩亞一作寂寞珠簾畫閣重重下欲近禁烟微雨罷綠楊深處秋千挂　傅粉狂遊猶未捨不念芳時眉黛無人畫薄倖未歸春去也杏花零落紅香謝

玉樓春

春山斂黛低歌扇暫解吳鈎登祖宴畫樓鐘動已魂銷

何況馬嘶芳草岸　青門柳色隨人遠望未斷時腸已
斷洛陽春色待君來莫到落花飛似霰

又

湖邊柳外樓高處望斷雲山多少路闌干倚遍使人愁
又是天涯初日暮　輕無管繫狂無數水畔飛花風裏
絮算伊渾似薄情郎去便不來來便去

又

西湖南北烟波闊風裏絲簧聲韻咽舞餘一作徐裙帶綠

雙垂酒入香腮紅一抹　杯深不覺琉璃滑貪看六么花十八明朝車馬各東西惆悵畫橋風與月

虞美人影

鶯愁燕苦春歸去寂寂花飄紅雨碧草綠楊岐路況是長亭暮　少年作客情難訴泣對東風無語目斷兩三烟樹翠隔江淹浦

浪淘沙

把酒祝東風且共從容垂楊紫陌洛城東總是當時攜

手處遊遍芳叢　聚散苦匆匆此恨無窮今年花勝去年紅可惜（一作料得）明年花更好知與誰同

又

今日北池遊漾漾輕舟波光瀲灧柳條柔如此春來春又去白了人頭　好妓好歌喉不醉難休勸君滿滿酌金甌總使花時常病酒也是風流

浣溪沙

堤上遊人逐畫船拍堤春水四垂天綠楊樓（一作梢）外出

秋千　白髮戴花君莫笑六么催拍盞頻傳人生何處似尊前晁無咎云只一出字自是後人道不到

又

紅粉佳人白玉盃木蘭船穩棹歌催綠荷風裏笑聲來細雨輕烟籠草樹斜橋曲水遶樓臺夕陽高處畫屏開

越溪春

三月十三寒食日春色遍天涯越溪閬苑繁華地傍禁

垣珠翠烟霞紅粉牆頭秋千影裏臨水人家　歸來晚
駐香車銀箭透窗紗有時三點兩點雨霽朱門柳細風
斜沈麝不燒金鴨玲瓏月照梨花

夜行船

滿眼東風飛絮催行色短亭春暮落花流水草連雲着
看是斷腸南浦　檀板未終人去一作又去扁舟在綠楊
深處手把金樽難為別更那聽亂鶯踈雨

少年遊　草

闌干十二獨凭春晴碧遠連雲千里萬里二月三月行色苦愁人　謝家池上江淹浦畔吟魄與離魂那堪疎雨滴黃昏更特地憶王孫　吳虎臣云不惟君復聖俞二詞不及雖求諸唐人温李集中殆與之為一矣

南歌子

鳳髻金泥帶龍紋玉掌梳去來窗下笑相扶愛道畫眉深淺入時無　弄筆偎人久描花試手初等閒妨了繡工夫笑問雙鴛鴦字怎生書

臨江仙

柳外輕雷池上雨雨聲滴碎荷聲小樓西角斷虹明闌干倚處待得月華生　燕子飛來窺畫棟玉鈎垂下簾旌涼波不動簟紋平水精雙枕傍有墮釵橫

又

記得金鑾同唱第春風上國繁華如今薄宦老天涯十年岐路空負曲江花　聞説閬山通閬苑樓高不見君家孤城寒日等閒斜離愁難盡紅樹遠連霞

青玉案

一年春事都來幾早過了三之二綠暗紅嫣渾可事垂楊庭院暖風簾幙有箇人憔悴　買花載酒長安市又爭似家山見桃李不住東風吹客淚相思難表夢魂無據惟有歸來是

梅堯臣字聖俞宣城人初以蔭為河南主簿歷鎮安判官仁宗召試賜進士出身為國子監直講遷都官員外郎有宛陵集

蘇幕遮草

露隄平烟墅杳亂碧萋萋雨後江天曉獨有庾郎年最少窣地春袍嫩色宜相照　接長亭迷遠道堪怨王孫不記歸期早落盡梨花春又了滿地殘陽翠色和烟老

石延年 字曼卿宋州人補三班奉職累遷大理寺丞通判海州終校理

燕歸梁

芳草年年惹恨幽想前事悠悠傷春傷别幾時休算從古為風流　春山總把深匀翠黛千疊在眉頭不知供得幾多愁更斜日凭危樓

司馬光字君實夏縣人寶元初中進士甲科累官資政殿學士尚書左僕射兼門下侍郎贈太師温國公諡文正

阮郎歸

漁舟容易入深山仙家日日閒綺窗紗幌映朱顏相逢醉夢閒　松露冷海霞殷匆匆整棹還落花寂寂水潺潺重尋此路難

王安石字介甫臨川人舉進士熙寧初同中書門下平章事封舒國公加司空卒贈太傅諡曰文崇寧中追封舒王有臨川集詞一卷

桂枝香 金陵懷古

登臨送目正故國晚秋天氣初肅千里澄江似練翠峯如簇征帆去棹殘陽裏背西風酒旗斜矗綵舟雲淡星河鷺起圖畫難足　念自昔豪華競逐歎門外樓頭悲恨相續千古憑高對此謾嗟榮辱六朝舊事隨流水但寒烟衰草凝綠至今商女時時猶唱後庭遺曲

傷春怨 夢中作

雨打江南樹一夜花開無數綠葉漸成陰下有遊人歸

路　與君相逢處不道春將暮把酒祝東風且莫恁匆匆去

范純仁　字堯夫仲淹子第進士累官尚書右僕射兼中書侍郎贈開府儀同三司謚忠宣

鷓鴣天　和韓持國

臘後春前暖律催日和風暖欲開梅公方結客尋佳景我亦忘形趣酒杯　添管籥續尊罍更闌秉燭未能回清歡莫待相期約乘興來時便可來

詞綜卷四

欽定四庫全書

詞綜卷五

翰林院檢討朱彝尊編

宋詞七十首

晏幾道二十二首　張　先二十七首

柳　永二十一首

晏幾道字叔原殊幼子監潁昌許田鎮有小山詞一卷

黄魯直云叔原樂府寓以詩人句法精壯頓挫能動揺人心合者高唐洛神之流下者不

減桃葉團扇　陳質齋云叔原詞在諸名勝中獨可追逼花間高處或過之　程叔微云伊川聞誦晏叔原夢魂慣得無拘撿又踏楊花過謝橋笑曰鬼語也意亦賞之

臨江仙

夢後樓臺高鎖酒醒簾幕低垂去年春恨却來時落花人獨立微雨燕雙飛　記得小蘋初見兩重心字羅衣琵琶絃上說相思當時明月在曾照綵雲歸

清商怨

庭花香信尚淺最玉樓先暖夢覺香衾江南依舊遠

迴文錦字暗剪謾寄與也應歸晚要問相思天涯猶自短

點絳脣

明日征鞭又將南陌垂楊折自憐輕别擁得音塵絶杏子枝邊倚徧闌干月依前缺去年時節舊事無人説

又

妝席相逢旋匀紅淚歌金縷意中曾許欲共吹花去長愛荷香柳色殷橋路留人住淡烟微雨好箇雙棲處

虞美人

閒敲玉鐙隋堤路一笑開朱戶素雲凝澹月嬋娟門外鴨頭春水木蘭船　吹花拾蘂嬉遊慣天與相逢晚一聲長笛倚樓時應恨不題紅葉寄相思

生查子

金鞍美少年去躍青驄馬縈係玉樓人繡被春寒夜消息未歸來寒食梨花謝無處說相思背面秋千下

採桑子

秋千散後朦朧月滿院人間幾處雕欄一夜風吹杏粉殘　昭陽殿裏春衣就金縷初乾莫信朝寒明日花前試舞看

六么令

綠陰春盡飛絮遶香閣晚來翠眉宮樣巧把遠山學一寸狂心未說已向橫波覺畫簾遮匝新翻曲妙暗許閒人帶偷掐　前度書多隱語意淺愁難答昨夜詩有回文韻險還慵押都待笙歌散了記取留時霎不消紅蠟

閒雲歸後月在庭花舊欄角

又

雪殘風信悠颺春消息天涯倚樓新恨楊柳幾絲碧還是南雲雁少錦字無端的寶釵瑤席彩絃聲裏擁作尊前未歸客　遙想疎梅此際月底香英坼別後誰繞前溪手揀繁枝摘莫道傷高恨遠付與臨風笛儘堪愁寂花時往事更有多情箇人憶

清平樂

留人不住醉解蘭舟去一棹碧濤春水路過盡曉鶯啼處渡頭楊柳青青枝枝葉葉離情此後錦書休寄畫樓雲雨無憑

又

春雲綠處又見歸鴻去側帽風前花滿路冶葉倡條情緒紅樓桂酒初開曾攜翠袖同來醉弄影蛾池水短簫吹落殘梅

又

波紋碧皺曲水清明後折得疎梅香滿袖暗喜春紅依舊 歸來紫陌東頭金釵換酒銷愁柳影深深細路花梢小小層樓

又

幺絃寫意意密絃聲碎書得鳳箋無限事猶恨春心難寄 卧聽疎雨梧桐雨餘淡月朦朧 一夜夢魂何處那回楊葉樓中

玉樓春

秋千院落重簾暮彩筆閒來題繡户牆頭丹杏雨餘花門外綠楊風後絮　朝雲信斷知何處應作襄王春夢去紫騮認得舊遊蹤嘶過畫樓東畔路

又

採蓮時候慵歌舞永日閒從花裏度暗隨蘋末曉風來直待柳梢斜月去　停橈共說江頭路臨水樓臺蘇小住細思巫峽夢回時不減秦源腸斷處

浪淘沙

小綠間長紅露蘂烟叢花開花落昔年同惟恨花前攜手處往事成空　山遠水重重一笑難逢已拚長在別離中霜鬢知他從此去幾度春風

碧牡丹

翠袖疎紈扇涼葉催歸燕一夜西風幾處傷高懷遠細菊枝頭開嫩香還徧月痕依舊庭院　事何限悵望秋意晚離人鬢華將換靜憶天涯路比此情還短試約鸞箋傳素期良願南雲應有新鴈

蝶戀花

碧玉高樓臨水住紅杏開時花底曾相遇一曲陽春春已暮曉鶯聲斷朝雲去　遠水來從樓下度過盡流波未得魚中素月細風尖垂柳渡夢魂長在分襟處

又

喜鵲橋成催鳳駕天為歡時乞與初涼夜乞巧雙蛾加意畫玉鈎斜傍西南挂　分鈿擘釵涼葉下香袖凭肩誰記當時話路隔銀河猶可借世間離恨何年罷

又

醉别西樓醒不記春夢秋雲聚散真容易斜月半窗還少睡畫屏閒展吳山翠　衣上酒痕詩裏字點點行行總是淒涼意紅燭自憐無好計夜寒空替人垂淚

又

庭院碧苔紅葉遍金菊開時已近登高宴日日露荷凋綠扇粉塘烟水澄如練　試倚涼風醒酒面鴈字來時恰向層樓見幾點護霜雲影轉誰家蘆管吹秋怨

破陣子

柳下笙歌庭院花間姊妹秋千記得青樓當日事寫向紅窗夜月前憑伊寄小蓮　絳蠟等閒陪淚吳蠶到了纏綿綠鬢能供多少恨未肯無情比斷絃今年老去年

張　先　字子野吳興人為都官郎中有安陸集詞一卷

李端叔云子野詞才不足而情有餘晁无咎云子野與耆卿齊名而時以子野不及耆卿然子野韻高是耆卿所乏處古今詩話云有客謂子野曰人皆謂公張三中即心中事眼中淚意中人也公曰何不目之為張三影客不曉公曰雲破月來花弄影嬌柔懶起

簾壓捲花影柳徑無人墮飛絮無影此余平生所得意也 天聖間一時有兩張先皆字子野俱第進士其能詩壽考悉同一博州人號張三影者是也一吳興人見齊東野語胡應麟筆叢所載如此

清平樂

屏山斜展帳卷紅綃半泥淺曲池飛海燕風度楊花滿院 雲愁雨恨空深覺來一枕春陰隴上梅花落盡江南消息沈沈

卜算子慢

溪山別意烟樹去程日落采蘋春晚欲上征鞍更掩翠簾回面相盼惜彎彎淺黛長長眼奈畫閣歡遊也學狂花亂絮輕散　水影橫池館對靜夜無人月高雲遠一餉凝思兩眼淚痕還滿難遣恨私書又逐東風斷縱夢澤層樓萬尺望湖城那見

木蘭花

西湖楊柳風流絶滿縷青春看贈別牆頭簌簌暗飛花山外陰陰初落月　秦姬穠麗雲梳髮持酒聽歌留晚

發驪駒應亦解人情欲出重城嘶不歇

又　郊州作

青銅貼水萍無數臨曉西湖春漲雨泥新輕燕面前飛風慢落花衣上住　紅裙空解烟蛾聚雲月却能隨馬去明朝何處上高臺回認玉峯山下路

又　去春自湖歸杭憶南園花已開有當時猶有蘂如梅之句今歲還鄉南園正盛復為此詞以寄意

去年春入芳菲國青蘂如梅終忍摘欄邊徒欲説相思

綠臘密緘朱粉飾　歸來故苑重尋覓花滿舊枝心更惜鴛鴦從小自相雙若不多情頭不白

又　乙卯吴興寒食

龍頭舴艋吴兒競筍柱鞦韆遊女並芳洲拾翠暮忘歸秀野踏青來不定　行雲去後遥山暝已放笙歌池院靜中庭月色正清明無數楊花過無影

憶秦娥

參差竹吹斷相思曲情不足西北有數窮遠目　憶苕

溪寒影透清玉秋鴈南飛速菰草緑應下溪頭沙上宿

慶春澤

飛閣危橋相倚人獨立東風滿衣輕絮還記憶江南如今天氣正白蘋花遶堤漲流水　寒梅落盡誰寄古春意無窮青空千里愁草樹依依關城初閉對月黄昏角聲傍烟起

山亭宴 有美堂贈彦猷主人

宴堂永晝喧簫鼓倚青空畫欄紅柱玉瑩紫微人藹和

氣春融日煦故宮池館更樓臺約風月今宵何處湖水動鮮衣競拾翠湖邊路　落花蕩漾怨空樹曉山靜數聲杜宇天意送芳菲正黯淡踈烟短雨新歡寧似舊歡長此會散幾時還聚試為挹飛雲問解相思否

剪牡丹　舟中聞雙琵琶

野綠連空天青垂水素色溶漾都淨柔柳搖搖墜輕絮無影汀洲日落人歸脩巾薄袂擷香拾翠相競如解凌波泊渚烟春暝　綵縚朱索新整宿繡屏畫船風定金

鳳響雙槽彈出今古幽思誰省玉盤大小亂珠迸酒上妝面花艷媚相並重聽盡漢妃一曲江空月靜

好事近　和毅夫內翰梅花

月色透横枝短葉小葩無力北客一聲長笛怨江南先得誰教强半臘前開多情為春憶留取大家須醉幸雨休風息

畫堂春

外湖蓮子長參差霽山青處鷗飛水天溶漾畫橈遲人

影鑑中移　桃葉淺聲雙唱杏紅深色輕衣小荷障面
避斜暉分得翠陰歸

踏莎行

衾鳳猶溫籠鸚尚睡宿妝稀淡眉成字映花避月上迴
廊珠裙褶褶輕垂地　翠幙成波新荷貼水紛紛烟絮
低還起重牆遶院更重門春風無路通深意

于飛樂

寶奩開菱鑑淨一掬清蟾新妝臉旋學花添蜀紅衫雙

繡蜨裙縷鷓鴣尋思前事小屏風仍畫江南　怎空教草解宜男柔桑暗又過春蠶正陰晴天氣更瞑色相兼幽期消息曲房西碎月篩簾

惜瓊花

汀蘋白苕水碧每逢花駐樂隨處歡席別時攜手看春色螢火而今飛破秋夕　河流如帶窄任輕似葉何計歸得斷雲孤鶩青山極樓上徘徊無盡相憶

河滿子　陪杭守泛湖夜歸

溪女送花隨處沙鷗避樂分行遊舸已如圖障裏小屏猶畫瀟湘人面新生酒艷日痕更欲春長　衣上交枝鬬色釵頭比翼相雙片段落霞明水底風紋時動粧光賓從夜歸無月千燈萬火湖塘

醉垂鞭　錢塘送祖擇之

酒面灧金魚吳娃唱吳潮上玉殿白麻書待君歸後除　勾留風月好平湖曉翠峯孤此景出關無西州空畫圖

又

雙蜨繡羅裙東池宴初相見朱粉不深匀閒花淡淡春
細看諸處好人人道柳腰身昨日亂山昏來時衣上
雲

謝池春慢 玉仙觀道中逢謝媚卿

繚牆重院閒有流鶯到繡被掩餘寒畫閣明新曉朱檻
連空闊飛絮無多少徑莎平池水渺日長風靜花影閒
相照　塵香拂馬逢謝女城南道秀艷過施粉多媚生

輕笑鬭色鮮衣薄碾玉雙蟬小歡難偶春過了琵琶流怨都入相思調

減字木蘭花 贈伎

垂螺近額走上紅裀初趁拍只恐驚飛擬倩游絲惹住伊 文鴛繡履去似風流塵不起舞徹梁州頭上宮花顫未休

醉落魄 美人吹笛

雲輕柳弱內家髻子新梳掠生香真色人難學橫管孤

吹月淡天垂幕　朱脣淺破櫻桃萼倚樓人在闌干角

夜寒指冷羅衣薄聲入霜林簌簌驚梅落

師師令　贈美人

香鈿寶珥拂菱花如水學妝皆道稱時宜粉色有天然

春意蜀綵衣長勝未起縱亂霞垂地　都城池苑誇桃

李問東風何似不須回扇障清歌脣一點小於朱蘂正

值殘英和月墜寄此情千里

繫裙腰

惜霜澹照夜雲天朦朧影畫勾闌人情縱似長情月算一年年又能得幾番圓　欲寄西江題葉字流不到五亭前東池始有荷新綠尚小如錢問何日藕幾時蓮

漁家傲

巴子城頭青草暮巴山重疊相逢處燕子占巢花脫樹杯且舉瞿塘水濶舟難渡　天外吴門清霅路君家正在吴門住贈我柳枝情幾許春滿縷為君將入江南去

碧牡丹

步障摇紅綺曉月墮沈烟砌緩板香檀唱徹伊家新製怨入眉頭斂黛峯横翠芭蕉寒雨聲碎　鏡華翳閒照孤鸞戲思量去時容易鈿合瑤釵至今冷落輕棄望極藍橋但暮雲千里幾重山幾重水　道山清話云晏元獻為京兆辟張先為通判新納侍兒公甚屬意先能為詩詞公雅重之每張來令侍兒出侑觴往往歌子野所為之詞其後王夫人寖不容公即出之一日子野至公與之飲子野作此詞令營妓歌之至末句公聞之憮然曰人生行樂耳何自苦如此亟命于宅庫支錢若干復取前所出侍兒既來夫人亦不復誰何也

青門引

乍煖還輕冷風雨晚來方定庭軒寂寞近清明殘花中酒又是去年病　樓頭畫角風吹醒入夜重門靜那堪更被明月隔牆送過秋千影

生查子 彈箏

含羞整翠鬟得意頻相顧雁柱十三絃一一春鶯語嬌雲容易飛夢斷知何處深院鎖黄昏陣陣芭蕉雨

柳永 初名三變字耆卿樂安人景祐元年進士官至屯田員外郎有樂章集九卷

晁無咎云世言柳耆卿曲俗非也如漸霜風淒緊關河冷落殘照當樓此真不減唐人語

李端叔云耆卿詞鋪敘展行備足無餘較之花間所集韻終不勝　孫敦立云耆卿詞雖極工然多雜以鄙語　葉少蘊云嘗見一西夏歸朝官云凡有井水飲處即能歌柳詞　吳虎臣云仁宗留意儒雅深斥浮艷虛華之文三變好為淫冶之曲傳播四方嘗有鶴沖天詞云忍把浮名換了淺斟低唱及臨軒放榜時人語之曰且去淺斟低唱何要浮名　劉潛夫云耆卿有教坊丁大使意　黃叔暘云耆卿長于纖艷之詞然多近俚俗　陳質齋云柳詞格不高而音律諧婉詞意妥帖承平氣象形容曲盡尤工于羈旅行役

鬭百花

煦色韶光明媚輕靄低籠芳樹池塘淺蘸烟蕪簾幙閒

垂風絮春困厭厭拋擲鬬草工夫冷落踏青心緒終日扃朱戶　遠恨綿綿淑景遲遲難度年少傳粉依前醉眠何處深院無人黃昏乍拆鞦韆空鎖滿庭花雨

女冠子

斷烟殘雨灑微涼生軒戶動清籟蕭蕭庭樹銀河濃淡華星明滅輕雲時度莎階寂靜無覩幽蛩切切秋吟苦疎篁一徑流螢幾點飛來又去　對月臨風空恁無眠耿耿暗想舊日牽情處綺羅叢裏有人人那回飲散畧

畧曾諧鴛侶因循忍便睽阻相思不得長相聚好天良夜無端惹起千愁萬緒

雨霖鈴

寒蟬凄切對長亭晚驟雨初歇都門帳飲無緒方留戀處蘭舟催發執手相看淚眼竟無語凝咽念去去千里烟波暮靄沈沈楚天濶　多情自古傷離别更那堪冷落清秋節今宵酒醒何處楊柳岸曉風殘月此去經年應是良辰好景虛設便總有千種風情更與何人説

傾盃樂

木落霜洲鴈横烟渚分明畫出秋色暮雨乍歇小楫夜泊宿葦村山驛河人月下臨風處起一聲羌笛離緒萬端聞岸草切切蛩吟如織　為憶芳容别後水遥山遠何計憑鱗翼想繡閣深沈爭知憔悴損天涯行客楚峽雲歸高陽人散寂寞狂蹤跡望京國空目斷遠峯凝碧

卜算子慢

江楓漸老汀蕙半凋滿目敗紅衰翠楚客登臨正是暮

秋天氣引疎碪斷續殘陽裏對晚景傷懷念遠新愁舊恨相繼　脉脉人千里念兩處風情萬重烟水雨歇天高望斷翠峯十二儘無言誰會憑高意縱寫得離腸萬種奈歸鴻誰寄

少年遊

參差烟樹灞陵橋風物盡前朝衰楊古柳幾經攀折憔悴楚宮腰　夕陽閒淡秋光老離思滿蘅皋一曲陽關斷腸聲盡獨自上蘭橈

夜半樂

凍雲黯淡天氣扁舟一葉乘興離江渚渡萬壑千巖越溪深處怒濤漸息樵風乍起更聞商旅相呼片帆高舉泛畫鷁翩翩過南浦　望中酒旆閃閃一簇烟村數行霜樹殘日下漁人鳴榔歸去敗荷零落衰楊掩映岸邊兩兩三三浣紗遊女避行客含羞相笑語　到此因念繡閣輕拋浪萍難駐歎後約丁寧竟何據慘離懷空恨歲晚歸期阻凝淚眼杳杳神京路斷鴻聲遠長天暮

玉蝴蝶

望處雨收雲斷凭欄悄悄目送秋光晚景蕭疎堪動宋玉悲涼水風輕蘋花漸老月露冷梧葉飄黄遣情傷故人何在烟水茫茫　難忘文期酒會幾孤風月屢變星霜海濶天遥未知何處是瀟湘念雙燕難憑遠信指暮天空識歸航黯相望斷鴻聲裏立盡斜陽

望遠行　雪

長空降瑞寒風剪淅淅瑶華初下亂飄僧舍密灑歌樓

迤邐漸迷鴛瓦好是漁人披得一蓑歸去江上晚來堪
畫滿長安高却旗亭酒價　幽雅乘興最宜訪戴泛小
棹越溪瀟灑皓鶴奪鮮白鷳失素千里廣鋪寒野須信
幽蘭歌斷同雲收盡别有瓊臺瑶榭放一輪明月交光
清夜

八聲甘州

對蕭蕭暮雨灑江天一番洗清秋漸霜風淒緊關河冷
落殘照當樓是處紅衰綠減苒苒物華休惟有長江水

無語東流　不忍登高臨遠望故鄉渺邈歸思難收歎年來蹤跡何事苦淹留想佳人妝樓長望誤幾回天際識歸舟爭知我倚闌干處正恁凝愁

安公子

遠岸收殘雨雨殘稍覺江天暮拾翠汀洲人寂靜立雙雙鷗鷺望幾點漁燈掩映蒹葭浦停畫橈兩兩舟人語道去程今夜遥指前村烟樹　遊宦成羈旅短檣吟倚閒凝竚萬水千山迷遠近想鄉關何處自別後風亭月

榭孤歡聚剛斷腸惹得離情苦聽杜宇聲聲勸人不如歸去

雪梅香

景蕭索危樓獨立一作倚面晴空動悲秋情緒當時宋玉應同漁市孤烟裊寒碧水村殘葉舞愁紅楚天闊浪浸斜陽千里溶溶　臨風想佳麗別後愁顏鎮斂眉峯可惜當年頓乖雨跡雲蹤雅態妍姿正歡洽落花流水忽西東無憀恨相思意盡分付征鴻

婆羅門令

昨宵裏恁和衣睡今宵裏又恁和衣睡小飲歸來初更過醺醺醉中夜後何事還驚起　霜天冷風細細觸疎窗閃閃燈搖曳空牀展轉重追想雲雨夢任欹枕難繼寸心萬緒咫尺千里好景良天彼此空有相憐意未有相憐計

西平樂

盡日憑高寓目脉脉春情緒嘉景清明漸近時節輕寒

乍暖天氣才晴又雨烟光澹蕩裝點平蕪遠樹黯凝竚臺榭好鶯燕語正是和風麗日幾許繁紅嫩綠雅稱嬉遊去奈阻隔尋芳伴侶秦樓鳳吹楚臺雲約空悵望在何處寂寞韶光暗度可堪向晚村落聲聲杜宇

陽臺路

楚天晚墜冷風敗葉踈紅零亂冒征塵匹馬區區愁見水遥山遠追念年時正恁鳳幃倚香偎煖嬉遊慣又豈知前歡雲雨分散　此際空勞回首望帝里難收淚眼

暮烟衰草算暗鎖路岐無限今宵又依前寄宿甚處葦村山館寒燈畔夜厭厭憑何消遣

二郎神 七夕

炎光初謝過暮雨芳塵輕灑乍露冷風清庭戶爽天如水玉鈎遙挂應是星娥嗟久阻叙舊約飈輪欲駕極目處微雲暗度耿耿銀河高瀉　閒雅須知此景古今無價運巧思穿鍼樓上女擡粉面雲鬟相亞鈿合金釵私語處算誰在回廊影下願天上人間占得歡娛年年今

夜

詞綜卷五

欽定四庫全書

詞綜卷六

翰林院檢討朱彝尊編

宋詞六十四首

蘇軾十五首　黃庭堅四首

秦觀十九首　晁補之十五首

張耒三首　陳師道二首

李豸二首　李之儀四首

蘇　軾字子瞻眉山人嘉祐初試禮部第一歷官翰林學士紹聖初安置惠州徙昌化元符初北還卒於常州高宗即位贈資政殿學士復贈太師謚文忠有東坡居士詞二卷

晁无咎云居士詞人謂多不諧音律然橫放傑出自是曲子內縛不住者　陳無已云東坡以詩為詞如教坊雷大使之舞雖極天下之工要非本色　陸務觀云世言東坡不能歌故所作樂府詞多不協晁以道謂紹聖初與東坡別于汴上東坡酒酣自歌古陽關則公非不能歌但豪放不喜裁剪以就聲律耳又云東坡詞歌之曲終覺天風海雨逼人

醉翁操　琴曲

琅然清圜誰彈響空山無言惟翁醉中和其天月明風

露娟娟人未眠荷蕢過山前曰有心也哉此賢 醉翁笑詠聲和流泉醉翁去後空有朝吟夜怨山有時而童巔水有時而回川思翁無歲年翁今為飛仙此意在人間試聽徽外三兩絃

行香子

攜手江村梅雪飄裙情何限處處消魂故人不見舊曲重聞向望湖樓孤山寺湧金門 尋常行處題詩千首繡羅衫與拂輕塵別來相憶知有何人有湖中月江邊

柳隴頭雲

哨遍

睡起畫堂銀蒜押簾珠幕雲垂地初雨歇洗出碧羅天正溶溶養花天氣一霎晴風迴芳草榮光浮動卷皺銀塘水方杏靨勻酥花鬚吐繡園林翠紅排比見乳燕捎蝶過繁枝忽一綫爐香惹遊絲畫永人閒獨立斜陽晚來情味　便携將佳麗乘興深入芳菲裏撥胡琴語輕攏慢撚總伶俐看緊約羅裙急趣檀板霓裳入破驚鴻

起顰月臨眉醉霞橫臉歌聲悠颺雲際任滿頭紅雨落花飛漸鳷鵲樓西玉蟾低尚徘徊未盡歡意君看今古悠悠浮幻人間世這些百歲光陰幾日三萬六千而已醉鄉路穩不妨行但人生要適情耳

賀新涼

乳燕飛華屋悄無人槐陰轉午晚涼新浴手弄生綃白團扇扇手一時似玉漸困倚孤眠清熟簾外誰來推繡戶枉教人夢斷瑤臺曲又却是風敲竹　石榴半吐紅

巾蹙待浮花浪蘂都盡伴君幽獨穠艶一枝細看取芳意千重似束又恐被秋風驚緑若待得君來向此花前對酒不忍觸共粉淚兩簌簌胡元任云托意高遠

水龍吟和張質夫楊花韻

似花還似非花也無人惜從教墜拋家傍路思量却似無情有思縈損柔腸困酣嬌眼欲開還閉夢隨風萬里尋郎去處又還被鶯呼起　不恨此花飛盡恨西園落紅難綴曉雨過時遺踪何在一池萍碎春色三分二分

塵土一分流水細看來不是楊花點點是離人淚 張叔夏云後片愈出愈奇真是壓倒今古

又 黄州夢過棲霞樓

小舟横截春江卧看翠壁紅樓起雲間笑語使君高會佳人半醉危柱哀絃艷歌餘響遶雲縈水念故人老大風流未減獨回首烟波裏 推枕惘然不見但空江月明千里五湖聞道扁舟歸去仍攜西子雲夢南州武昌南岸昔遊應記料多情夢裏端來見我也參差是

浣溪沙 遊蘄水清泉寺

山下蘭芽短浸溪松間沙路淨無泥蕭蕭暮雨子規啼誰道人生難再少君看流水尚能西休將白髮唱黃雞（寺前水西流）

卜算子 鴈

缺月挂疎桐漏斷人初定（一作靜）時見幽人獨往來縹緲孤鴻影 驚起却回頭有恨無人省揀盡寒枝不肯棲寂寞沙洲冷（黃魯直云語意高妙似非喫烟火食人語）

江城子

天涯流落思無窮既相逢却匆匆攜手佳人和淚折殘紅為問東風餘幾許春縱在與誰同　隋堤三月水溶溶背歸鴻去吳中回望彭城清泗與淮通寄我相思千點淚流不到楚江東

念奴嬌　赤壁懷古

大江東去浪聲沉千古風流人物故壘西邊人道是三國孫吳赤壁亂石崩雲驚濤掠岸捲起千堆雪江山如

畫一時多少豪傑　遥想公瑾當年小喬初嫁了雄姿英發羽扇綸巾談笑處檣櫓灰飛烟滅故國神遊多情應是笑我生華髮人間如寄一尊還酹江月按他本浪聲沉作浪淘盡與調未協孫吳作周郎犯下公瑾字崩雲作穿空掠岸作拍岸又多情應是笑我生華髮作多情應笑我早生華髮益非今從容齋隨筆所載黄魯直手書本更正至于小喬初嫁宜句絶了字屬下句乃合

蝶戀花

春草闌珊芳事歇客裏風光又過清明節小院黄昏人憶别落花處處聞啼鴂　咫尺江山分楚越目斷魂消

應是音塵絶破夢五更心欲折角聲吹落梅花月

如夢令 有寄

為向東坡傳語人在畫一作玉堂深處别後有誰來雪壓小橋無路歸去歸去江上一犁春雨

昭君怨

誰作桓伊三弄驚破緑窻幽夢新月與愁烟滿江天欲去又還不去明日落花飛絮飛絮送行舟水東流

點絳脣 重九

不用悲秋今年身健還高宴江村海甸總作空花觀尚想横汾蘭菊紛相半樓船遠白雲飛亂空有年年鴈

採桑子 潤州多景樓與孫巨源遇

多情多感仍多病多景樓中樽酒相逢樂事回頭一笑空 停杯且聽琵琶語細撚輕攏醉臉春融斜照江天一抹紅

黄庭堅 字魯直分寧人舉進士元祐初為校書郎遷集賢校理擢起居舍人追謚文節有山谷詞

卷二

晁无咎云魯直小詞固高妙然不是當行家數

減字木蘭花

中秋無雨醉送月銜西嶺去笑口須開幾度中秋見月來　前年江外兒女傳杯兄弟會此夜登樓小謝清吟慰白頭

醜奴兒令

櫻桃著子如紅豆不管春歸聞道開時蜂惹香鬚蜨惹衣　樓臺燈火明珠翠酒戀歌迷醉玉東西少箇人人

暖被攜

念奴嬌

斷虹霽雨淨秋空山染脩眉新綠桂影扶疎誰便道今夕清輝不足萬里清天姮娥何處駕此一輪玉寒光零亂為誰偏照醽醁　年少從我追遊晚城幽徑遶張園森木共倒金荷家萬里難得樽前相屬老子平生江南江北最愛臨風曲孫郎微笑坐來聲歕霜竹

虞美人　宜州見梅作

天涯也有江南信梅破知春近夜闌風細得香遲不道曉來開遍向南枝　玉臺弄粉花應妒飄到眉心任平生箇裏願盃深去國十年老盡少年心

秦觀字少游高郵人登第後蘇軾薦於朝除太學博士遷正字兼國史院編修官坐黨籍徙徽宗立放還至藤州卒有淮海詞三卷

晁无咎云近來作者皆不及少游如斜陽外寒鵶點流水遶孤村雖不識字人亦知其是天生好言語　蔡伯世云子瞻辭勝乎情耆卿情勝乎辭辭情相稱者惟少游而已　張綖云少游多婉約子瞻多豪放當以婉約為主　釋覺範云少游小詞奇麗詠歌之想見其神情在絳闕

道山之間葉少藴云少游樂府語工而入律知樂者謂之作家子瞻戲云山抹微雲秦學士露花倒影柳屯田微以氣格為病也

滿庭芳

山抹微雲天粘衰草畫角聲斷譙門暫停征棹聊共引離尊多少蓬萊舊事空回首烟靄紛紛斜陽外寒鴉數點流水遶孤村　消魂當此際香囊暗解羅帶輕分謾贏得青樓薄倖名存此去何時見也襟袖上空染啼痕傷情處高城望斷燈火已黃昏

又

晚色雲開春隨人意驟雨方過還晴高臺芳樹飛燕蹴紅英舞困榆錢自落秋千外緑水橋平東風裏朱門映柳低按小秦箏　多情行樂處珠鈿翠蓋玉轡紅纓漸酒空金榼花困蓬瀛豆蔻梢頭舊恨十年夢屈指堪驚凭欄久疎烟淡日寂寞下蕪城

望海潮　洛陽懷古

梅英疎淡氷澌溶洩東風暗換年華金谷俊遊銅駝巷

陌新晴細履平沙長記誤隨車正絮翻蝶舞芳思交加
柳下桃蹊亂分春色到人家　西園夜飲鳴笳有華燈
礙月飛蓋妨花蘭苑未空行人漸老重來事事堪嗟烟
暝酒旗斜但倚樓極目時見棲鴉無奈歸心暗隨流水
到天涯

如夢令

遥夜月明如水風緊驛亭深閉夢破鼠窺燈霜送曉寒
侵被無寐無寐門外馬嘶人起

生查子

眉黛遠山長新柳開青眼樓閣斷霞明羅幙春寒淺盃孅玉漏遲燭厭金刀翦月色忽飛來花影和簾卷

浣溪沙

漠漠輕寒上小樓曉陰無賴似窮秋淡烟流水畫屏幽自在飛花輕似夢無邊絲雨細如愁寶簾閒挂小銀鈎

減字木蘭花

天涯舊恨獨自淒涼人不問欲見迴腸斷續薰爐小篆香　黛蛾長斂任是東風吹不展困倚危樓過盡飛鴻字字愁

憶秦娥

暮雲碧佳人不見愁如織愁如織兩行征鴈數聲羌笛錦書難寄西飛翼無言只是空相憶空相憶紗窗月淡影雙人隻

阮郎歸

滿天風雨破寒初燈殘庭院虛麗譙吹徹小單于迢迢清夜徂　鄉夢斷旅情孤崢嶸歲又除衡陽猶有鴈傳書郴陽和鴈無

好事近 夢中作

春路雨添花花動一山春色行到小橋深處有黃鸝千百　飛雲當面化龍蛇夭矯轉空碧醉卧古藤陰下了不知南北

畫堂春

東風吹柳日初長雨餘芳草斜陽杏花零亂燕泥香睡損紅粧　寶篆烟消龍鳳畫屏雲鎖瀟湘暮寒初透薄羅裳無限思量

鵲橋仙

纖雲弄巧飛星傳恨銀漢迢迢暗度金風玉露一相逢便勝却人間無數　柔情似水佳期如夢忍顧鵲橋歸路兩情若是久長時又豈在朝朝暮暮

虞美人

高城望斷塵如霧不見連驂處夕陽村外小灣頭只有柳花無數送歸舟　瓊花玉樹頻相見只恨離人遠欲將幽恨寄青樓爭奈無情江水不西流

踏莎行　郴州旅舍

霧失樓臺月迷津渡桃源望斷無尋處可堪孤館閉春寒杜鵑聲裏斜陽暮　驛寄梅花魚傳尺素砌成此恨無重數郴江長自遶郴山為誰流下瀟湘去　釋天隱云末二句從沅湘日夜東流去不為愁人住少時變化來　黄山谷云比詞高絶但斜陽暮三字為重犯耳又云極似劉夢

得楚蜀間語　胡元任云子瞻絶愛尾兩
句自書于扇曰少游已矣雖萬身何贖

江城子

西城楊柳弄春柔動離憂淚難收猶記多情曾爲繫歸
舟碧野朱橋當日事人不見水空流　韶華不爲少年
留恨悠悠幾時休飛絮落花時候一登樓便做春江都
是淚流不盡許多愁

八六子

倚危亭恨如芳草萋萋剗盡還生念柳外青驄别後水

邊紅袂分時愴然暗驚　無端天與娉婷夜月一簾幽
夢春風十里柔情怎奈何一作向歡娛漸隨流水素絃聲
斷翠綃香減那堪片片飛花弄晚濛濛殘雨籠晴正銷
凝黃鸝又啼數聲

金明池

瓊苑金池青門紫陌似雪楊花滿路雲日淡天低晝永
過三點兩點細雨好花枝半出牆頭似悵望芳草王孫
何處更水遶人家橋當門巷燕燕鶯鶯飛舞　怎得東

君長為主把緑鬢朱顏一時留住佳人唱金衣莫惜才
子倒玉山休訴況春來倍覺傷心念故國情多新年愁
苦縱寶馬嘶風紅塵拂面也只一作則尋芳歸去

水龍吟

小樓連苑橫空下窺繡轂雕鞍驟疎簾半捲單衣初試
清明時候破暖輕風弄晴微雨欲無還有賣花聲過盡
垂楊院落紅成陣飛鴛甃　玉珮丁東別後悵佳期參
差難又名韁利鎖天還知道和天也瘦花下重門柳邊

深巷不堪回首念多情但有當時皓月照人依舊

南柯子 贈陶心兒

玉漏迢迢盡銀潢淡淡橫夢回宿酒未全醒已被鄰雞催起怕天明 臂上粧猶在襟閒淚尚盈水邊燈火漸人行天外一鉤殘月照三星 高齋詩話云少游在蔡州與官奴婁婉字東玉者甚密贈之詞云小樓連苑橫空又云玉珮丁東別後者是也又贈陶心兒詞云天外一鉤橫月帶三星謂心字也

晁補之 字无咎鉅野人舉進士元祐初除秘書省正字遷校書郎以秘閣校理通判揚州召還為著作郎坐黨籍徙大觀末知泗州卒有鷄肋集詞一卷

陳質齋云无咎嘗云今代詞手惟秦七黄九然兩公之詞亦自有不同者若无咎之詞其佳者固未多遜也

滿江紅

東武城南新堤固漣漪初溢隱隱遍長陵高阜卧紅堆碧枝上殘花吹盡也與君試向江邊覔問向前猶有幾多春三之一　官裏事何時畢風雨外無多日相將泛曲水滿城爭出不見蘭亭修禊事當時座上皆豪逸到如今修竹滿山陰空陳迹

臨江仙 信州作

謫宦江城無屋買殘僧野寺相依松間藥臼竹間衣水窮行到處雲起坐看時　一箇幽禽緣底事苦來醉耳邊啼月斜西院愈聲悲青山無限好猶道不如歸

又

緑暗汀洲三月暮落花風靜帆收垂楊低映木蘭舟半篙春水滑一段夕陽愁　灞水橋東回首處美人親上簾鉤青鸞無計入紅樓行雲歸楚峽飛夢到揚州

永遇樂 東皐寓居

松菊堂深芰荷池小長夏清暑燕引雛還鳩呼婦往人靜郊原趣麥天已過薄衣輕扇試起遶園徐步聽衡宇欣欣童稚共説夜來初雨　蒼苔徑裏紫葳枝上數點幽花垂露東里催鋤西鄰助餉相戒清晨去斜川歸輿儵然滿目回首帝鄉何處只愁恐輕轂犯夜灞陵舊路

摸魚兒

買陂塘旋栽楊柳依稀淮岸湘浦東皐雨足輕痕漲沙

觜鷺來鷗聚堪愛處最好是一川夜月光流渚無人自舞任翠幕張天紫茵藉地酒盡未能去　青綾被休憶金閨故步儒冠曾把身誤弓刀千騎成何事荒了邵平瓜圃君試覷滿青鏡星星鬢影今如許功名浪語便做得班超封侯萬里歸計恐遲暮

憶少年

無窮官柳無情畫舸無根行客南山尚相送只高城人隔　罨畫園林溪紺碧算重來盡成陳迹劉郎鬢如此

況桃花顏色

下水船

上客驪駒繫驁嗅銀鞍睡起困倚粧臺盈盈正解羅髻鳳釵墜繚繞金盤玉指巫山一段雲委半窺鏡向我横秋水斜領花枝交鏡裏淡拂鉛華匆匆自整羅綺斂眉翠雖有愔愔密意空作江邊解珮能改齋漫録廖明畧與无咎同登科明略所游田氏麗姝也一日明畧邀无咎晨過田氏田遽起對鑑理髮且盼且語草草妝掠以與客對无咎以明略故有意而莫傳也因賦下水船一闋

滿庭芳 赴信日舟中別次膺十二叔

鷗起蘋中魚驚荷底畫船天上來時翠灣紅渚宛似武陵迷更晚青山更好孤雲帶遠雨絲垂清歌裏金尊未掩誰使動分携　竹林高晉阮阿咸瀟散猶愧風期便棄官終隱釣叟苔磯縱是冥鴻雲外應念我垂翼低飛新詞好他年認取天際片帆歸

迷神引 貶玉溪對江山作

黯黯青山紅日暮浩浩大江東注餘霞散綺回向烟波

路使人愁長安遠在何處幾點漁燈小迷近塢一片客帆低傍前浦　暗想平生自悔儒冠誤覺阮途窮歸心阻斷魂縈目一千里傷平楚怪竹枝歌聲聲怨為誰苦猿鳥一時啼驚島嶼燭暗不成眠聽津鼓

古陽關　寄無斁八弟宰寶應

衰草蛩吟咽暗柳螢飛滅空庭雨過西風緊飄黃葉卷書帷寂靜對此傷離別重感歎中秋數日又圓月　沙觜檣竿上淮水濶有飛鳧客詞珠玉氣氷雪且莫教皓

月照影驚華髮問幾時清樽夜景共佳節

好事近　南都寄歷下人

絲管鬧南湖湖上醉遊時晚獨看山橋官柳淚無言偷滿　坐中誰唱解愁詞紅粧勸金盞物是奈人非是負東風心眼

水龍吟　始去齊路逢次膺叔感别敘舊

去年暑雨鈎盤夜闌睡起同征轡今年芳草齊河古岍扁舟同艤萍梗孤蹤夢魂浮世别離常是念當時綠鬢

狂歌痛飲今憔悴東風裏　此去濟南為説道愁腸不醒猶醉多情北渚兩行烟柳一湖春水還唱新聲後人重到應悲桃李待歸時攬取庭前皓月也應堪寄

惜奴嬌

歌闋瓊筵暗失金貂侶説衷腸丁寧囑付棹舉帆開黯行色秋將暮欲去待却回高城已暮　漁火烟村但觸目傷離緒此情向阿誰分訴那裏思量爭知我思量苦最苦睡不著西風夜雨

鬬百花

小小盈盈珠翠憶得眉長眼細曾共映花低語已解傷春情意重向溪堂臨風看舞梁州依舊照人秋水轉更添姿媚　與問階上簸錢時節記微笑但把纖腰向人嬌倚不見還休誰教見了厭厭還是向來情味

調笑 西子

腸斷越江岸越女江頭紗自浣天然玉貌鉛紅淺　自弄芙蓉日晚紫騮嘶去猶回眄笑入荷花不見

張耒字文潛淮陰人第進士歷官起居舍人以直龍圖閣知潤州坐黨籍謫官晚監南嶽廟主管崇福宮建炎初贈集英殿修撰有宛邱集

風流子

亭皋木葉下重陽近又是擣衣秋奈愁入庾腸老侵潘鬢謾簪黃菊花也應羞楚天晚白蘋烟盡處紅蓼水邊頭芳草有情夕陽無語鴈橫南浦人倚西樓 玉容知安否香箋共錦字兩處悠悠空恨碧雲離合青鳥沉浮向風前懊惱芳心一點寸眉兩葉禁甚閒愁情到不堪

言處分付東流

少年遊

含羞倚醉不成歌纖香手香羅偎花映燭偷傳深意酒思入橫波　看朱成碧心迷亂翻脉脉斂雙蛾相見時稀隔别多又春盡奈愁何

秋蘂香

簾幙疎疎風透一線香飄金獸朱欄倚遍黄昏後廊上月華如畫　别離滋味濃如酒著人瘦此情不及牆東

柳春色年年依舊

陳師道字履常一字無已彭城人元祐初以蘇軾等薦為徐州教授遷太學博士終祕書省正字有後山集長短句二卷

胡元任云後山自謂他文未能及人獨於詞不減秦七黄九其自矜如此

菩薩蠻 箏

哀箏一弄湘江曲聲聲寫盡湘波緑纖指十三絃細將幽恨傳　當筵秋水慢玉柱斜飛鴈彈到斷腸時春山眉黛低

減字木蘭花 晁無咎出小鬟佐飲

娉娉嫋嫋芍藥枝頭紅樣 一作玉 小舞袖低迴 一作遲遲 心到郎邊客已知　金尊玉 一作當筵舉 酒勸我花前千萬壽莫莫休休白髮簪花我自羞

李廌 字方叔華山人鄉舉試禮部不遇絕意進取定居長社有月巖集

清平樂

落梅嗚咽黯澹城頭月吹滿江天驚夢蜨喚起畫樓傷別　簾風輕觸銀鉤梧桐玉露新秋底事瑣窗深夜素

娥長伴人愁

虞美人

玉闌干外清江浦渺渺天涯雨好風如扇雨如簾時見岸花汀草漲痕添　青林枕上關山路卧想乘鸞處碧蕪千里思悠悠惟有霎時凉夢到南州

李之儀字端叔無棣人歷樞密院編修官通判原州徽宗初提舉河東常平坐為范純仁遺表作行狀編管太平遂居姑熟久之徙唐州終朝請大夫有姑溪詞二卷

卜算子

我住長江頭君住長江尾日日思君不見君共飲長江水　此水幾時休此恨何時已只願君心似我心定不負相思意

如夢令

回首蕪城舊苑還是翠深紅淺春意已無多斜日滿簾飛燕不見不見門掩落花庭院

清平樂

蕭蕭風葉似與更聲接欲寄明璫非為怯夢斷蘭舟桂

楫 學書但寫鴛鴦却應無那愁腸安得一雙飛去春風芳草池塘

好事近

春到雨初晴正在小樓時節柳眼向人微笑傍闌干堪折 暮山濃淡鎖烟霏梅杏半明滅玉輦莫辭沉醉判歸時斜月

詞綜卷六

欽定四庫全書

詞綜卷七

翰林院檢討朱彝尊編

宋詞六十二首

賀鑄九首　毛滂二十首

王仲一首　杜安世三首

李元膺四首　孫洙一首

朱服一首　章楶一首

舒亶 二首　李清臣 一首

王詵 二首　趙令時 二首

王安禮 一首　王安國 二首

曾肇 一首　晁沖之 五首

秦觀 一首　王觀 五首

賀鑄 字方回衞州人孝惠皇后族孫元祐中通判泗州又倅太平州退居吳下自號慶湖遺老有東山寓聲樂府三卷

張文潛云方回樂府妙絶一世盛麗如遊金張之堂妖冶如攬嬙施之袪幽索如屈宋悲

壯如蘇李 周少隱云方回有梅子黃時雨之句人謂之賀梅子方回寡髮郭功父指其髻謂曰此真賀梅子也 陸務觀云方回狀貌奇醜俗謂之賀鬼頭其詩文皆高不獨工長短句也

薄倖

淡妝多態更滴滴頻迴盼睞便認得琴心先許欲綰合歡雙帶記畫堂風月逢迎輕顰淺笑嬌無奈待翡翠屏開芙蓉帳掩羞把香羅暗解 自過了燒燈都不是踏青挑菜幾回憑雙燕丁寧深意往來卻恨重簾礙約何

時再正春濃酒困人間晝永無聊賴厭厭睡起猶有花梢日在

青玉案

凌波不過橫塘路但目送芳塵去錦瑟年華誰與度月臺花榭瑣窻朱戸惟有春知處　碧雲冉冉蘅皐暮綵筆新題斷腸句試問閒愁都幾許一川烟草滿城風絮梅子黃時雨中吳紀聞云鑄有小築在姑蘇盤門之內十餘里地名橫塘方回往來其間作此詞後山谷有詩云解道江南腸斷句只今惟有賀方回其為前輩推重如此　潘子真云寇萊公詩杜鵑啼處血

成花梅子黃時雨如霧世推方回所作梅子黃時雨爲絶唱蓋用萊公語也

柳色黃

薄雨催寒斜照弄晴春意空濶長亭柳色纔黃遠客一枝先折烟横水際映帶幾點歸鴉東風消盡龍沙雪還記出門時（一作闌來）恰而今時節　將發畫樓芳酒紅淚清歌頓（一作便）成輕別已是經年杳杳音塵都絶欲知方寸共有幾許清愁芭蕉不展丁香結枉望斷天涯兩厭厭風月（能改齋漫録方回眷一姝別久姝寄詩云獨倚危欄淚滿襟小園春色懶追尋深恩縱似丁香結難

展芭蕉一寸心賀因
所寄詩遂成此調

清平樂

小桃初謝雙燕還來也記得年時寒食下紫陌青門遊冶　楚城滿目春華可堪遊子思家惟有夜來歸夢不知身在天涯

望湘人

厭鶯聲到枕花氣動簾醉魂愁夢相半被惜餘熏帶驚剩眼幾許傷春春晚淚竹痕鮮佩蘭香老湘天濃暖記

小江風月佳時屢約非烟游伴　須信鸞絃易斷奈雲和再鼓曲終人遠認羅襪無蹤舊處弄波清淺青翰棹艤白蘋洲畔儘目臨皐飛觀不解寄一字相思幸有歸來雙燕

踏莎行

急雨收春斜風約水浮紅漲綠魚文起年年遊子惜餘春春歸不解招遊子　留恨城隅關情紙尾闌干長對西曛倚鴛鴦俱是白頭時江南渭北三千里

憶秦娥

曉朦朧前溪百鳥啼匆匆啼匆匆凌波人去拜月樓空舊年今日東門東鮮妝輝映桃花紅桃花紅吹開吹落一任東風

又桑

著春衫玉鞭鞭馬南城南南城南柔桑細草留住金銜粉蛾采葉供親蠶蠶饑略許攜纖纖攜纖纖湔裙淇上更待初三

感皇恩

蘭芷滿汀洲游絲橫路羅襪塵生步迴顧整鬟顰黛脉脉多情難訴細風吹柳絮人南渡　回首舊游山無重數花底深朱戶何處半黃梅子向晚一簾踈雨斷魂分付與春歸去

毛滂　字澤民江山人爲杭州法曹以樂府受知蘇軾得名嘗知武康縣又知秀州有東堂詞二卷

浣溪沙　泛舟還餘英館

烟柳風蒲冉冉斜小窻不用著簾遮載將山影轉灣沙　略彴斷時分岸色蜻蜓立處過汀花此情此水共天涯

又　寒食初晴東堂對酒

小雨初收蝀做團和風輕拂燕泥乾秋千院落落花寒　莫對清尊追往事更催新火續餘歡一春心緒倚闌干

又　汎舟

銀字笙簫小小童梁州吹過柳橋風阿誰勸我玉杯空小醉徑須眠錦瑟夜歸不用照紗籠畫船簾卷月明中

惜分飛

淚溼闌干花著露愁到眉峰碧聚此恨平分取更無言語空相覷　斷雨殘雲無意緒寂寞朝朝暮暮今夜山深處斷魂分付潮回去陳質齋云澤民他辭雖工未有能及此者　周煇云語盡而意不盡意盡而情不盡

踏莎行 早春即事

塔影紅遲柳芭黃遍纖雲弄日陰晴半重簾不卷篆香横小花初破春叢淺　鳳繡猶重鴨爐長暖屏山翠入江南遠醉輕夢短枕閒欹緑窻窈窕風光轉

蝶戀花 寒食

紅杏梢頭寒食雨燕子泥香不住飛來去行傍柳陰聞好語鶯兒穿過黃金縷　桑落酒寒杯懶舉總被多情做得無情緒春過二分能幾許銀臺新火重簾暮

驀山溪 楊花

雪堂鐙徑撲撲憐飛絮柔弱不勝春任東風吹來吹去牆陰花外一半落誰家葉依依烟藹藹依舊如張緒那人拈得吹向釵頭住不定却飛揚滿眼前攪人情懷蜂兒蜨子教得越輕狂隔斜陽點芳草斷送青春暮

燭影搖紅 松窻午夢初覺

一畝清陰半天小雨松窻午牀頭秋色小屏山碧帳垂烟縷 枕畔風搖綠戶喚人醒不教夢去可憐恰到瘦

石寒泉冷雲生處

粉蝶兒

雪徧梅花素光都共奇絶到窻前認君時節下重幃香篆冷蘭膏明滅夢悠揚空遶斷雲殘月　沈郎帶寬同心放開重結褪羅衣楚腰一捻正春風新著摸花花葉葉粉蜨兒這回共花同活

最高樓

微雨過深院芰荷中香冉冉繡重重玉人共倚闌干角

月華猶在小池東入人懷吹鬢影可憐風　分散去輕如雲與葉剩下了許多風與月侵枕簟冷簾櫳剛能小睡還驚覺略成輕醉早惺忪仗行雲將此恨到眉峰

玉樓春　盱眙作

長安回首空雲霧春夢覺來無覓處冷烟寒雨又黄昏數盡一堤楊柳樹　楚山照眼青無數淮口潮生催曉渡西風吹面立蒼茫欲寄此情無鴈去

青玉案

芙蕖花上濛濛雨又冷落池塘暮何處風來搖碧戶捲簾凝望淡烟踈柳翡翠穿花去　玉京人去無由駐恐獨在凭欄處試問緑窻秋到否可人今夜新涼一枕無計相分付

七娘子　舟中早秋

山屏霧帳玲瓏碧更綺窻臨水新涼入雨短烟長柳橋蕭瑟這番一日涼一日　離多緑鬢年時白這離情不似而今惜雲外長安斜暉脉脉西風吹夢來無跡

西江月

烟雨半藏楊柳風光初著桃花玉人細細酌流霞醉裏將春留下　柳外鴛鴦作伴花邊蝴蝶爲家醉翁醉也且由他月在柳橋花榭

夜行船　餘英溪

弄水餘英溪畔綺羅香日遲風慢桃花春浸一篙深畫橋東柳低烟遠　漲緑流紅空滿眼倚蘭橈舊愁無限莫把鴛鴦驚飛去要歌時少低檀板

憶秦娥 春夜 松軒

夜夜夜了花朝也連忙指點銀瓶索酒嘗　明朝花落知多少莫把殘紅埽愁人一片花飛減却春

散餘霞

牆頭花口寒猶噤放繡簾晝靜簾外時有蜂兒趂楊花不定　闌干又還獨凭念翠低眉暈春夢枉惱人腸更厭厭酒病

調笑 盼盼

無力倚瑶瑟罷舞霓裳今幾日樓空雨小春寒逼鈿暈羅衫烟色簾前歸燕看人立却趂落花飛入

又鶯鶯

何處長安路不記牆東花拂樹瑶琴理罷霓裳譜依舊月窻風戶薄情年少如飛絮夢逐玉環西去

又茗子

芳草恨春老自是尋春來不早落花風起紅多少記得一枝春小綠陰青子空相惱此恨平生懷抱

感皇恩　鎮江待閘

緑水小河亭，朱欄碧甃，江月娟娟上高柳。畫樓縹緲，盡挂窻紗簾繡。月明知我意，來相就。　銀字吹笙，金貂取酒。小小微風弄襟袖。寶熏濃炷，人共博山烟瘦。露涼釵燕冷，更深後。

王仲　字與善，吳虎臣云元祐間人

燭影搖紅

烟雨江城，望中緑暗花枝少。惜春長待醉東風，却恨春

歸早　縱有幽歡會巧奈如今風情漸老鳳樓何處畫

欄愁倚天涯芳草

杜安世字壽域京兆人有詞一卷

折紅梅

喜輕澌初綻微和漸入郊原時節春消息夜來陡覺紅

梅數枝爭發玉溪仙館不似箇尋常標格化工別與一

種風情似匀點胭脂染成香雪　重吟細閱比繁杏夭

桃品流終別只愁共綵雲易散冷落謝池風月憑誰向

說三弄處龍吟休咽大家留取時倚闌干聞有花堪折

勸君須折

鶴沖天

清明天氣永日愁如醉臺榭綠陰濃薰風細燕子巢方

就盆池小新荷蔽恰是逍遥際單夾衣裳半籠軟玉肌

體　石榴美艶一撮紅綃比窻外數脩篁寒相倚有箇

關心處難相見空凝睇行坐深閨裏懶更妝梳自知新

來憔悴

卜算子

樽前一曲歌歌裏千重意纔欲歌時淚已流恨更多於淚　試問緣何事不語渾如醉我亦情多不忍聞怕和我成憔悴

李元膺南京教官

洞仙歌

雪雲散盡放曉晴庭院楊柳於人便青眼更風流多處一點梅心相映遠約略顰輕笑淺　一年春好處不在

濃芳小艷踈香最嬌軟到清明時候百紫千紅花正亂已失春風一半早占取韶光共追游但莫管春寒醉紅自暖

又 雨

廉纖細雨殢東風如困縈斷千絲爲誰恨向楚宮一夢多少悲涼無處問愁到而今未盡 分明都是淚泣柳沾花長與騷人伴孤悶記當年得意處酒力方酣怯輕寒玉爐香潤又豈識情懷苦難禁對點滴簷聲夜寒燈

暈

茶瓶兒 悼亡

去年相逢深院宇海棠下曾歌金縷歌罷花如雨翠羅衫上點點紅無數 今歲重尋携手處空物是人非春暮回首青門路亂英飛絮相逐東風去

思佳客

寂寞秋千兩畫旗日長花影轉階遲燕驚午夢週遮語蜨困春遊落拓飛 思往事入顰眉柳梢陰重又當時

薄情風絮難拘束吹過東牆不肯歸

孫洙 字巨源廣陵人舉進士元豐中官翰林學士

菩薩蠻 記恨

樓頭尚有三通鼓何須抵死催人去上馬苦匆匆琵琶曲未終 回頭凝望處那更廉纖雨謾道玉爲堂玉堂今夜長

黄叔暘云孫公於元豐間爲翰苑與李端愿太尉往來尤數會一日鎖院宣召者至其家則出數十輩蹤跡得之于李氏時李新納妾能琵琶公飲不肯去而迫于宣命入院幾二鼓矣遂草三制罷復作此長短句以記別恨遲明遣以示李

朱服字行中烏程人熙寧中進士甲科累官國子司業起居舍人以直龍圖閣知潤州徙泉婺寧廬壽五州紹聖初召為中書舍人歷禮部侍郎坐與蘇軾游貶海州團練副使蘄州安置改興國軍卒

漁家傲東陽郡齋作

小雨纖纖風細細萬家楊柳青烟裏戀樹濕花飛不起愁無際和春付與東流水　九十光陰能有幾金龜解盡留無計寄語東陽沽酒市拚一醉而今樂事他年淚

章楶字質夫浦城人以蔭為孟州司戶參軍試禮部第一以平夏州功累擢樞密直學士龍圖

閣端明殿學士拜同知樞密院事卒贈右銀青光禄大夫諡莊簡揮麈録作莊敏

水龍吟 柳花

燕忙鶯懶芳殘正堤上柳花飄墜輕飛亂舞點畫青林全無才思閒趁游絲靜臨深院日長門閉傍珠簾散漫垂垂欲下依前被風扶起　蘭帳玉人睡覺怪春衣雪沾瓊綴繡牀漸滿香毬無數才圓却碎時見蜂兒仰粘輕粉魚吞池水望章臺路杳金鞍游蕩有盈盈淚 黄叔暘云

傍珠簾數語形容盡矣

舒　亶字信道慈谿人試禮部第一累官御史丞以罪斥終直龍圖閣待制卒贈直學士

菩薩蠻

畫船搥鼓催君去高樓把酒留君住去住若爲情江頭潮欲平　江潮容易得却是人南北今日此尊空知君何日同黃叔暘云此詞極有味

散天花

雲斷長空落葉秋寒江㶁浪盡月隨舟西風偏解送離愁聲聲南去鴈下汀洲　無奈多情去復留驪歌齊唱

罷淚爭流悠悠別恨幾時休不堪殘酒醒凭危樓

李清臣 字邦直魏人舉進士歷官知制誥翰林學士遷尚書左丞罷為資政殿學士尋拜中書侍郎以大學士知河南府徽宗初立入為門下侍郎出知大名府卒贈金紫光禄大夫

謁金門

楊花落燕子橫穿朱閣苦恨春醪如水薄閒愁無處著

綠野帶紅山落角桃杏參差殘萼歷歷危檣沙外泊

東風晚來惡

王詵 字晉卿太原人徙開封尚英宗女魏國大長公主歷官定州觀察使開國公駙馬都尉贈

昭化軍節度使謚榮安

黄魯直云晉卿樂府清麗幽遠工在江南諸賢季孟之閒

憶故人

燭影揺紅向夜闌作酒醒心情懶尊前誰爲唱陽關離恨天涯遠　無奈雲沉雨散凭闌干東風淚眼海棠開後燕子來時黄昏庭院能改齋漫録都尉憶故人作徽宗喜其詞意猶以不豐容宛轉爲憾遂令大晟府别撰腔周美成增益其詞而以首句爲名謂之燭影揺紅云　按原詞甚佳美成增益真所謂續鳬爲鶴也

撼庭竹

綽略青梅弄春色真艶態堪惜經年費盡東君力有情先到探春客無語泣寒香時暗度瑶席　月下風前空悵望思携手同摘畫欄倚徧無消息佳辰樂事再難得還是夕陽天空暮雲凝碧

趙令時　字德麟燕懿王玄孫元祐中簽書潁州公事歷右朝請大夫改右監門衛大將軍營州防禦使遷洪州觀察使襲封安定郡王尋遷寧遠軍承宣使同知行在大宗正事贈開府儀同三司有聊復集

蝶戀花

欲減羅衣寒未去不卷珠簾人在深深處殘杏枝頭花幾許啼紅止恨清明雨　盡日水沉香一縷宿酒醒遲惱破春情緒飛燕又將歸信誤小屏風上西江路

烏夜啼

樓上縈簾弱絮牆頭礙月低花年年春事關心事腸斷欲棲鴉　舞鏡鸞衾翠減啼珠鳳蠟紅斜重門不鎖相思夢依舊一作隨意繞天涯

王安禮字和甫安石弟累官尚書左丞

點絳脣

秋氣微涼夢迴明月穿羅幕井梧蕭索正遶南枝鵲寶瑟塵生金鴈空零落情無托鬢雲慵掠不似君恩薄

王安國字平甫安石弟舉進士又舉茂才異等熙寧初除西京國子教授終秘閣校理有王校理集

清平樂

留春不住費盡鶯兒語滿地殘紅宮錦污昨夜南園風

雨　小憐初上琵琶曉來思遠天涯不肯畫堂朱戶春風自在楊花

減字木蘭花

畫橋流水雨溼落紅飛不起月破黃昏簾裏餘香馬上聞　徘徊不語今夜夢魂何處去不似垂楊猶解飛花入洞房

曾　肇 字子開南豐人舉進士累官翰林學士兼侍讀以龍圖閣學士提舉中太一宮崇寧中安置汀州歸潤而卒紹興初謚文招有曲阜集

好事近 亳州秩滿歸江南別諸僚舊

歲晚鳳山陰看盡楚天氷雪不待牡丹時候又使人輕別　如今歸去老江南扁舟載風月不似畫梁雙燕有重來時節

晁沖之 字叔用一字用道鉅野人有具茨集詞一卷

感皇恩

蝴蝶滿西園啼鶯無數水閣橋南路凝竚兩行烟柳吹落一池風絮秋千斜挂起人何處　把酒勸君閒愁莫

訴留取笙歌住休去幾多春色怎禁許多風雨海棠花謝也君知否

又

寒食不多時牡丹初賣小院重簾燕飛礙昨宵風雨尚有一分春在今朝猶自得陰晴快　熟睡起來宿醒微帶不惜羅襟揾眉黛日長梳洗看看花影移改笑拈雙杏子連枝戴

臨江仙

憶昔西池池上飲年年多少歡娛别來不寄一行書尋常相見了猶道不如初　安穩錦屏今夜夢月明好渡江湖相思休問定何如情知春去後管得落花無

上林春慢 上元

帽落宮花衣惹御香鳳輦晚來初過鶴降詔飛龍銜一作擎燭戲端門萬枝燈火滿城車馬對明月有誰閒坐任狂游更許傍禁街不扃金鎖　玉樓人暗中擲果珠簾下笑著春衫裊娜素蛾遶釵輕蟬撲鬢垂垂柳絲梅朶

夜闌飲散但贏得翠翹雙嚲醉歸來又重向曉窗梳裹

傳言玉女 前題

一夜東風吹散柳梢殘雪御樓烟煖對鼇山綵結簫鼓向晚鳳輦初回宮闕千門燈火九衢風月　繡閣人人乍嬉遊困又歌艷妝初試把珠簾半揭嬌波溜人手撚玉梅低說相逢長是上元時節

秦　觀 字少章觀弟

黄金縷 足司馬才仲夢中蘇小小詞

妾本（一作在）錢塘江上住花落花開不管（一作記）流年度燕子銜將春色去紗窗幾陣黃梅雨（一作黃昏幾度瀟瀟雨）斜插（一作蟬鬢）犀梳雲半（一作欲）吐檀板輕敲（一作新聲）唱徹黃金縷夢斷綵雲（一作酒醒夢回）無覓處夜（一作凄）涼明月生南浦

王觀

字通叟官翰林學士賦應制詞宣仁太后以其近褻謫之自號逐客一云官大理寺丞知江都縣事有

冠柳集一卷

黃叔暘云通叟詞名冠柳至踏青一詞風流楚楚又不獨冠柳詞之上也　陳質齋云逐客詞格不高以冠柳自名則可見矣

清平樂 應制

黃金殿裏燭影雙龍戲勸得官家真箇醉進酒猶呼萬歲 折旋舞徹伊州君恩與整搔頭一夜御前宣住六宮多少人愁 耆舊續聞作王仲甫字明之 按王介字仲甫衢州人好為助語詩

慶清朝慢 踏青

調雨為酥催氷做水東君分付春還何人便將輕煖點破殘寒結伴踏青去好平頭鞋子小雙鸞烟郊外望中秀色如有無間 晴則箇陰則箇餖飣得天氣有許多

般須教撩花撥柳爭要先看不道吳綾繡襪香泥斜沁幾行斑東風巧盡收翠綠吹上眉山

菩薩鬘

單于吹落山頭月漫漫江上沙如雪誰唱縷金衣水寒船舫稀　蘆花楓葉浦憶抱琵琶語身未發長沙夢魂先到家

生查子

關山魂夢長塞鴈音書少兩鬢可憐青一夜相思老

歸傍碧紗窗說與人人道真箇別離難不似相逢好

臨江仙

別浦相逢何草草扁舟兩岸垂楊繡屏珠箔綺香囊酒深歌拍緩愁入翠眉長　燕子歸來人去也此時無奈昏黃桃花應似我柔腸不禁微雨洒流淚溼紅妝

詞綜卷七

欽定四庫全書

詞綜卷八

翰林院檢討朱彝尊編

宋詞六十首

孔平仲一首　米芾一首

滕宗諒一首　鄭僅二首

黄裳一首　張景脩一首

孫觿一首　程過二首

解昉一首　陳亞一首
張舜民一首　王雱一首
蔡挺一首　汪輔之一首
蘇庠三首　劉涇一首
潘元質二首　蘇過一首
秦湛一首　許庭一首
葛勝仲二首　李冠一首
張表臣一首　查荎一首

周紫芝 十四首　謝逸 九首

謝邁 二首　葛郯 二首

趙鼎臣 一首　廖行之 二首

孔平仲 字毅父新淦人第進士官秘書丞集賢校理謫知衡州徙韶州復責惠州别駕安置召為戶部金部郎中出提舉永興路刑獄帥鄜延環慶有清江集

千秋歲 次韻少游見贈

春風湖外紅杏花初退孤館靜愁腸碎淚餘痕在枕别久香銷帶新睡起小園戲蜨飛成對　惆悵人誰會隨

處聊傾蓋情暫遣心何在錦書消息斷玉漏花陰改遲日暮仙山杳杳空雲海

米　芾　字元章吳人歷官太常博士知無為軍召為書畫學博士擢禮部員外郎出知淮陽軍有襄陽集

滿庭芳　與周熟仁試賜茶甘露寺

雅燕飛觴清談揮麈使君高會羣賢密雲雙鳳初破縷金團窓外爐烟自動開缾試二品香泉輕濤起香生玉塵雪濺紫甌圓　嬌鬟宜美盼雙擎翠袖穩步紅蓮坐

中客翻愁酒醒歌闌點上紗籠畫燭花驄弄月影當軒頻相顧餘歡未盡欲去且留連

滕宗諒 字子京河南人舉進士歷官天章閣待制徙慶州再知虢州復徙岳州終知蘇州

臨江仙 巴陵

湖水連天天連水秋來分外澄清君山自是小蓬瀛氣蒸雲夢澤波撼岳陽城　帝子有靈能鼓瑟淒然依舊傷情微聞蘭芷動芳馨曲終人不見江上數峯青

鄭僅 字彥能彭城人第進士累官吏部侍郎知徐州遷顯謨閣直學士通議大夫贈光祿大夫

謚脩敏

調笑 武陵

烟暖武陵晚洞裏春長花爛漫紅英滿地溪流淺漸聽雲中雞犬劉郎迷路香風遠誤到蓬萊仙館

又 姑蘇

聲切恨難説千里潮平春浪闊梅風不解相思結忍送落花飛雪多才一去芳音絶更對珠簾新月

黃裳 字勉仲延平人歷官端明殿學士贈少傅有演山集詞二卷

雨霖鈴

天南游客甚而今却送君南國西風萬里無限吟蟬暗續離情如織秣馬脂車去即去多少人惜望百里烟慘雲山送兩城愁作行色　飛帆過浙西封域到秋深且艤荷花澤就船買得鱸鱖新穀破雪堆香粒此興誰同須記東秦有客相憶頋聽了一闋歌聲醉倒擕今日

張景脩字敏叔常州人元豐末為饒州浮梁令遷曹郎中

選冠子詠柳

嫩水挼藍遥堤影翠半雨半烟橋畔鳴禽弄舌夢草縈心偏稱謝家池館紅粉牆頭步搖金縷纖柔舞腰低軟被和風搭在闌干終日晝簾高捲　春易老細葉舒眉輕花吐絮漸覺緑陰成幔章臺繫馬灞水維舟誰念鳳城人遠惆悵故國陽關盃酒飄零惹人腸斷恨青青客舍江頭風笛亂雲空晚

孫艤字濟師

菩薩蠻落梅

一聲羌管吹嗚咽玉溪夜半梅翻雪江月正茫茫斷橋流水香　含章春欲暮落日千山雨一點著枝酸吳姬先齒寒

程過 字觀過

滿江紅 梅

春欲來時長是與江梅有約還又向竹林疎處一枝開却對酒漸驚身老大看花應念人離索但十分沉醉祝東君長如昨　芳草渡孤舟泊山斂黛天垂幙黯銷魂

無奈暮雲殘角便好折來和雪戴莫教酒醒隨風落待殷勤留此寄相思誰堪託

謁金門

江上路依約數家烟樹一枕歸心村店暮更亂山深處夢過江南芳草渡曉色又催人去愁似游絲千萬縷倩東風約住

解昉 字方叔

永遇樂

風暖鶯嬌露濃花重天氣和煦院落烟收垂楊舞困無奈堆金縷誰家巧縱青樓絃管惹起夢雲情緒憶當時文衾桀枕未嘗暫孤鴛侶　芳菲易老故人難聚到此翻成輕誤閬苑仙遥蠻箋縱寫何計傳深訴青山渌水古今長在惟有舊歡何處空贏得斜陽暮草淡烟細雨

陳　亞　字亞之揚州人嘗知潤州仕至司封郎中一云太常少卿有澄源集吴處厚云雖一時俳諧之詞寄興亦有深意

生查子

相思意已深白紙書難足字字苦參商故要檀郎讀分明記得約當歸遠至櫻桃熟何事菊花時猶未回鄉曲

張舜民字芸叟别號浮休居士以薦為諫官仕至吏部侍郎有畫墁集

賣花聲題岳陽樓

木葉下君山空水漫漫十分斟酒斂芳顏不是渭城西去客休唱陽關　醉袖撫危欄天淡雲閒何人此路得生還回首夕陽紅盡處應是長安

王雱字元澤安石子舉進士累官天章閣待制兼侍講遷龍圖閣直學士卒贈左諫議大夫

眼兒媚

楊柳絲絲弄輕柔烟縷織成愁海棠未雨梨花先雪一半春休　而今往事難重省歸夢遶秦樓相思只在丁香枝上豆蔻梢頭

蔡挺字子政一作子正宋城人第進士熙寧中拜樞密副使卒贈工部尚書謚肅敏子政在渭久鬱鬱不自得寓意詞中有玉關人老之歎中使至令優伶歌之遂達禁掖有樞密之拜

喜遷鶯

霜天秋曉正紫塞故壘黃雲衰草漢馬嘶風邊鴻叫月隴上鐵衣寒早劍歌騎曲悲壯盡道君恩須報塞垣樂盡橐鞬錦領山西年少　談笑刀斗靜烽火一把時送一作報平安耗聖主憂邊威懷遐遠驕敵尚寬天討歲華向晚愁思誰念玉關人老太平也且歡娛莫惜金樽頻倒

汪輔之字正夫宣州人熙寧中登第為職方郎中廣南轉運使降知虔州卒有集三十卷

行香子

晚綠寒紅芳意匆匆惜年華今與誰同碧雲零落數字賓鴻看渚蓮凋宮扇舊怨秋風　流波墜葉佳期何在想天教離恨無窮試將前事閒倚梧桐有銷魂處明月夜錦屏空

趙鼎臣 字承之衛城人元祐中進士宣和中以右文殿脩撰知鄧州召為太府卿卒贈待制有竹隱畸士集

念奴嬌 送王長卿赴河間司録

舊游何處記金湯形勝蓬瀛佳麗綠水芙蓉元帥與賓

僚風流濟濟萬柳亭邊雅歌堂上醉倒春風裏十年一夢覺來烟水千里　惆悵送子重游南樓依舊否朱欄誰倚要識當時惟是有明月曾陪珠履量減杯中雪添頭上甚矣吾衰矣酒徒相問為言憔悴如此

蘇庠 字養直丹陽人紹聖中同徐俯薦于朝不起自放江湖間有後湖集一卷

菩薩鬘 自宜興還西岡作

園林寂寂春歸去濛濛柳下飄一作飛　香絮野水接雲横緑烟啼曉鶯　江南鶗鴂夢山色朝來重小艇小灣頭

蘋花蘋葉洲

木蘭花令

江雲疊疊遮鴛浦江水無情流薄暮歸帆初張葦邊風客夢不禁篷背雨　渚花不解留人住只作深愁無盡處白沙烟樹有無中鴈落滄洲何處所

臨江仙 荷花

獵獵風蒲初暑過蕭然庭戶秋清野航渡口帶烟橫晚山千萬疊別鶴兩三聲　秋水芙蕖聊蕩槳一樽同破

愁城蓼花灘上白鷗明暮雲連極浦急雨暗長汀

劉涇 字巨濟簡州人舉進士元符末官職方郎中有前後集

清平樂

深沉院宇枕簟清無暑睡起花陰初轉午一霎飛雲過雨　雨餘隱隱殘雷夕陽却照庭槐莫把珠簾垂下妨他雙燕歸來

潘元質 金華人

倦尋芳

獸鐶半掩鴛鴦無塵庭院瀟灑樹色沉沉春盡燕嬌鶯姹夢草池塘青漸滿海棠軒檻紅相亞聽簫聲記秦樓夜約彩鸞齊跨　漸迤邐更催銀箭何處貪歡猶繫驄馬旋剪燈花兩點翠眉誰畫香滅羞回空帳裏月高猶在重簾下恨疎狂待歸來碎揉花打

醜奴兒慢

愁春未醒還是清和天氣對濃緑陰中庭院燕語鶯啼數點新荷翠鈿輕泛水平池一簾風絮才晴又雨梅子

黄時　忍記那回玉人嬌困初試單衣共携手紅窗描繡畫扇題詩怎有而今半牀明月兩天涯章臺何處多應為我蹙損雙眉

蘇過　字叔黨軾第三子初監太原府稅次知潁昌府郎城縣皆以法令罷晚權通判中山府留家潁昌營自號斜川居士時稱為小坡有斜川集

點絳脣

高柳蟬嘶采菱歌斷秋風起晚雲如髻湖上山横翠簾卷西樓過雨涼生袂天如水畫欄十二少箇人同倚

秦湛字處度觀子官宣教郎

謁金門

鶯鶯浦春漲一江花雨隔岸數聲初過櫓晚風生碧樹舟子相呼相語載取暮愁歸去寒食江村芳草路愁來無著處

許庭字伯揚濠梁人

臨江仙詠柳

不見灞陵原上柳往來過盡蹄輪朝離南楚暮西秦不

成名利贏得鬢毛新　莫怪枝條憔悴損一生惟苦征塵兩三烟樹倚孤村夕陽影裏愁殺宦遊人

葛勝仲 字魯卿丹陽人紹聖四年進士歷官禮部員外郎權國子司業遷太常卿兼諭德除國子祭酒尋知汝州改湖州紹興元年卒謚文康有丹陽集詞一卷

點絳脣 縣齋愁坐

秋晚寒齋藜牀香篆橫輕霧閒愁幾許夢逐芭蕉雨雲外哀鴻似替幽人語歸不去亂山無數斜日荒城鼓

鷓鴣天

玉琯還飛換歲灰定山新棹酒船回年時梁燕雙雙在肯為人愁便不來　衰意緒病情懷玉山今夜為誰頹年時梅蘂垂垂破肯為人愁便不開

李冠 字世英山東人

蝶戀花

遥夜亭皐閒信步才過清明漸覺傷春暮數點雨聲風約住朦朧淡月雲來去　桃杏依稀香暗度誰在秋千笑裏輕輕語一寸相思千萬緒人間没箇安排處 王介甫云

張子野雲破月來花弄影不如冠朦朧淡月雲來去也

張表臣官承議郎通判常州著珊瑚鉤詩話

驀山溪游甘露寺

樓横北固盡日懨懨雨欸乃數聲歌但渺漠江山烟樹
寂寥風物三五過元宵尋柳眼覓花鬚春色知何處
落梅嗚咽吹徹江城暮脉脉數飛鴻杳歸期東風凝竚
長安不見烽起夕陽間魂欲斷酒初醒獨下危梯去

查荎

透碧霄

艤蘭舟十分端是載離愁練波送遠屏山遮斷此去難留相從爭奈心期久要屢變霜秋歎人生杳似萍浮又翻成輕別都將深恨付與東流　想斜陽影裏寒烟明處雙槳去悠悠愛渚梅幽香動須采擷倩纖柔艷歌粲發誰傳餘韻來說仙遊念故人留此遐州但春風老後秋月圓時獨倚江樓

周紫芝字少隱宣城人舉進士為樞密編修守興國有竹坡詞三卷

高郵孫兢序云竹坡樂章清麗婉曲非苦心刻意為之

鷓鴣天

一點殘紅欲盡時乍涼秋氣滿屏幃梧桐葉上三更雨葉葉聲聲是別離　調寶瑟撥金猊那時同唱鷓鴣詞如今風雨西樓夜不聽清歌也淚垂

醉落魄

江天雲薄江頭雪似楊花落寒燈不管人離索照得人來真箇睡不著　歸期已負梅花約又還春動空飄泊

曉寒誰看伊梳掠雪滿西樓人在闌干角

生查子

金鞍欲別時芳草溪邊渡不忍上西樓怕看來時路

簾幙卷東風燕子雙雙語薄倖不歸來冷落春情緒

又

春寒入翠帷月淡雲來去院落半晴天風撼梨花樹

人醉掩金鋪閒倚秋千柱滿眼是相思無說相思處

又

青絲結曉鬟臨鏡心情懶知為曉愁濃畫得雙蛾淺柳困玉樓空花落紅窗暖相對語春愁只有春閨燕

謁金門

春雨細閑晝一番桃李柳暗曲欄花滿地日高人睡起緑浸小池春水沙暖鴛鴦雙戲薄倖更無書一紙畫樓愁獨倚

朝中措

雨餘庭院冷蕭蕭簾幙度微飈鳥語喚回殘夢春寒勒

住花梢　無聊睡起新愁黯黯歸路迢迢又是夕陽時候一鑪沉水烟銷

又

黄昏樓閣亂栖鴉天末淡微霞風裏一池楊柳月邊滿樹梨花　陽臺路遠魚沉尺素人在天涯想得小窻遥夜哀絃撥斷琵琶

宴桃源

林外野塘烟膩衣上落梅香細瘦馬步淩兢人在亂山

叢裏憔悴憔悴回望小樓千里

品令 九日上西庵絶頂

霜蓬零亂笑緑鬢光陰晚紫萸時節小樓長醉一川平遠休說龍山佳會此情不淺　黄花香滿記白苧吳歌軟如今却向亂山叢裏一枝重看對著西風搔首為誰腸斷

清平樂

烟鬟斂翠柳下門初閉門外一川風細細沙上瞑禽飛

起　今宵水畔樓邊風光宛似當年月到舊時明處共
誰同倚闌干

點絳脣　西池桃花落盡賦此

燕子風高小桃枝上花無數亂溪深處滿地飛紅雨
喚得春來又送春歸去渾無緒劉郎前度空記來時路

一翦梅　送楊師醇赴官

無限江山無限愁兩岸斜陽人上扁舟闌干吹浪不多
時酒在離樽情滿滄洲　早是霜華兩鬢秋目送飛鴻

那更難留問君尺素幾時來莫道長江不解西流

江城子

夕陽低盡柳如烟澹平川斷腸天今夜十分霜月更娟娟怎得人如天上月雖暫缺有時圓　斷雲飛雨又經年思淒然淚涓涓且做如今要見也無緣因甚江頭來去鴈飛不到小樓邊

謝逸字無逸臨川人第進士有溪堂詞一卷

花心動

風裏楊花輕薄性銀燭高燒心熱香餌懸鉤魚不輕吞辜負釣兒虛設桑蠶到老絲長絆鍼刺眼淚流成血思量起粘枝花朶果兒難結　海樣情深忍撇似夢裏相逢不勝歡悅出水雙蓮摘取一枝可惜並頭分折猛期月滿會姮娥誰知是初生新月折翼鳥甚日于飛時節

沈天羽云此詞句句比方用小雅鶴鳴篇體也

蝶戀花

豆蔻梢頭春色淺新試紗衣拂袖東風軟紅日三竿簾

幙捲畫樓影裏雙飛燕　攏鬢步摇青玉碾缺樣花枝葉葉蜂兒顫獨倚闌干凝望遠一川烟草平如翦

如夢令

花落鶯啼春暮陌上緑楊飛絮金鴨晚香寒人在洞房深處無語無語葉上數聲秋雨

柳梢青

香肩輕拍樽前忍聽一聲将息昨夜濃歡今朝别酒明日行客　後回來則須來便去也如何去得無限離情

無窮江水無邊山色

燕歸梁

六曲闌干翠幙垂香燼冷金猊日高花外囀黃鸝春睡覺酒醒時　草青南浦雲橫西塞錦字杳無期東風只送柳綿飛全不管寄相思

南歌子

雨洗溪光淨風掀柳帶斜畫樓朱戶玉人家簾外一眉新月浸梨花　金鴨香凝袖銅荷燭映紗鳳盤宮錦小

屏遮夜靜寒生春笋理琵琶

江神子

一江秋水碧灣灣繞青山玉連環簾幙低垂人在畫圖間閒抱琵琶尋舊曲彈未了意闌珊　飛鴻數點拂雲端倚欄看楚天寒擬倩東風吹夢到長安恰似梨花春帶雨愁滿眼淚闌干

青玉案

蘆花飄雪迷洲渚送秋水連天去一葉小舟橫别浦數

聲鴻鴈兩行鷗鷺天淡瀟湘暮　篷窗醉夢驚簫鼓回首青樓在何處柳岸風輕吹殘暑菊開青蘂葉飛紅樹江上瀟瀟雨

清平樂

花邊柳際已漸知春意歸信不知何日是舊恨欲撩無計　故人零落西東題詩待倩歸鴻惟有多情芳草年年處處相逢

謝　邁字幼槃逸從弟布衣有竹友詞一卷

醉蓬萊 中秋懷無逸兄

望晴峰染黛暮靄澄空碧天無漢圓鏡高飛又一年秋半皓色誰同歸心暗折聽唳雲孤鴈問月停杯錦袍何處一樽無伴　好在南鄰詩盟酒社刻燭爭成引觴愁緩今夕樓中繼阿連清玩飲劇狂歌歌終起舞醉冷光零亂樂事難窮踈星易曉又成浩歎

蝶戀花 留董之南過七夕

一水盈盈牛女渡目送經年脉脉無由語後夜鵲橋知

暗度持杯乞與閒情緒　君似庾郎愁幾許萬斛愁生

更作征人去留定征鞍君且住人間豈有無愁處

葛郯 字謙問丹陽人有信齋詞一卷

念奴嬌 和人

馮夷微怒披鮫人水府織成綃縠何處飛來雙白鷺點

破一溪寒玉岸柳烟迷海棠酒困贏得春眠足凭欄搔

首為誰消遣愁目　遥想居士牀頭竹渠新雨溜瓮中

春醁不惜千鍾為客壽倒卧南山新緑晚月催歸春風

留住費盡紗籠燭恍疑仙洞夢遊天柱林屋

洞仙歌 壬辰六月十二日納涼

璚樓十二無限神仙侶紫綬丹麾彩鸞馭步虛聲杳靄碧落天高微雲淡點破瑤階白露 暗香來水閣氷簟紗幮一枕風輕自無暑更上水晶簾斗挂闌干銀河淺天孫將渡終不如歸去在苕川看千頃菰蒲亂鳴秋雨

廖行之 字天民衡陽人有省齋詩餘一卷

青玉案 重九憶羅舜舉

家山去此無多路久沒个音書去一别而今佳節度黄花開未白衣到否籬落荒涼處　崢嶸歲月還秋暮空腹便便無好句菊意悠期開未許那堪惹恨年來此日長是蕭蕭雨

點絳脣　送人歸新城

音信西來匆匆思作東歸計别懷縈繫為箇人留滯　樽酒團圞莫惜通宵醉還來未滿期君至只在初三是

詞綜卷八

欽定四庫全書

詞綜卷九

翰林院檢討朱彝尊編

宋詞五十六首

周邦彥三十七首　晁端禮四首

田不伐二首　曹組七首

万俟雅言五首　徐伸一首

周邦彥字美成錢唐人歷官祕書監進徽猷閣待制提舉大晟府出知順昌府徙處州卒贈宣奉大

夫有清真集二
卷後集一卷
晉陽强煥序云美成詞撫寫物態曲盡其妙
劉潛夫云美成頗偷古句　陳質齋云美
成詞多用唐人詩語檃括入律混然天成長
調尤善鋪叙富艷精工詞人之甲乙也　張
叔夏云美成詞渾厚和雅善于融化詩句
沈伯時云作詞當以清真為主蓋清真最為
知音且下字用
意皆有法度

瑞龍吟

章臺路還是一作見褪粉梅梢試華桃樹愔愔坊陌一作曲
人家定巢燕子歸來舊處　黯凝竚因記箇人癡小乍

窺門戶侵晨淺約宮黃障風映袖盈盈笑語　前度劉郎重到訪鄰尋里同時歌舞唯有舊來秋娘聲價如故吟箋賦筆猶記燕臺句知誰伴名園露飲東城閒步事與孤鴻去探春盡是傷離緒官柳低金縷歸騎晚纖纖池塘飛雨斷腸院落一簾風絮黃叔暘云此詞自章臺路至歸來舊處是第一段自黯凝竚至盈盈笑語是第二段此之謂雙拽頭屬正平調自前度劉郎以下即犯大石係第三段至歸騎晚以下四句再歸正平諸本皆以吟箋賦筆處分段非也

蘭陵王　柳

柳陰直烟裏絲絲弄碧隋堤上曾見幾番拂水飄綿送行色登臨望故國誰識京華倦客長亭路年去歲來應折柔條過千尺　閒尋舊蹤跡又酒趁哀絃燈照離席梨花榆火催寒食愁一箭（一作翦）風快半篙波暖回頭（一作首）迢遞便數驛望人在天北　悽惻恨堆積漸別浦縈迴津堠岑寂斜陽冉冉春無極念月榭携手露橋聞（一作吹）笛沉思前事似夢裏淚暗滴

鎖窗寒（寒食）

暗柳啼鴉單衣竚立小簾朱戶桐花一作陰半畝靜鎖一庭愁雨灑空堦更闌未休故人剪燭西窗語似楚江暝宿風燈零亂少年羈旅　遲暮嬉遊處正店舍無烟禁城百五旗亭喚酒付與高陽儔侶想東園桃李自春小脣秀靨今在否到歸時定有殘英待客攜樽俎

側犯

暮霞霽雨小蓮出水紅妝靚風定看步韈江妃照明鏡飛螢度暗草秉燭遊花徑人靜攜艷質追涼就槐影

金環皓腕雪藕清泉瑩誰省滿身香猶是舊荀令見說胡姬酒壚寂靜烟鎖漠漠藻池苔井

齊天樂

緑蕪彫盡臺城路殊鄉又逢秋晚暮雨生寒鳴蛩勸織深閣時聞裁剪雲窗靜掩歎重拂羅裀頓疎花簟尚有練囊露螢清夜照書卷　荆江留滯最久故人相望處離思何限渭水西風長安亂葉空憶詩情宛轉凴高眺遠正玉液新篘蟹螯初薦醉倒山翁但愁斜照斂

蘇幕遮

燎沉香消溽暑鳥雀呼晴侵曉窺簷語葉上初陽乾宿雨水面清圓一一風荷舉　故鄉遙何日去家住吳門久作長安旅五月漁郎相憶否小楫輕舟夢入芙蓉浦

六醜 薔薇謝後作

正單衣試酒悵客裏光陰虛擲願春暫留春歸如過翼一去無迹為問家何在夜來風雨葬楚宮傾國釵鈿墮處遺香澤亂點桃蹊輕翻柳陌多情更誰追惜但蜂媒

蜨使時叩窗槅　東園岑寂漸濛籠暗碧靜遶珍叢底成歎息長條故惹行客似牽衣待話別情無極殘英小强簪巾幘終不似一朶釵頭顫裊向人欹側漂流處莫趁潮汐恐斷鴻一作紅尚有相思字何由見得

大酺

對宿烟收春禽靜飛雨時鳴高屋牆頭青玉旆洗鉛霜都盡嫩梢相觸潤逼琴絲寒侵枕障蟲網吹粘簾竹郵亭無人處聽簷聲不斷困眠初熟奈愁極頻一作頓驚夢

輕難記自憐幽獨　行人歸意速最先念流潦妨車轂怎奈向一作何蘭成顦顇衛玠清羸等閒時易傷心目未怪平陽客雙淚落笛中哀曲況蕭索青蕪國紅糝鋪地門外荆桃如菽夜遊共誰秉燭

法曲獻仙音

蟬咽涼柯燕飛塵幙漏閣籤聲時度倦脱綸巾困便湘竹桐陰半侵朱戶向抱影凝情處時聞打窗雨　耿無語歎文園近來多病情緒嬾樽酒易成間阻縹渺玉京

人想依然京兆眉嫵翠幙深中對徽容空在紈素待花前月下見了不教歸去

滿庭芳 夏日溧水無想山作

風老鶯雛雨肥梅子午陰嘉樹清圓地卑山近衣潤費爐烟人靜烏鳶自樂小橋外新緑濺濺凭欄久黄蘆苦竹擬泛九江船　年年如社燕飄流瀚海來寄脩椽且莫思身外長近樽前憔悴江南倦客不堪聽急管繁絃歌筵畔先安枕簟容我醉時眠

應天長慢 寒食

條風布暖霏霧弄晴池臺徧滿春色正是夜堂無月沉沉暗寒食梁間燕前社客似笑我閉門愁寂亂花過隔院芸香滿地狼籍　長記那回時邂逅相逢郊外駐油壁又見漢宮傳燭飛烟五侯宅青青草迷路陌强載酒細尋前迹市橋遠柳下人家猶自相識

玉樓春

桃溪不作從容住秋藕絶來無續處當時相候赤欄橋

今日獨尋黃葉路　烟中列岫青無數鴈背夕陽紅欲暮人如風後入江雲情似雨餘黏地絮

少年遊

并刀如水吳鹽勝雪纖指破新橙錦幄初溫獸香不斷相對坐調笙　低聲問向誰行宿城上已三更馬滑霜濃不如休去直是少人行

拜星月慢

夜色催更清塵收露小曲幽坊月暗竹檻燈窗識秋娘

庭院笑相遇似覺瓊枝玉樹暖日明霞光爛水盼蘭情總平生稀見　畫圖中舊識春風面誰知道自到瑤臺畔眷戀雨潤雲溫苦驚風吹散念荒寒寄宿無人館重門閉敗壁秋蟲歎怎奈何（一作向）一縷相思隔溪山不斷

尉遲盃

隋堤路漸日晚密靄生深樹陰陰淡月籠沙還宿河橋深處無情畫舸都不管烟波隔前（一作南）浦等行人醉擁重衾載將離恨歸去　因思舊客京華長偎傍疎林小

檻歡聚冶葉倡條俱相識仍慣見珠歌翠舞如今向漁村水驛夜如歲焚香獨自語有何人念我無聊夢魂凝想鴛侶

西河　金陵懷古

佳麗地南朝盛事誰記山圍故國繞清江髻鬟對起怒濤寂寞打孤城風檣遙度天際　斷崖樹猶倒倚莫愁艇子曾繫空餘舊迹鬱蒼蒼霧沉半壘夜深月過女牆來傷心東望淮水　酒旗戲鼓甚處市想依稀王謝鄰

里燕子不知何世入尋常巷陌人家相對如說興亡斜陽裏

點絳脣

遼鶴歸來故鄉（一作人）多少傷心地（一作事）短書不寄魚浪空千里　憑仗桃根說與相思意愁無際舊時衣袂猶有東風淚（夷堅支志云美成在姑蘇與營妓岳楚雲相戀後從京師過吳則岳已從人久矣因飲于太守蔡巒子高坐上見其妹因作此詞寄之楚雲讀之感泣者累日）

又

征騎初停酒行莫放離歌舉柳汀蓮浦看盡江南路

苦恨斜陽冉冉催人去空回顧淡烟横素不見揚鞭處

一落索

杜宇催歸聲苦和春催去倚欄一霎酒旗風任撲面桃花雨　目斷隴雲江樹難逢尺素落霞隱隱日平西料想是分攜處

荔枝香近

照水殘紅零亂風掀去盡日惻惻輕寒簾底吹香霧黃

昏客枕無聊細響當窻雨看兩兩相依燕新乳　樓下

水漸綠遍行舟浦暮往朝來心逐片帆輕舉何日迎門

小檻朱籠報鸚鵡共翦西窻蜜炬

又

向夜寒侵酒席露微泫舄履初會香澤方薰無端暗雨

催人但怪燈偏簾卷回顧始覺驚鴻去遠　大都世間

最苦惟聚散到得春殘看即是開離宴細思别後柳眼

花鬚更誰剪此懷何處消遣

霜葉飛

露迷衰草踈星挂涼蟾低下林表素娥青女鬬嬋娟正倍添悽悄漸颯颯丹楓撼曉横天雲浪魚鱗小見皓月相看又透入清輝半晌特地留照　迢遞望極關山波穿千里度日如歲難到鳳樓今夜聽西風奈五更愁抱想玉匣哀絃閉了無心重理相思調念故人牽離恨屏掩孤顰淚流多少

傷情怨

枝頭風信漸小看暮鴉飛了又是黄昏閉門收返照

江南人去路杳信未通愁已先到怕見孤燈霜寒催曉

早

秋蘂香

乳鴨池塘水暖風緊柳花迎面午妝粉指印窗眼曲裏

長眉翠淺　聞知社日停鍼線探新燕寶釵落枕夢魂

遠簾影參差滿院

菩薩蠻

銀河宛轉三千曲浴鳧飛鷺澄波緑何處望歸舟夕陽江上樓　天憎梅浪發故下封枝雪深院捲簾看應憐江上寒

南柯子 梳詠

桂魄分餘暈檀槽破紫心曉妝初試鬢雲侵每被蘭膏香染色深沉　指印纖纖粉釵横隱隱金有時雲雨鳳幃深長是枕前不見殢人尋

關河令

秋陰時作漸向暝變一庭淒冷佇聽寒聲雲深無鴈影更深人去寂靜但照壁孤燈相映酒已都醒如何消夜永

過秦樓 一本作惜餘春慢

水浴清蟾葉喧涼吹巷陌馬聲初斷閒依露井笑撲流螢惹破畫羅輕扇人靜夜久凭欄愁不歸眠立殘更箭歎年華一瞬人今千里夢沉書遠 空見說鬢怯瓊梳容銷金鏡漸懶趁時勻染梅風地溽梧雨苔滋一架舞

紅都變誰信無聊為伊才減江淹情傷荀倩但明河影下還看稀星數點

六幺令 重陽

快風收雨亭館清殘燠池光靜橫秋影岸柳如新沐閒道宜城酒美昨日新醅熟輕鑣相逐衝泥策馬來折東籬半開菊　華堂花豔對列一一驚郎目歌韻巧共泉聲間雜琮琤玉惆悵周郎已老莫唱當時曲幽歡難卜明年誰健更把茱萸再三囑

氐州第一

波落寒汀村渡向晚遥看數點帆小亂葉翻鴉驚風破鴈天角孤雲縹緲官柳蕭疎甚尚挂微微殘照景物關情川途換目頓來催老　漸解狂朋歡意少奈猶被思牽情遶座上琴心機中錦字覺最縈懷抱也知人懸望久薔薇謝歸來一笑欲夢高唐未成眠霜空已曉

瑞鶴仙

悄郊原帶郭行路永客去車塵漠漠斜陽映山落斂餘

紅猶戀孤城欄角凌波步弱過短亭何用素約有流鶯勸我重解繡鞍緩引春酌　不記歸時早暮上馬誰扶醒眠朱閣驚飈動幙扶殘醉遶紅藥歎西園已是花深無地東風何事又惡任流光過却猶喜洞天自樂

望江南

歌席上無賴是横波寶髻玲瓏敧玉燕繡巾柔膩掩香羅人好自宜多　無箇事因甚斂雙蛾淺淡梳妝疑見畫惺忪言語勝聞歌何況會婆娑

花犯 梅花

粉牆低梅花照眼依然舊風味露痕輕綴疑淨洗鉛華無限清麗去年勝賞曾孤倚氷盤共宴喜更可惜雪中高士香篝薰素被　今年對花太匆匆相逢似有恨依依愁悴凝望久青苔上旋看飛墜相將見脆圓薦酒人正在空江烟浪裏但夢想一枝瀟灑黃昏斜照水黃叔暘云

此只詠梅花而紆徐反覆道盡三年間事圓美流轉如彈丸

浪淘沙慢

曉（一作晝）陰重霜凋岸草霧隱城堞南陌脂車待發東門帳飲乍闋正拂面垂楊堪攬結掩紅淚玉手親折念漢浦離鴻去何許經時信音絶　情切望中地遠天濶向露冷風清無人處耿耿寒漏咽嗟萬事難忘唯是輕（一作離）別翠樽未竭憑斷雲留取西樓殘月　羅帶光銷紋衾疊連環解舊香頓歇怨歌永瓊壺敲盡缺恨春去不與人期弄夜色空餘滿地梨花雪

夜飛鵲

河橋送人處良夜何其斜月遠墮餘輝銅盤燭淚已流盡霏霏涼露沾衣相將散離會處探風前津鼓樹杪參旗花驄會意縱揚鞭亦自行遲　迢遞路迴清野人語漸無聞空帶愁歸何意重經前地遺鈿不見斜徑都迷兎葵燕麥向斜陽影與人齊但徘徊班草欷歔酹酒極望天西

解語花　元宵

風銷焰蠟露浥烘爐花市光相射桂華流瓦纖雲散耿

耿素娥欲下衣裳淡雅看楚女纖腰一把簫鼓喧人影參差滿路飄香麝　因念帝城放夜望千門如晝嬉笑遊冶鈿車羅帕相逢處自有暗塵隨馬年光是也惟只見舊情衰謝清漏移飛蓋歸來從舞休歌罷

垂絲釣

縷金翠羽妝成纔見眉嫵倦倚繡簾看舞風絮愁幾許寄鳳絲鴈柱春將暮　向層城苑路鈿車似水時時花徑相遇舊遊伴侶還到曾來處門掩風和雨梁間燕語

問那人在否

晁端禮字次膺熙寧六年進士兩為縣令晚以承事郎為大晟府協律有閒適集一卷

能改齋漫録政和癸巳大晟樂成蔡元長以次膺薦詔乘驛赴闕次膺至都會禁中嘉蓮生遂屬詞以進名並蔕芙蓉上覽之稱善除大晟府協律郎不克受而卒

水龍吟

倦游京洛風塵夜來病酒無人問九衢雪少千門月淡元宵燈近香散梅梢凍消池面一番春信記南樓醉裏西城宴閲都不管人春困　屈指流年未幾早驚人潘

郎雙鬟當時體態而今情緒多應瘦損馬上牆頭縱教瞥見也難相認凭闌干但有盈盈淚眼把羅襟揾

又 杏花

小桃零落春將半雙燕却來池館名園相倚初開繁杏一枝遥見竹外斜穿柳間深映粉愁春怨任紅敧宋玉牆頭十里曾牽惹人腸斷　常記山城斜路噴清香日遲風暖春陰挫後馬前惆悵滿枝妝淺深院簾垂雨愁人處碎紅千片料明年更發多應更好約鄰翁看

宴桃源

又是青春將暮望極桃溪歸路洞戶悄無人空鎖一庭紅雨凝竚凝竚人面不知何處

滿庭芳

綠遶羣峯紅搖千柄夜來暑雨初收共君乘興輕舫信悠悠且盡一樽別酒荷香裏滿酌輕謳明朝去征帆夜落何處好汀洲　風流吾小阮朝辭東觀夕向南州況聖時爭教賈傅淹留若過潯陽亭上琵琶淚莫灑清秋

堤邊柳從今愛惜留待繫歸舟

田不伐

南柯子

夢怕愁時斷春從醉裏回淒涼懷抱向誰開些子清明時候被鶯催　柳外都成絮欄邊半是苔多情簾燕獨徘徊依舊滿身花雨又歸來

又

團玉梅梢重香羅芰扇低簾風不動蝶交飛一樣綠陰

庭院鎖斜暉　對月懷歌扇因風念舞衣何須惆悵惜芳菲擲却一年憔悴待春歸

曹　組字元寵潁昌人宣和三年進士有旨換武階兼閤職仍給事殿中揮麈録云官止副使有箕潁集

青玉案

碧山錦樹明秋霽路轉陡疑無地忽有人家臨曲水竹籬茅舍酒旗沙岸一簇漁樵市　淒涼只恐鄉心起鳳樓遠回頭謾凝睇何處令宵孤館裏一聲征鴈半窗斜

月總是離人淚

驀山溪 梅

護霜雲際遠日明芳樹竹外一枝斜想佳人天寒日暮黄昏小院無處著清香風細細雪垂垂何况江頭路月邊疎影夢到消魂處結子欲黄時又須作廉纖細雨孤芳一世供斷有情愁消瘦損東陽也試問花知否

又

草薰風暖樓閣籠輕霧牆短出花梢映誰家緑楊朱户

尋芳拾翠綺陌自青春江南遠踏青時誰念方羇旅
昔游如夢空憶横塘路羅袖舞臺風想桃花依然舊樹
一懐離恨滿眼欲歸心山連水水連雲悵望人何處

點絳脣

雲透斜陽半樓紅影明窓戸暮山無數歸鴈愁邊去
十里平蕪花遠重重樹空凝竚故人何處可惜春將暮

好事近　梅

茅舍竹籬邊雀噪晩枝時節一陣暗香飄處已不勝愁

絶　江南得地故先開不待有飛雪腸斷幾回山路恨無人攀折

憶少年

年時酒伴年時去處年時春色清明又近也却天涯爲客　念過眼光陰難再得想前歡盡成陳迹登臨恨無語把闌干暗拍

望月婆羅門引

漲雲暮卷漏聲不到小簾櫳銀河淡掃澄空皓月當軒

高掛秋入廣寒宮正金波不動桂影朦朧　佳人未逢歎此夕與誰同望遠傷懷對影霜滿秋紅南樓何處想人在長笛一聲中凝淚眼立盡西風

万俟雅言 自號詞隱崇寧中充大晟府製撰有大聲集五卷

黃叔暘云雅言精于音律自號詞隱發妙旨于律呂之中運巧思于斧鑿之外平而工和而雅比諸刻琢句意而求精麗者遠矣

春草碧 草

又隨芳渚坐一作生看翠連霽空愁遍征路東風裏誰望

斷西塞恨迷南浦天涯地角意不盡消沉萬古曾是送別長亭下細綠暗烟雨　何處亂紅鋪繡茵有醉眠蕩子拾翠遊女王孫遠柳外共殘照斷雲無語池塘夢生謝公後還能繼否獨上畫樓春山暝鴈飛去

三臺　清明應制

見梨花初帶夜月海棠半含朝雨內苑春不禁過青門御溝漲潛通南浦東風靜細柳垂金縷望鳳闕非烟非霧好時代朝朝多歡徧九陌太平簫鼓乍鶯兒百囀斷

續燕子飛來飛去近淥水臺榭映秋千鬬草聚雙雙游女　餳香更酒冷踏青路會暗識夭桃朱户向晚驟寶馬雕鞍醉襟惹亂花飛絮正輕寒輕煖漏永半陰半晴雲暮禁火天已是試新妝歲華到三分佳處清明看漢宮傳蠟炬散翠烟飛入槐府斂兵衛閶闔門開住傳宣又還休務

卓牌兒 春晚

東風綠楊天如畫出清明院宇玉艷淡泊梨花帶月胭

脂零落海棠經雨單衣怯黃昏人正在珠簾笑語相並
戲蹴秋千共攜手同倚闌干暗香時度　翠窓繡戸路
繚繞潛通幽處斷魂凝竚嗟不似飛絮閒悶閒愁難消
遣此日年年意緒無據奈酒醒春去

憶秦娥

天如洗金波冷浸氷壺裏氷壺裏一年得似此宵能幾
等閒莫把闌干倚馬蹄去便三千里三千里幾重雲
岫幾重烟水

昭君怨

春到南樓雪盡驚動燈期花信小雨一番寒倚闌干

莫把闌干頻倚一望幾重烟水何處是京華暮雲遮

徐伸 字幹臣三衢人政和初以知音律為太常典樂出知常州有青山樂府一卷

二郎神

悶來彈鵲又攪碎一簾花影謾試著春衫還思纖手熏徹金猊燼冷動是愁端如何向但怪得新來多病嗟舊日沈腰而今潘鬢怎一作不堪臨鏡　重省別時淚漬羅

襟猶凝料為我厭厭日高慵起長托春酲未醒鴈足一作翼不來馬蹄難去門掩一庭芳景空竚立盡日闌干倚遍晝長人靜黄叔暘云青山詞多雜調惟二郎神一曲天下稱之

詞綜卷九

欽定四庫全書

詞綜卷十

翰林院檢討朱彝尊編

宋詞六十一首

陳克 六首　李祁 三首

呂渭老 十七首　趙企 一首

李持正 一首　王采 二首

韓駒 一首　徐積 一首

何籀一首　蔣子雲一首
宋齊愈一首　李甲四首
夏倪一首　沈會宗四首
廖世美二首　林少瞻一首
何大圭一首　沈公述一首
魯逸仲一首　何桌一首
陳瓘一首　王安中四首
楊适一首　方喬一首

李玉 一首　　波子山 一首

謝克家 一首

陳克 字子高臨海人僑寓金陵元豐間以呂安老薦入幕府得官有赤城詞一卷 陳質齋云子高詞格頗高麗晏周之流亞也

菩薩蠻

赤欄橋盡香街直籠街細柳嬌無力金碧上晴空花晴簾影紅　黄衫飛白馬日日青樓下醉眼不逢人午香吹暗塵

又

緑蕪牆遶青苔院中庭日淡芭蕉卷蝴蝶上階飛風簾自在垂　玉鈎雙語燕寶甃楊花轉幾處簸錢聲緑窓春夢輕

謁金門

愁脉脉目斷江南江北烟樹重重芳信隔小樓山幾尺　細草孤雲斜日一晌弄晴天色簾外落花飛不得東風無氣力

又

花滿院飛去飛來雙燕紅雨入簾寒不卷曉屏山六扇

翠袖玉笙悽斷脉脉兩蛾愁淺消息不知郎近遠一

春長夢見耆舊續聞云和凝詞拂水雙飛來去燕曲檻小屏山六扇

又

柳絲碧柳下人家寒食鶯語匆匆花寂寂玉階春蘚濕

閒凭薰籠無力心事有誰知得檀炷繞窻燈背壁畫

簷殘雨滴

臨江仙

四海十年兵不解邊塵直到江城歲華消盡客心驚疎髯渾似雪衰涕欲生氷　送老虀鹽何處是我緣應在吳興故人相望若為情別愁深夜雨孤影小牕燈

李祁 字蕭遠官至尚書郎宣和間責監漢陽酒稅

點絳脣

樓下清歌水流歌斷春風暮夢雲烟樹依約江南路　碧水黃沙夢到尋梅處花無數問花無語明月隨人去

朝中措

郎官湖上探春迴初見照江梅過盡竹溪流水無人知道花開 佳人何處江南夢遠殊未歸來喚取小叢教看隔江烟雨樓臺

風蝶令

嫋嫋秋風起蕭蕭敗葉聲岳陽樓上聽哀箏樓下淒涼江月為誰明 霧雨沉雲夢烟波渺洞庭可憐無處問湘靈只有無情江水遶孤城

呂渭老　一作濱老，字聖求，秀州人。宣和末朝士，有詞一卷。趙師秀云：聖求詞婉媚深窈，視美成、耆卿伯仲。

薄倖

青樓春晚，晝寂寂、梳勻又懶。乍聽得、鴉啼鶯弄，惹起新愁無限。記年時、偷擲春心，花間隔霧遙相見。便角枕題詩，寶釵貰酒，共醉青苔深院。怎忘得、迴廊下，攜手處、花明月滿。如今但暮雨，蜂愁蝶恨，小窗閒對芭蕉展。卻誰拘管。儘無言、閒品秦箏，淚滿參差鴈。腰肢漸小，心與

楊花共遠

選冠子

雨濕花房風斜燕子池閣晝長春晚檀盤戰象寳局鋪棊籌畫未分還嬾誰念少年齒怯梅酸病踈霞盞正青錢遮路綠絲明水倦尋歌扇　空記得小閣題名紅箋青製燈火夜深裁剪明眸似水妙語如絃不覺曉霜雞喚聞道近來箏譜慵看金鋪長掩瘦一枝梅影回首江南路遠

念奴嬌　贈希文寵姬

暮雲收盡霽霞明高擁一輪寒玉簾影橫斜房户靜小立啼紅簌簌素鯉頻傳蕉心微展雙葉明紅燭開門疑是故人敲撼牕竹　長記那裏西樓小寒牕靜盡掩風箏鳴屋淚眼燈光情未盡儘覺語長更促短短霞杯溫溫羅帊妙語書裙幅五湖何日小舟同泛春綠

情久長

氷梁跨水沉沉霽色遮千里怎向我小舟孤棹天外飄

墜夜寒侵短髮睡不穩牕外寒風漸起歲華暮蟾光射
雪碧瓦飄霜塵不動寒無際　雞咽荒郊夢也無歸計
擁綉枕斷魂殘魄清吟無味想伊睡起又念遠樓閣橫
枝對倚待歸去西牕剪燭小閣凝香深翠幙饒春睡

滿路花　同柳仲脩在趙屯

西風晴日短小雨菊花寒斷雲低古木暗江天星娥尺
五佳約悮當年小語憑肩處猶記西園畫橋斜月闌干
　烏啼花落春信遣誰傳尚容清夜夢小留連青樓何

處寶鏡挂嬋娟應念紅箋事微暈春山背牕愁枕孤眠

浣溪沙

烟柳濛濛鵲做巢青青弱草帶斜橋鶯聲多在杏花梢

逐伴不知春路遠見人時著小詞招阿誰有分伴吹

簫

南歌子

策杖穿花圃登臨嘯晚風無窮秋色蔽晴空遥見夕陽

江上捲飛蓬　鴈過菰蒲遠山遥夢寐通一林楓葉墮

愁紅歸去暮烟深處聽疎鐘

祝英臺近

寳蟾明朱閣靜新燕近簾語還記元宵燈火小橋路逢迎春筍柔纖凌波纖穩悄不顧斗斜三皷　甚無據誰信一霎春愁鶯聲留不住柳色苔痕風雨暗花圃細看羅帶銀鈎綃巾香淚算不枉那時分付

江城子

曉麥垂戶宿酲醒坐南亭對疎星點點螢光偏向竹梢

明望斷長空何處是雲葉亂彩霞横　西樓依舊抱重城小銀屏此時情鴉陣翻叢枯柳雨三聲欹枕欲尋初夜夢雞唱遠曉蟾傾

小重山 七夕病中

半夜燈殘鼠上檠小牕風動竹月微明夢魂偏寄水西亭琅玕碧花影弄蜻蜓　千里暮雲平南樓催上燭晚來情酒闌人散斗西傾天如水團扇撲流螢

減字木蘭花

雨簾高捲芳樹陰陰連別館涼氣侵樓蕉葉荷枝各自秋　前溪夜舞化作驚鴻留不住愁損腰肢一桁香消舊舞衣

江城子慢

新枝媚斜日花徑霽晚碧乏紅滴近寒食蜂蝶亂點檢一城春色倦游客門外昏鴉啼夢破春心似遊絲飛遠碧燕子又語斜簷行雲自沒消息　當時烏絲夜語約桃花時候同醉瑤瑟甚端的看看是榆角楊花飛擲怎

忘得斜倚紅樓回淚眼天如水沉沉連翠壁想伊不整
啼妝影簾側

百宜嬌

隙月垂篦亂蛩催織秋晚嫩涼房户燕拂簾旌鼠窺牕
網寂寂飛螢來去金鋪鎮掩謾記得花時南浦約重陽
萸糝菊英小樓遥夜歌舞 銀燭暗佳期細數簾幙漸
西風半牕秋雨葉底翻紅水面皺碧燈火裁縫砧杵登
堂望極正霧鎖宫槐歸路定須相寶馬鈿車訪吹簫侶

夢玉人引

上危梯望畫閣迥繡簾垂曲水飄香小園鶯喚春歸舞袖弓彎正滿城烟草淒迷結伴踏青趁蝴蝶雙飛 賞心歡計從別後無意到西池自檢羅囊要尋紅葉留詩懶約無憑據鶯花都不知怕人問强開懷細酌荼䕷

傾盃令

隔座藏鈎分曹射覆燭燄漸催三鼓箏按教坊新譜樓外月生春浦 徘徊爭忍忙歸去怕明朝無情風雨珍

花美酒團坐且作樽前笑侶

一落索

蟬帶殘聲移別樹晚涼房户秋風有意染黄花下幾點

凄凉雨　渺渺雙鴻飛去亂雲深處一山紅葉為誰愁

供不盡相思句

西江月慢

春風淡淡清晝永落英千尺桃杏散平郊晴蜂來往妙

香飄擲傍畫橋煑酒青帘綠楊風外數聲長笛記去年

紫陌朱門花下舊相識　向寶帕裁書憑燕翼望翠閣烟林似織聞道春衣猶未整過禁烟寒食但記取角枕題情東牕休悮這些端的更莫待青子緑陰春事寂

趙企　字循道大觀中宰績溪

感皇恩

騎馬踏紅塵長安重到人面依然似花好舊歡纔展又被新愁分了未成雲雨夢巫山曉　千里斷腸關山古道回首高城似天杳滿懷離恨付與落花啼鳥故人何

處也青春老

李持正 字季秉政和五年進士歷知德慶南劍潮陽三郡終朝請大夫

明月逐人來 上元

星河明澹春來深淺紅蓮正滿城開遍禁街行樂暗塵香拂面皓月隨人近遠 天半鼇山光動鳳樓西觀東風靜珠簾不捲玉輦待歸雲外聞絃管認得宮花影轉

蘇子瞻云好箇皓月隨人近遠

王采 字輔道一云字道輔韶子宣和中官侍郎

玉樓春

秋閨思入江南遠簾幙低垂閒不捲玉珂聲斷曉屏空好夢驚回還起嬾　風輕只覺香烟短隂重不知天色晚隔牕人語退朝歸旋整宿妝勻睡眼

蝶戀花　梨花

纔雪成花檀作蘂愛伴秋千揺曳東風裏翠袖年年寒食淚為伊牽惹愁無際　幽艶偏宜春雨細紅粉闌干有箇人相似鈿合金釵誰與寄丹青傳得淒涼意

韓　駒字子蒼仙井監人政和初進士歷遷中書舍人兼權直學士院贈中奉大夫有陵陽集

昭君怨　雪

昨日樵村漁浦今日瓊川銀渚山色捲簾看老峯巒錦帳美人貪睡不覺天孫剪水驚問是楊花是蘆花

徐　積字仲車楚州山陽人中進士第除揚州司户參軍楚州教授改和州防禦推官徽宗初立改宣德郎卒贈謚節孝處士有集

漁父樂

水曲山隈四五家夕陽烟火隔蘆花漁唱歇醉眠斜綸

竿蓑笠是生涯

何籀字子初信安人

宴清都

細草沿階軟遲日薄惠風輕靄微暖春工靳惜桃英尚小柳芽猶短羅幃繡幙高捲早已是歌慵笑懶憑畫樓那更天遠山遠水遠人遠　堪怨傳粉疎狂竊香俊雅無計拘管青絲絆馬紅巾寄羽甚處迷戀無言淚珠零亂翠袖儘重重漬遍故要得別後思量歸時覷見

蔣子雲 字元龍

好事近

葉暗乳鴉啼風定亂紅猶落蝴蝶不隨春去入薰風池閣　休歌金縷勸金巵酒病煞如昨簾捲日長人靜任楊花飄泊

宋齊愈 字退翁宣和間為太學官按吳曾能改齋漫錄稱諫議

眼兒媚 梅詞應制

霏霏疎影一作雨轉征鴻人語暗香中小橋斜渡曲屏深

院水月濛濛　人間不是藏春處一作所玉笛曉霜空江南處處黃垂密雨緑漲薰風

李　甲字景元華亭人

帝臺春

芳草碧色萋萋遍南陌暖絮亂紅也知人春愁無力憶得盈盈拾翠侶共攜賞鳳城寒食到今來海角逢春天涯倦客　愁旋釋還似織淚暗拭又偷滴漫倚遍危欄儘黃昏也只是暮雲凝碧擡則而今已擡了忘則怎生

便忘得又還問鱗鴻試重尋消息

望雲涯引

秋容江上岸花老蘋洲白露濕蒹葭浦嶼漸增寒色閒漁唱晚鷺鴈驚飛處映遠磧數點輕帆送天際歸客鳳臺人散漫回首況消息素鯉無憑樓上暮雲凝碧時向西風下認遠笛宋玉悲懷未信金樽消得

八寶妝

門掩黃昏畫堂人寂暮雨乍收残暑簾卷踈星庭户悄

隱隱嚴城鐘鼓空街烟暝半開斜月朦朧銀河澄淡風淒楚還是鳳樓人遠桃源無路　惆悵夜久星繁碧雲望斷玉簫聲在何處念誰伴茜裙翠袖共携手瑤臺歸去對修竹森森院宇曲屏香暖凝沉炷問對酒當歌情懷記得劉郎否

過秦樓

賣酒壚邊尋芳原上亂花飛絮悠悠已蜨稀鶯散便擬把長繩繫日無由謾道草忘憂也徒將酒解閒愁正江

南春盡行人千里蘋滿汀洲　有翠紅徑裏盈盈佀簇芳茵禊飲時笑時謳當暖風遲景任相將永日爛漫狂遊誰信盛狂中有離情忽到心頭向尊前擬問雙燕來時曾過秦樓

夏　倪字均父蘄州人自府曹左官祁陽監酒

減字木蘭花宣和庚子登浯臺作

江涵曉日蕩漾波光搖槳入笑指浯溪漫叟雄文銷翠微　休嗟不偶歸到中州何處有獨立風烟湘水浯臺

總接天

沈會宗字文伯

小重山

花過園林清蔭濃琅玕新脫笋緑成叢語一作雨聲只在小樓一作池東間欹枕敞一作直面芰荷風長一作斜日蔽簾櫳輕塵飛不到畫堂空一樽今夜與誰同人如玉相對月明中

菩薩鬘

落花迤邐層陰少青梅競弄枝頭小江色雨和烟行人江那邊　好花都過了滿地空芳草落日醉醒間一春無此寒

蓦山溪

想伊不住船在藍橋路別語未甘聽更忍問而今是去門前楊柳幾日轉西風將行色欲留心忽忽城頭鼓一番幽會只覺添愁緒邂逅却相逢又還有此時歡否臨歧把酒莫惜十分斟尊前月月中人明夜知何處

清商怨

城上鵶啼斗轉漸玉壺氷滿月淡寒梅清香來小院誰遣鸞箋寫怨翻錦字疊疊和愁卷夢破胡笳江南烟樹遠

廖世美

好事近

落日水鎔金天淡暮烟凝碧樓上誰家紅袖倚闌干無力　鴛鴦相對浴紅衣短棹弄長笛驚起一雙飛去聽

波聲拍拍

燭影搖紅 安陸浮雲樓

靄靄春空畫樓森聳凌雲渚紫薇登覽最關情絶妙誇能賦惆悵相思遲暮記當日朱欄共語塞鴻難問岸柳何窮別愁紛絮 催促年光舊來流水知何處斷腸何必更殘陽極目傷平楚晚霽波聲帶雨悄無人舟橫野渡數峰江上芳草天涯參差烟樹

林少瞻

眼兒媚 曉行

霽霞散曉月猶明踈木挂殘星山逕人稀翠蘿深處啼鳥兩三聲 霜華重逼雲裘冷心共馬蹄輕十里青山一溪流水都做許多情

何大圭 字晉之廣德軍人進士

小重山

綠樹鶯啼春正濃釵頭青杏小綠成叢玉船風動酒鱗紅歌聲咽相見幾時重 車馬去匆匆路隨芳草遠恨

無窮相思只在夢魂中今宵月偏照小樓東臨邛高恥庵云玉船句如雲錦月鈎奪造化之巧

沈公述

念奴嬌

杏花過雨漸殘紅零落胭脂顏色流水飄香人漸遠難託春心脉脉恨別王孫牆陰目斷手把青梅摘金鞍何處綠楊依舊南陌　消散雲雨須臾多情因甚有輕離輕拆燕子千般爭解說些子伊家消息厚約深盟除非

重見見了方端的而今無奈寸腸千恨堆積

魯逸仲

南浦

風悲畫角聽單于三弄落譙門投宿駸駸征騎飛雪滿孤村酒市漸闌燈火正敲牕亂葉舞紛紛送數聲驚雁乍離烟水嘹唳度寒雲　好在半朧淡月到如今無處不鎖魂故國梅花歸夢愁損緑羅裙為問暗香閒艷也相思萬點付啼痕算翠屏應是兩眉餘恨倚黃昏

何㮚　字子縝一云字文縝仙井人政和丙申進士第一歷官尚書右僕射兼中書侍郎死靖康之難贈觀文殿大學士

虞美人　贈妓惠柔

分香怕子揉藍膩欲去殷勤惠重來約在牡丹時只恐花枝相妒故開遲　別來看盡閒桃李日日闌干倚催花無計問東風夢作一雙蝴蝶遶芳叢

陳瓘　字瑩中延平人中甲科建中靖國初為右司諫嘗移書責曽布及言蔡京蔡卞之姦章疏十上除名編隸合浦以死靖康中贈諫大夫紹興中追贈諡忠肅有了齋集詞一卷

滿庭芳

淮葉繽紛江烟濃淡别尊同倒寒暉未逢春信霜露惹征衣往事元無是處何須待回一作白首知非春鵑語來勸我長道不如歸　家山何處近江樓簾棟夕捲朝飛問西江筍蕨何似鱸肥且署一作置華胥舊夢忘言處千古同時君知我平生心事相契古來希

王安中

字履道曲陽人進士及第宣和中累官翰林學士承旨尚書左丞金人來歸燕授慶遠軍節度使河北河南燕山府路宣撫使加少師郭藥師將叛求罷召還靖康初安置象州紹

興初復左中大夫

有初寮集詞一卷

玉樓春

秋鴻只向秦箏住終寄青樓書不去手因春夢有携時眼到花開無著處　泥金小字回文句翠袖紅裙今在否欲尋巫峽舊時雲問取高唐臺畔路

一落索

塞柳未傳春信霜花侵鬢送君西去指秦關看日近長安近　玉帳同時英俊合離無定路逢新鴈北飛來寄

一字燕山問

清平樂 和晁倅

花時微雨未減春分數占取簾疎花密處把酒聽歌金縷　斜風輕度濃香閒情正與春長向晚紅燈入坐當

新青杏隨觴

洞仙歌

深庭夜寂但涼蟾如畫鵲起高槐露華透聽曲樓玉管吹徹伊州金釧響軋軋朱扉暗叩　迎人巧笑道好箇

今宵怎不相尋暫携手見淡淨晚妝殘對月偏宜多情更越饒纎瘦早促分飛雲雨時休便恰似陽臺夢雲歸後

楊　适 字時可棣州人舉進士為尚書比部員外郎

南柯子 送淮漕向伯恭

怨草迷南浦愁花傍短亭有情歌酒莫催行看取無情花草也關情　舊日臨岐曲而今忍淚聽淮山何在暮雲平待倩春風吹夢過江城

方　喬 樂至人

生查子 贈紫竹

晨鶯不住啼故喚愁人起無力曉妝慵閒弄荷錢水

欲呼女伴來鬬草花陰裏嬌極不成狂更向屏山倚

李玉

賀新郎

篆縷消金鼎醉沉沉庭陰轉午畫堂人靜芳草王孫知

何處惟有楊花糝徑漸玉枕騰騰春醒簾外殘紅春已

透鎮無聊殢酒厭厭病雲鬢亂未忺整　江南舊事休

重省遍天涯尋消問息斷鴻難倩月滿西樓憑欄久依舊歸期未定又只恐缾沉金井嘶騎不來銀燭暗枉教人立盡梧桐影誰伴我對鸞鏡　黄叔暘云李君詞雖不多見然風流蘊藉盡此篇矣

波子山　宿州獄掾

別銀燈　途次南京憶營妓張温卿

一夜隋河風勁霜混水天如鏡古柳隄長寒烟不起波上月無流影那堪懶聽疎星外離鴻相應　須信情多

是病酒到愁腸還醒數疊羅衾餘香未減甚時枕鴛重

並教伊須更將蘭約見時先定

謝克家字任伯官參政

憶君王徽宗北行作此

依依宮柳拂宮牆樓殿無人春晝長燕子歸來依舊忙

憶君王月照黄昏人斷腸避戎夜話云淵聖幸金營不返謝元及作此詞鼠璞云語

意悲凉讀之使人墮淚真憂君憂國之語

詞綜卷十

欽定四庫全書

詞綜卷十一

翰林院檢討朱彝尊編

宋詞六十四首

向子諲九首　蔡伸十二首

王庭珪三首　葉夢得三首

王之道一首　向鎬三首

沈瀛一首　李邴三首

劉弇 二首　汪藻 二首

曾紆 一首　徐俯 一首

趙師俠 一首　陳與義 二首

劉一止 六首　趙長卿 九首

王灼 二首　張綱 一首

王十朋 一首　陳濟翁 一首

向子諲 字伯恭臨江人敏中玄孫以欽聖憲肅皇后從姪恩補假承奉郎建炎初遷直龍圖閣江淮發運副使為黃潛善所斥尋起知潭州累遷户部侍郎自號薌林居士有酒邊集四卷

胡致堂云蘇林居士步趨蘇堂而嚌其胾者也

如夢令

午夜涼生翠幔簾外行雲撩亂可恨白蘋風欲雨又還吹散腸斷腸斷楚夢驚殘一半

生查子

近似月當懷遠似花藏霧好是月明時同醉花深處

看花不自持對月空相顧顧學月頻圓莫作花飛去

又

娟娟月入眉　整整雲歸鬢　鏡裏弄妝遲　簾外風移影
斜窺秋水長　軟語春鶯近　無計奈情何　只有相思分

鷓鴣天

說著分飛百種猜　泥人細數幾時回　風流可慣長孤冷　懷抱如何得好開　垂玉筯　下香階　並肩小語更兜鞵　再三莫遣歸期誤　第一頻教入夢來

梅花引　戲代李師周作

花如頰　梅如葉　小時笑弄堦前月　最盈盈　最惺惺　鬧愁

未識無計說深情一年空省春風面花落花開不相見要相逢得相逢須信靈犀中自有心通　同杯杓同斟酌千愁一醉都忘却花陰邊柳陰邊幾回擬待偷憐不成憐傷春玉瘦慵梳掠拋擲琵琶閒處著莫猜疑莫嫌遲鴛鴦翡翠終是一雙飛

虞美人 宣和辛丑

去年雪滿長安樹望斷揚州路今年看雪在揚州人在蓬萊深處若爲愁　而今不恨伊相誤自恨來何暮平

山堂下舊嬉游只有舞春楊柳自風流

殢人嬌 席上贈侍人輕輕

白似雪花柔於柳絮蝴蝶兒鎮長一處春風駘蕩驀然吹去爭得倩游絲半空惹住 波上精神掌中態度分明是彩雲團做當年飛燕從今不數只恐是高唐夢中神女

南歌子

柳眼風前動梅心雪後寒年華渾似霧中看報答風光

無處可爲歡　一曲聊收淚三杯强自寬新愁不耐上眉端怕見長安歸路懶憑欄

又

碧落飛明鏡晴烟羃遠山扁舟夜下廣陵灘照我白蘋紅蓼一盃殘　初望同盟飲如何兩處看遥知香霧濕雲鬟凭暖瓊樓十二曲闌干

蔡伸字伸道莆田人襄之孫宣和中官彭城倅歷左中大夫有友古詞一卷

水調歌頭用盧贊元韻别彭城

醉擘玉壺缺恨寫緑琴哀悠悠往事誰問離思渺難裁緑野堂前桃李燕子樓中歌吹那忍首重回唯有舊時月遠遠逐人來　小庭空清夜永獨徘徊伴人幽怨一枝蕭灑隴頭梅心斷雲帆西去目送烟波東注千里接長淮為我將雙淚好過楚王臺

滿庭芳

烟鎖長堤雲横孤嶼斷橋流水溶溶憑欄凝望遠目送征鴻桃葉蹊邉舊事如春夢回首無蹤難忘處薔薇花

下清夜一樽同　城東携手地尋芳選勝賞徧珍叢念紫簫聲闋燕子樓空好是盧郎未老佳期在端有相逢重重恨聊憑紅葉和淚寄西風

蘇武慢

鴈落平沙烟籠寒水古壘鳴笳聲斷青山隱隱敗葉蕭蕭天際暝鴉零亂樓上黄昏片帆千里歸程年華將晚望碧雲空暮佳人何處夢魂俱遠　憶舊游邃館朱扉小園香徑尚想桃花人面書盈錦軸恨滿金徽難寫寸

心幽怨兩地離愁一樽芳酒淒凉危欄倚遍儘遲留憑

仗西風吹乾淚眼

飛雪滿羣山

氷結金壺寒生羅幙夜闌霜月侵門翠筠敲韻疎梅弄

影數聲鴈過南雲酒醒欹𨚫枕愴然猶有殘妝淚痕纔

被孤擁餘香未減猶是那時薰　長記得扁舟尋舊約

聽小窓風雨燈火黄昏錦茵纔展瓊籤報曙寶釵又是

輕分黯然攜手處倚朱箔愁凝黛顰夢回雲散山遥水

遠空斷魂

虞美人

瑶琴一弄清商怨樓外桐陰轉月華淡淡露華濃寂寞小池烟水冷芙蓉　攀花擷翠當時事緑葉同心字有情還解憶人無過盡寒沙新鴈甚無書

南鄉子

宣和壬寅予與向伯恭俱為大漕屬官向有詞云憑書續斷腸因為此詞

木落鴈南翔錦鯉殷勤為渡江淚墨銀鈎相憶字成行滴損雲箋小鳳凰　陳事費思量回首烟波卷夕陽儘

道憑書聊破恨難忘及至書來更斷腸

洞仙歌

鶯鶯燕燕本是于飛伴風月佳時阻幽願但人心堅固後天也憐人相逢處依舊桃花人面　綠窻攜手作簾幙重重燭影揺紅夜將半對樽前如夢欲語魂驚語未竟已覺衣襟淚滿我只為相思特特來這度更休推後回相見

七娘子

天涯觸目傷離緒登臨況值秋光暮手撚黄花憑誰分付雝雝鴈落蒹葭浦　憑高目斷桃溪路屏山樓外青無數緑水紅橋鎖總朱户如今總是鎖魂處

侍香金童

寶馬行春緩轡隨油壁念一瞬韶光堪重惜還是去年同醉日客裏情懷倍添凄惻　記南城錦徑名園曾遍歷更柳下人家似織此際憑欄愁脉脉滿目江山暮雲空碧

蒼梧謠

天休使圓蟾照客眠人何在桂影自嬋娟

點絳脣 登歷陽連雲觀

水繞孤城亂山深鎖横江路帆歸别浦冉冉蘭皐暮
人在天涯鴈背南雲去空凝竚鳳樓何處烟靄迷津渡

又

人面桃花去年今日津亭見瑶琴錦薦一弄清商怨
今日重來不見如花面空腸斷亂紅千片流水天涯遠

王庭珪 字民瞻廬陵人政和八年進士為國子監主簿晚直敷文閣有盧溪集詞二卷

點絳脣

花外紅樓當時青鬢顏如玉淡烟殘燭醉入花間宿白髮相逢猶唱當時曲當時曲斷絃難續且盡杯中醁

又 上元鼓子詞

玉漏春遲鐵關金鎖星橋夜暗塵隨馬明月應無價天半朱樓銀漢星光射更深也翠蛾如畫猶在涼蟾下

感皇恩

一葉下西風寒生南浦椎鼓鳴橈送君去長亭把酒却倩阿誰留住樽前人似玉能留否　醉中暫聽離歌幾許聽不能終淚如雨無情江水斷送扁舟何處歸時烟浪捲朱簾暮

葉夢得 字少蘊吳縣人紹聖四年進士累遷翰林學士兼侍讀除户部尚書以崇信軍節度使致仕贈撿校少保有建康集石林詞一卷

關子東云葉公妙齡詞甚婉麗晚歲落其華而實之能於簡淡時出雄傑合處不減東坡

賀新郎

睡起啼鶯語掩蒼苔房櫳向晚亂紅無數吹盡殘花無人見惟有垂楊自舞漸暖靄初回輕暑寶扇重尋明月影暗塵侵上有乘鸞女驚舊恨遽如許　江南夢斷橫江渚浪黏天葡萄漲綠半空烟雨無限樓前滄波意誰採蘋花寄取但悵望蘭舟容與萬里雲颿何時到送孤鴻目斷千山阻誰為我唱金縷

菩薩蠻　湖光亭晚景

平波不盡蒹葭遠清霜半落沙痕淺烟樹晚微茫孤鴻

下夕陽　梅花消息近試向南枝問記得水邊春江南別後人

水調歌頭 九月望日與客習射西園予病不能射

霜降碧天靜秋事促西風寒聲隱地初聽中夜入梧桐起瞰高城四顧寥落關河千里一醉與君同疊鼓鬧清曉飛騎引雕弓　歲將晚客爭笑問衰翁平生豪氣安在走馬為誰雄何似當筵虎士揮手弦聲響處雙雁落遥空老矣真堪惜回首望雲中

王之道字彥猷濡須人宣和六年進士歷朝奉大夫有相山居士詞二卷

如夢令 江上對雨

一晌凝情無語手撚梅花何處倚竹不勝愁暗想江頭歸路東去東去短艇淡烟疎雨

向鎬字豐之河內人有樂齋詞二卷

南歌子

路盡湘江水人行瘴霧間昏昏西日度嚴關天外一簪初見嶺南山　北鴈連書斷新霜點鬢斑此行休問幾時

還準擬桂林佳處過春殘

如夢令 次韻邢子文

夢斷綠牕鶯語消遣客愁無處小檻俯青郊恨滿楚江南路歸去歸去花落一川烟雨

又 書弋陽樓

樓上千峯翠巘樓下一彎清淺寶篆酒醒時枕上月華如練留戀留戀明日水村烟岸

沈瀛 字子壽吳興人有竹齋詞一卷

葉水心云子壽少入太學仕四十餘年繇子王官再入郡三佐帥幕其平生業嗜文字若性命在身非外物也

念奴嬌

郊原浩蕩正奪目花光動人春色白下長干佳麗最寒食嬉游人物露卷香輪風嘶寶騎雲表歌聲遏歸來燈火不知斗柄西揭　六代當日繁華幕天席地醉拍江流窄游女人人爭唱道緩緩踏青阡陌樂事何窮賞心無限可惜年光迫須臾聚散人生真信如客

李邴字漢老任城人崇寧五年進士第紹興初參知政事授資政殿學士卒謚文敏有雲龕草堂集

洞仙歌 柳花

一團纖軟是將春揉做撩亂隨風到何處自長亭人去後烟草萋迷歸未定裝點離愁無數 飄揚無箇事剛被縈牽長是黃昏怕微雨記那回深院靜簾幕低垂花陰下霎時留住又只恐伊家忒踈狂更蔫地和春帶將歸去

漢宮春

瀟灑江梅向竹梢疎處橫兩三枝東風也不愛惜雪壓霜欺無情燕子怕春寒輕失花期惟是有南來塞鴈年年長見開時　清淺小溪如練問玉堂何似茅舍疎籬傷心故人去後冷落新詩微雲淡月對孤芳分付伊誰空自倚清香未減風流不在人知王仲言云漢老少日作漢宮春詞膾炙人口所謂問玉堂何似茅舍疎籬是也政和間自王省丁憂歸山東服終造朝舉國無與談者方悵悵無計時王黼為首相忽遣人招至東閣開宴出其家姬十數人酒半唱是詞侑觴大醉而歸數日遂有館閣之命

玉樓春 美人書字

沉吟不語晴窻畔小字銀鉤題欲遍雲情散亂未成篇花骨敧斜終帶軟　重重説盡情和怨珍重提携常在眼暫時得近玉纖纖翻羨縷金紅象管

劉弇 字偉明廬陵人登元豐進士第繼中博學宏詞科有龍雲集

惜雙雙令

風外橘花香暗度飛絮綰殘春歸去醖造黄梅雨冷烟曉占横塘路　翠屏人在天低處驚夢斷行雲無據此

恨憑誰訴恁時郤倩危絃語

清平樂

東風依舊著意隋堤柳搓得鵞兒黄欲就天氣清明時候一作斷勾去年紫陌青門今朝雨魄雲魂斷送一生憔悴能消一作知他幾箇黄昏

汪藻字彦章婺源人進士第歷官中書舍人兼直學士院擢給事中遷兵部侍郎兼侍講拜翰林學士有浮溪集

小重山

月下潮生紅蓼汀残霞都斂盡四山青柳梢風急墮流螢隨波去點點亂寒星　别語寄丁寧如今能間隔幾長亭夜來秋氣入銀屏梧桐雨還恨不同聽

點絳脣

水夜厭厭畫檐低月山衘斗起來搔首梅影横窓瘦好箇霜天閒却傳杯手君知否曉鴉啼後歸夢濃於酒

能改齋漫録云彦章在翰苑屢致言者作此詞或問曰歸夢濃於酒何以在曉鴉啼後公曰無奈這一隊畜生何　按曉鴉草堂改作亂鴉歸夢改作歸興便少意味今從吳虎臣能改齋漫録正之

曾紆字公卷南豐人布之子為司農少卿直寶文閣知衢州有空青集

菩薩蠻月夜

山光冷浸清溪底溪光直到柴門裏卧對白蘋洲鼓眠數釣舟　溪山無限好恨不相逢早老病獨醒多如斯良夜何

徐俯字師川分寧人由通直郎歷進右諫議大夫紹興初賜進士出身累擢端明殿學士簽書樞密院事權參知政事有東湖集

卜算子

天生一作胸中百種愁挂在斜陽樹緑葉陰陰占得春草滿鶯啼處不見凌波步空憶如簧語柳外重重疊疊山遮不斷愁來路

趙師俠一作使字介之汴人燕王德昭七世孫舉進士有坦菴長短句一卷尹先之云坦庵先生詞章摹寫風景體狀物態俱極精巧初不知其得之之易又云先生為文如泉出不擇地

謁金門　馳崗迓陸尉

沙畔路記得舊時行處藹藹疎烟迷遠樹野航横不渡

竹裏疎花梅吐照眼一川鷗鷺家在清江江上佳水流愁不去

陳與義字去非季常孫本蜀人後徙居河南葉縣政和中登上舍甲科紹興中拜翰林學士知制誥參知政事有簡齋集無住詞一卷

黄叔暘云去非詞雖不多語意超絶識者謂可摩坡仙之壘

虞美人祖席醉中

張帆欲去仍撩首更醉君家酒吟詩日日待春風及至桃花開後却匆匆　歌聲頻爲行人咽記著樽前雪明

朝酒醒大江流满載一船離恨向衡州

臨江仙

憶昔午橋橋上飲坐中都是豪英長溝流月去無聲杏花疎影裏吹笛到天明　二十餘年成一夢此身雖在堪驚閒登小閣眺新晴古今多少事漁唱起三更　張叔夏云真是自然而然　胡仔云清婉奇麗簡齋詞惟此最優

劉一止　字行簡歸安人宣和三年進士紹興中官監察御史累遷給事中以直學士致仕有苕溪

洞仙歌 梅

細風輕霧鎖山城清曉冷蕋疎枝為誰好對斜橋孤驛流水濺濺無限意清影徘徊自照　何郎空立馬惱亂餘香綺思憑花更娟妙腸斷處天涯路遠音稀行人怨角聲吹老歎客裏經春又三年向月地雲堦負伊多少

夜行船

十頃疎梅開半就折芳條嫩香滿袖今度何郎樽前疑怪花共人俱瘦　測測輕寒吹散酒髙城近怕聽更漏

可惜溪橋月明風露長是人歸後

清平樂

相望吳楚遠信無憑攄欲倩春風吹淚去化作愁雲恨雨　春應已到三吳楚江日夜東徂唯有泝流魚上不知尺素來無

青玉案

小山遮斷藍橋路恨短夢難飛去長記脩眉縈曲度約花閑檻映風招袖總是憐渠處　追歡我已傷遲暮猶

有多情舊時句極目高樓千尺許竹枝三唱為君凄斷

東日西邉雨

夢横塘

浪痕經雨鬢影吹寒晚來無限蕭瑟野色分橋剪不斷

前溪風物船繫朱藤路迷烟寺遠鷗浮没聽踈鐘斷鼓

似近還遥驚心事傷羈客　新醅旋壓鵞黄擣清愁在

眼酒病縈骨繡閣嬌慵爭解說短封傳憶念誰伴塗妝

綰髻嚼蘂吹花弄秋色恨對南雲此時凄斷有何人知

得

喜遷鶯

曉光催角聽宿鳥未驚鄰雞先覺迤邐烟村馬嘶人起殘月尚穿林薄淚痕帶霜微凝酒力衝寒猶弱歎倦客悄不禁重染風塵京洛　追念人别後心事萬重難覔孤鴻託翠幌嬌深曲屏香暖爭念歲寒飄泊怨月恨花須不是不曾經著這情味望一成消減新來還惡陳質齋云

行簡是詞盛傳京師號劉曉行

趙長卿自號仙源居士南豐宗室有惜香樂府十卷

臨江仙

春事猶餘十日吳蠶早已三眠多情忍對落花前酴醾飄暎雪荷葉媚晴天　香淡無心浸酒緑浮可意邀船時光堪恨也堪憐單衣三月暮歌扇一番圓

又

過盡征鴻來盡鴈故園消息茫然一春憔悴有誰憐懷家寒食夜中酒落花天　見説江頭春浪渺殷勤欲送

歸船別來此處最縈牽短篷南浦雨疎柳斷橋烟

更漏子

燭消紅牕送白冷落一衾寒色鴉喚起馬䭾行月來衣上明　酒香脣妝印臂憶共箇人春睡魂蝶亂夢鸞孤知他睡也無

浪淘沙

緑樹囀鳴禽已是春深楊花庭院日陰陰簾外飛來雙語燕不寄歸音　舊事嬾追尋空惹芳心天涯消息遠

沉沉記得年時中酒後直至而今

卜算子

春水滿江南三月多芳草幽鳥銜將遠恨來一一都啼了　不學鴛鴦老回首臨平道人道長眉似遠山山不似長眉好

虞美人

雨聲破曉催行槳拍拍谿流長緑楊遶岸水痕斜恰似畫橋西畔那人家　人家樓閣臨江渚應是停歌舞珠

簾盤日不開鈎目斷征帆猶未識歸舟

畫堂春 長新亭

小亭烟栁水溶溶野花白白紅紅惱人池上晚來風吹損春容　又是清明天氣當年小院相逢憑欄幽思幾千重殘杏香中

菩薩蠻

隔江一帶春山好平林新緑春光老休去倚闌干飛紅不忍看　東流何處去便是歸舟路芳草外斜陽行人

更斷腸

朝中措

亂山疊疊水泠泠南北短長亭客路如天杳杳歸心特地丁寧　春光荏苒花期泠落酒伴飄零柳一作鬢影黃邉漸綠燒痕黒處重青

王灼字晦叔遂寧人有頤堂詞

長相思

來匆匆去匆匆短夢無憑春又空難隨郎馬蹤　山重

重水重重飛絮流雲西復東音書何處通

清平樂

墜紅飄絮收拾春歸去長恨春歸無覓處心事欲誰分付　盧家小苑回塘于飛多少鴛鴦縱使東牆隔斷莫愁應念王昌

張　綱　字彦正金壇人政和四年賜上舍及第釋褐授承事郎歳宗以綱三中首選特除太學官紹興中參知政事

好事近　梅柳

梅柳約東風迎臘暗傳消息粉面翠眉偷笑似欣逢佳客　晚來歌管破餘寒沉烟裊輕碧老去不禁巵酒奈樽前春色

王十朋　字龜齡樂清人由太學廷對擢第一除著作郎遷大宗正丞累遷國子司業陞侍講歷四郡守除侍御史以龍圖閣學士致仕謚忠文有梅溪集

點絳脣　酴醾

野態芳姿枝頭占得春長久怕鉤衣袖不放攀花手　試問東風花似當時否還依舊謫仙去後風月今誰有

陳濟翁

鷓山溪

去年今日從駕游西苑彩仗壓金坡看水戲魚龍曼衍寶津南殿宴坐近天顔金杯酒君王勸頭上宫花顫六軍錦繡萬騎穿楊箭日暮翠華歸擁鈞天笙歌一片如今關外千里未歸人前山雨西樓晚望斷思君眼

總校官舉人臣章維桓

校對官編修臣吳錫麒

謄錄監生臣王顯晉

清·朱彝尊 編

詞綜

（三）

中國書店

詞綜

卷二十二至卷三十

一

詳校官户部員外郎臣牛稔文

欽定四庫全書

詞綜卷二十二

翰林院檢討朱彝尊編

宋詞五十二首

石孝友 十三首　孫惟信 一首

劉褒 一首　張檠 一首

潘希白 一首　湯恢 一首

張矩 二首　趙耆孫 一首

翁元龍一首　李肩吾一首

毛珝一首　康仲伯一首

覃懷高一首　趙旭一首

樓扶一首　楊彥齡一首

李珏一首　方有聞一首

陳德武一首　汪存一首

周格非一首　陳襲善一首

丁羲叟一首　呂直夫一首

王武子　一首　趙君舉　一首

王文甫　一首　施芸隱　一首

鄭覺齋　一首　王月山　一首

房舜卿　一首　林正夫　一首

薛夢桂　二首　曾揆　一首

黄孝邁　二首　江開　二首

石孝友　字次仲有金谷遺音一卷

點絳脣

霽景澄秋晩風吹盡朝來雨夕陽烟樹萬里山光暮一帶長川自在流今古人何處月波横素冷浸蒹葭浦

又

醉倚危檣望中歸思生天際山腰渚尾幾簇漁樵市帆落西風一段蘆花水八千里錦書欲寄鴈鴈曾來未

西地錦

回望玉樓金闕正水遮山隔風兒又起雨兒又煞好愁人天色　雨岸荻花風葉爭舞紅吹白中秋過也重陽

近也作天涯孤客

好事近

微雨灑芳塵醞造可人春色聞道夢雲樓外正小桃花
發　殷勤留取最繁枝樽前待閒折準擬亂紅深處化
一雙蝴蝶

清平樂

天涯重九獨對黃花酒醉撚黃花和淚嗅憶得去年携
手　去年同醉流霞醉中折盡黃花還是黃花時候去

年人在天涯

謁金門

雲樹直雨歇半空猶濕山影插共高幾尺依依銜落日遠岸雙飛鸂鶒一水無情自碧颯颯白蘋風正急斷腸人獨立

臨江仙

醉袖吟鞭行色裏帽簷低處風斜晚山一半被雲遮殘陽明遠水古木集栖鴉　暮去朝来緣底事不如早早

還家曲屏深幌小窗紗翠沾眉上柳紅揾臉邊花

又

長記夢雲樓上住殘燈影裏遲留依稀綠慘更紅羞露痕雙臉淚山樣兩眉愁　一點輕帆天際去雲濤烟浪悠悠今宵獨宿古江頭水腥魚菜市風碎荻花洲

南歌子

亂絮飄晴雪殘花繡地衣西園歌舞驟然稀只有多情蝴蝶作團飛　舊事深琴怨新愁減帶圍倚樓凝望更

依依怕見一天風雨捲春歸

又

春淺梅紅小山寒嵐翠薄斜風吹雨入簾幕夢覺南樓嗚咽數聲角　歌酒工夫嬾別離情緒惡舞衫寛盡不堪著若比那回相見更消削

鷓鴣天

別後應憐信息疎西風幾度到庭梧夜來縱有鴛鴦夢春去空餘蛺蝶圖　烟樹遠塞鴻孤垂垂天影帶平蕪

憑誰寫此相思曲寄與馮川鄭小奴

眼兒媚

愁雲淡淡雨蕭蕭暮暮復朝朝別来應是眉峯翠減

腕玉香銷 小軒獨坐相思處情緒好無聊一叢萱草

數竿脩竹幾葉芭蕉

減字木蘭花贈何藻

新荷小小比目魚兒翻翠藻小小新荷點破清光景趣

多 青青半捲一寸芳心渾未展待得圓時罩定鴛鴦

一對兒

孫惟信　字季蕃號花翁有詞一卷沈伯時云孫花翁有好詞亦善用意但雅正中忽有一兩句市井語可惜

風流子

三疊古陽關輕寒沁清月滿征鞍記玉笋攬衣翠囊親贈繡巾拭淚金柳初攀自回首燕臺雲掩冉鳳閣雨闌珊天有盡頭水無西注鬢難留黑帶易成寬　啼妝東風悄菱花在擬倩錦鳥封還應任恨蛾凝黛慵髻堆

鬟奈情逐事遷心隨春老夢和香冷歡與花殘閒殺烟茸窓閣十二屏山

劉襃字伯寵登淳熙進士除司門郎中歷官朝請郎知西全州有集

滿庭芳留別

柳裊金絲梨鋪香雪一年春事方中燭前乍見花艷覺羞紅枕臂香痕未落舟横岸作計匆匆朝朝去暮天平水雙槳碧雲東　陽蘺歌一闋琵琶聲斷燕子樓空歎陽臺夢杳行雨無蹤後會芙渠未老從今去日望歸鴻

愁如織斷腸啼鴂多事訴春風

張　槃　有梅𫔲集

綺羅香　漁浦有感

浦月窺檐松泉漱枕屏裏吳山何處暗粉踈紅依舊爲誰匀洼都負了燕約鶯期更閒却柳烟花雨縱十分春到郵亭賦懷應是斷腸句　青青原上薺麥還被東風無賴翻成離緒望極天西惟有隴雲江樹斜照帶一縷新愁盡分付暮潮歸去步閒階時卜心期落花空細數

潘希白 字懷古號漁莊永嘉人寶祐中登第幹辦臨安府節制司公事德祐中起為史館檢校不赴

大有 九日

戲馬臺前采花籬下問歲華還是重九恰歸来南山翠色依舊簾櫳昨夜聽風雨都不似登臨時候一片宋玉情懷十分衛玠清瘦 紅萸佩空對酒砧杵動微寒暗欺羅袖秋色無多早是敗荷衰柳强整帽簷攲側曾經向天涯搔首幾回憶故國蓴鱸霜前鴈後

湯恢 號西村

二郎神 用徐幹臣韻

瑣窻睡起閒竚立海棠花影記翠楫銀塘紅牙金縷杯泛梨花冷燕子銜来相思字道玉瘦不禁春病應蜨粉半銷鵶雲斜墜暗塵侵鏡　還省香痕碧唾春衫都凝悄一似荼蘼玉肌翠帔消得東風喚醒青杏單衣楊花小扇閒却晚春風景最苦是蝴蜨盈盈美晚一簾風靜

張矩 字子成有梅淵詞

應天長 麯院風荷

換橋渡舫添柳護堤坡仙舊跡今續四面水窻如染香波釀春麯田田處成暗綠正萬羽背飛斜矗亂鷗去不信雙鴛午睡猶熟 還記湧金樓共撫雕闌低度浣沙曲自與故人輕別榮枯換涼燠亭亭影驚艷目忍到手又成輕觸悄無語獨撚花鬚心事曾卜

又 南屏晚鐘

翠屏對晚烏榜占隄鐘聲又斂春色幾度半空敲月山

南應山北歡娛地空浪迹謾記省五更聞得洞天曉來

柳橋踈穩縱香勒　前度湧金樓嘯傲東風鷗鷺半相

識暗數院僧歸盡長虹臥深碧花間恨猶記憶正素手

暗裁輕折夜深後不道人来燈細窓隙

趙者孫

遠朝歸

金谷先春見乍開江梅玉臏珠簾院落人靜雨踈烟細

横斜帶月別是一般風味金尊裏任遺英亂點殘粉低

隆　惆悵秦隴當年念水遠天長故人難寄山城倦眼
無緒更看桃李當時醉䰐算依舊徘徊花底斜陽外謾
回首畫樓十二

毛　翊字元白號吾竹

踏莎行題草窗詞卷

顧曲多情尋芳未老一庭風日知音少夢隨蝴去恨墻
高醉聽鶯語嬌籠小　紅燭呼盧黃金買笑彈絲跕躧
長安道彩箋拈起錦囊花緑窓留得羅裙草

翁元龍 字時可 號處靜

瑞龍吟

清明近還是遞趲東風做成芳訊芳時一刻千金半晴半雨酺春未準 鴈橫陣數字向人慵寫暗雲難認西園猛憶逢迎翠紈障面花間笑隱 曲徑池蓮平砌絳裙曾與濯香湔粉無奈燕幕鶯簾輕負嬌俊青榆巷陌馬蹋紅成寸十年夢秋千弔影韆羅塵褪事往憑誰問晝長病添新恨烟冷斜陽暝山黛遠迤曲曲闌干凭

損柳絲萬尺半堤風際

李肩吾字子我號蟥洲

清平樂

夢魂尋遍忽向尊前見好似烏衣春社燕軟語東風庭院丁寧記取兒家碧雲隱約紅霞直下小橋流水門前一帶桃花

康仲伯

憶真妃

匆匆一望關河聽離歌艇子急催雙槳下清波 淋
浪醉闌干淚奈情何明日畫橋西畔暮雲多

覃懷高

水調歌頭 遊武夷

翠[illegible]插雲表初意隔仙凡臨風據案一見邂逅似開顏
幾欲拏舟九曲便擬捫參絕頂直下俯塵寰聊此税吾
駕贏得片時閒 問仙人緣底事去不還長風浩浩何
許清夢杳難攀只有蒼烟古木好在清湍白石依舊畫

圖閒回首武夸路窈霭沒雲鬟

趙　旭

曲入冥

握管淚盈眸欲寫還休人間情是阿誰留千丈游絲不落地風外悠悠　烟雨晚山稠人在西樓幾行候鴈下汀洲一箇思鄉寒夜客萬種離愁

樓　扶　字叔茂

菩薩蠻

絲絲楊柳鶯聲近晚風吹過秋千影寒色一簾輕燈殘夢不成　耳邊消息在笑掐花梢待又是不歸来滿庭花自開

楊彥齡

浣溪沙　武進廳壁

倦客東歸得自由西風江上泛扁舟夜寒霜月素光流　想得故人千里外醉吟應上謝家樓不多天氣近中秋

李珏字元輝

擊梧桐別西湖社友

楓葉濃於染秋正老江上征衫寒淺又是秦鴻過霽烟外寫出離愁幾點年来歲去朝生暮落人似吳潮展轉怕聽陽關曲奈短笛喚起天涯情遠　雙屐行春扁舟嘯晚憶著鷗湖鶯苑小小梅花屋雪月後記把山扉牢掩惆悵明朝何處故人相望但碧雲半斂定蘇堤重来時候芳草如剪

方有聞　字躬明號堂溪歙州人中進士授南豐尉擢國子學録出知和州遷轉運判官有堂溪集

點絳脣

七里灘邊江光漠漠山如戟漁舟一葉徑入寒烟碧　笑我塵勞羞對雙臺石身如織年年行役魚鳥渾相識

陳德武　三山人有白雪遺音一卷

浣溪沙　送春

月落桐梢杜宇啼雲埋芳樹鷓鴣飛夜闌分作送春詩　山上安山經幾歲口中添口又何時相思一曲訴伊

誰

汪存字公澤婺源人授西京文學辭官歸養學者稱四友先生

步蟾宫冬日送姪赴省

玉京此去春猶淺正雪絮馬頭零亂姮娥剪就緑雲裳待來步蟾宫與換　明年二月桃花岸雙槳浪平烟煖揚州十里小紅樓盡卷上珠簾一半

周格非

多麗

隴頭泉未到隴下輕分一聲聲淒涼嗚咽豈堪側耳重聞細思量那時携手畫樓高簾幕黄昏月不長圓雲多輕散天應徧妒有情人自别後小窻幽院無處不消魂雖衣上殘粧未減猶帶啼痕　自一從瓶沉簪折要知欲見無因也渾凝事如春夢又只恐人似朝雲破鏡分來朱絃斷後不堪獨自對芳樽試與問多才誰更匹配得文君須知道東陽瘦損不為傷春

陳龍善

漁家傲　憶營伎周子文

鷲嶺峯前欄獨倚愁眉蹙損愁腸碎紅粉佳人傷别袂情何已登山臨水年年是　長記同來今獨至孤舟晚漾湖光裏衰草斜陽無限意誰與記西湖水是相思淚

丁羲叟

漁家傲

十里寒塘初過雨采蓮舟上誰家女秋水接雲迷遠樹天光暮船頭忘了回来路　却繫蘭舟深處住歌聲驚

散鴛鴦侶波上清風花上露無計去月明腸斷雙棲羽

呂直夫

洞仙歌

征鞍帶月濃露沾襟袖馬上輕衫峭寒透望翠峯深淺憶著眉兒腰肢嫋忍看風前細柳　別時頻囑付早寄書來能及清明到家否這言語便夢裏也在心頭重相見不知伊瘦儂瘦縱百卉千花已離披須趁得酴醾牡丹時候

王武子一作子武文獻通考經籍志有詞一卷

玉樓春 聞笛

紅樓十二春寒側樓角何人吹玉笛天津橋上舊曾聽三十六宮秋草碧 昭華人去無消息江上青山空晚色一聲落盡短亭花無數行人歸未得

趙君舉

眼兒媚

曉山日薄半春陰烟暖柳拖金滿眼新晴歌聲樓影慿

蕩碧波心　閒庭客散人歸去跡雨濕羅襟樓閣濛濛

斷虹明處十里暮雲深

王文甫

虞美人　迴文

黄金嫩柳摇絲軟永日堂空掩卷簾飛燕未歸來客去

醉眠欹枕殢殘杯　眉山淺拂青螺黛整整垂雙帶水

沉香熨窄衫輕瑩玉碧溪春溜眼波横

施芸隱

摸魚兒 瓊花

柳濛茸暗凌波路烟飛慘澹平楚香車深駐猊鐶掩遥認翠華雲母芳景暮鴛鴦悄銖衣來按飛瓊舞淒涼洛浦漸玉漏沉沉清陰滿地乘月步虛去　銷凝處誰說三生小杜翔螭聲斷簫鼓情知禁苑酥塵涴羞與倡紅同譜春幾度想依舊苔痕長印唐昌土風流千古人在小紅樓朱簾半捲香注玉壺露

鄭覺齋

揚州慢　瓊花

弄玉輕盈飛瓊淡竚䙞塵步下迷樓試新粧纔了炷沉水香毬記曉剪春氷馳送金䔉露濕緹騎星流甚天中月色被風吹夢南州　樽前相見似羞人蹤跡萍浮問弄雪飄枝無雙亭下何日重遊我欲纒腰騎鶴烟霄遠舊事悠悠但凭欄無語烟花三月春愁

王月山

臺城路　初秋

夜來疎雨鳴金井一葉舞風紅淺蓮渚生香蘭臯浮爽涼思頓欺班扇秋光冉冉任老却蘆花西風不管清興難磨幾回有句到詩卷　長安故人別後料征鴻聲裏畫欄凭遍橫竹吹商疎砧點月好夢又隨雲遠閒情似綫共縈損柔腸不堪裁翦聽著蛩聲聲聲是怨

房舜卿

秦樓月

與君別相思一夜梅花發梅花發淒涼南浦斷橋斜月

盈盈微步淩波襪東風笑倚天涯濶天涯濶一聲羌
管暮雲愁絶

林正夫 字敬之號隨菴嘉泰中人著有風雅遺音四卷

滿江紅 括盧仝有所思

為憶當時沉醉裏青樓弄月閒想像繡幃珠箔魂飛心
折羞向姮娥談舊事幾經三五盈還缺望翠眉蟬鬢一
天涯傷離别 尋昨夢巫雲濕流别淚湘江咽對花深
兩岸忽添悲切試與含愁彈緑綺知音不遇絃空絶忽

窓前一夜寄相思梅花發

薛夢桂字叔載號梯飈

醉落魄

單衣乍著滯寒更傍東風作珠簾壓定銀鉤索雨弄新晴輕旋玉塵落　花唇巧惜粧紅約嬌羞纔放三分蕚尊前不用多評泊春淺春深都向杏梢覺

三姝媚

薔薇花謝去更無情連夜送春風雨燕子呢喃似念人

憔悴往来朱户漲緑烟深早零落點池萍絮暗憶年華

羅帳分釵又驚春暮　芳草凄迷征路待去也還將畫

輪留住縱使重来怕粉容消膩却羞郎覷細數盟言猶

在悵青樓何處綰畫垂楊爭似相思寸縷

曾　揆　字舜卿 號懶翁

西江月

檐雨輕敲夜夜墻雲低度朝朝日長天氣已無聊何況

洞房人悄　肴共新荷不展心隨垂柳頻揺午眠鬢鬌

見金翹鶯覺數聲啼鳥

黃孝邁字德文號雪舟

湘江春夜月

近清明翠禽枝上消魂可惜一片清歌都付與黃昏欲共柳花低訴怕柳花輕薄不解傷春念楚鄉旅宿柔情别緒誰與温存　空樽夜泣青山不語殘月當門翠玉樓前惟是有一波湘水揺蕩湘雲天長夢短問甚時重見桃根這次第莫人間没箇并難剗斷心上愁痕

水龍吟

閒情小院沉吟草深柳密簾空翠風簷夜響殘燈慵剔寒衾怯睡店舍無烟關山有月梨花滿地二十年好夢不曾圓合而今老都休矣　誰共題詩秉燭兩厭厭天涯别袂槩情一寸七分是恨三分是淚音信不來玉簫塵染粉衣香退待問春怎把千紅換得一池緑水

江開字開之號月湖

浣溪沙

手撚花枝憶小蘋綠窻空鎻舊時春滿樓飛絮一箏塵

素約未傳雙燕語燕愁還入賣花聲十分春事倩行

雲

杏花天

謝娘庭院通芳徑四無人花梢轉影幾番心事無憑凖

等得青春過盡　鞦韆下佳期又近算畢竟沉吟未穩

不成又是教人恨待倩楊花去問

詞綜卷二十二

欽定四庫全書

詞綜卷二十三

翰林院檢討朱彝尊編

宋詞五十九首

文天祥一首　鄧剡二首

王鼎翁一首　何夢桂二首

李南金一首　莫崙一首

徐一初一首　劉辰翁三首

黄公紹一首　李萊老一首
李彭老六首　王易簡五首
馮應瑞三首　唐藝孫三首
呂同老三首　練恕可四首
趙汝納一首　唐珏四首
李居仁一首　王夢應一首
譚宣子二首　陳逢辰一首
樓采三首　奚㴁一首

趙聞禮 一首

文天祥 字宋瑞又字履善吉水人舉進士第一歷軍官右丞兼樞密使加少保信國公為元兵所執留燕三年不屈死柴市有文山集

大江東去 驛中言別故人

水天空闊恨東風不惜世間英物蜀鳥吳花殘照裏忍見荒城頹壁銅雀春情金人秋淚此恨憑誰雪堂堂劍氣斗牛空認奇傑 那信江海餘生南行萬里送扁舟齊發正為鷗盟留醉眼細看濤生雲滅睨柱吞嬴回旗

走懿千古衝冠髮伴人無寐秦淮應是孤月

鄧剡字光薦廬陵人宋亡後以節行稱有中齋集

賣花聲

䟽雨洗天清枕簟凉生井梧一葉做秋聲誰念客身輕似葉千里飄零　夢斷古臺城月淡潮平便須携酒訪新亭不見當時王謝宅烟草青青

南樓令

雨過水明霞潮回岸帶沙葉聲寒飛透窓紗懊恨西風

催世換更隨我落天涯　寂寞古豪華烏衣日又斜說

興亡燕入誰家只有南来無數鴈和明月宿蘆花

王鼎翁字炎午安福人上舍生有梅邊集

沁園春

又是年時杏紅欲吐柳綠初芽奈尋春步遠馬嘶湖曲

賣花聲過人唱窓紗暖日晴烟輕衣羅扇看遍王孫七

寶車誰知道十年魂夢斷流落天涯　休休何必傷嗟謾

贏得青青兩鬢華且不知門外桃花何代不知江左燕

予誰家世事無情天公有意歲歲東風歲歲花㨾一笑

且醒来杯酒醉後杯茶

何夢桂字巖叟初名應祈字申浦淳安人咸淳中庭試一甲三名授台州軍事判官歷仕至大理寺卿至元中累徵不起有潛齋集詞一卷

摸魚兒

記年時人人何處長亭曾共杯酒酒闌歸去行人遠折不盡長亭柳漸白首待把酒送君恰又清明後青條似舊問江北江南離愁如我還更有人否　留不住强把

蔬盤瀹韭行舟又報潮候風急岸花飛盡也一曲啼紅滿袖春波皺青草外人間此恨年年有留連握手歎人世相逢百年歡笑能得幾回又

喜遷鶯

留春不住又早是清明楊花飛絮杜宇聲聲黃昏庭院那更半簾風雨勸春且休歸去芳草天涯無路悄無言待闌干立盡落紅無數　誰愬長門事記得當年曾趁梨園舞霓羽香銷梁州歌歇昨夢轉頭今古金屋玉樓

何在尚有花鈿塵土君不顧怕傷心休上高樓高處

李南金自號三溪冰雪翁

賀新郎

流落今如許我亦三生杜牧為秋娘著句先自多愁多感慨更值江南春暮君看取落花飛絮也有吹来穿繡幌有因風飄墜隨塵土人世事總無據　佳人命薄君休訴若說與英雄心事一生更苦且盡樽前今日意休記緑窻眉嫵但春到兒家庭戶幽恨一簾烟月恐明朝

鴈亦無尋處渾欲傳鶯留住

莫崙 字若山

摸魚兒

聽春教燕嚲鶯訴朝朝花困風雨六橋忘却清明後碧盡柳絲千縷蜂蜨侶正閒覓閒花閒草閒歌舞最憐西子尚薄薄雲情盈盈波淚點點舊眉嫵　流紅記空泛秋宫怨句才人何處嬌妒落紅無限隨風絮詩恨有誰曾遇堪恨處恨二十四番花信催花去東風暗苦更多囑

多情多愁杜宇多訴斷腸語

徐一初

摸魚兒

對茱萸一年一度龍山今在何處參軍莫道無勲業消得從容樽俎君看取便破帽飄零也得傳千古當年幕府知多少時流等閒收拾有箇客如許　追往事滿目山河晉土征鴻又過邊羽登臨莫上高層望怕見故宫禾黍觴緑醑澆萬斛牢愁淚閣新亭雨黄花無語畢竟

是西風披拂猶識舊時主

劉辰翁字會孟廬陵人舉進士值宋亂隱居不仕有須溪集附詞

寶鼎硯丁酉元夕

紅粧春騎踏月花影千旗穿市望不盡瑤樓歌舞習習香塵蓮步底簫聲斷約彩鸞歸去未怕金吾呵醉甚輦路喧闐且止聽得念奴歌起　父老猶記宣和事抱銅仙清淚如水還轉盼沙河多麗滉漾明光連邸第簾影凍散紅光成綺月浸蒲桃十里看往来神仙才子肯把

菱花撲碎　腸斷竹馬兒童空見說三千樂指等多時
春不歸來到春時欲睡又說向燈前擁髻暗滴鮫珠墜
便當日親見霓裳天上人間夢裏

大酺　春寒

恁瑣窗深重簾閑春寒知有人處當年笑花信問東風
情性是嬌是妬氷柳成鬚吹桃欲削知更海棠堪否相
將燕歸又看香泥半雪欲歸還誤謾低回芳草依稀寒
食朱門封絮　少年慣羈旅亂山斷歌樹喚船渡正晴

思雞聲落月梅影孤屏更夢衾千里似霧相如倦遊去
掩四壁淒其春夢休回首都門路幾番行曉個個阿嬌
深貯而今斷烟細雨

蘭陵王 送春

送春去春去人間無路鞦韆外芳草連天誰遣風沙暗
南浦依依甚意緒謾憶海門飛絮亂鴉過斗轉城荒不
見來時試燈處 春去最誰苦但箭鴈沉邊梁燕無主
杜鵑聲裏長門暮想玉樹凋土淚盤如露咸陽送客屢

回顧斜日未能渡　春去尚来否正江令恨别庾信愁賦蘇堤盡日風和雨歎神遊故園花記前度人生流落顧孺子共夜語

黄公紹譙郡人咸淳進士

青玉案

年年社日停針線爭忍見雙飛燕今日江城春已半一身猶在亂山深處寂寞溪橋畔　征衫著破誰曾換點點行行淚痕滿落日解鞍芳草岸花無人戴酒無人勸

醉也無人管

李萊老 字周翁 號秋厓

清平樂 題草窗詞

日寒風細庭館浮花氣白髮潘郎吟欲醉綠暗蘼蕪千里 西園南浦東城一春多少閒情日暮采蘋歌遠夢回喚得愁醒

李彭老 字商隱 號篔房

天香 龍涎香

搗麝成塵薰薇注露風酣百和花氣品重雲頭葉翻蕉樣共說内家新製波浮海沫誰喚覺鮫人春睡清潤俱饒片腦芬馡半是沉水　相逢酒邊雨外火初温翠爐烟細不佀寶珠金縷領巾紅墜荀令如今憔悴消未盡當時愛香意爐暖燈寒秋聲素被

摸魚兒　蓴

過垂虹四橋飛雨沙痕初漲春水腥波十里吳歈遠緑蔓半縈船尾連復碎愛滑卷青簫香裊氷絲細山人雋

味笑杜老無情香羨碧澗空祇賦芹美　歸期早誰是
季鷹高致鱸魚相伴菰米紅塵如海坵園夢一葉又秋
風起湘湖外看采擷芳條際曉隨魚市舊遊謾記但望
極江南秦鬟賀鏡渺渺隔烟翠

桂枝香　蠏

松江岸側正亂葉墜紅殘浪收碧猶記燈寒暗聚斷踈
輕入休嫌郭索尊前笑且開顏共傾芳液翠燈絲霧玉
蔥涴雪嫩寒初擘　與那日新詩換得又幾度相逢落

潮秋色常是籬邊早菊慰渠岑寂如今漫有江山興更誰憐草泥蹤跡但將身世浮沉醉鄉舊遊休息

浣溪沙 題蕢州漁笛譜

玉雪庭心夜色空移花小檻鬭春紅輕衫短帽醉歌重彩扇舊題烟雨外玉簫新譜燕鶯中闌干到處是春風

清平樂

綠窻初曉枕上聞啼鳥不恨王孫歸不早只恨天涯芳

草　錦書紅淚千行一春無限思量折得垂楊寄與絲
絲都是愁腸

一萼紅　寄弁陽嘯翁

過薔薇正風暄雲澹春去未多時古岸停橈單衣試酒
滿眼芳草斜暉故人老經年賦別燈暈裏相對夜何其
泛剡清愁買花芳事一卷新詩　流水孤航漸遠想家
山猿鶴喜見重歸北阜尋幽青津問釣多情楊柳依依
最難忘吟邊舊語數菖蒲老是来期幾夕相思夢蜨飛

遶蘋溪

王易簡　字理得山陰人

天香　龍涎香

烟嶠收痕，雲沙擁沫，孤槎萬里春聚。蠟杵氷塵，水研花片，帶得海山風露。纖痕透曉，銀鏤小、初浮一縷。重剪紗窗暗燭，深垂繡簾微雨。　餘馨惱人最苦。染羅衣、少年情緒。謾省珮珠曾解，蕙羞蘭妒。好是芳鈿翠嫵，限素被、濃熏夢無據。待剪秋雲，殷勤寄與。

水龍吟 白蓮

翠裳微護冰肌夜深暗泣瑶臺露芳容淡泞風神蕭散凌波晚步西子殘妝環兒初起未須勻注看明璫素襪相逢憔悴當應被薫風誤 十里雲愁雪妬抱淒涼盼嬌無語當時娣妹朱顏褪酒紅衣按舞别浦重尋舊盟惟有一行鷗鷺伴玉顔月曉盈盈冷艷洗人間暑

摸魚兒 蓴

怪鮫宫水晶簾捲冰痕初斷香縷桑波蕩漾人難到三

十六陂烟雨春又去伴點點荷錢隱約吳中路相思日暮恨洛浦娉婷芳鈿翠剪奩影照淒楚　功名夢消得西風一度高人今在何許鱸香菰冷斜陽裏多少天涯意緒誰記取但枯豉紅鹽溜玉凝秋筯樽前起舞算惟有淵明黃花歲晚此興共千古

又前題

過湘臯碧龍驚起冰涎猶護鬚影春洲未有蓤歌伴獨占暮烟千頃呼短艇試剪取纖條玉溜青絲瑩樽前

細認似水面新荷波心半卷點點翠鈿淨淒涼味酪乳那堪比並吳鹽一箸秋冷當時不為鱸魚去聊爾勤渠歸興還記省是幾度西風幾處吹愁醒鷗昏鷺暝謾換得霜痕蕭蕭兩鬢羞與共秋鏡

齊天樂 蟬

碧雲深鎖齊姬恨纖柯暗翻氷羽錦瑟重調綃衣乍著聊飲人間風露相逢甚處記槐影初涼柳陰新雨聽盡殘聲為誰驚起又飛去 商量秋信最早晚來吟未徹

都是淒楚斷韻還連餘悲似咽欲和愁邊佳句幽期與語怕寒葉凋零蜕痕塵土古木斜暉向人懷抱苦

馮應瑞字祥父號友竹

天香龍涎香

枯石流痕残沙擁沫驪宫夜蟄驚起海市收時鮫人分處誤入衆芳叢裏春霖未就都化作淒涼雲氣惟有清寒一點消磨小窻残醉　當年翠篝素被拂餘熏倦懷如水謾惜舞紅猶在為誰重試幾片金昏字古向故

篋聊將伴憔悴

唐藝孫 字英發有瑶翠山房集

天香 龍涎香

螺甲磨星犀株搗月䴵英嫩壓拖水海蜃樓高仙娥鈿小縹緲結成心字麝煤候暖載一朶輕雲未起銀葉初生薄暈金猊旋翻纖指 芳盃惱人漸醉碾微馨鳳團閒試滿架舞紅都換懶收珠珮幾片菱花鏡裏更摘索雙環伴秋睡早是新涼重薰翠被

齊天樂　蟬

柳風微扇閒池閣深林翠陰人靜漸理琴絲誰調金奏淒咽流空清韻虹明雨潤正乍集庭柯凭欄新聽午夢驚回有人嬌困酒初醒　西軒晚涼又嫩向枝頭占得銀露千頃蜕剪花輕翼翻紙薄老去易驚秋信殘聲送瞑恨秦樹斜陽暗催光景淡月疎桐半窻留鬢影

桂枝香　蟹

收帆渡口認遠岸夜篝松炬如畫還見沙痕雪外水紋

霜後秦宫夢到無腸斷望明河月殘疎柳瑣窻相對茶
邊猶記眼波頻溜　漸嫩菊初篘緑酒歎風味尊前瀟
灑如舊幾度金橙香霧玉盤纎手清愁小醉凄涼裏捧
令生容易消瘦草心春淺年年相憶看燈時候

吕同老字和甫

水龍吟白蓮

氷肌不朽天真曉来玉立瑶池裏亭亭翠盖盈盈素靨
時妝淨洗太液波翻霓裳舞罷斷魂流水甚依然舊日

濃香淡粉花不似人憔悴　欲喚凌波仙子泛扁舟浩
波千里只愁回首冰奩半掩明璫亂墜月影淒迷露華
零落小欄誰倚共芳盟猶有雙棲雪鷺夜寒驚起

齊天樂　蟬

綠陰初蔽林塘路淒淒乍留清韻倦咽高槐驚嘶別柳
還憶當時曾聽西窗夢醒歎絃絶重調珥空難整綽約
冰綃夜深誰念露華冷　不知身世易老一聲聲斷續
頻報秋信隧葉山明疎枝月小惆悵齊姬薄倖餘音未

盡旱枯翼飛仙暗嗟殘景見洗氷奩怕[illegible]雙翠鬟

天香 龍涎香

氷片鎔肌水沉換骨蜿蜒夢斷瀛島剪碎腥雲杵勻枯沫妙手製成翻巧金篝候火無似有微熏初好簾影垂風不動屏深護春宜小　殘梅舞紅褪了珮珠寒滿懷清峭幾度酒餘重省舊愁多少荀令風流未減怎奈向飄零賦情老待寄相思仙山路杳

練恕可 字行之越州人

水龍吟　白蓮

素姫初宴瑶池，珮環誤落雲深處。分香華井，洗妝湘渚，天姿淡泞。碧蓋吹涼，玉冠迎曉，盈盈笑語。記當時乍識，江明夜淨，只愁被、嬋娟誤。　幾點沙邊飛鷺。舊盟寒、遠迷烟雨。相思未盡，纖羅曳水，清鉛泣露。玉鏡臺空，銀瓶綆絶，斷魂何許。待今宵試採，中流一葉，共凌波去。

齊天樂　蟬

碧柯揺曳聲何許，陰陰晚涼庭院。露濕身輕，風生翅薄昨夜綃衣初剪琴絲宛轉美幾曲新聲幾番淒惋過雨高槐為渠一洗故宮怨　清虚襟度謾與向人低訴處幽思無限敗葉枯形殘陽絶響消得西風腸斷塵情已倦任翻鬢雲寒綴金貂淺蜕羽難留頓驚仙夢遠

又前題

蜕仙飛珮流空遠珊珊數聲林杪薄暑飄輕濃陰聽久勾引淒涼多少長吟未了想猶怯高寒又移深窈與整綃衣滿身風露正清曉　微熏庭院晝永那回曾記得

如訴幽抱斷響難尋餘悲獨省葉底還驚秋早齊宫路杳歎事往魂消夜閒人悄謾想輕盈粉奩雙鬢好

桂枝香　蟹

西風故國記乍脱內黃歸夢溪曲還是秦星夜映楚霜秋足無腸枉抱東流恨任年年褪筐微綠草汀篝火蘆州緯箔早寒漁屋　敘舊別芳篘薦玉正香擘新橙清泛佳菊依約行沙亂雪誤驚窻竹江湖歲晚相思遠對孤燈謾懷幽獨嫩湯浮眼枯形蜕殼斷魂重續

趙汝納 字真卿 號月洲

水龍吟 白蓮

露華洗盡凡粧，玉妃來赴瑤池宴。風裳水珮，氷肌雪艷，清涼不汗。解語情多，凌波步穩，酒容消散。想溫泉浴罷，天然真態，渾疑是、宮粧淺。　暗想淒愁別岸，粉痕消、香腮凝腕。雪空水冷，此情惟許，鷺知鷗見。羽扇微搖，翠帷低擁，清涼亭院。待夜深月上，闌干更邀取，姮娥伴。按結句與調稍異

唐珏 字玉潛號菊山越州人與林景熙相善宋亡同為採藥之行潛拾諸陵遺骸潛葬樹以冬青私識焉世人多其義烈

摸魚兒 蓴

漸滄浪凍痕銷盡瓊絲初漾明鏡鮫人夜剪龍髯滑織就水晶簾冷鳧葉淨最好似嫩荷半捲浮晴影玉流翠凝早枯豉融香紅鹽和雪醉齒嚼清瑩 功名夢曾被秋風喚醒故人應動高興悠然世味渾如水千里舊懷誰省空對景奈回首姑蘇臺畔愁波暝烟寒夜靜但只

有芳洲蘋花與老何日泛歸艇

桂枝香 蟹

松江舍北正水落晚汀霜老枯荻還見青筐似繡紺螯如戟西風有限無腸斷悵東流幾番潮汐夜燈爭聚微光挂影誤投簾隙 更喜薦新篘玉液正半殼含黃一醉秋色纖手香橙風味有人相憶江湖歲晚聽飛雪但沙痕空記行迹至今茶鼎時時猶記眼波愁碧

臺城路 蟬

蜕痕初染仙莖露新聲又移涼影珮玉流空綃衣剪霧
幾度槐昏柳暝幽窓睡醒奈欲斷還連不堪重聽怨結
齊姬故宮烟樹翠陰冷　當時舊情在否晚妝清鏡裏
猶記嬌鬢亂咽頻驚餘悲漸杳揺曳風枝未定秋期話
盡又抱葉淒淒暮寒靜靜付與孤蛩苦吟清夜永

水龍吟 白蓮

淡妝人更嬋娟晚奩淨洗鉛華膩泠泠月色蕭蕭風度
嬌紅欲避太液池空霓裳舞倦不堪重記歎冰䰟猶在

翠輿難駐玉簪為誰輕墜　別有凌空一葉泛清寒素波千里珠房淚濕明璫恨遠舊遊夢裏羽扇生秋瓊樓不夜尚遺仙意奈香雲易散綃衣半脫露涼如水

李居仁 字師呂號五松

水龍吟 白蓮

藐仙羣擁宸遊素肌似凌波心冷霜裳縞夜氷壺凝露紅塵洗淨弄玉輕盈飛瓊綽約淡妝臨鏡更多情一片碧雲不捲籠嬌面回清影　菱唱數聲乍聽載名娃藕

絲縈艇雪鷗沙鷺夜来同夢曉風吹醒酒暈全消粉痕微漬色明香瑩問此花曷貯瑤池應未許繁紅並按結句與調稍異

王夢應字靜得攸縣人咸熙中進士調廬陵尉元兵陷臨安起兵勤王兵敗奔永新卒

念奴嬌

欲霜更雨記青黄籬落東風前此簾外秋容人共老鴈與愁飛千里郭外烟明竹間波小萬葉寒聲起凭高那更九疑吹盡雲氣 婉婉空復多情年年歸夢花與柴

桑似誰解魂消風日晚短笛孤舟秋水江蠏籠新露黃斟淺澆得鄉關思平蕪天遠一痕黃抹秋霽

譚宣子 字明之 號在菴

謁金門

人病酒生怕日高催繡昨夜新番花樣瘦旋描雙蝶湊閒凭繡牀呵手却說春愁還又門外東風吹綻柳海棠花厮勾

江城子 詠柳

嫩黄初染緑初描倚春嬌索春饒燕外鶯邊想見萬絲揺便作無情終軟美天賦與眼眉腰　短長亭外短長橋駐金鑣繫蘭橈可愛風流年紀可憐宵擬得重来攀折後烟雨暗不辭遥

陳逢辰 字振祖 號存熙

烏夜啼

月痕未到朱扉送郎時暗裏一汪兒淚沒人知　揾不住收不聚被風吹吹作一天愁雨損花枝

樓采 字君亮

瑞鶴仙

凍痕消夢草又招得春歸舊家池沼園扉掩寒峭倩誰將花信徧傳深窈追遊趁早便裁翦輕衫短帽任殘梅飛滿溪橋和月醉眠清曉　年少青絲纖手綵勝嬌鬟賦情誰表南樓信杳江雲重鴈歸少記衝香嘶馬流紅回岸幾度綠楊殘照想暗黄依舊東風霸陵古道

法曲獻仙音

花匣幺絃象奩雙陸舊日留歡情意夢到銀屏恨裁蘭燭香篝夜闌鴛被料燕子重来地桐陰鎖窓綺　倦梳洗暈芳鈿自羞鸞鏡裏羅袖冷煙畫欄半倚淺雨壓荼蘼指東風芳事餘幾院落黄昏怕春鶯驚笑憔悴倩柔紅約定喚取玉簫同醉

二郎神

露牀轉玉喚醒緑雲梳曉正倦立銀屏新寛衣帶香生怯輕寒料峭悶絶相思無人問但怨入墻陰啼鳥嗟露

屋鎖春晴風暄晝柳輕梅小　人悄日長謾憶秋千嬉笑悵燼冷爐薰花深鶯静簾箔微紅醉裊帶結留詩粉痕銷帕情遠竊香年少凝恨極盡日憑高目斷淡烟芳草

奚　滅字倬然號秋崖

華胥引中秋紫霞席上

澄空無際一幅輕綃素秋弄色剪剪天風飛飛萬里吹淨碧遥想玉杵芒寒聽佩環無迹圓缺何心有心偏照

歌席　多少情懷甚年年共憐今夕蘂宮珠殿還吟飄香秀筆隱約霓裳聲度認紫霞樓笛獨鶴歸来更無清夢成覓

趙聞禮 字立之號釣月

水龍吟 水仙

幾年埋玉藍田綠雲翠水烘春暖衣熏麝馥韈羅塵沁淩波步淺鈿碧搔頭膩黄冰腦參差難剪乍聲沉素瑟天風珮冷翩躚舞霓裳徧　湘波盈盈月滿抱相思夜

寒腸斷含香有恨招魂無路瑶琴寫怨幽韻淒涼暮江

空渺數峰清遠簗迎風笑持花酹酒結南枝伴

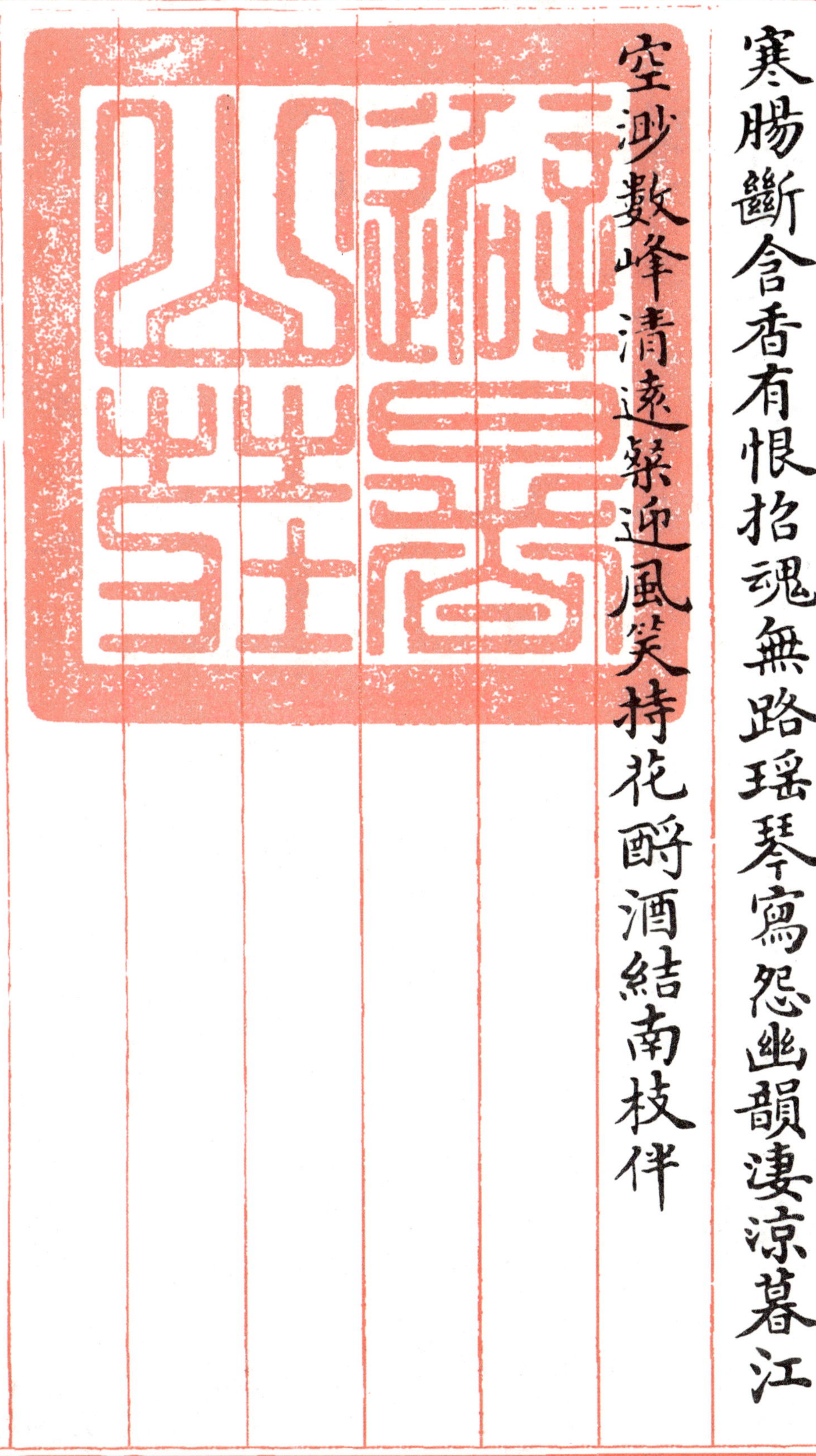

詞綜卷二十三

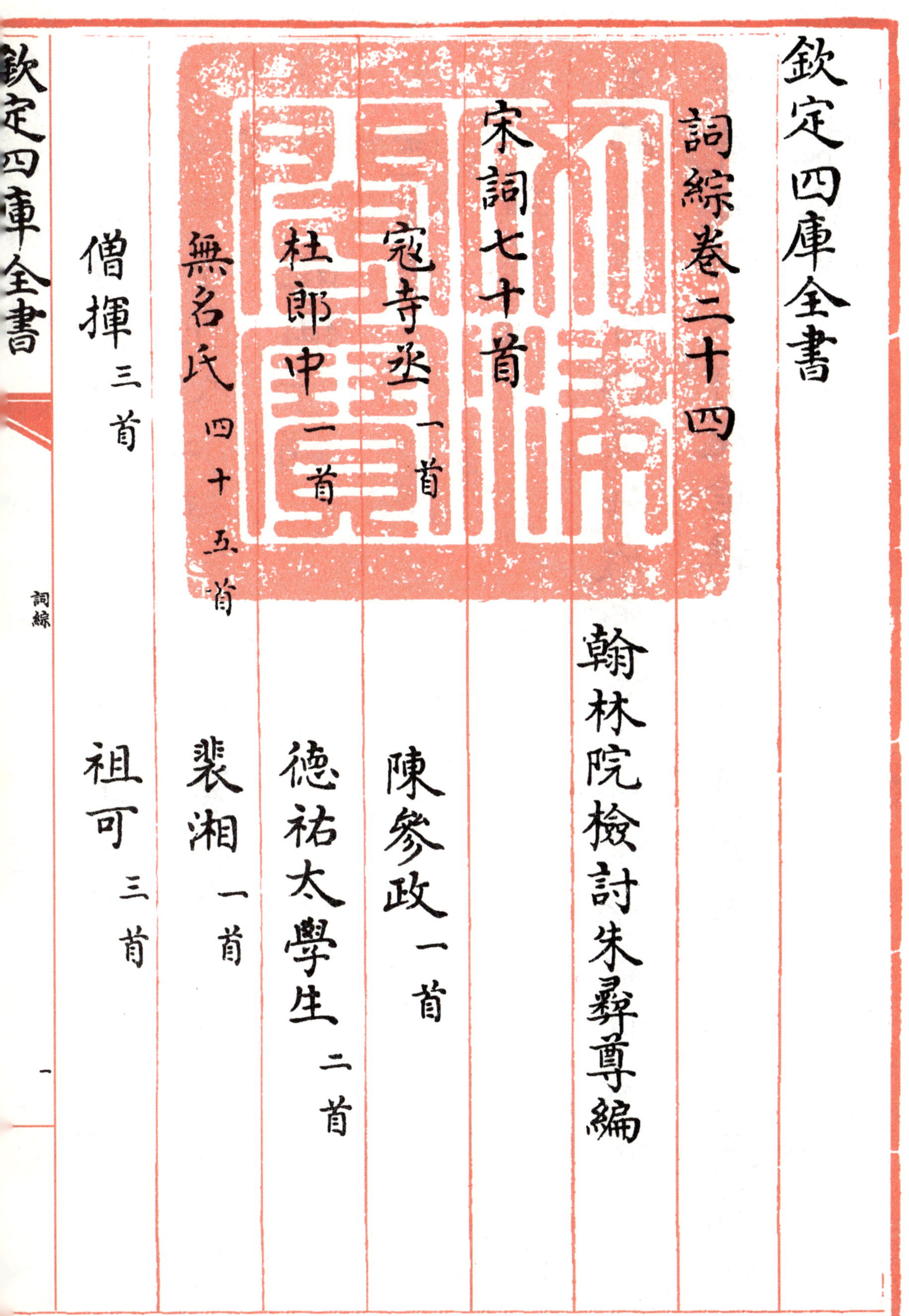

欽定四庫全書

詞綜卷二十四

翰林院檢討朱彝尊編

宋詞七十首

陳參政一首

寇寺丞一首

德祐太學生二首

杜郎中一首

裴湘一首

無名氏四十五首

祖可三首

僧揮三首

惠洪一首　上清蔡真人一首

于真人二首　葛長庚八首

乩仙一首

寇寺丞

點絳脣

春睡曹騰覺時鶯被堆香煖起來猶懶觸目情何限

深院日斜人靜花陰轉柔腸斷凭高不見芳草連天遠

陳參政

木蘭花慢 送陳石泉自北歸

北歸人未老喜依舊著南冠正雪暗濘沱雲迷芒碭夢落邯鄲鄉心促日行萬里幸此身生入玉門關多少秦烟隴霧西湖淨洗征衫　燕山望不見吳山回首一征鞍慨故宮離黍故家喬木那忍重看釣天紫微何處問瑤池八駿幾時還誰在天津橋上杜鵑聲裏闌干

杜郎中

玉樓春

風解地氷蟬翅薄庭樹枯枝翻翠蔓背寒就暖起偏慵

半捲珠簾憑畫閣　晴景融融烟漠漠天際行人垂信

約病身先是怕春來長到恁時添瘦削

德祐太學生

百字令　德祐乙亥

半堤花雨對芳辰消遣無奈情緒春色尚堪描畫在萬

紫千紅塵土鵑促歸期鶯收佞舌燕作留人語遶欄紅

藥韶華留此孤主　真個恨殺東風幾番過了不似今

番苦樂事賞心磨滅盡忽見飛書傳羽湖水湖烟峰南峰北總是堪傷處新塘楊柳小腰猶是歌舞見湖海新聞三四謂衆宮女行五謂朝士去六謂臺官黙七指太學上書八九謂只陳宜中在東風謂賈似道飛書傳羽北軍至也新塘楊柳謂賈妾

祝英臺近 德祐乙亥

倚危闌斜日暮鶯鶯甚情緒撩柳嬌黃全未禁風雨春江萬里雲濤扁舟飛渡那更聽塞鴻無數　歎離阻有恨流落天涯誰念泣孤旅滿目風塵冉冉如飛霧是何

人惹愁來那人何處乍知道愁來不去擁柳謂幼君嬌黃謂太后扁舟飛渡謂北軍至塞鴻指流民也人惹愁來謂賈出那人何處謂賈去

無名氏

魚遊春水 春景

秦樓東風裏燕子還來尋舊壘餘寒猶峭紅日薄侵羅綺嫩草方抽碧玉茵媚柳輕窣黃金縷鶯轉上林魚遊春水　幾曲闌干遍倚又是一番新桃李佳人應怪歸遲梅妝淚洗鳳簫聲絕沉孤鴈望斷晴波無雙鯉雲山

萬重寸心千里

眉峯碧

蹙破眉峯碧纖手還重執鎮日相看未足時忍便使鴛鴦隻 薄暮投村驛風雨愁通夕窗外芭蕉窗裏人分葉上心頭滴 玉照新志裕陵親書其後此詞甚佳不知何人所作

撲蝴蝶

烟條雨葉綠遍江南岸思歸倦客尋芳來較晚岫邊紅日初斜陌上花飛正滿淒涼數聲羌管 怨春短玉人

應在明月樓中畫眉懶蠻箋錦字多時魚鴈斷恨隨去

水東流事與行雲共遠羅衾舊香猶暖胡元任云非惟藻麗可喜其腔

調亦自婉美

踏莎行

碧蘚迴廊綠楊深院花期夜入簾猶捲照人無奈月華

明潛身却恨花陰淺　密約難憑幽歡未展看看滴盡

銅壺箭闌干敲遍不應人分明燭下聞刀剪

玉瓏璁

城南路橋南樹玉鈎簾卷香橫霧新相識舊相識淺顰低笑嫩紅輕碧惜惜惜 劉郎去阮郎住爲雲爲雨朝還暮心相憶空相憶露荷心性柳花蹤跡得得得

能改齋漫錄近有士人嘗于錢塘江漲橋爲狹斜之游作此詞其後朝廷復收河南士人陷而不返其友作詩寄之且附以龍涎香詩云江漲橋邊花發時故人曾共著征衣請君莫唱橋南曲花已飄零人不歸士人在河南得詩酬之云認得吳家心字香玉窗春夢紫羅囊餘薰未歇人何許洗破征衣更斷腸

九張機

見樂府雅詞

一張機采桑陌上試春衣風情日暖慵無力桃花枝上

啼鶯言語不肯放人歸

又

四張機鴛鴦織就欲雙飛可憐未老頭先白春波碧草曉寒深處相對浴紅衣

又

五張機橫紋織就沈郎詩中心一句無人會不言愁恨不言憔悴只恁寄相思

又

七張機春蠶吐盡一生絲莫教容易裁羅綺無端翦破仙鸞彩鳳分作兩邊衣

又

九張機雙花雙葉又雙枝薄情自古多離别從頭到底將心縈繫穿過一條絲

又

輕絲象牀玉手出新奇千花萬草光凝碧裁縫衣著春天歌舞飛蝶語黄鸝

又

春衣素絲染就已堪悲塵昏汗汚無顔色應同秋扇從茲永棄無復奉君時

玉樓春 題鉛山驛壁 見能改齋謾録

東風楊柳門前路畢竟雕鞍留不住柔情勝似嶺頭雲別淚多于花上雨　青樓畫幕無重數聽得樓邊車馬去若將眉黛染情深直到丹青難畫處

踏青游 贈妓崔念四

識箇人人恰止二年歡會似賭賽六隻渾四向巫山重重去如魚水兩情美同倚畫樓十二倚了又還重倚兩日不來時時在人心裏擬問卜常占歸計揲三八清齋望永同鴛被到夢裏驀然被人驚覺夢也有頭無尾

吳虎臣云政和間士人作都下盛傳

調笑 桃源集句 見宣和九重樂府

相誤桃源路萬里蒼蒼烟水暮留君不住君須去秋月春風閒度桃花零亂如紅雨人面不知何處

祝英臺近　憶別　見樂府雅詞

海棠開花影下憶得舊遊戲恰似驂鸞同在彩雲裏夢回雨散雲收匆匆歸去一枕乍驚殘春睡　甚情味人去花也飄零餘香半憔悴點點飛紅都是去時淚可堪冷落黄昏瀟瀟微雨斷魂處朱欄獨倚

又

剪酴醿移芍藥深院教鸚鵡消遣宿醒欹枕熏沉炷自從載酒西湖探梅南浦久不見雪兒歌舞　恨無據因

甚不展眉頭凝愁過百五雙燕無情難寄斷腸句可憐淚濕青綃怨題紅葉落花亂一簾風雨

水調歌頭 建炎庚戌題吳江 見中吳記聞

平生太湖上短棹幾經過如今重到何事愁與水雲多擬把匣中長劍換取扁舟一葉歸去老漁蓑銀艾非吾事丘壑已蹉跎　鱠新鱸斟美酒起悲歌太平生長豈謂今日識干戈欲寫三江雪浪淨洗邊塵千里不爲挽天河回首望霄漢雙淚墮清波

楊柳枝　見樂府雅詞

簌簌花飛一雨殘乍衣單屛風數幅畫江山水雲閒別易會難無計那淚潛潛夕陽樓上凭闌干望長安

浣溪沙　瓜陂鋪題壁　見能改齋謾録

剪碎香羅裛淚痕鷓鴣聲斷不堪聞馬嘶人去近黃昏整整斜斜楊柳陌疎疎密密杏花村一番風月更消魂

黃季岑云瓜洲瓜陂鋪有用篦刀刻青泥壁爲詞

鷓鴣天　上元　見蘆浦筆記

宣德樓前雪未融賀正人見彩山紅九衢照影紛紛月萬井吹香細細風　複道遠暗相通平陽主第五王宮鳳簫聲裏春寒淺不到珠簾第二重劉與伯云上元詞十五首備述宣政之盛非想像者所能道當與夢華録並行也

綠意　荷葉　見樂府雅詞

碧圓自潔向淺洲遠浦亭亭清絶猶有遺簪不展秋心能卷幾多炎熱鴛鴦密語同傾蓋且莫與浣紗人說怨歌忽斷花風碎却翠雲千疊　回首當年漢舞怕飛去

謾綰留仙裙褶戀戀青衫猶染枯香還笑鬢絲飄雪盤心清露如鉛汞又一夜西風聽折喜淨看匹練秋光倒瀉半湖明月

擷芳詞 見古今詞話

風搖動雨濛茸翠條柔弱花頭重春衫窄香肌濕記得年時共伊曾摘 都如夢何曾共可憐孤似釵頭鳳闗山隔晚雲碧燕兒來也又無消息

御街行 見古今詞話

霜風漸緊寒侵袂聽孤鴈聲嘹唳一聲聲送一聲悲雲淡碧天如水披衣告語鴈兒略住聽我些兒事　塔兒南畔城兒裏第三箇橋兒外瀕河西岸小紅樓門外梧桐雕砌請教且與低聲飛過那裏有人人無寐

應天長　見古今詞話

雕鞍成謾駐望斷也不歸院深天暮倚遍舊日曾共凭肩門戶踏青何處所想醉拍春衫歌舞征旆舉一步紅塵一步回顧　行行愁獨語想媚容今宵怨郎不住來

爲相思卻又空將愁去人生無定據歎後會不知何處

愁萬縷憑仗東風和淚吹與

念奴嬌　和東坡韻

炎精中否歎人材委靡都無英物鐵馬長驅三犯闕誰

作長城堅壁萬里奔騰兩宮幽陷此恨如何雪草廬三

顧豈無高卧英傑　天意建我中興吾君神武下一作逢

曾孫周發海岳封疆俱效職一作順　堠火會看消滅翠羽

南巡叩閽無路徒有衝冠髮孤忠耿耿劍鋩冷浸秋月

又 題項羽廟

鮑魚腥斷楚將軍鞭虎驅龍而起空費咸陽三月火鑄就金刀神器垓下兵稀陰陵道狹月暗雲如壘楚歌喧唱山川都姓劉矣　悲泣唤醒虞姬為伊死別血刃飛花碎霸業銷沉騅不逝氣盡烏江江水古廟頹垣斜陽紅樹遺恨鴉聲裏興亡休問高陵秋草空翠

點絳脣 秋社

燕子依依曉來總為誰歸去淡雲生處已覺賓鴻度

淺笑低顰便面機中素乘鸞女瑣牕瓊宇會有明年暑

烏夜啼 見天機餘錦

都無一點殘紅夜來風底事東君歸去太匆匆　桃花

醉梨花淚總成空斷送一年春在綠陰中

又 見古今詞話

一彎月挂危樓似藏鉤醉裏不知黃葉報新秋　征鴻

斷歸雲亂遠峯愁愁見綠楊凝恨在江頭

秦樓月 題蓬萊閣

烟漠漠海天摇荡蓬莱阁蓬莱阁朱甍碧瓦半侵寥廓

三山謾有長生藥茫茫雲海風濤惡風濤惡仙槎不

見暮沙潮落

又

秋寂寂碧紗牕外人橫笛人橫笛天津橋上舊曾聽得

宫妝玉指無人識龍吟水底聲初息聲初息月明江

岸數峯凝碧

西江月　　見翰墨

記得洛陽話別十年社燕秋鴻今朝相遇暮雲東對坐旗亭說夢　破帽手遮斜日練衣袖卷寒風蘆花江上兩衰翁消得幾番相送

尉遲杯　見梅苑

歲云暮歎光陰冉冉能幾許江梅尚怯餘寒長安信音猶阻東風無據凭闌久欲去還凝竚憶溪邊月底徘徊暗香踈影庭户　朝來凍解霜消南枝上香英數點微露把酒看花無言有淚還是那時情緒花依舊晨妝何

處謾贏得花前愁千縷儘高樓畫角頻吹任教紛紛飛

素

洞仙歌

見梅苑

斷雲踈雨冷落空山道匹馬駸駸又重到望孤村三兩茅屋踈籬溪水畔一簇蘆花晚照　尋思行樂地事去無痕回首湘波與天杳歎人生幾度能醉金釵青鏡裏贏得朱顏未老又一點枝頭破黃昏問客路春風為誰開早

萬年歡　見梅苑

天氣嚴凝乍寒梅數枝嶺上開坼傳粉凝脂疑是素娥妝拭先報陽和信息更雪月交光一色因追念往日歡遊共君攜手同摘　别來又經歲隔奈高樓夢斷無計尋覓冷艶寒容啼雨恨烟愁濕似向人前淚滴怎不使伊家思憶還只恐寂寞空枝又隨昨夜羌笛

鞓紅　見梅苑

粉香尤嫩霜寒可慣怎奈向春心已轉玉容别是一般

閑婉悄不管桃紅杏淺　月影簾櫳金隄波面漸細細香風滿院一枝折寄故人雖遠莫輒使江南信斷

憶少年　見梅苑

踈踈整整斜斜淡淡盈盈脈脈徒憐暗香句笑梨花顏色　羈馬蕭蕭行又急空回首水寒沙白天涯倦牢落忽一聲羌笛

琴調相思引

膽樣瓶兒幾點春剪來猶帶水雲痕且移孤冷相伴最

深樽　每為惜花無曉夜教人甚處不銷魂為君惆悵

何獨是黄昏

眼兒媚

蕭蕭江上荻花秋做弄許多愁半竿落日兩行新鴈一

葉扁舟　惜分長怕君先去直待醉時休今宵眼底明

朝心上後日眉頭

步蟾宫

東風捏就腰肢細繫六幅裙兒不起看來只慣掌中行

怎教在燭花影裏　更闌應是鉛華退暗蹙損眉峯雙翠夜深著緉小鞋兒斜靠著屏風立地

搗練子　見天機餘錦

林下路水邊亭涼吹水曲散餘酲小藤牀隨意橫　猶記得舊時經翠荷鬧雨做秋聲恁時節不堪聽

謁金門　見天機餘錦

山無數遮斷故人何處見說蘭舟獨繫住溪邊紅葉樹　憶著前時歡遇惹起今番愁緒怎得西風吹淚去陽

臺爲暮雨

風光好　見天機餘錦

柳陰陰水沉沉風約雙鳧立不禁碧波心　孤村橋斷人迷路舟橫渡旋買村醪淺淺斟更微吟

天香　龍涎香

瀛嶠浮烟滄波挂月潛虬睡起清曉萬里槎程一番花信付與露薇氷腦纖雲漸暖凝翠席氤氲不了銀葉重調火活珠簾日垂風悄　螺屏酒醒夢好繡羅幬依舊

痕少幾度試拈心字暗驚芳抱隱約仙州路杳謾珮影

玲瓏護嬌小素手金篝春情未老

裴　湘字楚老仁宗時內官有肯堂集

浪淘沙并門

鴈塞說并門郡枕西汾山形高下遠相吞古寺樓臺依

碧嶂烟景遥分　晉廟鎖溪雲簫鼓仍存牛羊斜日自

歸村惟有故城禾黍地前事消魂

僧揮字仲殊安州進士姓張氏棄家為僧居杭州吳山寶月寺有詞七卷

黄叔暘云仲殊之詞多矣
佳者固不少而小令為最

南柯子

十里青山遠潮平路帶沙數聲啼鳥怨年華又是淒涼時候在天涯　白露收殘月清風散曉霞綠楊堤畔鬧荷花記得年時沽酒那人家

玉樓春　芭蕉

飛香漠漠簾帷暖一線水沉烟未斷紅樓西畔小闌干盡日倚闌人已遠　黄梅雨過芭蕉晚鳳尾翠搖雙葉

短舊年顔色舊年心留到如今春不管

柳稍青

岸草平沙吳王故苑柳裊烟斜雨後寒輕風前香軟春在梨花　行人一棹天涯酒醒處殘陽亂鴉門外秋千牆頭紅粉深院誰家

僧祖可　字正平丹陽人蘇伯固之子住廬山與陳師道徐俯謝逸預西江詩社有東溪集

吳虎臣云正平工詩其長短句尤佳世徒稱其詩也

小沖山

誰向江頭遺恨濃碧波流不斷楚山重柳烟和雨隔疎鐘黃昏後羅幕更朦朧　桃李小園空阿誰猶笑語拾残紅珠簾捲盡夜來風人不見春在緑蕪中

菩薩蠻

西風簌簌低紅葉梧桐影裏銀河匾夢破畫簾垂月明烏鵲飛　新愁知幾(一作那致)許欲似絲千縷鴈已不堪聞砧聲何處村

又

誰能畫取沙邊雨和烟澹掃蕭葭渚別岸却斜暉采蓮人未歸　鴛鴦如解語對浴紅衣去去了更回頭教儂特地愁

釋惠洪字覺範有石門文字禪

許彦周云上人善作小詞情思婉約似秦少游仲殊叅寥皆不能及

青玉案和賀方回韻

緑槐烟柳長亭路恨取次分離去日永如年愁難度高城回首暮雲遮盡目斷知何處　解鞍旅舍天將暮暗

憶丁寧千萬句一寸柔腸情幾許薄衾孤枕夢回人靜徹曉瀟瀟雨

上清蔡真人

法駕導引

闌干曲闌干曲紅颭繡簾旌花嫩不禁纖手捻被風吹去意還驚眉恨蹙山青

夷堅志云陳東靖康間嘗飲于京師酒樓有妓倚欄歌此詞音詞青越東不覺傾聽其後有鏗鐵板閒引步虛聲塵世無人知此曲却騎黄鶴上瑶京風冷月華清五句問何人所製曰上清蔡真人詞也

于真人詞見彭致中鳴鶴餘音按北宋有虛靖真君詞內有和于真人作

鳳棲梧

綠暗紅稀春已暮燕子銜泥飛入垂楊處柳絮欲停風不住杜鵑聲裏山無數　竹杖芒鞋無定據穿過溪南獨木橫橋路樵子漁師來又去一川風月誰爲主

行香子

閬苑瀛洲金谷重樓總不如茅舍清幽野花鋪地奠也風流却也宜春也宜夏也宜秋　酒熟堪篘客至須留

更無榮無辱無憂退閒一步著甚來由但倦時眠渴時

飲醉時謳

葛長庚 自號白玉蟾閩人一云瓊州人居武夷嘉定中詔徵赴闕館太乙宫封紫清明道真人有海瓊集詞二卷

酹江月 武昌懷古

漢江北瀉下長淮洗盡胸中今古樓櫓横波征鴈遠誰見魚龍夜舞鸚鵡洲雲鳳凰池月付與沙頭鷺功名何處年年惟見春絮 非不豪似周瑜壯如黄祖亦逐清

風度野草閒花無限數渺在西山南浦黃鶴樓人赤烏年事江漢亭前路浮萍無據水天幾度朝暮

水龍吟　採藥徑

雲屏謾鎖空山寒猿啼斷松枝翠芝英安在朮苗已老徒勞屐齒應記洞中鳳簫錦瑟鎮常歌吹悵蒼苔路杳石門信斷無人問溪頭事　回首暝烟無際但紛紛落花如淚多情易老青鸞何處書成難寄欲問雙蛾翠蟬金鳳向誰嬌媚想分香舊恨劉郎去後一溪流水

水調歌頭

江上春山遠山下暮雲長相留相送時見雙燕語風檣滿目飛花萬點回首故人千里把酒沃愁腸回鴈風前路烟樹正蒼蒼　漏聲殘燈焰短馬蹄香浮雲飛絮一身將影向瀟湘多少風前月下迤邐天涯海角魂夢亦淒涼又是春將暮無語對斜陽

摸魚兒

問滄江舊盟鷗鷺年來景物誰主悠悠客鬢知何事吹

滿西風塵土渾未悟謾自許功名談笑侯千户春衫戲
舞怕三徑都荒一犁未把猿鶴笑君誤　君且住未必
心期盡負江山秋事如許月明風靜蘋花路敧枕試聽
鳴櫓還又去道喚取陶泓要草歸來賦相思最苦是野
水連天漁郎四起蓑笠占烟雨

霜天曉角　　綠淨堂

五羊安在城市何曾改十萬人家闤闠東亦海西亦海
歲歲蒲澗會地接蓬萊界老樹知他一飼千山外萬

山外

賀新郎

且盡杯中酒問平生湖海心期更如君否渭樹江雲多少恨離合古今非偶更風雨十常八九長鋏歌彈明月墮對蕭蕭客鬢閒攜手還怕折渡頭柳　小樓夜久微涼透倚危欄一池倒影半空星斗此會明年知何處蘋末秋風未久謾輸與鷺朋鷗友已辦扁舟松江去與鱸魚蓴菜論交舊應念此重回首

又
送趙師之江州

倏又西風起這一年光景早過三分之二燕去鴻來何日了多少世間心事待則甚功成名遂楓葉荻花動涼思又尋思江上琵琶淚還感慨勞夢寐　愁來長是朝朝醉剗地成宋玉傷感三閭憔悴況是淒涼寸心碎目斷水蒼山翠更送客長亭分袂闍皁山前梧桐雨起風檣露舶無窮意君此去趁秋霽

又
肇慶府送談金華張月窓

謂是無情者又如何臨岐欲別淚珠如灑此去蘭舟雙槳急兩岸秋山似畫況已是芙蓉開也小立西風楊柳岸覺衣單略說些些話重把我袖兒把　小詞做了和愁寫送將歸要相思處明月今夜客裏不堪仍送客平昔交游亦寡况慘慘蒼梧之野未可淒涼休哽咽更明朝後日纔方卸情默默斜陽下

乩仙

憶少年

淒涼天氣淒涼院落淒涼時候孤鴻叫斜月伴寒燈殘漏　落盡梧桐秋影瘦菱鑑古畫眉難就重陽又近也對黃花依舊

詞綜卷二十四

欽定四庫全書

詞綜卷二十五

翰林院檢討朱彝尊編

宋詞五十首

盧氏一首　舒氏一首

魏夫人三首　延安夫人一首

李清照十一首　阮逸女一首

幼卿一首　吳淑姬二首

朱淑真 五首　蔣興祖女 一首

鄭意娘 一首　慕容嵒卿妻 一首

孫道絢 三首　鄭文妻 二首

陸游妾 一首　美奴 二首

王清惠 一首　徐君寶妻 一首

金德淑 一首　琴操 一首

盼盼 一首　聶勝瓊 一首

蜀中妓 一首　玉英 一首

吳城小龍女 一首　　赤城韓夫人 二首

衛芳華 一首　　紫姑 一首

盧氏 天聖中氏父作縣令自漢州歸氏隨父行有詞題泥溪驛壁

蝶戀花

蜀道青天烟霧翳帝里繁華迢遞何時至回望錦川揮粉淚鳳釵斜嚲烏雲膩　綬帶雙垂金縷細玉珮珠璫露滴寒如水從此鸞妝添遠意畫眉學得遥山翠

舒氏 王齊叟彥齡之妻

點絳脣

獨自臨池悶來强把闌干凭舊愁新恨耗却年時興鷺散魚潛烟斂風初定波心靜照人如鏡少箇年時影

按夷堅支志云彦齡元祐中樞密彦霖弟也善為詞曲妻舒亦工篇翰而婦翁本出武列彦齡頗失禮于翁翁怒邀其女歸竟至離絶女在父家偶獨行池上懷其夫乃作此詞

魏夫人 丞相曾子宣之室

朱晦菴云本朝婦人能文者惟魏夫人及李易安二人而已

菩薩鬘

溪山掩映斜陽裏樓臺影動鴛鴦起隔岸兩三家出牆紅杏花　綠楊堤下路早晚溪邊去三見柳綿飛離人猶未歸

好事近

雨後曉寒輕花外曉鶯啼歇愁聽隔溪殘漏正一聲淒咽　不堪西望去程賒離腸萬回結不似海棠花下按涼州時節

點絳脣

波上清風畫船明月人歸後漸消殘酒獨自凭欄久聚散匆匆此恨年年有重囘首淡烟踈柳隱隱蕪城漏

延安夫人 侯鯖錄云是蘇丞相子容之妹

更漏子 寄季玉妹

小闌干深院宇依舊當時別處朱戶鎖玉樓空一簾霜日紅 弄珠江何處是望斷碧雲無際凝淚眼出重城隔溪羌笛聲

李清照 字易安格非之女嫁趙明誠有漱玉集一卷

張正夫云易安元宵永遇樂詞云落日鎔金暮雲合璧已自工緻至于染柳烟輕吹梅笛怨春已知幾許氣象更好後疊云于今憔悴風鬟霜鬢怕向花間重去皆以尋常語度入音律鍊句精巧則易平淡入調者難且秋詞聲聲慢此乃公孫大娘舞劒手本朝非無能詞之士未曾有一下十四疊字者後疊又云到黃昏點點滴滴又使疊字俱無斧鑿痕怎生得黑黑字不許第二人押婦人有此奇筆殆閒氣也

鳳凰臺上憶吹簫

香冷金猊被翻紅浪起來慵自梳頭任寶奩塵滿日上簾鈎生怕離懷別苦多少事欲説還休新來瘦非干病

酒不是悲秋　休休這回去也千萬遍陽關也則難留念武陵人遠烟鎖秦樓惟有樓前流水應念我終日凝眸凝眸處從今又添一段新愁

壺中天慢

蕭條庭院又斜風細雨重門須閉寵柳嬌花寒食近種種惱人天氣險韻詩成扶頭酒醒別是閒滋味征鴻過盡萬千心事難寄　樓上幾日春寒簾垂四面玉闌干慵倚被冷香消新夢覺不許愁人不起清露晨流新桐

初引多少遊春意日高烟歛更看今日晴未黄叔暘云前輩稱易安緑肥紅瘦為佳句予謂寵柳嬌花語亦甚奇俊前此未有能道之者

一剪梅

紅藕香殘玉簟秋輕解羅裳獨上蘭舟雲中誰寄錦書來鴈字回時月滿西樓　花自飄零水自流一種相思兩處閒愁此情無計可消除纔下眉頭却上心頭

醉花陰 九日

薄霧濃雲愁永晝瑞腦銷金獸佳節又重陽玉枕紗厨

半夜涼初透　東籬把酒黄昏後有暗香盈袖莫道不
銷魂簾卷西風人似黄花瘦

怨王孫　春暮

帝里春晚重門深院草緑階前暮天鴈斷樓上遠信誰
傳恨綿綿　多情自是多沾惹難拚捨又是寒食也秋
千巷陌人静皎月初斜浸梨花

浣溪沙

樓上晴天碧四垂樓前芳草接天涯勸君莫上最高梯

新筍已成堂下竹落花都入燕巢泥忽聽林表杜鵑啼

又

髻子傷春嬾更梳晚風庭院落梅初淡雲來往月疎疎玉鴨薰鑪閒瑞腦朱櫻斗帳掩流蘇通犀還解辟寒無

武陵春

風住塵香花已盡日晚倦梳頭物是人非事事休欲語

浹先流　聞説雙溪春尚好也擬汎輕舟只恐雙溪舴艋舟載不動許多愁

點絳脣

寂寞深閨柔腸一寸愁千緒惜春春去幾點催花雨倚遍闌干祇是無情緒人何處連天芳樹望斷歸來路

賣花聲

簾外五更風吹夢無蹤畫樓重上與誰同記得玉釵斜撥火寶篆成空　回首紫金峯雨潤烟濃一江春浪醉

醒中留得羅襟前日淚彈與征鴻

聲聲慢

尋尋覓覓冷冷清清悽悽慘慘戚戚乍暖還寒時候最難將息三杯兩盞淡酒怎敵他曉來風急鴈過也正傷心却是舊時相識　滿地黄花堆積憔悴損如今有誰堪摘守著牕兒獨自怎生得黑梧桐更兼細雨到黄昏點點滴滴這次第怎一箇愁字了得

阮逸女

花心動

仙苑春濃小桃開枝枝已堪攀折乍雨乍晴輕暖輕寒漸近賞花時節柳摇臺榭東風軟簾櫳静幽禽調舌斷魂遠閒尋翠徑頓成愁結　此恨無人共説還立盡黄昏寸心空切强整繡衾獨掩朱扉簟枕為誰鋪設夜長更漏傳聲遠紗牕映銀釭明滅夢回處梅梢半籠淡月

幼卿 能改齋謾録云宣和間有女子幼卿題詞陜府驛壁

賣花聲

極目楚天空雲雨無蹤謾留遺恨鎖眉峯自是荷花開較晚孤負東風　客館歎飄蓬聚散匆匆揚鞭那忍驟花驄望斷斜陽人不見滿袖啼紅

吳淑姬　嫁士人楊子治有陽春白雪詞五卷　黄叔暘云淑姬詞佳處不减李易安

惜分飛　送别

岸柳依依拖金縷是我朝來别處惟有多情絮故來衣上留人住　兩眼啼紅空彈與未見桃花又去一片征

帆舉斷腸遥指苕溪路

祝英臺近

粉痕消芳信斷好夢總無據病酒無聊欹枕聽殘雨斷腸曲曲屏山温温沉水都是舊看承人處　久離阻應念一點芳心閒愁知幾許偷照菱花清瘦自羞覷可堪梅子酸時楊花飛絮亂鶯又催將春去

朱淑真　錢塘人有斷腸集詞一卷

蝶戀花　送春

樓外垂楊千萬縷欲繫青春少住春還去猶是風前飄柳絮隨春且看歸何處　滿目山川聞杜宇便做無情莫也愁人意把酒送春春不語黄昏却下瀟瀟雨

眼兒媚

風日遲遲弄輕柔花徑暗香流清明過了不堪回首雲鎖朱樓　午牕睡起鶯聲巧何處喚春愁綠楊影裏海棠枝畔紅杏梢頭

謁金門

春已半觸目此情無限十二闌干閒倚遍愁來天不管

好是風和日暖輸與鶯鶯燕燕滿院落花簾不卷斷

腸芳草遠

生查子 元夕

去年元夜時花市燈如晝月上柳稍頭人約黄昏後

今年元夜時月與燈依舊不見去年人淚濕春衫袖

又

年年玉鏡臺梅蕊宫妝困今歲未還家怕見江南信

酒從別後踈淚向愁中盡遥想楚雲深人遠天涯近

蔣興祖女 靖康間金人内逼陽武蔣令興祖死之其女為賊鹵去題詞雄州驛中蔣令浙西人

減字木蘭花 題雄州驛

朝雲横度轆轆車聲如水去白草黄沙月照孤村三兩家 飛鴻過也百結愁腸無晝夜漸近燕山回首鄉關歸路難

鄭意娘 楊思厚之妻擻入太尉自盱眙掠得之不辱而死

好事近

往事與誰論無語暗彈清血何處最堪腸斷是黃昏時節　倚樓凝望又徘徊誰解此情切何計可同歸鴈趁江南春色

慕容嵓卿妻

浣溪沙

滿目江山憶舊游汀花汀草弄春柔長亭艤住木蘭舟好夢易隨流水去芳心猶逐曉雲愁行人莫上望京樓

平江雍熙寺月夜有客聞婦人歌此詞傳之姑蘇嵓卿驚曰此余亡妻平生作也詢所由來正其妻殯處

孫道絢號沖虛居士黄銖母

如夢令宫詞

翠擘紅蕉影亂月上朱欄一半風自碧空來吹落歌珠一串不見不見人被繡簾遮斷

憶少年葛氏姪女告歸送之

雨晴雲歛烟花淡蕩遥山凝碧驅車問征路賞春風南陌正雨後梨花幽艷白悔匆匆過了寒食歸家漸春暮探酴醾消息

秦樓月 李温歸㵟陽書寄

秋寂寞秋風夜雨傷離索傷離索老懷無奈淚珠零落

故人一去無期約尺書忽寄西飛鶴西飛鶴故人何

在水村山郭

鄭文妻孫氏

憶秦娥 絶妙作李嬰

花深深一鈎羅襪行花陰行花陰閒將柳帶試結同心

日邊消息空沉沉畫眉樓上愁登臨愁登臨海棠開

後望到如今古杭雜記云文秀州人太學服膺齋上舍孫氏寄以詞一時傳播酒樓伎館皆歌之

燭影搖紅

乳燕穿簾亂鶯啼樹清明近隔簾時度柳花飛猶覺寒成陣長記眉峯偷隱臉桃紅猶藏酒暈背人微笑半嚲鸞釵輕籠蟬鬢　別久啼多眼應不似當時俊滿園珠翠遲春嬌沒個他風韻若見賓鴻試問待相將綵箋寄恨幾時得見鬭草歸來雙鴛微潤

陸游妾陸游之蜀宿一驛中見題壁詩詢之則驛中女也遂納為妾半載夫人逐之妾賦詞而別

生查子

只知眉上愁不識愁來路窗外有芭蕉陣陣黄昏雨
曉起理殘妝整頓教愁去不合畫春山依舊留愁住

美奴 陸藻殼禮侍兒

如夢令 送別

日暮馬嘶人去船逐清波東注後夜最高樓還肯思量
人否無緒無緒生怕黄昏踈雨

卜筭子

送我出東門乍别長安道兩岸垂楊鎖暮烟正是秋光老一曲古陽關莫惜金樽倒君向瀟湘我向秦魚鴈何時到

王清惠　宋昭儀入元為女道士號沖華

滿江紅　題驛壁

太液芙蓉渾不是舊時顏色曾記得承恩雨露玉樓金闕名播蘭簪妃后裏暈潮蓮臉君王側忽一朝鼙鼓揭天來繁華歇　龍虎散風雲滅千古恨憑誰説對山河

百二淚沾襟血驛館夜驚塵土夢宮車曉碾關山月願嫦娥相顧肯從容隨圓缺

徐君寶妻 岳州人被掠至杭其主者數欲犯之輒以計脫主者强焉告曰俟祭先夫然後為君婦主者許諾乃焚香再拜題詞壁上投池中死

滿庭芳 題壁

漢上繁華江南人物尚遺宣政風流緑窻朱戶十里爛銀鉤一旦刀兵齊舉旌旗擁百萬貔貅長驅入歌樓舞榭風捲落花愁 清平三百載典章文物掃地都休幸

此身未去猶客南州破鑑徐郎何在空惆悵相見無由從今後斷魂千里夜夜岳陽樓

金德淑 宋宮人入元歸章邱李生

望江南 贈汪水雲

春睡起積雪滿燕山萬里長城横縞帶六街燈火已闌珊人在玉樓間

琴操 杭州伎後削髮為尼

滿庭芳 改少游詞

山抹微雲天連衰草畫角聲斷斜陽暫停征轡聊共飲離觴多少蓬萊舊侶頻回首烟靄茫茫孤村裏寒鴉萬點流水遶紅牆　魂傷當此際輕分羅帶暗解香囊謾贏得秦樓薄倖名狂此去何時見也襟袖上空有餘香傷心處長城望斷燈火已昏黄　能改齋謾録云西湖有一倅閒唱少游滿庭芳誤舉畫角聲斷斜陽琴操在側云譙門非斜陽也倅因戲曰爾可改韻否琴操即改作陽字韻東坡聞而賞之

盼盼　瀘南官伎

惜春容　侑㴴翁

少年看花雙鬢綠走馬章臺絃管逐而今老更惜花深終日看花看不足 坐中美女顔如玉爲我同歌金縷曲歸時壓得帽簷欹頭上春風紅簌簌

聶勝娘 長安妓歸李之問

鷓鴣天 寄別李生

玉慘花愁出鳳城蓮花樓下柳青青尊前一唱陽關曲別箇人人第五程 尋好夢夢難成有誰知我此時情枕前淚共階前雨隔箇窗兒滴到明

蜀中妓

市橋柳 送行

欲寄意渾無所有折盡市橋官柳看君著上春衫又相將放船楚江口 後會不知何日又是男兒休要鎮長相守苟富貴無相忘若相忘有如此酒 周公謹云詞亦可喜

玉英 蓬萊仙人見夷堅志

浪淘沙

塞上早春時暖律猶微柳舒金線水回隄料得江鄉應

更好開盡梅蹊　晝漏漸遲遲愁損香肌幾回無語斂雙眉凭遍闌干十二曲日下樓西

吳城小龍女

江亭怨

簾卷曲欄獨倚山展暮天無際淚眼不曾晴家在吳頭楚尾　數點雪花亂委撲漉沙鷗驚起詩句欲成時沒入蒼烟叢裏冷齋夜話云黃魯直登荊州亭柱間有此詞夜夢一女子云有感而作魯直驚悟曰此必吳城小龍女也

赤城韓夫人

法駕導引

東風起東風起海上百花搖十八風鬟雲半動飛花和雨著輕綃歸路碧迢迢

又

烟漠漠烟漠漠天淡一簾秋自洗玉舟斟白醴月華微映是空舟歌罷海西流紹興間鄱下有烏衣椎髻女子歌此詞凡九闋皆非人世語或記之以問一道士道士驚曰此赤城韓夫人所製水府蔡真君法駕導引也烏衣女子疑龍云

衛芳華永嘉滕穆僑居臨安月夜游聚景園遇一女鬼自言是衛芳華故宋理宗朝宮人

木蘭花慢

記前朝舊事曾此地會神仙向月地雲階重攜翠袖來拾花鈿繁華總隨流水歎一塲春夢杳難圓廢港芙蓉滴露斷堤楊柳垂烟　兩峯南北只依然輦路草芊芊悵別館離宮烟銷鳳蓋波没龍船平生玉屏金屋對漆燈無焰夜如年落日牛羊壟上西風燕雀林邊

紫姑吳興周權弱伯乾道五年知衢州西安縣詒郡士尤延年邀致紫姑神賦牡丹詞

瑞鶴仙 賦一捻紅牡丹

靚嬌紅細捻。是西子當日，留心千葉。西都競栽接。好園林臺榭，何妨日涉。輕羅慢褶。費多少、陽和調燮。向曉來、露浥芳苞，一點醉紅潮頰。　雙靨。姚黃國豔，魏紫天香，倚風羞怯。雲鬟試插。引動狂蜂蜨。況東君開宴，賞心樂事，莫惜獻酬頻疊。看相將、紅藥翻堦，尚餘媵妾。

欽定四庫全書

詞綜卷二十六

翰林院檢討朱彝尊編

金詞六十二首

完顏璹一首　蔡松年一首

吳激三首　劉仲尹二首

高士談一首　王庭筠三首

趙可一首　劉迎二首

王特起 四首　韓玉 三首

趙秉文 一首　高憲 一首

党懷英 二首　王渥 一首

景覃 三首　王磵 一首

趙攄 一首　折元禮 一首

劉著 一首　李獻能 一首

李晏 一首　高永 一首

段克己 一首　段成己 一首

元好問二十一首　王予可一首

鄧千江一首

完顔璹字仲實一字子瑜世宗之孫越王永功子自號樗軒居士封密國公宣宗南渡以開府儀同三司奉朝請所著有如庵小藁

青玉案

凍雲封却駝岡路有誰訪溪梅去夢裏踈香風暗度覺來惟見一窓涼月瘦影無尋處　明朝畫筆江天暮定向漁蓑得奇句試問簾前深幾許兒童笑道黄昏時候

猶是簾纖雨

蔡松年 字伯堅從父靖除真定府判官遂為真定人累官吏部尚書參知政事遷尚書左丞封部國公進拜右丞相加儀同三司後又封衛國公卒加封吳國公謚文簡有蕭閒公集六卷

尉遲杯

紫雲煖恨翠雛珠樹雙棲晚小花靜院相逢的的風流心眼紅潮照玉盌午香重草綠宮羅淡喜銀屏小語私分麝月春心一點 華年共有好願何時定妝鬟暮雨零亂夢似花飛人歸月冷一夜小山新怨劉郎與尋常

不淺况不似桃花春溪遠覺情隨曉馬東風病酒餘香

相半

吳　激字彥高建州人宋宰相拭之子米芾之壻使金留不遣官翰林待制皇統初出知深州卒有東山集詞一卷時彥高與伯堅才譽並推號吳蔡體黄叔暘云彥高詞精妙悽惋

風流子　感舊

書劒憶遊梁當時事底處不堪傷望蘭楫嫩漪向吳南浦杏花微雨窺宋東牆鳳城外燕隨青步障絲惹紫游

韆曲水古今禁烟前後暮雲樓閣芳草池塘　回首斷人腸流年去如電雙鬢如霜欲遣從來遺恨頻近清觴聽出塞琵琶風沙淅瀝寄書鴻雁烟月微茫不似海門潮信猶到潯陽

春從天上來　感舊

海角飄零歎漢苑秦宫墜露飛螢夢囘天上金屋銀屏歌吹競舉青冥問當時遺譜有絶藝鼓瑟湘靈促哀彈似林鶯嚦嚦山溜泠泠　梨園太平樂府醉幾度春風

鬢髮星星舞徹中原塵飛滄海風雪萬里龍庭寫胡笳幽怨人憔悴不似丹青酒徹醒對一軒涼月燈火青熒黄叔暘云三山鄭中卿從張貴謨北使時聞彼中有歌此調者元遺山云曾見王防禦公玉說此詞皆用琵琶故實引據甚明惜不能記憶

人月圓 宴張侍御家有感

南朝千古傷心地還唱後庭花舊時王謝堂前燕子飛入人家　恍然在遇天姿勝雪宮鬟堆鴉江州司馬青衫淚濕同是天涯洪景盧云先公在燕山赴北人張總侍御家集出侍兒佐酒中有一人意

狀摧抑可憐叩其故乃宣和殿小宮姬也坐客翰林直學士吳激作詞紀之聞者揮淚　中州樂府云彥高賦此時宇文叔通亦賦念奴嬌先成而頗近鄙俚及見彥高作茫然自失是後人有求作樂府者叔通即批云吳郎近以樂府名天下可往求之

劉仲尹　字致君蓋州人正隆中進士以潞州節度副使召為都水監丞有龍山集

浣溪沙　春情

繡館人人倦踏青粉垣深處簸錢聲賣花門外綠陰清簾幕風柔飛燕燕池塘花暖語鶯鶯有誰知道一春情

琴調相思引

蠶欲眠時日已曛柔桑葉大綠團雲羅敷猶小陌上看行人　翠實低條梅弄色輕花吹壠麥初匀鳴鳩聲裏過盡太平村

高士談字子文一字季默宣和末任忻州戶曹仕金為翰林直學士有蒙城集

減字木蘭花

西湖睡起飛絮游絲春老矣漲綠涵空十頃玻瓈四面風　平時事少天與湖山供坐嘯他日西州却怕羊曇

感舊遊

王庭筠 字子端蓋州熊岳人大定中登第官至翰林修撰晚年卜居黄華山自號黄華老人

訴衷情

夜涼清露滴梧桐庭樹又西風薰籠舊香猶在曉帳暖芙蓉　雲淡薄月朦朧小簾櫳江湖殘夢半在南樓畫角聲中

蝶戀花

衰柳踈踈皆滿地十二闌干故國三千里南去北來人

老矣短亭依舊殘陽裏　紫蟹黃柑真解事似倩西風勸我歸歟未王粲登臨寥落際鴈飛不斷天連水

百字令　小雪家集作

山堂晚色滿疎籬寒雀烟橫高樹小雪輕盈如解舞故故穿簾入戶掃地燒香團圞一笑不道因風絮氷澌生硯問誰先得佳句　有夢不到長安此心安穩只有歸耕去試問雪溪無恙否十里淇園佳處修竹林邊寒梅樹底准擬全家住柴門新月小橋誰掃歸路

趙可 字獻之高平人貞元二年進士仕至翰林直學士有玉峯散人集

望海潮 贈妓

雲垂餘髮霞拖廣袂人間自有飛瓊三館俊游百街高選翩翩老阮才名銀漢會雙星尚相看脈脈似隔盈盈醉玉添春夢雲同夜惜卿卿 離腸草草同傾記靈犀舊曲曉枕餘醒海外九州郵亭一别此生未卜他生江上數峯青悵斷雲殘雨不見高城二月遼陽芳草千里路傍情

劉迎 字無黨東萊人大定中進士除豳王府記室改太子司經有詩文樂府號山林長語

烏夜啼

離恨遠縈楊柳夢魂長遶梨花青衫記得章臺月歸路玉鞭斜 翠鏡啼痕印袖紅牆醉墨籠紗相逢不盡平生事春思入琵琶

又

菱鑑玉篦秋月蕙爐銀葉朝雲宿酲人困屏山夢烟樹小江村 翠甲未消蘭恨粉香不斷梅魂離愁分付殘

春雨花外泣黄昏

王特起 字正之崞縣人擢第為沁源令後為司監

喜遷鶯 別內

東樓歡宴記遺簪綺席題詩紈扇月枕雙欹雲窓同夢相伴小花深院舊歡頓成陳迹翻作一番新怨素秋晚聽陽關三疊一尊相餞 留戀情繾綣紅淚洗妝雨濕梨花面鴈底關河馬頭星月西去一程程遠但願此心如舊天也不違人願再相見把生涯分付藥爐經卷

又

登山臨水正桂嶺瘴開蘋洲風起玄鶴高翔蒼鷹遠擊白鷺欲飛還止江上層波似練沙際行人如蟻目斷處見遥峯簇翠殘霞浮綺　千里關塞遠鴈陣不來猶把闌干倚數疊悲笳一行征旆城郭幾番成毀白塔前朝陵寢青嶂故多營壘念往事但寒烟滿目愁蟬盈耳

又

題郝仙女廟壁

汀洲蘋滿記翠籠采采相將鄰媛蒼渚烟生金支光爛

人在霧綃鮫館小鬟頓成雲散羅襪凌波不見翠鸞遠但清溪如鏡野花留靨　情睠驚變現身後神功緜滿吳蠶繭漢女菱歌湘妃瑤瑟香動倚雲層殿彤車載花一色醉盡碧桃清讌故山晚歎流年一笑人間飛電

梅花引

山之麓河之曲一灣秀色盤虛谷水落落雨濛濛有人行李蕭蕭落葉中　人家籬落炊烟濕天外雲峯迷淡碧野雲昏失前村溪橋路滑平沙沒舊痕

韓玉 字温甫北平人擢第入翰林為應奉文字後為鳳翔府判官有東浦詞一卷

感皇恩 廣東與康伯可

遠柳綠含烟土膏才透雲海微茫露晴岫故鄉何在夢寐草堂溪友舊時遊賞處誰攜手 塵世利名於身何有老去生涯殢樽酒小橋流水一樹雪香寒瘦故人今夜月相思否

減字木蘭花 贈歌者

香檀素手緩理新詞來伴酒音調淒涼便是無情也斷

腸　莫歌楊柳記得渭城朝雨後客路茫茫幾度東風

蕙草長

賀新郎

柳外鶯聲碎晚晴天東風力軟嫩寒初退花底覔春春

已去時見亂紅飛墜又閒傍闌干十二欄外青山烟縹

緲遠連空愁與眉峯對凝望處兩疊翠　鴛鴦結帶靈

犀佩綺屏深香羅帳小寶藥燈背誰謂彩雲和夢斷青

翼阻尋後會待都把相思情綴便做錦書難寫恨奈菱

花都見人憔悴那更有枕盈淚

趙秉文

字周臣磁州人擢第入翰林因言事外補後再入館為修撰待制轉禮部郎中出典岢嵐平定寧邊三郡南渡為直學士還侍讀拜禮部尚書再改翰林學士自號閒閒居士所著有滏水集

青杏兒

風雨替花愁風雨罷花也應休勸君莫惜花前醉今年花謝明年花謝白了人頭　乘興兩三甌揀溪山好處追遊但教有酒身無事有花也好無花也好選甚春秋

高憲 字仲常遼東人王庭筠之甥泰和三年登第仕博州防禦判官

貧也樂

城下路淒風露今人犁田昔人墓岸頭沙帶蒹葭漫漫昔時流水今人家　黄埃赤日長安道倦客無漿馬無草開函關閉函關千古如何不見一人閒

党懷英 字世傑其先馮翊人後居泰安宋太尉進十一代孫舉進士官翰林學士承旨卒謚文獻有竹谿集

感皇恩

一葉下梧桐新涼風露喜鵲橋成渺雲步舊家機杼巧織紫綃如霧新愁還織就無重數　天上何年人間朝暮回首星津又空渡盈盈別淚散作半空疎雨離魂都付與秋將去

月上海棠

傲霜枝裊團珠蕾冷香霏烟雨晚秋意蕭散繞東籬尚彷彿見山清氣西風外夢到斜川栗里　斷霞魚尾明秋水帶三兩飛鴻點烟際疎林颭秋聲似知人倦游無

味家何處落日西山紫翠

王　渥　字仲澤太原人擢第令寧陵名為省掾使宋回為太學助教充樞密院經歷官遷右司都事天興中出援武仙戰歿

水龍吟　從商帥國器獵同裕之賦

短衣匹馬清秋慣曾射虎南山下西風白水石鯨鱗甲山川圖畫千古神州一時勝事賓僚儒雅快長堤萬弩平岡千騎波濤卷魚龍夜　落日孤城鼓角笑歸來長圍初罷風雲慘澹貔貅得意旌旗閒暇萬里天河更須

一洗中原兵馬看鞬櫜嗚咽咸陽道左拜西還駕

景覃字伯仁華陽人自號渭賓野叟

天香

市遠人稀林深犬吠山連水村幽寂田里安閒東鄰西舍准擬醉時歡適社祈雨禱有簫鼓喧天吹擊宿雨新晴壠頭閒看露桑風麥　無端短亭暮驛恨連年此時行役何似臨流蕭散緩衣輕幘炊黍烹雞自勞有脆綠甘紅薦芳液夢裏春泉糟牀夜滴

又

百歲中分流年過半塵勞繫人無盡桑柘週圍營茅低架且喜水親山近倦飛高鳥莫也有閒枝栖穩紙帳練衾日高睡起懶梳蓬鬢　閒堦土花碧潤緩芒鞵恐傷蝸蚓側掩衡門空解草玄誰信俗駕輕雲易散賴獨有蓬峯破孤悶世事悠悠從教莫問

鳳栖梧

倦客情悰紛似縷小院無人卧聽秋蟲語歸意已攙新

鴈去晚涼更作瀟瀟雨　架上秋衣𥿄點素冷菊殘粧
尚被春花妬別有溪山容杖屨等閒不許人知處

王　磵字逸賓汴梁人以丞相馬吉甫舉德行才能授鹿邑主簿就乞致仕

浣溪沙　夢中作

林樾人家急暮砧夕陽人影入江深倚欄疎快北風襟
雨自北山明處黑雲從白鳥去邊陰幾多秋思亂鄉
心

趙　攄字子充宛平人官内翰自號醉全道人

南歌子

澗草萋萋緑林鶯恰恰啼汀沙過雨便無泥換得芒鞵隨意到前溪　浦漵渾堪畫雲烟總是題江湖老伴一蓑衣真個斜風細雨不須歸

折元禮 官治中

望海潮 從軍舟中作

地雄河岳疆分韓晉潼關高壓秦頭山倚斷霞江吞絶壁野烟縈帶滄洲虎旆擁貔貅看陣雲截岸霜氣横秋

千雉嚴城五更殘角月如鈎　西風曉入貂裘恨儒冠誤我却羨兠年六郡少年三關老將賀蘭烽火新收天外獄連樓想斷雲橫曉誰識歸舟剩著黃金換酒羯鼓醉涼州

劉著 字鵬南皖城人宣政末登進士第仕金官翰林修撰出守武遂終忻州刺史

鷓鴣天

雪照山城玉指寒一聲羌管怨樓間江南幾度梅花發人在天涯鬢已斑　星點點月團團倒流河海入杯盤

翰林風月三千首寄與吳姬忍淚看

李獻能 字欽叔河中人擢第入翰林為應奉出為鄜州觀察判官再入選修撰正大末授河中帥府經歷官

春草碧

紫簫吹破黃昏月簌簌小梅花飄香雪寂寞花底風鬟顏色如花命如葉千里涴凝塵凌波襪　心事鑑影鸞孤箏絃鴈絶舊時雪堂人今華髮腸斷金縷新聲杯深不覺琉璃滑醉夢遶南雲花上蜨

李晏 字致美高平人皇統中進士官至禮部尚書翰林學士承旨卒謚文簡

虞美人

佳人酒暈潮生頰艷艷霞千疊雨餘紅淚濕黃昏誤認當年人面倚朱門　飄零又送青春暮悵望劉郎去教人不恨五更風只恨馬蹄無處避殘紅

高永 字信卿初名夔字舜卿又名揆漁陽人累舉不第正大末上書不報自號應菴

大江西上曲 滕王閣

閒登高閣歎興亡滿目風烟塵土畫棟珠簾當日事不

見朝雲暮雨秋水長天落霞孤鶩千載名如故長空澹澹去鴻嘹唳誰數　遥憶才子當年如椽健筆坐上題佳句物換星移知幾度遺恨西山南浦往事無憑昔人安在漫向尋歌舞長江東注為誰流盡今古

段克己　守復之河東人進士入元不仕有遯齋樂府一卷

漁家傲

龍尾溝邊飛柳絮虎頭山下花無數花底醉眠留杖屨花上露隨風散漫飄香霧　老去逢春能幾度不妨且

作風流主明日不知風共雨回首處夕陽又下西山去

又

詩句一春渾漫賦一作與紛紛紅紫俱塵土樓外垂楊千萬縷風落絮闌干倚遍空無語　畢竟春歸何處所樹頭樹底無尋處惟有閒愁將不去依舊伴人直到黃昏雨

段成己字誠之克己弟進士主宜陽簿入元不仕有菊軒樂府一卷

大江東去送楊國瑞南歸

西風溢浦鴈初飛秋水渺茫無際有底忙時來復去汎若虛舟不繫籬菊將開村醪初熟且住為佳耳笑言相答個中隱吏無愧　歲月不貸閒人君顏非少我髮白如此好把金杯休去手萬事惟消沉醉日轉山腰馬嘶柳外歌闋行人起憑高四望相思目斷烟水

元好問 字裕之秀容人興定五年進士歷官左司都事轉行尚書省左司員外郎金亡不仕有遺山集

張叔夏云遺山詞深于用事精于鍊句風流蘊藉處不減周秦

水調歌頭 賦德新王丈玉溪溪在嵩前貴莊兩山絶勝處也

空濛玉華曉瀟灑石悰秋嵩高大有佳處元在玉溪頭翠壁丹崖千丈古木寒藤兩岸村落帶林坵今日好風色可以放吾舟　百年來算惟有此翁游山川邂逅佳客猿鳥亦相留父老雞豚鄉社兒女籃輿竹几來往亦風流萬事已華髪吾道付滄洲

木蘭花慢 遊三臺

渺漲江東下流不盡古今情記海上三山雲中雙闕當

日南城黄鶴幾年飛去淡春陰平野草青青氷井猶殘
石甃露盤已失金莖　風流千古短歌行慷慨缺壺聲
想釃酒臨江賦詩投馬詞氣縱横飄零舊家王粲似南
飛烏鵲月三更笑殺西園賦客壯懷無復平生

最高樓　商於魯縣北山

商於魯山遠客來稀雞犬靜柴扉東家勸飲薑芽脆西
家留宿芋魁肥覺重來猿與鶴總忘機　問華屋高脊
誰不戀問美食大官誰不羨風浪裏竟安歸雲山既不

求吾是林泉又不青吾非任年年藜藿飯芰荷衣

玉漏遲 有懷淅江别業

淅江歸路杳西南却羨投林高鳥升斗微官世累苦相縈繞不如麒麟畫裏又不與巢由同調時自笑虚名負我半生吟嘯　擾擾馬足車塵被歲月無情暗消年少鍾鼎山林一事幾時曾了四壁秋蟲夜雨更一點殘燈斜照清鏡曉白髮又添多少

滿江紅

一枕餘酲厭厭共相思無力人語定小窻風雨暮寒岑寂繡被留歡香未滅錦書封淚紅猶濕問寸腸能著幾多愁朝還夕　春草遠春江碧雲黯淡花狼藉更柳綿閒颺柳絲難織入夢終疑神女賦寫情除有文通筆恨伯勞東去燕西飛空相憶

石州慢　赴名史館與德新丈别去岳祠西新店明日以此寄之

擊筑行歌鞍馬賦詩年少豪舉從渠里社浮沉枉笑人間兒女生平王粲而今憔悴登樓江山信美非吾土天

地一飛鴻渺翩翩何許　羇旅山中父老相逢應念此行良苦幾為虛名誤却東家雞黍漫漫長路蕭蕭兩鬢黄塵騎驢漫與行人語詩句欲成時滿西山風雨

洞仙歌

黄塵鬢髮六月長安道羞向清溪照枯槁似山中遠志謾出山來成箇甚只是人間小草　昇平十二策丞相封侯說與高人應笑倒對清風明月展放眉頭長恁地大醉高歌也好待都把功名付時流只求箇天公放教

空老

江神子 夢德新丈因及欽叔舊游

河山亭上酒如川玉堂仙重留連猶恨春風桃李負芳年燕語鶯啼花落處歌扇後舞衫前 舊遊風月夢相牽路三千去無緣滅没飛鴻一線入秋烟白髮故人今健否西北望一潸然

又 觀别

旗亭誰唱渭城詩酒盈卮兩相思萬古垂楊都是折殘

枝舊見青山青似染緣底事淡無姿　情緣不到木腸兒鬢成絲更須辭只恨芙蓉秋露冷胭脂為問世間離別淚何日是滴休時

臨江仙　自洛陽往孟津道中作

今古北邙山下路黄塵老盡英雄人生長恨水長東幽懷誰共語遠目送歸鴻　蓋世功名將底用從前錯怨天公浩歌一曲酒千鍾男兒行處是未要論窮通

又　寄德新丈

自笑此身無定在北州又復南州買田何日遂歸休向來凡落落此去亦悠悠 赤日黄塵三百里嵩坵幾度登樓故人多在玉溪頭清泉明月曉高樹亂蟬秋

又 内鄉北山

夏館秋林山水窟家家林影湖光三年閒為一官忙簿書愁裏過筍蕨夢中香 父老書來招我隱臨流已葢茅堂白頭兄弟共論量山田尋二頃他日作桐鄉

鵲橋仙

梨花春暮垂楊秋晚歸袖無人重挽浮雲流水十年間算只有青山在眼　風臺月榭朱脣檀板多病全疎酒盞劉郎爭得似當時比前度心情又減

鷓鴣天　隆德故宮同希顔欽叔知幾諸人賦

臨錦堂前春水波蘭臯亭下落梅多三山宮闕空銀海萬里風埃暗綺羅　雲子酒雪兒歌留連風月共婆娑人間更有傷心處奈得劉伶醉後何

又

華表歸來老令威頭皮留在姓名非舊時逆旅黃粱飯今日田家白板扉　沽酒市釣魚磯愛閒直與世相違墓頭不要征西字元是中原一布衣

太常引　東原上清宫同楊飛卿夜話汝梁舊遊追懷欽叔内翰

十年流水共行雲相見重情親滄海内揚塵便疑是前身後身　風臺月榭舞裙歌扇樂事幾回新莫話洛陽春更誰似金鑾故人

清平樂　憶鎮陽

悲歡聚散世事天誰管梳去梳來雙鬢短鏡裏看看雪滿　燕南十月霜寒孤身去住多難何日西牕燈火眼前兒女團圞

又

離腸宛轉瘦覺妝痕淺飛去飛來雙乳燕消息知郎近遠　樓前小雨珊珊海棠簾幕輕寒杜宇一聲春去樹頭無數青山

邁陂塘　太和五年乙丑歲赴試并州道逢捕鴈者云今日獲一鴈殺之矣其脫網者悲鳴不

能去竟自投于地而死予因買得之葬之汾水之上累石為識號曰鴈坵并作鴈坵詞

問世間情是何物直教生死相許天南地北雙飛客老翅幾回寒暑歡樂趣離別苦就中更有癡兒女君應有語渺萬里層雲千山暮雪隻影向誰去　橫汾路寂寞當年簫鼓荒烟依舊平楚招魂楚些何嗟及山鬼暗啼風雨天也妒未信與鶯兒燕子俱黄土千秋萬古為留待騷人狂歌痛飲來訪鴈坵處

點絳脣

醉裏春歸綠窗猶唱留春住問春何處花落鶯無語

渺渺予懷漠漠烟中樹西樓暮一簾疎雨夢裏尋春去

江月晃重山 初到嵩山作

塞上秋風鼓角城頭落日旌旗少年鞍馬適相宜從軍樂莫問所從誰 候騎纔通薊北先聲已動遼西歸期猶及柳依依春閨月紅袖不須啼

王予可 字南雲吉州人

生查子

夜色靜明河風好來千里水殿謫仙人皓齒清歌起
前聲金斝中後調銀河底 一夜嶺頭雲遶遍樓前水

鄧千江 臨洮人

望海潮 獻張六太尉

雲雷天塹金湯地險名藩自古皐蘭營屯繡錯山形米
聚襟喉百二秦關鏖戰血猶殷見陣雲冷落時有鵰盤
靜塞樓頭曉月依舊玉弓彎 看看定遠西還有元戎
閫令上將齋壇區脫晝空兜鈴夕解甘泉又報平安吹

笛虎牙閒且宴陪珠履歌按雲鬟招取英靈毅魄長繞賀蘭山

陶九成云近世所謂大曲蘇小小蝶戀花蘇東坡念奴嬌晏叔原鷓鴣天柳耆卿雨淋鈴辛稼軒摸魚兒吳彥高春草碧蔡伯堅石州慢張子野天仙子朱淑真生查子鄧千江望海潮

詞綜卷二十六

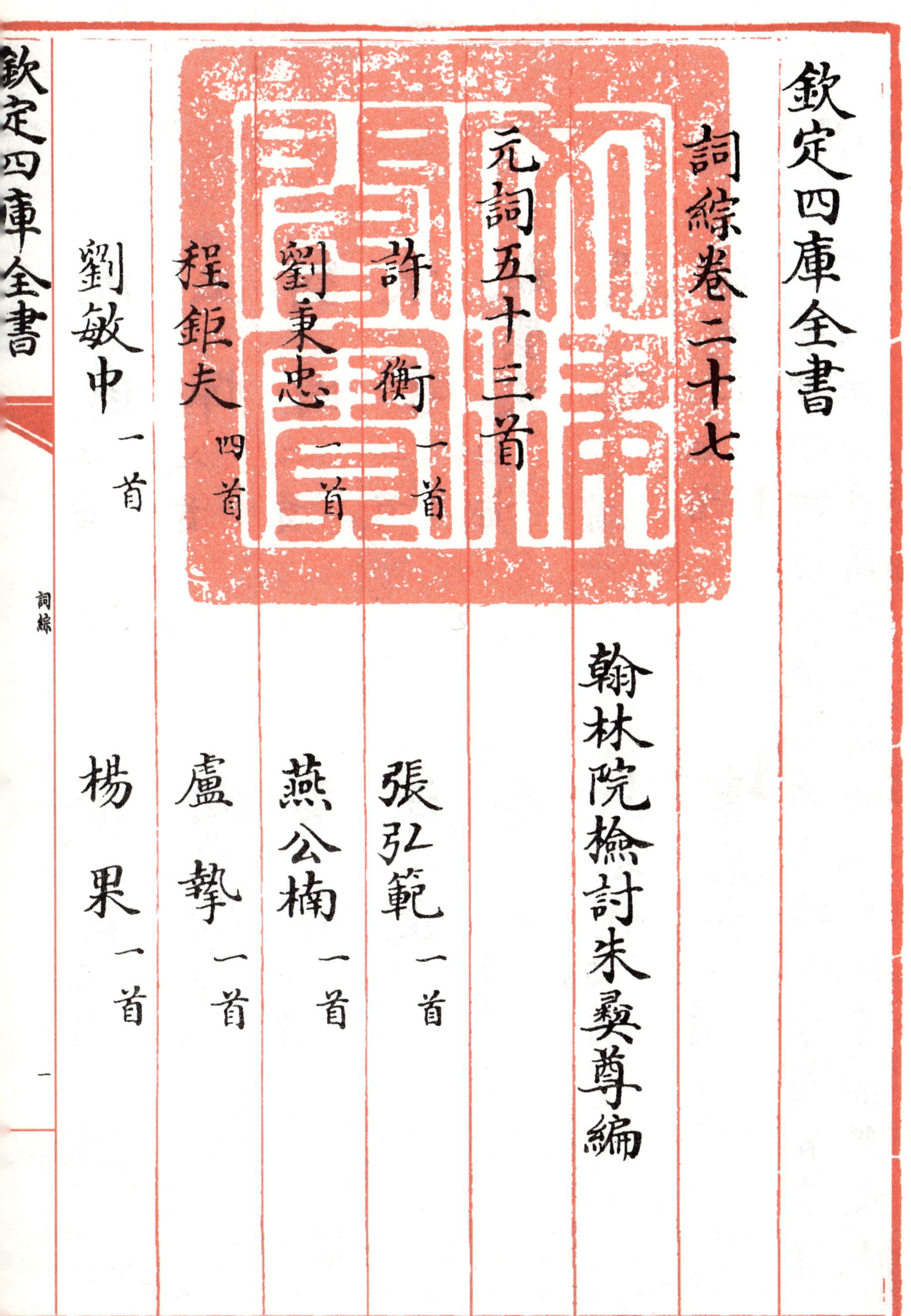

欽定四庫全書

詞綜卷二十七

翰林院檢討朱彝尊編

元詞五十三首

許衡一首　張弘範一首

劉秉忠一首　燕公楠一首

程鉅夫四首　盧摯一首

劉敏中一首　楊果一首

仇遠 二首　李治 三首

王惲 八首　趙孟頫 五首

劉因 二首　梁曾 一首

陳孚 二首　汪宗臣 一首

姚雲文 四首　詹正 四首

吳澄 一首　彭元遜 四首

羅志仁 四首　韋居安 一首

許衡 字仲平河内人被召為京兆提學累官集賢大學士兼國子祭酒領太史院事贈榮祿大

夫司徒謚文正加贈太傅開府儀同三司
魏國公從祀孔子廟庭有魯齋先生集

滿江紅 別大名親舊

河上徘徊未分袂孤懷先怯中年後此般憔悴怎禁離
別淚苦滴成襟畔濕愁多擁就心頭結倚東風搔首謾
無聊情難說　黄卷在消白日青鏡裏增華髮念歲寒
交友故山烟月虛負人生歸去好誰知美事難雙得計
從今佳會幾何時長相憶

張弘範字仲疇定興人官至鎮國上將軍江東道宣
慰使贈銀青榮祿大夫平章政事謚武略加

贈太師開府儀同三司上柱國齊國公改謚忠武延祐中追封淮陽王更謚獻武

臨江仙　憶舊

千古武陵溪上路桃源流水潺潺可憐仙侶剩濃歡黃鸝驚夢破青鳥喚春還　回首舊遊渾不見蒼烟一片荒山玉人何處倚闌干紫簫明月底翠袖暮雲寒

劉秉忠　字仲晦邢州人少為僧隨其師海雲入見世祖遂留之從代宗時人稱為聰書記至元初拜光祿大夫位太保參預中書省事卒贈太師封趙國公謚文貞成宗時加贈太師謚文正仁宗時進封常山王有藏春散人集

乾荷葉

乾荷葉色蒼蒼老柄風搖蕩減清香越添黄都因昨夜一番霜寂寞秋江上

燕公楠 字國材江州人至元初辟贛州通判累官資德大夫湖廣行中書省右丞有五峯集

摸魚兒 答程雪樓見壽

又浮生平頭六十登樓悵望荆楚出山小草成何事閑却竹烟松雨空自許早搖落江潭一似琅琊樹蒼蒼天路謾伏櫪心長銜圖志短歲晏欲誰與 梅花賦飛墮

高寒玉宇鐵腸還解情語英雄操與君侯耳過眼犀兒誰數霜鬢縷祇夢聽枝頭翡翠催歸去清觴飛羽且細酌盱泉酣歌郢雪風致美無度

程鉅夫 原名文海避武宗諱以字行其先休寧人後徙居郢至鉅夫始遷建昌仕世祖官翰林學士承旨贈光祿大夫追封楚國公謚文憲有雪樓集詞一卷

摸魚兒 壽燕五峯右丞

記江梅向來輕別相逢今又平楚東風小試南枝煖早已千林烟雨春幾許向五老仙家移下瓊瑤樹溪橋驛

路更月曉堤沙霜秋野水踈影自容與　平生事幾度

含章殿宇隔花么鳳能語苔枝天矯蒼龍瘦誰把冰鬚

細數千萬縷簇一點芳心待與和羹去移宫換羽且度

曲傳觴主人花下今日慶初度

又

次韻盧踈齋題歲寒亭

問踈齋湘中朱鳳何如江上鸂鶒波寒木落人千里客

裏與誰同住茅屋趣吾自愛吾亭更愛參天樹勞君為

賦渺雪鴈南飛雲濤東下歲晏欲何處　踈齋老意氣

經文緯武平生握手相許江南江北尋芳路共看碧雲來去黄鵠舉記我度秦淮君正臨清句宣城水名歌聲緩與怕徑竹能醒庭花起舞驚散夜來雨

點絳脣 送蓋臣

綠鬢青雲王郎故是乘驄侶阿龍風度想在烏衣住帶得春來又共春歸去江頭路美人何處官柳吹風絮

清平樂 西野使君自遼左寄詩詞至灤陽猥承見及次韻代訊

新來酒戶想勝看花處帶得春行平壤路同笑同歌同

住　灤陽却近山家芒鞋夜夜丹霞流水落花歸思蒼烟白石生涯

盧摯 字處道號疎齋涿州人仕至翰林學士元初稱能詩者以劉因盧摯為首有疎齋集

摸魚兒 題雪樓先生歲寒亭詩卷

為君歌歲寒亭子無煩洲畔鸚鵡江山勝槩風霜地要近魯東家住垣壁趣應素愛昂霄老柏孤松樹登高作賦想白雪陽春碧雲日暮別有倚樓處　金閨彥尚憶西清接武年來喬木如許團茅時復羲皇上我醉欲眠

卿去歌欲舉還自悟君家琢就瓊瑤句疎齋試與倩倚竹佳人湘絃赴節涼滿北窗雨

劉敏中 章邱人至元中為監察御史累遷翰林學士承旨卒謚文簡有中齋集

點絳脣 寄程雪樓

短夢驚回北窗一陣芭蕉雨雨聲還住斜日明高樹起望行雲送雨前山去山如霧斷虹猶怒直入山深處

楊果 字正卿號西菴蒲陰人金正大中進士入元為北京宣撫使拜參知政事出為淮孟路總管卒謚文獻有集

摸魚兒 同遺山賦鴈坵

悵年年鴈飛汾水，秋風依舊蘭渚。網羅驚破雙棲夢，孤影亂翻波素。還碎羽，算古往今來，只有相思苦。朝朝暮暮，想塞北風沙，江南烟月，爭忍自來去。　埋恨處，依約并門舊路，一坵寂寞寒雨。世間多少風流事，天也有心相妒。休說與，還却怕、有情多被無情誤。一杯會舉，待細讀悲歌，滿傾清淚，為爾酹黃土。

仇遠 字仁近，錢塘人，官溧陽州儒學教授。一時遊其門者若張雨、張翥、莫維賢，皆有名當世，所

著有山村集

八犯玉交枝 招寶山觀月上

滄島雲連綠瀛秋入暮景却沉洲渚無浪無風天地白聽得潮聲人語擊空狐柱翠倚高閣憑虛中流蒼碧迷烟霧惟見廣寒門外青無重數　不知是水是山不知是樹漫漫知是何處倩誰問凌波輕步謾凝睇乘鸞秦女想庭曲霓裳正舞莫須長笛吹愁去怕喚起魚龍三更噴作前山雨

齊天樂　賦蟬

夕陽門巷荒城曲清音早鳴秋樹薄剪綃衣涼生鬢影獨飲天邊風露朝朝暮暮奈一度淒吟一番淒楚尚有殘聲驀然飛過别枝去　齊宫往事謾省行人猶與説當時齊女雨歇空山月籠古柳彷彿舊曾聽處離情正苦甚懶拂冰箋倦拈琴譜滿地霜紅淺莎尋蜕羽

李　冶

字仁卿欒城人金進士辟知鈞州事城潰微服北渡流落忻崞間世祖聞其賢名之未仕晚家封龍山下至元初再以學士名就職碁月以老病辭去有敬齋集

邁陂塘 和元遺山鴈坵

鴈雙雙正分汾水回頭生死殊路天長地久相思債何似眼前俱去摧勁羽倘萬一幽冥却有重逢處詩翁感遇把江北江南風嘹月唳并付一邱土 仍爲汝小草幽蘭麗句聲聲字字酸楚拍江秋影今何在宰木欲迷隄樹霜魂苦算猶勝王嬙青塚真娘墓憑誰說與對鳥道長空龍艘古渡馬耳淚如雨

又 大名有男女以私情不遂赴水者後三日二尸相攜出水濱是歲陂荷俱並蔕

為多情和天也老不應情遽如許請君試聽雙蕖怨方見此情真處誰點注香瀲灔銀塘對抹胭脂露藕絲幾縷絆玉骨春心金沙曉淚漠漠瑞紅吐　連理樹一樣驪山懷古古今朝暮雲雨六郎夫婦三生夢幽恨從來艱阻須念取共鴛鴦翡翠照影長相聚秋風不住悵寂寞芳魂輕烟北渚涼月又南浦

鷓鴣天　中秋同遺山飲倪文仲家蓮花白醉中賦此

太乙滄波下酒星露醽祕訣出仙扃情知天上蓮花白

壓盡人間竹葉青　迷晚色散秋聲兵廚曉溜玉泠泠

楚江雲錦三千頃笑殺靈均語獨醒

王　惲字仲謀汲縣人官至翰林學士嘉議大夫累進中奉大夫贈翰林學士承旨資善大夫追封太原郡公謚文定有秋澗集詞四卷

春從天上來　見故宮人感賦

羅綺深宮記紫袖雙垂當日昭容錦封香重彤管春融帝座一點雲紅正臺門事簡更捷奏清晝相同聽鈞天侍瀛池內宴長樂歌鐘　回頭五雲雙闕恍天上繁華

玉殿珠櫳白髮歸來昆明灰冷十年一夢無蹤寫杜娘哀怨和淚點彈與孤鴻淡長空看五陵何似無樹秋風

點絳脣 送董秀才西上

楊柳青青玉門關外三千里秦山渭水未是消魂地坦卧東牀恐減風雲氣功名際願君著意莫揾春閨淚

水龍吟 賦秋日紅梨花

纖苞淡貯幽香玲瓏輕鎖秋陽麗仙根借煖定應不待荆王翠帔瀟灑輕盈玉容渾是金莖露氣甚西風宛轉

東欄暮雨空點綴真妃淚　誰遣司花妙手又一番角
奇爭異使君高卧竹亭閒寂故來相慰燕几螺屏一枝
披拂繡簾風細約洗妝快瀉玉屏芳酒枕秋蟾醉

平湖樂

採蓮人語隔秋烟波靜如橫練入手風光莫留轉共留
連　畫船一笑春風面江山信美終非吾土問何日是
歸年

又

秋風湖上水增波水底雲陰過憔悴湘纍莫輕和且高歌

凌波幽夢誰驚破佳人望斷碧雲暮合道別後意如何

又

安仁雙鬢已驚秋更甚眉頭皺一笑相逢且開口玉為舟

新詞淡似鵝黄酒醉歸扶路竹西歌吹人道似揚州

又

秋風嫋嫋白雲飛人在平湖醉雲影湖光淡無際錦屏園　故人遠在千山外百年心事一樽濁酒長使此心違

後庭花破子　晚眺臨武堂

緑樹遠連洲青山壓樹頭落日高城望烟霏翠滿樓木蘭舟彼汾一曲春風佳可遊

趙孟頫　字子昂宋太祖子秦王德芳之後四世祖伯圭賜第湖州遂為湖州人宋末為真州司戶參軍至元中以程鉅夫薦入見授兵部郎中累官翰林學士承旨榮祿大夫卒追封魏國

公謚文敏有松雪詞一卷卲復孺云公以承平王孫而嬰世變黍離之悲有不能忘情者故長短句深得騷人意度

後庭花破子

清溪一葉舟芙蓉兩岸秋採菱誰家女歌聲起暮鷗亂雲愁滿頭風雨帶荷葉歸去休

蝶戀花

儂是江南遊冶子烏帽青鞋行樂東風裏落盡楊花春滿地萋萋芳草愁千里　扶上蘭舟人欲醉日暮青山

相映雙蛾翠萬頃湖光歌扇底一聲吹下相思淚

虞美人 浙江舟中作

潮生潮落何時了斷送行人老消沉萬古意無窮盡在長空澹澹鳥飛中 海門幾點青山小望極烟波渺何當駕我以長風便欲乘槎浮到日華東

浣溪沙 李叔固丞相會間贈歌者青貴

滿捧金卮低唱詞樽前再拜索新詩老夫慚愧鬢成絲 羅袖染將修竹翠粉香須上小梅枝相逢不似少年

時

浪淘沙

今古幾齊州華屋山坵杖藜徐步立芳洲無主桃花開又落空使人愁　沙上往來舟萬事悠悠春風曾見昔人遊惟有石橋橋下水依舊東流

劉因

字夢吉容城人至元中徵授承德郎右贊善大夫以母疾歸尋以集賢學士嘉議大夫徵固辭卒贈翰林學士資善大夫護軍追封容城郡公謚文靖有靜修集詞一卷

木蘭花

未開常探花開未又恐纔開風雨至花開風雨不相妨
爲甚不來花下醉　今年休作明年計明日已非今日
事春風欲勸坐中人一片落紅當眼墜

鵲橋仙　喜雨

紇干生處幾時飛去欲去被天留住野人除飽更無求
滿意看一犁春雨　田家作苦濁醪醲黍准備歲時歌
舞不妨分我一豚蹄更試聽清秋社鼓

梁　曾　字貢父燕人以薦起歷官湖南宣慰司副使改淮西宣慰司副使兩使安南擢吏部尚書

改授淮安路總管累遷昭文館大學士資德大夫

木蘭花慢 西湖送春

問花花不語為誰落為誰開算春色三分半隨流水半入塵埃人生能幾歡笑但相逢尊酒莫相推千古幕天席地一春翠繞珠圍　彩雲回首暗高臺烟樹渺吟懷捹一醉留春留春不住醉裏春歸西樓半簾斜日怪銜泥燕子却飛來一枕青樓好夢又教風雨驚回

陳孚 字剛中臨海人至元中官翰林待制兼國史院編修繼出為台州路總管府治中有集

太常引 端陽日當母誕不得歸

綵絲堂上簇蘭翹記生母在今朝無地捧金蕉奈烟水龍沙路遥 碧天迢遞白雲何處風急雨蕭蕭萬里夢魂消待飛逐錢唐夜潮

又

短衣孤劒客乾坤奈無策報親恩三載隔晨昏更疎雨寒燈斷魂 赤城霞外西風鶴髮猶想倚柴門蒲醑謾盈尊倩誰寫青衫淚痕

汪宗臣字公輔號紫巖婺源人與方虛谷交善有集四卷

蝶戀花 清明前兩日聞燕

年去年來來去早。怪底不來，庭院春光老。知向誰家翻別調。家家望斷飛蹤杳。　千里瀟湘烟渺渺。不記雕梁舊日恩多少。逼近清明纔一到。故巢猶在朱檐曉。

姚雲文字聖瑞，高安人。宋咸淳進士，入元，授承直郎、撫建兩路儒學提舉。有江村遺稿

摸魚兒 艮岳

渺人間、蓬瀛何許。一朝飛入梁苑。輞川梯洞層崖出，猶

帶鬼愁龍怨窮遊宴談笑裏金風吹折桃花扇翠華天遠悵湤沼螢粘錦屏烟合草露泫蒼蘚　東華夢好在牙檣瑚輦畫圖歷歷曾見落紅萬點孤臣淚斜日牛羊春晚摩雙眼看塵世鼇宫又報鯨波淺吟鞭拍斷便乞與媧皇化成精衛填不盡遺憾

紫萸香慢　九日

近重陽偏多風雨絕憐此日暄明問秋香濃未待攜客出西城正自羈懷多感怕荒臺高處更不勝情向樽前

又憶漉酒插花人只坐上已無老兵　淒清淺醉還醒
愁不肯與詩平記長楸走馬雕弓搾柳前事休評紫萸
一枝傳賜夢誰到漢家陵儘烏紗便隨風去要天知道
華髮如此星星歌罷涕零

玲瓏玉　半閒堂賦春雪

開歲春遲早贏得一白瀟瀟風颸淅簌夢驚錦帳春嬌
是處貂裘透暖任尊前回舞紅倦柔腰今朝虧陶家茶
鼎寂寥　料得東皇戲劇怕蛾兒街柳先鬭元宵宇宙

低迷倩誰分淺亞深凹休嗟空花無據便真箇瓊雕玉琢總是虛飄且沉醉趂樓頭零片未消

齊天樂

柳花引過橫塘路縈回曲蹊通圃揷槿編籬挨梅砌石次第海棠成塢吟筇獨拄待尋訪斜橋水邊窺戶已約青山雲深不礙客來處　繁華閱人無數問僊日平原君還知否啼鳥憁幽晝陰人寂慵困不知飛絮匆匆燕語似迎得春來且留春住惜取名花一枝堪寄與

詹正

一作玉字可大，別號天游，郢人，官翰林學士

霓裳中序第一

至元間，監醮長春宫，見羽士丈室古鏡，狀似秋葉，背有金刻宣和御寶四字，有感因賦

一規古蟾魄，瞥過宣和幾春色。知那箇柳鬆花怯，曾搓玉團香，塗雲抹月。龍章鳳刻，是如何兒女消得。便孤了翠鸞何限，人更在天北。　磨滅，古今離別，幸相從薊門仙客，蕭然林下秋葉，對雲淡星疎，眉青影白，佳人已傾國。謾贏得，癡銅舊畫，興亡事道人知否，見了也華髮。

三姝媚　古衛舟子謂曾載錢唐宮人

一蓬兒別苦是誰家花天月地兒女紫曲藏嬌慣錦窠金翠玉欶鍾呂綺席傳宣笑聲裏龍頭三鼓歌扇題詩舞袖籠香幾曾塵土　因甚留春不住怎知道人間匆匆今古金屋銀屏被西風吹換蓼汀蘋渚如此江山應悔却西湖歌舞載取斷雲何處江南烟雨

齊天樂　贈童甕天兵後歸杭

相逢喚醒京華夢吳塵暗斑吟髮倚擔評花認旗沽酒

歷歷行歌奇跡吹香弄碧有坡柳風情逋梅月色畫鼓紅船滿湖春水斷橋客　當時何限俊侶甚花天月地人被雲隔却載蒼烟更招白鷺一醉修江又別今回記得再折柳穿魚賞花催雪如此湖山忍教人更說

清平樂

醉紅宿翠髻嚲烏雲墜管是夜來渾不睡那更今朝早起　東風滿搦腰肢階前小立多時却恨一番新雨想應濕透鞋兒

吳澄 字幼清崇安人仕至翰林學士追封臨川郡公謚文正學者稱草廬先生有詞一卷

渡江雲 揭浩齋送春和韻

名園花正好嬌紅殢白百態競春妝笑痕添酒暈豐臉凝脂誰與試鉛霜詩朋酒伴趂此日流轉風光儘夜遊不妨秉燭未覺是踈狂 茫茫一年一度爛漫離披似長江去浪但要教啼鶯語燕不怨盧郎問春春道何曾去任蜂蝶飛過東墻君看取年年潘令河陽

彭元遜 字巽吾廬陵人

漢宫春 元夕

十日春風又一番調弄怕暖愁陰夜來風雨摇得楊柳黄深薰篝未斷夢舊寒殘醉同衾便是聞燈見月看花對酒驚心　攜手滿身花影香霏冉冉露濕羅襟笙歌行人歸去回首沉沉人間此夜誤春光一刻千金明日問紅巾青鳥蒼苔自拾遺簪

玉女迎春慢 柳

纔入新年逢人日拂拂淡烟無雨葉底妖禽自語小啄

幽香還吐東風辛苦便怕有踏青人誤清明寒食消得渡江黄翠千縷　看臨小帖宜春填輕暈濕碧花生霧為說釵頭裊裊繫著輕盈不住問郎留否似昨夜教成鸚䳇走馬章臺憶得畫眉歸去

子夜歌 和劉尚友韻

視春衫篋中半在浥浥酒痕花露恨桃李隨風吹畫夢裏故人如霧臨潁美人秦川公子却共何人語對誰家花草池臺回首故園咫尺未成歸去　昨宵聽危絃急

管酒醒不知何處漂泊情多哀遲感易無限堪憐許似
尊前眼底紅顏消幾寒暑年少風流未諳春事追與東
風賦待他年君老已山共君聽雨

解珮環

江空不渡恨蘼蕪杜若零落無數遠道荒寒婉娩流年
望望美人遲暮風烟雨雪陰晴晚更何須春風千樹盡
孤城落木蕭蕭日夜江聲流去　日宴山深聞笛恐他
年流落與子同賦事闊心違交淡媒勞蔓草沾衣多露

汀洲窈窕餘酲寐遺珮浮沉澧浦有白鷗淡月微波寄語逍遥容與

羅志仁號壺秋涂州人

霓裳中序第一 四聖觀

來鴻又去燕看罷江潮收畫扇謾湖曲雕欄倦倚正船過西陵快篙如箭凌波不見但陌花遺曲淒惻孤山路晚蒲病柳淡綠鎖深院 離恨五雲宮殿記舊日曾遊翠輦青紅如寫便面帳下鵲池荒放鶴人遠粉牆隨岸

轉漏壁瓦殘陽一線蓬萊夢人間那信坐看海濤淺

風流子 泛湖

歌咽翠眉低湖船客尊酒謾重擕正斷續鐘高峯南北飄零野褐太乙東西凄涼處翠連松九里驄馬濺障泥葛嶺樓臺夢隨烟散吳山宮闕恨與雲齊 靈峯飛來久飛不去有落日斷猿啼無限風荷廢港露柳荒畦歎岳公英骨麒麟舊冢坡仙吟䰟鶯燕長堤欲弔梅花無句素壁慵題

金人捧露盤　錢唐懷古

濕苔青妖血碧壞垣紅怕精靈來往相逢荒烟瓦礫寶釵零亂隱鸞龍吳峯越巘翠顰鎖若為誰容　浮屠换朝陽殿僧磬改景陽鐘興亡事淚老金銅驪山廢盡更無宮女說玄宗海濤落月角聲起滿眼秋風

虞美人　淨慈尼

君王曾惜如花面往事多恩怨霓裳和淚换袈裟又送鸞輿北去聽琵琶　當年未削青螺髻知是歸期未天

花交室萬緣空結綺臨春何處淚痕中

韋居安 號梅澗

摸魚兒

繞苕城水平波渺雙湖遥睇無際就中惟有漁灣好占得西關佳致楊柳外羨汎宅浮家當日玄真子溪山信美歎陳迹猶存前賢已往誰會景中意　蕭閒甚築屋三間近水汀洲香汎蘭芷清風明月知多少肯滯軟紅塵裏垂釣餌趂春水生時騰有桃花鱖煩襟淨洗待辦

取輕裳來分半席相對弄清泚

詞綜卷二十七

欽定四庫全書

詞綜卷二十八

翰林院檢討朱彝尊編

元詞五十四首

李琳二首　趙文三首

宋遠一首　周景一首

劉將孫一首　蕭列一首

司馬昂父一首　應法孫一首

王學文 三首　彭芳遠 一首

危復之 一首　顏子俞 一首

劉景翔 一首　吳元可 二首

劉　鉉 一首　蕭允之 四首

黄子行 五首　彭履道 一首

李裕翁 一首　段宏章 一首

劉天迪 三首　周伯陽 一首

尹公遠 一首　曾允元 五首

李天驥 一首　劉應幾 一首

周孚先 二首　尹濟翁 一首

王從叔 一首　蕭漢傑 一首

彭泰翁 一首　趙功可 一首

戴山隱 一首　姜个翁 一首

李　琳 號梅谿長沙人

六么令 京中清明

淡烟疎雨香逕渺啼鴂新晴畫簾閒卷燕外寒尤力依

約天涯芳草染得春風碧人間陳迹斜陽今古幾縷遊
絲趁飛蜨　誰向尊前起舞又覺春如客翠袖折取嫣
紅笑與簪華髮回首青山一點簷外寒雲疊梨花著雨
柳花飛絮夢繞闌干滿園雪

木蘭花慢 汴京

蘂珠仙馭遠橫羽葆簇蜺旌甚鸞月流輝鳳雲布彩翠
繞蓬瀛舞衣怯環珮冷問梨園幾度沸歌聲夢裏芝田
八駿禁中花漏三更　繁華一瞬化飛塵輦路刼灰平

悵碧減烟綃紅凋露粉寂寞秋城興亡事空陳迹只青山淡淡夕陽晴未向沙鷗說得柳風吹上旗亭

趙文 字儀可號青山廬陵人東湖書院山長

八聲甘州 和孔瞻懷信國公韻因念亦周弟

是去年春草又萋萋塵生縷金衣悵朱顏為土白楊堪柱燕子誰依謾說漫漫六合無地著相思遼鶴歸來後城亦全非　更有延平一劍向風雷半夜何處尋伊怪天天何物堪作玉彈棋到今年無腸堪斷向清明獨自

掩荆扉何况又禽聲杜宇花事酴醾

瑞鶴仙　劉氏園柳

緑楊深似雨西湖上舊日愁絲恨縷風流似張緒羨春風依舊年年眉嫵宫腰楚楚倚畫欄曾鬬妙舞想如今似我零落天涯却悔相妒　痛絶長秋别後楊白花飛舊腔誰譜年光暗度淒涼孰訴記菩提寺路段家橋水何時重到夢處况柔條老去争奈繫春不住

塞翁吟

坐對梅花笑還記初度年時名利事總成非謾老矣何為吳山夜月閩山霧回首鬢影如絲懶更問斗牛箕强憑醉成詩　閒思嗟漂泊浮雲飛絮曾跌蕩春風柘枝便萬里金臺築就已長分采藥龐公誓墓羲之百年政爾一笑樽前兒女牽衣

宋遠 號梅洞涂川人

意難忘 同滕玉霄周秋陽劉尚友蕭高峯過古洪題樟鎮華光閣誌别分韻得重字

雞犬雲中笑種桃道士虛費春風山城看過鴈春水夢

為龍雲上下燕西東久别各相逢向夜深江聲浦樹燈影魚蓬　舊遊新恨重重便十分談笑一樣飄蓬元經推意氣丹岂賺英雄年易老世無窮春事苦匆匆更與誰題詩藥市沽酒新豐

周　景　字秋陽南陽人

水龍吟　前題得細字

人生能幾相逢百年四海為兄弟舊時青眼今番白髮年華覆𣸣春更無情抛人先去楊花無蔕況江程漸短

別期漸緊須重把蘭舟繫　幸自清江如砥指黃壚流

鶯聲細滄波如許平蕪何處明朝迢遞何須興亡不如

休去牆陰挑薺且相期共看蓬萊清淺更三千歲

劉將孫字尚友廬陵人辰翁子

憶舊遊前題得論字

正落花時節憔悴東風緑滿愁痕悄客夢驚呼伴侶斷

鴻有約回泊歸雲江空共道惆悵夜雨隔篷聞儘世外

縱横人間恩怨細酌休論　歎他鄉異縣渺舊雨新知

歷落情真多多那忍別料當君思我我亦思君人生自非麋鹿無計久同羣此去重消䰟黄昏細雨人閉門

蕭列　號高峯涂州人

八聲甘州　前題得文字

可恰生飄泊到荼蘼依然舊消䰟殘春幾許風風雨雨客裏又黄昏無奈一江烟霧腥浪捲河豚身世忽如葉那自清渾　莫厭悲歌笑語奈天涯有夢白髮無根怕相思别後無字寫回文更月明洲渚杜鵑聲裏立向臨

分三生石情緣千里風月柴門

司馬昂父 字九皐

最高樓

花信緊二十四番愁風雨五更頭侵堦苔蘚迴羅襪逗衣梅潤試香篝綠牕閒人夢覺鳥聲幽 按秦箏學弄相思調寫幽情恨殺知音少向何處說風流一絲楊柳千絲恨三分春色二分休落花時流水裏兩悠悠

應法孫

霓裳中序第一 和周草窗韻

愁雲翠萬疊露柳殘蟬空抱葉簾卷流蘇寶結乍庭戶嫩涼闌干微月玉纖勝雪委素紈塵鎖香篋思前事鶯期燕約寂寞向誰説　悲切漏籤聲咽漸寒灺蘭缸未滅良宵長是間别恨酒凝紅綃粉涴瑶玦鏡盟鸞影缺吹怨笛西風數闋無言久和衣成夢睡損縷金蝶

王學文 字竹澗眉山人

摸魚兒 送汪水雲之湘

記當年舞衫零亂淋鈴怨按新闋杜鵑枝上東風晚點

點淚痕凝血芳信歇念初試琵琶曾識關山月悲絃易

絶奈笑罷顰生曲終愁在誰解寸腸結　浮雲事又作

南柯夢徹一簪聊寄華髮乾坤桑海無窮事才歷昆明

初刼誰共説都付與焦桐寫入梅花疊黄花送别休更

問湘魂獨醒何在沉醉浩歌發

綺寮怨

忽忽東風又老冷雲吹晚陰踈簾下荼蘼孤烟斷橋外

梅豆千林江南庾郎憔悴睡未醒病酒愁怎禁倚闌干
一扇涼風看平地落花如雪深　千曲囊中古琴平泉
金谷不堪舊事重尋當日登臨都化作夢銷沉元龍卭
墳無恙誰喚起共論心哀歌怨吟問何似啼鳥枝上音

柳稍青　友人至

客裏凄涼桐花滿地杜宇深山幸自君來誰教君去剪
剪輕寒　愁懷無語相看謾寫入微絃自彈小院黃昏
前村風雨莫倚闌干

彭芳遠

滿江紅 聞笛

愁滿關山，又吹得、蘆花雪深。西樓外、天低水湧，龍挾泓吟。回首人間無此曲，數峯江上落餘音。似斷雲、飛絮雨悠悠，何處尋。

江南路，晴又陰。聲韻改，淚盈襟。自中郎去處，羽泛商沉。牛背斜陽添別恨，鸞膠秋月續琴心。待醉騎、黃鶴度蒼寒，霜滿林。

危復之 撫州人。元帥郭昂薦為儒學官，不就。至元中累徵不應，隱紫霞山中。卒，私謚貞白先生。

永遇樂

早葉初鶯晚風孤蝶幽思何限檐角縈雲階痕積雨一夜苔生徧玉窓閒掩瑶琴慵理寂寞水沉烟斷悄無言春歸無覓卷簾見雙飛燕　風亭泉石烟林薇蕨夢繞舊時曾見江上閒鷗心盟猶在分得眠沙畔引鶴浮月飛談卷霧莫管愁深歡淺起來倚闌干拾得殘紅一片

顏子俞 號吟竹 太和人

清平樂 留王靜得

留君少住且待晴時去水鶴夜深雲外語明日棠梨花雨　尊前不盡餘情都上鳴絃細聲二十四番風後綠陰芳草長亭

劉景翔 號溪山安城人

如夢令

獨立荷汀烟暮一霎錦雲香雨似為我無情驚起鴛鴦飛去飛去飛去却在綠楊深處

吳元可 字山庭吉安人

鳳凰臺上憶吹簫

更不成愁何曾是醉豆花雨後輕陰似此心情自可多了閒吟秋在西樓西畔秋較淺不似情深夜來月為誰瘦小塵鏡羞臨　彈箏舊家伴侶記鴈啼秋水下指成音聽未穩當時自誤又況如今那是柔腸易斷人間事獨此難禁雕籠近數聲別是春禽

采桑子

江南二月春深淺芳草青時燕子來遲剪剪輕寒不滿

衣　清宵欲寐還無寐顧影顰眉整帶心思一樣東風兩樣吹

劉鉉字昂玉

烏夜啼石榴

垂楊影裏殘紅甚匆匆只有榴花全不怨東風　暮雨急曉霞濕綠玲瓏比似茜裙初染一般同

蕭允之號竹屋

蝶戀花舟行懷舊

十幅歸帆風力滿記得來時買酒朱橋畔遠樹平蕪空目斷亂山惟見斜陽半　誰把新聲翻玉管吹過滄浪多少傷春怨已是客懷如絮亂畫樓人更回頭看

虞美人

朱樓曾記阿嬌盼滿座春風轉紅潮生面酒微醺一曲清歌留住半窻雲　大都咫尺無消息望斷青鸞翼夜長香短燭花紅多少思量只在雨聲中

點絳脣

花徑相逢眼期心諾情如昨怕人疑著佯弄鞦韆索

知有而今何似當初莫愁難託雨鈴風鐸夢斷燈花落

瑣牕寒

細雨收塵輕陰弄日柳絲掠道桃邊杏處猶記玉驄曾

到對東風回首舊游香消艷歇無音耗悵佳人有約難

來綠遍滿庭芳草　愁抱沉吟久問翠珥金鈿為何人

好音文細字塵暗當年纖縞倚闌干斜陽又西歡期易

失春易老待何時再覓珍叢共把清樽倒

黄子行 號蓮夔

西湖月 自度商調

湖光冷浸玻瓈蕩一餉薰風小舟如葉藕花十丈雲梳霧洗翠嬌紅怯壺觴圍坐處正酒酥吹波潮暈頰尚記得玉臂生涼不放汗香輕浹　殢人小摘檣榴為碎搯猩紅細認裙褶舊遊如夢新愁似織淚珠盈睫秋娘風味在怎得對銀釭生笑靨消瘦沈約詩腰彷彿堪捻

又 探梅

初弦月掛林稍又一度西園探梅消息粉牆朱戶苔枝露蕊淡勻輕抹玉兒應有恨為悵望東昏相記憶便解珮飛入雲階長伴此花傾國　還嗟瘦損幽人記立馬攀條倚欄橫笛少年風味拈花弄藥愛香憐色揚州何遜在試點染吟箋留醉墨謾贏得疎影寒窻夜深孤寂

滿江紅　歸自湖南題富春館

津鼓匆匆猶記得故人相送春江上鳥啼花影馬嘶香鞚情逐陽關金縷斷淚和楊柳春絲重莫別來幾度月

明時相思夢　山萬疊秋眉聳春一點歸心動問風儔
月侶有誰遊從百里家山明日到一尊芳酒今宵共任
樓頭吹盡五更風梅花弄

花心動　落梅

誰倚青樓把謫仙長笛數聲吹裂一片乍零千點還飛
正是雨晴時節水晶簾外東風起卷不盡滿庭春雪畫
欄小斜鋪亂颭翠苔成纈　嫋嫋餘香未歇空悵望音
塵兩眉愁切翠袖淚乾粉額妝寒此恨有誰同說江南

春信無痕跡餘情在冷烟殘月夢魂遠蘭燈伴人易滅

小重山

一點斜陽紅欲滴白鷗飛不盡楚天碧漁歌聲斷晚風急攬蘆花飛雪滿林濕　孤館百憂集家山千里遠夢難覓江湖風月好收拾故溪雲深處著蓑笠

彭履道

蘭陵王

章臺路西出重城幾步秦樓曉花氣分明一霎空濛洗

高樹行人半倚戶飛去黃鸝自語秋千小不繫柳條惟有輕陰約飛絮　鈿車暗相遇早拂拭紅巾初放鷓鴣聞歌猶是淋零處喚鳴箏掩面倚壚呼酒東風重記舊眉嫵報伊共歌舞　西去屢回顧漸客舍荒涼嘶馬先駐玉關萬里知何許但倦擁荒澤瓜洲難渡將軍垂老望故國夜夢苦

李裕翁

摸魚兒

謝江南許多風景繁華只在晴晝些些兒淡拖沖融意到處拈花著柳踈雨後更艷艷綿綿潑眼濃如酒飛浮宇宙但借日浮香隨風著物巧筆畫難就　惆悵處曾記蘇堤攜手十年驚覺回首蒼埃霧景成陰晦湖水湖烟依舊凝望久問燕燕鶯鶯識此年華否長門別有脈脈斷腸人柔情蕩漾長是為伊瘦

段宏章 號懶融 吉州人

洞仙歌 荼蘼

一庭晴雪了東風孤注睡起濃香占牕户對翠蛟盤雨

白鳳迎風知誰見愁與飛紅流處　想飛瓊弄玉共駕

蒼烟欲向人間挽春住清淚滿檀心如此江山都付與

斜陽杜宇是曾約梅花帶春來又自趁梨花送春歸去

劉天迪字雲閣西昌人

齊天樂嚴縣尹席上和孫觀我韻

瑞麟香軟飛瑶席吟仙笑陪歡宴桐影吹香梅陰弄碧

一味晚涼堪薦停杯緩勸記羅帕求詩琵琶遮面十載

揚州夢回前事楚雲遠　人生總是逆旅但相逢一笑如此何限采石宮袍沉香醉筆何似輕衫小扇流年暗換甚新雨情懷故園心眼明日西江斜陽帆影轉

一萼紅　夜聞南婦哭北夫

擁孤衾正朔風淒緊氈帳夜驚寒春夢無憑秋期又誤迢遞烟水雲山斷腸處黃茅瘴雨恨驄馬憔悴只空還揉翠盟孤啼紅怨切暗老朱顏　堪歎揚州十載甚倡條冶葉不省春殘蔡琰悲笳昭君怨曲何預當日悲歡

謾贏得西鄰倦客空惆悵今古上眉端夢破梅花角聲又報更闌

虞美人

子規解勸春歸去春亦無心住江南風景正堪憐到得而今不去待何年　無端往事縈心曲兩鬢先驚綠薔薇花發望春歸謝了薔薇又見楝花飛

周伯陽字霽海

摸魚兒

又匆匆月鞭露鐙梅花江上歸路海圖破碎來時綫何似彩衣低舞風雪暮正望斷青山一髮雲橫處浩歌獨舉便想見迎門牽衣兒女總是舊眉嫵　陽關曲揮灑紫薇花露妙音清遠高駐經寒楊柳休輕折搖動一溪霜霧邯鄲步笑布襪青鞋去住知何許汀鷗沙鷺若問我重來明年有約今日是前度

尹公遠號琴泉

尉遲盃　題盧古溪響碧琴所

氷絃語在竹樹院落深深處當年野草閒花何許浮雲飛絮征鴻嘹嚦縱汗漫遊人遠回顧遲瓊樓五色簾開喚醒元鶴飛舞　何事夢斷湖山尚九里松聲八月潮怒三十年餘臺池淚應不為花奴羯鼓想天上羣仙老矣甚叱似人間更愁苦倩畫欄留住西風莫教吹入雲去古溪琴操浙音故云

曾允元字舜卿號鷗江太和人

月下笛次韻

吹老楊花浮萍點一溪春色閒尋舊跡認溪頭浣沙磧柔條折盡成輕別向空外瑤簪一擲算無情更苦鶯巢暗葉啼破幽寂　凝立闌干側記露飲東園聯鑣西陌容銷鬢減相逢應是難識東風吹得愁似海謾點染空堦自碧獨歸晚解説心中事月下短笛

點絳脣

一夜東風枕邊吹散愁多少數聲啼鳥夢轉紗牕曉來是春初去是春將老長亭道一般芳草只有歸時好

水龍吟 春夢

日高深院無人，楊花撲帳春雲暖。回文未就，停鍼不語，繡牀倚遍。翠被籠香，綠鬟墮膩，傷春成倦。儘雲山烟水，柔情一縷，又暗逐、金鞍遠。　鸞珮相逢甚處，似當年、劉郎仙苑。凭肩後約，畫眉新巧，從來未慣。枕落釵聲，簾開燕語，風流雲散。甚依稀難記，人間天上，有緣重見。

齊天樂 次趙方谷韻

碧梧枝上占秋信，微聞雨聲還悭。虹影分晴，雲光透晚殘日依依團箑闌干一霎又長笛歸舟亂鴉荒堞兩鬢西風有人心事到紅葉　嬌蓮相對欲語奈蓮薏有刺愁不成折天上歡期人間巧意今夜明河如雪新寬帶結想寶篆頻温翠奩低揭霧濕雲鬟淺妝深拜月

李天驥字駿飛廬陵人

摸魚兒 燈花

又何須向明還滅寒花點綴孤影玉龍度海吹魚浪烟淡寶釵横鬢斜又整是蟲滴驪珠兩兩相交頸夜長人

靜倚玉果低抛金錢暗卜此意有誰領　歡娛事料想憑伊先應怕綃新淚猶凝銀篦未忍輕挑去只恐暗風吹燼重記省怕莫是明朝有箇青鸞信怎知無定算只解窺人人孤影隻成瘦又成病

劉應幾 號定叟安成人

憶舊遊 閨鴈

記銅駝載酒翠陌吹簫曾聽相呼不盡離離意攪柔腸如剪立馬踟躕人生似此蒼鬢堪得幾聲疎想怨入秋

深愁隨天遠滿目平蕪　音書未曾寄正人在燕臺忘
却回車奈菰蒲舊地山空水落霜老泉枯月明仙掌何
處轉首失棲烏待說與雲間瀟湘近日風捲湖

周孚先號梅心西昌人

木蘭花慢

訪梅江路遠喜春在劒川湄正鴈磧雲深魚村笛晚茸
帽斜欹舊遊不堪回首更文園多病減腰圍惟有秋娘
聲價風流仍似前時　依稀壁粉舊曾題烟草半淒迷

歎單父臺荒黃公壚寂難覓佳期誰家歌樓催雪遣夜來風雨緊些兒醉後唾壺敲缺龍光摇動晴漪

蝶戀花

舟艤津亭何處樹曉起瓏璁回首迷烟樹江上離人來又去飄零只似風前絮　倦倚蓬牕誰共語野草閒花一一傷離緒明日重來須記取緑楊門巷深深處

尹濟翁 字澗民 吉州人

一萼紅 和玉霄感舊

玉搔頭是何人敲折應為節奏謳桀几朱絃翦燈雪藕幾回數盡更籌草草又一番春夢夢覺了風雨楚江秋却恨閒身不如鴻鴈飛過妝樓　又是水枯山瘦歎迴腸難貯萬斛新愁懶復能歌那堪對酒物華冉冉都休江上柳千絲萬縷惱亂人更恐凝眸猶怕月來弄影莫上簾鈎

王從叔 號山樵 廬陵人

秋蘂香 用清真韻

薄薄羅衣乍暖紅入酒痕潮面絮花舞倦帶嬌眼昨夜

平堤水淺　故人信斷風箏線誤歸燕夢魂不怕山路

遠無奈碁聲隔院

蕭漢傑　號唫所　吉水人

賣花聲　春雨

濕逗晚香殘春淺春寒灑牕填戶著幽欄慘慘淒淒仍

滴滴做出多般　和霰撒珠盤枕上更闌芭蕉怨曲帶

愁彈緑遍階前苔一片曉起誰看

彭泰翁 字會心 安福人

拜星月慢 祠壁宮姬控絃可念

露滑觚稜塵侵團扇恨滿哀彈倦理控雨籠雲共閒情狐倚斂蛾黛怕似流鶯歷歷惹得玉銷瓊碎可惜闌干但苔花沉穗　算天音不入人間耳何人謾裛損青衫淚不是舊譜都忘厭新腔嬌脆多生不得丹青意重來又花鎖重門閑到夜永笙鶴歸時月明天似水

趙功可 號晚山 廬陵人

曲游春

千樹籠芳草正蒲風微過梅雨新霽客裏幽懷莫無春可到和愁都閉萬種人生計應不似午天閒睡起來時踏碎松陰蕭蕭欲動疑水　借問歸舟歸未望柳色烟光何處明媚抖擻人間除離情別恨乾坤餘幾一笑情乍起酒醒後闌干獨倚時見雙燕飛來斜陽滿地

戴山隱

滿江紅　聞笛

醉倚江樓長空外行雲遥駐甚淒涼孤吹含商引羽薄夜冷侵沙浦鴈老龍吟徹寒潭雨驀涼飈一陣捲潮來驚飛去　重欲聽知何處誰爲我胡牀據謾尋尋覔覔凝情如許舊日山陽猶有恨向生長往今誰賦恐憑欄人有愛梅心空愁竚

姜个翁

霓裳中序第一　春晚旅寓

園林罷組織樹樹東風翠雲滴草滿地間行迹聽得聲

聲曉鶯如覓愁紅半濕煞憔悴牆根堪惜可念我飄零如此一地送岑寂　龜石當年第一也似老人間風日餘範選甚顏色羞撚江南腸斷詞筆留春渾未得翻些入啼鵑夜泣清江晚綠楊歸思隔岸數峯出

詞綜卷二十九

翰林院檢討朱彝尊編

元詞五十二首

虞集三首　鮮于樞一首

宋褧二首　劉詵一首

曹伯啟一首　許有壬四首

許有孚一首　馬熙二首

許楨 二首　薩都剌 四首

張翥 二十七首　袁易 二首

沈禧 一首　洪希文 一首

楊立齋 一首

虞集 字伯生號卲菴宋相允文五世孫家崇仁以薦授大都路儒學教授累官翰林直學士兼國子祭酒天歷中除奎章閣侍書學士卒贈江西行省中書省參知政事封仁壽郡公謚文靖有道園集

蘇武慢 和馮尊師

放棹滄浪落霞殘照聊倚岸迴山轉乘鴈雙鳧斷蘆漂葦身在畫圖秋晚雨送灘聲風搖燭影深夜尚披吟卷算離情何必天涯咫尺路遥人遠　空自笑洛下書生襄陽耆舊夢底幾時曾見老矣浮邱賦詩明月千仞碧天長劒雪霽瓊樓春生瑶席容我故山高宴待雞鳴日出羅浮飛度海波清淺

又

憶昔東坡夜游赤壁孤鶴掠舟西過英雄消盡身世茫

然月小水寒星大何似漁翁不知今古醉傍蓼花燃大夢相逢羽服翩翩未必此時非我　誰解道歲晚江空風帆目力橫槊賦詩江左清露衣裳晚風清渚多少短歌長些玉宇高寒故人何處渺渺予懷無那歎乘桴浮海飄然從我未知誰可

風入松　寄柯敬仲

畫堂紅袖倚清酣華髮不勝簪幾回晚直金鑾殿東風軟花裏停驂書詔許傳宮燭輕羅初試朝衫　御溝氷

泮水挼藍飛燕語呢喃重重簾幕寒猶在憑誰寄銀字泥緘報道先生歸也杏花春雨江南

鮮于樞 字伯機漁陽人官至太常典簿有困學齋集

念奴嬌 八詠樓

長溪西注似延平雙劒千年初合溪上千峯明紫翠放出羣龍頭角瀟灑雲林微茫烟草極目春洲闊城高樓迥恍然身在寥廓 我來陰雨兼旬灘聲怒起日日東風惡須待青天明月夜一試嚴維佳作風景不殊溪山

信美處處堪行樂休文何事年年多病如削

宋

聚字顯夫兗平人泰定中進士累官翰林直學士贈國子祭酒輕車都尉范陽郡侯謚文清所著有燕石集詞一卷

浣溪沙 兗山州城西小寺

落日吳江駐畫橈招提佳處暫逍遥海風吹面酒全消 曲沼芙蓉秋的的小山叢桂晚蕭蕭幾時容我夜吹簫

顯夫聽雨賀新郎詞夢斷羅裙天如漆一寸鄉心淒楚點點是寂寥情緒明日孤舟成獨往更難堪長夜瀟湘浦亦有佳致惜全首不稱也

劉詵 號桂翁廬陵人謚文敏有桂隱集附詞

謁金門

春睡倦自揀花枝行遍昨日新紅今日變細挼將袖染翠扇迎風撲面飛去晴絲還轉簾外楊花簾内燕相逢如未見

曹伯啟 字士開碭山人被薦拜西臺御史歷集賢學士引年歸天歷中名為淮東廉訪使陝西諸道行御史臺中丞不起贈行中書左丞上護軍追封魯郡公謚文貞有漢泉漫稿詞一卷

南鄉子 四川道中作

蜀道古來難數日驅馳輿已闌石棧天低三百尺危欄
應被傍人畫裏看　兩握不曾乾俯瞰飛流過石灘到
晚纔知身是我平安孤館青燈夜更寒

許有壬 字可用湯陰人延祐二年進士累官集賢大學士改樞密副使拜中書左丞卒謚文忠有圭塘小稿詞一卷

摸魚兒 和明初韻

買陂塘旋栽楊柳歸來此是先務他年故里都休較舊
雨不如今雨鴻在渚笑爾尚南飛吾已安孤嶼黃花解

語道人老宜秋身安耐酒此正有真趣　鑾坡路大手深慚燕許超騰又悖鍾呂但求閒澹如元亮不恨詩無奇句傾綠醑底須按樂天池上霓裳譜休論往古有三日重陽約君同醉老子築西園

太常引　池荷

幽人早起赴池亭初日照娉婷風蓋露珠傾又勝似前時雨聲　水沉香裏錦雲深處雙櫓揷天青一葉釣舟輕似野渡無人自橫

又

四堤楊柳接松筠香破水芝新羅襪不生塵笑畫裏凌波未真　紅衣縹緲清風蕭瑟半醉岸烏巾不是葛天民也做得江湖散人

沁園春　臨清舟中次韓伯高見贈韻寄可行

草木無情不問寒暄開時便開只黃花多事偏憐隱逸白頭何補且避賢才老友相逢清談絶倒休校劉郎去後栽尊中物勝他年千里謾寄寒梅　神仙合住蓬萊

柰老去思兒忍不回任景莊槐老誰爲癡夢杜家酒美且浣幽懷渭北江東暮雲春樹何日扁舟更此來公知否便連朝觴詠能幾徘徊

許有孚 字可行官湖廣儒學副提舉歷中憲大夫同僉太常禮儀院事

摸魚兒

買陂塘旋栽楊柳不妨三月農務溪翁走報新痕漲昨夜西山雷雨將没渚有複徑雙洲繚繞通孤嶼黄鸝對語正春色暄妍物華明媚好在浴沂趣　天涯路芳草

茫茫如許蠻箋難寫心呂碧雲冉冉春波緑都是相思
情句花共酯似梅與山罄臭味曾同譜堤陰樹古要亂
絮漫空柔條蘸水慎勿折樊圃

馬　熙字明初

摸魚兒

買陂塘旋栽楊柳夢中還理家務十年不到衡山麓辜
負楚雲湘雨蘋映渚渺杜若江蘺香接烟霞嶼口心相
語為蠅驥東西雲龍上下誤却釣遊趣　平生志欲識

平輿二許煌煌岳降申吕菲詞聊為先生壽博得月章星句毋我酹只小草幽蘭心醉離騷譜松存徑古待游遍西園荷鋤歸去吾亦愛吾廬

太常引 和池荷韻

園中風物水中亭消得兩娉婷濁酒卷荷傾早洗盡箏聲笛聲　四隄晴柳一天花氣付與晚山青飛絮挾雲輕任膝上瑤琴自横

許禎 有壬子有壬與楚人馬熙及弟有孚倡和禎與焉共為圭塘欵乃集一卷

摸魚兒

買陂塘旋栽楊柳求田專理農務扁舟來往烟波裏青篛緑蓑風雨時泛渚把遠岫遥岑妝拾來孤嶼霜花笑語道鳳閣鸞臺黄麈烏帽爭似醉鄉趣　洹溪上道士而今誰許非熊夢斷姜吕水聲山色相縈繞湧出筆端新句斟桂醑聽萬籟笙竽一派仙家譜休論往古向種菊籬邊觀魚軒外晚節有秋圃

太常引

池亭荷淨納凉時四面柳依稀棹得酒船回看風裏紗巾半欹　殘霞照水夕陽明樹天付畫中詩應不負歸期更誰看桃花面皮

薩都剌　字天錫鴈門人登泰定進士官京口録事終河北廉訪司經歷

滿江紅　金陵懷古

六代豪華春去也更無消息空悵望山川形勝已非疇昔王謝堂前雙燕子烏衣巷口曾相識聽夜深寂寞打孤城春潮急　思往事愁如織懷故國空陳迹但荒烟

衰草亂鴉斜日玉樹歌殘秋露冷胭脂井壞寒蛩泣到如今只有蔣山青秦淮碧

小闌干

去年人在鳳凰池銀燭夜彈絲沉水香消梨雲夢暖深院繡簾垂　今年冷落江南夜心事有誰知楊柳風柔海棠月澹獨自倚欄時

百字令　登石頭城

石頭城上望天低吳楚眼空無物指點六朝形勝地惟

有青山如壁蔽日旌旗連雲檣艣白骨紛如雪一江南北消磨多少豪傑　寂寞避暑離宮東風輦路芳草年年發落日無人松逕裏鬼火高低明滅歌舞尊前繁華鏡裏暗換青青髮傷心千古秦淮一片明月

木蘭花慢　彭城懷古

古徐州形勝消磨盡幾英雄想鐵甲重瞳烏騅汗血玉帳連空楚歌八千兵散料夢魂應不到江東空有黃河如帶亂山迴合雲龍　漢家陵闕起秋風禾黍滿關中

更戲馬臺荒畫眉人遠燕子樓空人生百年寄耳且開懷一飲盡千鍾回首荒城斜日倚欄目送飛鴻

張　翥 字仲舉晉寧人至正初以薦為國子助教累官河南行省平章政事兼翰林學士有蜕巖樂府三卷

瑞龍吟 癸丑歲冬訪游弘道樂安山中席濱未仁則用清真詞韻賦别和以見情

鼇溪路瀟灑翠壁丹崖古藤高樹林間猿鳥欣然故人隱在溪山勝處　久延佇渾似種桃源裏白雲牕戶燈前素瑟清樽開懷正好連牀夜語　應是山靈留客雪

飛風起長松掀舞誰道倦遊相逢傾蓋如故陽春一曲

總是關心句何妨共磯頭把釣梅邊徐步只恐匆匆去

故園夢裏長牽別緒寂寞閒鍼縷還念我飄零江湖烟

雨斷腸歲晚客衣誰絮

多麗 西湖泛舟夕歸施成大席上以晚山青為起句各賦一詞

晚山青一川雲樹冥冥正參差烟凝紫翠斜陽畫出南

屏館娃歸吳臺遊鹿銅仙去漢苑飛螢懷古情多憑高

望極且將尊酒慰飄零自湖上愛梅仙遠鶴夢幾時醒

空留得六橋疎柳孤嶼危亭　待蘇堤歌聲散盡更須攜妓西泠藕花深雨涼翡翠菰蒲軟風弄蜻蜓澄碧生秋鬧紅駐景採菱新唱最堪聽一片水天無際漁火兩三星多情月為人留照未過前汀

摸魚兒　送黃任伯歸豐城時任伯放其妾還家故及之

正匆匆楚鄉秋晚孤鴻飛過南浦同來桃葉堪惆悵一舸載春先去愁絶處問那曲闌干曾聽人低語今宵最苦向楓樹溪橋蘆花野館剪燭臥聽雨　吳霜鬢破帽

西風怎護絲絲多是離緒舊愁頓冷新愁重總付墜鞭詞譜君記取待雪夜相思乘興紫陌路唱予和汝要款段隨車輕盈與酒重為國香賦

又 春日西湖泛舟

漲西湖半篙新雨麴塵波外風軟蘭舟同上鴛鴦浦天氣嫩寒輕暖簾半捲度一縷歌雲不礙桃花扇鶯嬌燕婉任狂客無腸王孫有恨莫放酒杯淺 垂楊岸何處紅亭翠館如今遊興全賴山容水態依然好惟有綺羅

雲散君不見歌舞地青蕪滿目成秋苑斜陽又晚正落
絮飛花將春欲去目送水天遠

又　黄季景湖亭蓮花中雙頭一枝邀子同賞而為人折去季景惆然請賦

問西湖舊家兒女香魂還又連理多情欲賦雙蕖怨間
却滿奩秋意嬌旖旎愛照影紅妝一樣新梳洗王孫正
擬喚翠袖輕歌玉箏低按涼夜為花醉　鴛鴦浦淒斷
凌波夢裏空憐心苦絲脆吳娃小艇應偷採一道緑萍
猶碎君試記還怕是西風吹作行雲起闌干謾倚待載

酒重來尋芳已晚餘恨渺烟水

又 題熊伯宣藏梅花卷子

記西湖水邊曾見查牙老樹如此氷痕冷沁苔枝雪的歷數花纔試天也似愛玉質清高不入閙紅紫孤山處士謾賦得招䰟烟荒水暗寂寞抱香死 春風筆休憶深宫舊事添人多恨多思墨池雪嶺三生夢喚起縞衣仙子仍獨自伴瘦影黃昏和月窺牕紙聲聲字字寫不盡江南閙愁萬斛訴與緑衣使

又　元夕吳門姚子章席上同柯敬仲賦敬仲以虞學士書風入松于羅帕作軸故末句及之楚芳吳蘭二妓名

記蘭臺舊時風景西樓燈火如畫嚴城月色依然好無復綺羅遊冶歡意謝向客裏相逢還有思陶寫金樽翠斝把錦字新聲紅牙小拍分付倦司馬　繁華夢喚起燕嬌鶯姹肯教孤負元夜楚芳玉潤吳蘭媚一曲夕陽西下沉醉罷君試問人生誰是無情者先生歸也但留意江南杏花春雨和淚在羅帕

疎影　王元章墨梅圖

山陰賦客怪幾番睡起牕影生白縹緲仙姝飛下瑤臺淡竚東風顏色微霜却護朦朧月更漠漠暝烟低隔恨翠禽啼處驚殘一夜夢雲無迹　惟有龍煤解染數枝入畫裏如印溪碧老樹枯苔玉暈氷圍滿幅寒香狼藉墨池雪嶺春長好悄不管小樓横笛怕有人誤認寒花欲點曉來妝額

解連環　留别臨川諸友

夜來風色數青燈素被早寒欺客想寂寞人在簾櫳望
塞鴈欲來又催刀尺秋滿關河更誰倚夕陽橫笛記題
花賦月此地與君幾度遊歷　江頭楚楓漸赤對愁樽
飲淚難問消息趂一舸千里東歸渺天末亂山水邊孤
驛晚晚年華悵回首雨南雲北算今古此情此恨甚時
盡得

綺羅香　雨中舟次洹上

燕子梁深秋千院冷半濕垂楊烟縷怯試春衫長恨踏

青期阻梅子後餘潤留寒藕花外嫩涼銷暑漸驚他秋老梧桐蕭蕭金井斷蛩暮　薰篝須待被暖催雪新詞未穩重尋笙譜水閣雲牕總是慣曾經處曾信有客裏關河又怎禁夜深風雨一聲聲滴在疎篷做成情味苦

喜遷鶯 瓊花

東風吹盡但一片綠陰空留春恨后土祠荒飛瓊謫久還喜玉容堪認二十四橋夜月二十四番花信便載酒怕芳菲易老陰晴難認　嬌困羞起晚竚立畫欄盡洗

閒脂粉沉水濃薰蜂黃淡染自有絕塵香韻也知世間無對肯許浮花相近鳳簫遠待數枝折與玉峯人問

水龍吟 廣陵送客次鄭蘭玉賦蓼花韻

芙蓉老去妝殘露華滴盡珠盤淚水天瀟灑秋容冷淡憑誰點綴瘦葦黃邊疎蘋白外滿汀烟穟把餘妍分與西風染就猶堪愛紅芳媚　幾度臨流送遠向花前偏驚客意船牕雨後數枝低入香零粉碎不見當年秦淮花月竹西歌吹但此時此處叢叢滿眼伴離人醉

又　蠟梅

玉人梔貌堪憐曉妝一洗鉛華盡此花應是菊分顏色梅分風韻萼點駝酥口攢金馨心凝檀粉甚女貞染就仙衣絶勝蜂兒重鵞兒嫩　說與玉龍莫品怕宮波一般流恨故人堪寄折枝代取江南春信沉水全薰蘗絲密綴額黃深暈乍燕姬未識是花是蠟笑偎人問

摘紅英

鶯聲寂鳩聲急柳烟一片梨雲濕驚人困教人恨待到

平明海棠應盡　青無力紅無跡殘香賸粉那禁得天難準晴難穩晚風又起倚欄爭忍

齊天樂　臨川夜飲滏陽李輔之寓所

紅霜一樹淒涼葉鷩烏夜深啼落客裏相逢尊前細數幾度雨飄雲泊微吟緩酌漸月影斜攲畫欄東角只怕梅花無人看管瘦如削　江湖容易歲晚想多情念我歸信曾約塵土狂蹤山林舊隱夢寄草堂猿鶴離懷最惡是酒醒香殘燭寒花薄一段銷凝覺來無處著

木蘭花慢 次韻陳見心文學孤山問梅

愛西湖千樹曾幾度為攜樽向柳外停橈苔邊待鶴酒熱詩溫瀛洲舊時月色悵荒涼惟有數枝存天上梨花成夢江南桃葉移根　如今憔悴客愁村難返暗香魂甚歲晚春遲角寒笛曉雪暗雲昏登臨不堪寄目但青山隱隱月紛紛再約與君同醉從他啄木敲門

真珠簾 壽韓伯清提舉時在平江

銀蟾半露嬋娟影西風早次第中秋天氣涼透小簾櫳

乍夜長遲睡見說靈巖山色好甚也不濃如歸意歸來趁西泠載酒南園尋桂　還是客裏生朝把金樽綠酒與誰同醉烟雨隔垂虹望美人秋水桃葉妝樓團扇曲但小草蠻箋相寄傳示送白蘋一翦碧雲千里

東風第一枝　憶梅

老樹渾苔横枝未葉青春肯誤芳約背陰未返氷魂陽梢已含紅蕚佳人寒怯誰驚起曉來梳掠是月斜花外幺禽霜冷竹間幽鶴　雲淡淡粉痕漸薄風細細凍香

又落叩門喜伴金樽倚欄怕聽畫角依稀夢裏記半面
淺窺朱箔甚時得重寫鸞箋去訪舊遊東閣

陌上花

使歸閩浙歲暮有懷

關山夢裏歸來還又歲華催晚馬影雞聲諳盡倦郵荒
館綠箋窓記多情事一看一回腸斷待殷勤寄與舊遊
鶯燕水流雲散　滿羅衫是酒香痕凝處唾碧啼紅相
半只恐梅花瘦倚夜寒誰暖不成便沒相逢日重整釵
鸞箏鴈但何郎縱有春風詞筆病懷渾懶

定風波 商角調 西江客舍酒後聞梅花吹香滿窗醒而賦此

恨行雲特地高寒牢籠好夢不定婉晚年華淒涼客況泥酒渾成病畫欄深碧䆫靜一樹瑶花可憐影低映怕明月照見青禽相並　素衾正冷又寒香枕上薰愁醒甚銀牀霜凍山童未起誰汲牆陰井玉笙殘錦書迥應是多情道薄倖爭肯等閒孤負西湖春興

八聲甘州 秋日西湖泛舟午後遇雨

向芙蓉湖上駐蘭舟淒涼勝遊稀但西泠橋外北山堤

畔殘柳依依追憶鶯花舊夢回首冷烟霏惟有盟鷗好時傍人飛　聽取紅顏象板儘歌回彩扇舞換仙衣正白蘋風急吹雨暗斜暉空惆悵離懷未展更酒邊恐又送將歸江南客此生心事只有漁磯

滿江紅　錢舜舉桃花折枝

前度劉郎重來訪玄都燕麥回首地暗香銷盡暮雲低碧啼鳥猶知人悵望東風不管花狼藉又淒淒紅雨夕陽中空相憶　繁華夢渾無迹丹青筆還留得恍一枝

長見故園春色塵世事多吾欲避武陵路遠誰能覓但有山可隱便須歸栽桃客

風入松 廣陵元夜病中有感

東風巷陌暮寒驕燈火鬧河橋勝遊憶徧錢唐夜青鸞遠信斷難招蕙草情隨雪盡梨花夢與雲銷 客懷先自病無聊緑酒負金蕉下帷獨擁香篝睡春城外玉漏聲遥可惜滿街明月更無人為吹簫

踏莎行 江上送客

芳草平沙斜陽遠樹無情桃葉江頭渡醉來扶上木蘭舟將愁不去將人去　薄劣東風夭斜落絮明朝重覓吹笙路碧雲紅雨小樓空春光已到銷魂處

露華　玉簪

瀛洲種玉總付與花神月底深斸琢就瑤笄光映鬢雲斜矗幾度借取搔頭別試漢宮妝東風露冷幽香半襟淡竚欄曲　亭亭雪艷愁獨愛粉沁氷筩鬚撚金粟石上那回磨斷爭忍輕觸一自楚館歸來珠履舊遊誰續

秋夢起殘粧半簪墜緑

謁金門 寒食臨川平塘道中

溪水漫岸口小橋衝斷沽酒人家門巷短柳陰旗一半

細雨鳴鳩相喚曲巷落花流滿兩兩睡紅鸂鶒暖惱

人春不管

唐多令

花下鈿箜篌尊前白雪謳記懐中朱李曾投鏡約釵盟

心已許詩寫在小紅樓 忍淚上雲兜斷魂隨綵舟等

閒閒惹得離愁欲寄長河魚信去流不到白蘋洲

袁易 字通甫吳郡人有靜春詞一卷

臺城路 和師言送春

落紅塡徑東風惡禽飛燕雛歸晚聽雨樓低留春地窄誰念閒情消減天涯流覽正鷗渚波寬柳汀雲黯賴有遙峯數尖遮斷送愁眼 年年春草又綠看花人自老遺恨天遠雁柱凝塵鮫綃暗墨青鬢吳霜輕點風流漸懶但詩惱東陽病添中散院落無人繡簾和絮捲

燭影摇紅

日日春陰瑞香亭畔寒成陣鳳鞵頻誤踏青期寂寞墻陰冷翠被堆牀未整睡初酣風篁喚醒幾多心緒鵲語難憑燈花無準　得酒澆愁舊愁不去添新病吳綾題滿斷腸詞歌罷何人聽寶篆香消晝永臯餘烟蕭蕭鬢影出門長嘯白鷺雙飛清江千頃

沈禧 字廷錫吳興人有竹窓詞一卷

踏莎行

雜組香絨錯綜紋理倚牀脈脈如春醉沉吟暗想玉京人雕鞍何處鳴珂里　無限離愁誰知就裏滔滔正似西江水無情日夜向東流一緘好寄相思淚

洪希文字汝執莆田人有續軒渠集詞一卷

浣溪沙

丈室蕭條似病禪打牕風雨罷吟箋歸心一點落燈前　猶有十三樓上酒可無三百杖頭錢一年心老一年年

楊立齋

鷓鴣天 聽楊玉娥唱故人所撰曲有感

烟柳風花錦簇筵霜芽露葉玉裝船誰知皓齒纖腰會只在輕衫短帽邊　啼粉靨咽冰絃舊遊一去更無傳詞人彩筆佳人口再與春風到眼前

詞綜卷二十九

欽定四庫全書

詞綜卷三十

翰林院檢討朱彝尊編

元詞五十八首

張埜 五首　吳鎮 一首

倪瓚 五首　顧德輝 三首

陶宗儀 二首　汪斌 一首

邵亨貞 十二首　沈景高 一首

羅慶 一首　唐桂芳 一首

凌雲翰 一首　王行 三首

楊樵雲 三首　周晴川 一首

張半湖 一首　蕭東父 一首

黃水村 一首　傅按察 一首

馬致遠 三首　張雨 七首

滕賓 二首　劉燕哥 一首

陳鳳儀 一首

張埜 字埜夫邯鄲人有古山樂府二卷

水龍吟 游絲

落花天氣初晴隨風幾縷來何處飄飄染染悠悠颺颺欲留還去雪繭新抽青蟲暗墜簷蛛輕度看垂虹百尺縈迴不下似欲繫春光住　憑仗何人收取付天孫雲綃機杼浮蹤浪跡恐教長伴章臺飛絮惹起閒愁織成離恨萬端千緒望天涯盡日柔情不斷又閒庭暮

又 皇慶癸丑重九登南高峯寄柳湯佐同知

重陽何處登臨玉驄慣識南山路秋空絕頂西風兩鬢白雲雙屐浙浦寒潮蘇堤畫舸吳宮烟樹不一尊瓊露數聲金縷將此景成虛負　試覔舊題詩句早斕斑雨苔無數瓊泉寶瑟不堪重記泛觴流羽笑撚黃花閒尋紅葉故人何處倚危欄北望燕雲晻靄又征鴻暮

石州慢

紅雨西園香雪東風還又春暮當時雙槳悠悠送客綠波南浦陽關一闋至今隱隱餘音眼前渾是分攜處此

恨有誰知倚欄無語　凝竚天涯幾許離情化作暮雲千縷過盡征鴻依舊歸期無據京塵染袂故人應念飄零豈知翻被功名誤無處著羈愁滿春城烟雨

念奴嬌 賦白蓮用仲殊韻

水風清暑記平湖十里寒生紈素羅襪塵輕雲冉冉髣髴凌波仙女雪豔明秋瓊肌沁露香滿西陵浦蘭舟一葉月明曾到深處　誰念玉珮飄零翠房淒澹幾度相思苦異地相看渾是夢恐把荷觴深注碧藕多絲霜莖

有刺脈脈愁烟雨江雲撩亂倚欄終日凝竚

奪錦標 七夕

凉月橫舟銀潢浸練萬里秋容如拭冉冉鸞驂鶴馭橋倚高寒鵲飛空碧問歡情幾許早收拾新愁重織恨人間會少離多萬古千秋今夕　誰念文園病客夜色沉沉獨抱一天岑寂忍記穿鍼亭榭金鴨香寒玉徽塵積凭新凉半枕又依稀行雲消息聽牕前淚雨浪浪夢裏簷聲猶滴

吳鎮字仲圭嘉興人

漁父詞 題䕫溪沈彥實處士畫冊

紅葉村西日影餘黃蘆灘畔月痕初輕撥棹且歸與挂起漁竿不釣魚

倪瓚字元鎮無錫人有清閟閣遺稿詞一卷

人月圓

傷心莫問前朝事重上越王臺鷓鴣啼處東風草綠殘照花開 悵然孤嘯青山故國喬木蒼苔當時明月依

依素影何處飛來

又

鷺迴一枕當年夢漁唱起南津畫屏雲嶂池塘春草無限消魂　舊家應在梧桐覆井楊柳藏門閒身空老孤篷聽雨燈火江村

柳梢青　贈伎小璚英

樓上玉笙吹徹白露冷飛璚珮玦黛淺含嚬香殘棲夢子規啼月　揚州往事荒涼有多少愁縈思結燕語空

津鷗盟寒渚畫欄飄雪

江城子 感舊

牕前翠影濕芭蕉雨瀟瀟思無聊夢入鄉園山水碧迢迢依舊當年行樂地香徑杳綠苔饒 沉香火底坐吹簫憶嬌嬈想風標同步芙蓉花畔赤欄橋漁唱一聲驚夢斷無處覓不堪招

小桃紅

一江秋水淡寒烟水影明如練眼底離愁數行鴈雪晴

天　綠蘋紅蓼參差見吳歌蕩槳一聲哀怨驚起白鷗眠

顧德輝 一名阿瑛字仲瑛崑山人舉茂才署會稽教諭力辭不就後以子恩封武畧將軍錢塘縣男晚稱金粟道人有玉山草堂集

蝶戀花 陳浩然招游觀音山宴張氏樓徐姬楚蘭佐酒以琵琶度曲郯雲臺為之心醉口占

春江暖漲桃花水畫舫珠簾載酒東風裏四面青山青似洗白雲不斷山中起　過眼韶華渾有幾玉手佳人笑把琵琶理枉殺雲臺標外史斷腸只合江州死

青玉案

春寒惻惻春陰薄整半月春蕭索晴日朝來升屋角樹頭幽鳥對調新語語罷雙飛却　紅入花腮青入萼盡不爽花期約可恨狂風空自惡曉來一陣晚來一陣難道都吹落

清平樂　和石民瞻題桐花道人卷

鳳簫聲度十二瑤臺暮開遍瓊花千萬樹纔入謝家詩句　仙人酌我流霞夢中知在誰家酒醒休扶上馬爲

君一洗琵琶

陶宗儀字九成台州人流寓松江有南村集

念奴嬌　九日有感次韻

黄花白髮又匆匆佳節感今懷昔雨覆雲翻無限態故國寒烟榛棘杜老飄零沈郎瘦損此意天應識劃然長嘯不知身是孤客　呼酒謾撚清愁玉奴頻勸兩臉添春色眼底生平空四海倦拂紅塵風憒戲馬臺荒登龍人老往事休追惜山林無恙也須容我高屐

南浦

如此好溪山羨雲屏九疊波影含素暖翠隔紅塵空明裹著我扁舟容與高歌鼓枻鷗邊長是尋盟去頭白江南看不了何況幾番風雨　畫圖依約天開蕩清暉別有越中真趣孤嘯拓蓬牕幽情遠都在酒瓢茶具水葓搖晚月明一笛潮生浦欲問漁郎無恙否回首武陵何許

汪斌字以質績溪人有雲坡集

蝶戀花 送春

芳草天涯猶未歇暗緑稀紅柳絮纔飄雪有意送春還惜别杜鵑爭奈催歸切　繡閣無人簾半揭苦憶邊城十載音書絶惟有東風無異説年年來趁梅花月

邵亨貞 字復孺號清溪華亭人有蛾術詞選四卷

浣溪沙

西子湖頭三月船半篙新漲柳如烟十年不上斷橋船　百媚燕姬紅錦瑟五花宛馬紫絲鞭年年春色暗相

牽

後庭花

銅壺更漏殘紅妝春夢闌江上花無語天涯人未還倚樓間月明千里隔江何處山

又

刺船鸚鵡洲題詩黄鶴樓金谷銅駝夢湘雲楚水愁少年遊好懷依舊故人還在不

凭闌人 題曹雲西贈伎小畫

誰寫江南一段秋妝點錢塘蘇小樓樓中多少愁楚山無盡頭

掃花遊 春晚次南金韻

柳花巷陌悄不見銅駝采香芳侶畫樓在否幾東風怨笛凭欄日暮一片閒情尚繞斜陽錦樹黯無語記花外馬嘶曾送人去　風景長暗度奈好夢微茫艷懷清苦後期已誤翦燭花未卜故人來處水驛相逢待說當年恨賦寄愁與鳳城東舊時行旅

祝英臺近 和雲西老人秋懷韻

普天雲深夜雨幽興到何許風拍疎簾燈影逗牕戶自從暝宿河橋露聽江笛久不記舊遊湘楚 正無緒可奈滿目清商蕭蕭五陵樹斜掩屏山腸斷庾郎賦幾回思遶蘋花夢尋蘭棹怕驚起故溪鷗鷺

沁園春 美人眉

巧鬬彎環纖凝嫵媚明妝未收似江亭曉望遥山拂翠宮簾暮捲新月横鉤掃黛嫌濃塗鉛訝淺能畫張郎不

自由傷春倦爲皺多無力翻做嬌羞　塡來不滿橫秋
料著得人間多少愁記魚箋緘啟背人偷斂鴈鈿交併
運指輕揉有喜先占長顰難放柳葉輕黃今在不雙尖
鎖試臨鸞一展依舊風流

又　目

漆點塡眶鳳稍侵鬢天然俊生記隔花瞥見踈星烱烱
倚欄凝注止水盈盈端正窺簾曹騰並枕睥睨檀郎長
是青端相久待嫣然一笑密意將成　困酣曾被鶯鷰

强臨鏡掺抄猶未醒憶帳中親見似嫌羅密尊前相顧
翻怕燈明醉後看承歌闌鬭弄幾度孜孜頻送情難忘
處是鮫綃揾透別淚雙零

蘭陵王　歲晚憶　王彥强　作

暮天碧長是登臨望極松江上雲冷鴈稀立盡斜陽耿
相憶凭欄起歎息人隔吳王故國年華晚烟水正深難
折梅花寄寒驛　東風舊遊歷記草暗書簾苔滿吟屐
無情征旆吹離席嗟月墮寒影夜移清漏依稀曾向夢

裏識恍疑見顔色　空惜鬢毛白恨莫趂金鞍猶誤塵跡何時弭棹蘇臺側共漉酒紗帽放歌瑶瑟春來雙燕定到否舊巷陌

摸魚兒　吳門九日次魏彥文韻

鴈來時晚寒初勁青燈揺動牕戸商聲暗起鄰牆樹觸景亂愁還聚秋又暮奈合造淒涼無處無笳鼓狂吟醉舞記滿帽簪花分籌藉草騎馬忘歸路　懷人遠有恨憑誰寄語虛名長是相誤天涯節序渾非舊留得滿城

風雨心萬縷謾自喜狐高不惹沾泥絮羈懷倦訴好分付兒曹耘鉏三徑早晚賦歸去

又　乙巳吳山九日

記年時滿城風雨姑蘇臺下重九客樓已辦登臨屐曾爲好山回首延竚久望翠壁嶙峋間却題詩手相逢野叟強笑折黄花亂簪烏帽來與共樽酒　流光去肯爲閒人宿留驚心節序依舊西風只管吹蓬鬢病骨尚堪馳驟官渡口便擬喚扁舟往問江潭柳明年健否縱世

故無情未應遲暮姑負此時候

齊天樂

離歌一曲江南暮依稀灞橋回首立馬東風送人南浦認得當年楊柳梨花過後悄不見鄰牆弄梅纖手綺陌東頭箇人還似舊時否　相如近來病久縱腰圍暗減猶未全瘦宿酒昏燈重門夜雨寒食清明依舊新愁漫有第一是傷心粉銷紅溜待約明朝問舟官渡口

沈景高 烏程人

沁園春 和劉龍洲指甲

新脫魚鱗，平分鷰管，愛勒眉彎記搯痕。香蕉愁悰細說，劃情嫩竹，怨曲新翻。纔貼梅鈿，旋挑鉛粉，繡領重交猶道寒。嬌無奈，笑輕拈杏帶，淺揭湘斑。宮棋也學偷彈，時綰就同心羞自看。解傳杯頻睹，藏鬮羅袖，歸鞭重數，刻印闌干。暗解綃囊，倦調瑤瑟，餵蕊鶯兒繡閣閒。凝情處，把爪犀謾剔，消遣春閒。俞焯云：景高舊家子也，余見此詞纖麗可愛，因定交焉。

羅慶

水調歌頭 遊武夷

雨晴山潑翠溪淨水拖藍閒來共陪杖屨邂逅已成三嶷嶷清泉白石步步碧桃翠竹是處堪幽探行到釣臺下怪樹蔭空潭　踏芳洲尋別館履巉巖壺天日月長在雲氣滿東南沽得一樽濁酒喚取山花溪鳥聽我醉中談異日再過此端爲解征驂

唐桂芳 字仲實新安人以薦授建寧路崇安縣教諭遷南雄路儒學正學者稱白雲先生所著有武夷稿

水調歌頭 前題次和

武夷最佳處晴氣碧於藍遠瞻崖壑溪曲六六與三三莫問塵生滄海休歎鶴歸華表好景且容探鐵笛破龍睡黑雨滿深潭　笑神仙留蜕骨閟空巖幾人蹭蹬不遇太史滯周南最好壇場老手筆底文章如許何必事清談暫憩桃花下白馬稅飛驂

凌雲翰　字彦翀錢唐人至正己亥登鄉試榜授紹興路蘭亭書院山長不赴退居吳興梅林村號避俗翁有柘軒集詞一卷

蝶戀花

過雨春波浮鴨綠草閣三間人住清溪曲舊種小桃多映竹亂紅遮斷松邊屋　有客抱琴穿翠麓隔水呼舟應是憐幽獨歷歷武陵如在目幾時同借仙源宿

王　行　字止仲長洲人有半軒集詞一卷

如夢令　題雪景便面

滿眼落花飛絮回首瓊林玉樹驢背是何人得了灞橋詩句歸去歸去春到故園深處

虞美人 顧氏隱居

黄花翠竹臨溪處正是幽人住不嫌拄杖破蒼苔便道有時陰雨也須來　隔簾塵土紛紛起久厭襄陽市若能招我作西鄰從此一溪春水兩家分

又 鄒氏隱居

白雲紅樹秋山下一片江南畫門前流水帶晴沙更是繞籬寒菊正開花　如何眼底逢佳處偏許幽人住也須來此結茅茨莫待有人相寄草堂貲

楊樵雲 滁州人

滿庭芳 影

只道空烟又疑流水依依却是行雲了然相對又是夢紛紜半面春風圖畫黄金在難鑄昭君溪橋斷梅花晴雪端的白三分　真真難喚醒三年抽藕織得榴裙甚徘徊窺鏡交翼鸞文一片飛花來去幷刀快剪取晴紋無情處分明著眼强半滯春醺

水龍吟 夢

多情不在分明繡總日日花陰午依依雲絮溶溶香雪
覷他尋路一滴東風怎生消得翠苞紅栩被踈鐘敲斷
流鶯喚起但長記弓彎舞　定是相思入骨到如今月
痕同醉教人枉了若還真箇匆匆如此全未惺忪纈紋
生眼藤牀猶據算從前總是無憑待說與如何寄

小樓連苑　梅

一枝斜墮牆腰向人裊裊如相媚是誰翦取斷雲零玉
輕輕妝綴不是幽人如何能到水邊沙際又匆匆過了

春風半面盡長把重門閉　只管相思成夢道無情又
闗鄉意蒼苔半畝如今已是鹿胎田地甚欲追陪却嫌
花下翠環解語待何時月轉幽房醉了不教歸去

周晴川

程雪樓云予于近世諸家樂府惟清真犁然當于心晴川殊有宗風雨坐空山試閱一解便如輕衫駿騎上下五陵花發鶯啼垂楊拂面也

十六字令

眠月影穿牕白玉錢無人弄移過枕函邊　按十六字令即蒼梧謡也

張安國集中三首蔡仲道集中一首其首俱以一字句斷今本訛眠字為明遠作三字句斷非也是詞見天機餘錦係周晴川作今相沿刻周美成然片玉集無此其不係美成明矣

張半湖

掃花游

柳絲曳綠正苴雨初晴水天清夏石榴綻也看猩紅萬點倚亭欹樹瑣闥深中料想酒闌歌謝日將下是那處藕花香勝沉麝　牕外風竹打似戛玉敲金送聲瀟灑共觀古畫喚石鼎烹茶細商幽話寶鴨烟消天外新蟾

低挂涼無價又丁東數聲簷馬

蕭東父

齊天樂

扇鸞收影驚秋晚梧桐又鳴疎雨翠箔涼多繡囊香減陡覺簟氷如許温存誰與更禁得荒苔露蛩相訴恨結愁縈風刀難剪幾千縷　閒思前事易遠悵舊歡無據月墮湘浦軟玉分裯膩雲侵枕猶憶吹蘭低語如今最苦甚怕見燈昏夢遊間阻怨殺嬌癡綠牕還嚏否

黄水村

解連環 春夢

鳳樓倚倦正海棠睡足錦香衾軟似不似霧閣雲牕擁絶妙輕盈霎時曾見屏裏吳山又依約獸環半掩乍教人覷了疑假疑真一種淒怨　游絲落花滿院料當時錯怪杏梁歸燕謾記得栩栩多情似蝴蝶飛來撲翻輕扇偷眼簾帷早不見畫眉人面但凝思紅生半臉枕痕一線

傅按察

鴨頭緑　錢塘懐古

静中看記昔日淮山隱隱宛若虎踞龍盤下樊襄指揮湘漢鞭雲騎圍繞江干勢不成三時當混一過唐之數不為難陳橋驛孤兒寡婦久假當還　挂征帆龍舟催發紫宸初卷朝班禁庭空土花暈碧輦路悄呵喝聲乾縱餘得西湖風景花柳亦凋殘去國三千游仙一夢依然天淡夕陽閒昨宵也一輪明月還照臨安

馬致遠 號東籬

天淨沙 見老學叢談

枯藤老樹昏鴉小橋流水平沙古道淒風瘦馬夕陽西下斷腸人在天涯

又

平沙細草斑斑曲溪流水潺潺塞上清秋早寒一聲新鴈黃雲紅葉青山

又

西風塞上胡笳月明馬上琵琶那抵昭君怨賖李陵臺下淡烟衰草黄沙

張雨 字伯雨號貞居杭州人宋崇國公九成之裔登游方外居茅山自號句曲外叟

燕山亭 楊梅

鶴頂珠圓蝟肌粟聚寶葉揉藍初洗親剪翠柯遠贈筠蘢脈脈紅泉流齒骨換丹砂笑尚帶儒酸風味誰記曾問譜西泠綠陰青子 君家幾度樽前摘天上繁星伴人同醉纖手素盤歷亂殷紅浮沉半壺脂水珍果同時

惟醉寫來禽青李爭似爲越女吴姬染指

滿江紅 玉簪次班彦功韻

玉簪纖長頳化作雲英香英風弄影緑鬟撩亂搔頭斜插璞小還思釵燕並叢幽畧比蕉心狹看柔鬚點綴半開時微烘蠟　氷筋瘦瓊林滑芳徑底誰偷掐怕夜凉消得錦圍紅匝鶯管不禁仙露重蜜脾勝借清香發待使君絶妙好詞成須彈壓

雪獅兒 賦梅次仇山村韻

含香弄粉便勾引游騎尋芳城南城北别有西村斷港水漸微綠孤山路熟伴老鶴晚先尋宿怕凍損三花兩蕊寒泉幽谷　幾番花影濯足記歸來醉卧雪深平屋春夢無憑鬢底鬧蛾爭撲不如圖畫相對展官奴風竹燒黃燭獨作自聽瓶笙調曲

蝶戀花 新柳

誰道鶯兒黃似酒對酒新鶯得似垂絲柳鉛粉泥金初染就年年春雪消時候　一縷柔情能斷否雨重烟輕

無力縈牕牖試看溪南陰十畝落花都聚紅雲帚

早春怨　擬白石

眄得春來春寒春困陡頓無聊半剔殘釭片時春夢過了元宵　空山暮暮朝朝到此際無魂可消却倚東風水如衣帶草似裙腰

朝中措　早春書易玄九曲新居壁

草堂移住古城隈堂後水平階要結紫桑鄰里不須鷗鷺猜　行廚竹裏園官菜把野老山杯説與定巢新

燕杏花開了重來

太常引 題李仁仲畫舫

莫將西子比西湖千古一陶朱生怕在樓居也用著風帆短蒲 銀瓶索酒并刀斫鱠船背錦糢糊堤上早傳呼是那箇烟波釣徒

滕賓 字玉霄睢陽人官江西儒學提舉後棄家入天台為道士

鵲橋仙

斜陽一抹青山數點萬里澄江如練蕭風吹落櫓聲遥

又喚起寒雲片片　殘霞古渡瘦驢村店漸覺樓頭人遠桃花流水小橋東是那箇柴門半掩

齊天樂　華光閣誌別分韻得與字

片帆呼度西山曲匆匆載將春去路入翠寒浪翻紅暖一枕敧眠烟雨酒朋詩侶儘醉舞狂歌氣吞吳楚一樣風流依然猶是晉風度　人生如此良遇問碧翁何意萍蓬教聚句落瑤臺香霏珠唾驚倒世間兒女渭川雲樹悵後夜相思玉蟾明處怕有新詩鴈來頻寄與

劉燕哥 妓女

太常引 餞劉參議歸山東

故人別我出陽關無計鎖雕鞍今古別離難兀誰畫蛾眉遠山 一樽別酒一聲杜宇寂寞又春殘明月小樓間第一夜相思淚彈

陳鳳儀 成都樂伎

一絡索 送別

蜀江春色濃如霧擁雙旌歸去海棠也似別君難一點

點啼紅雨　此去馬蹄何處向沙堤新路禁林賜宴賞

花時還憶著西樓否

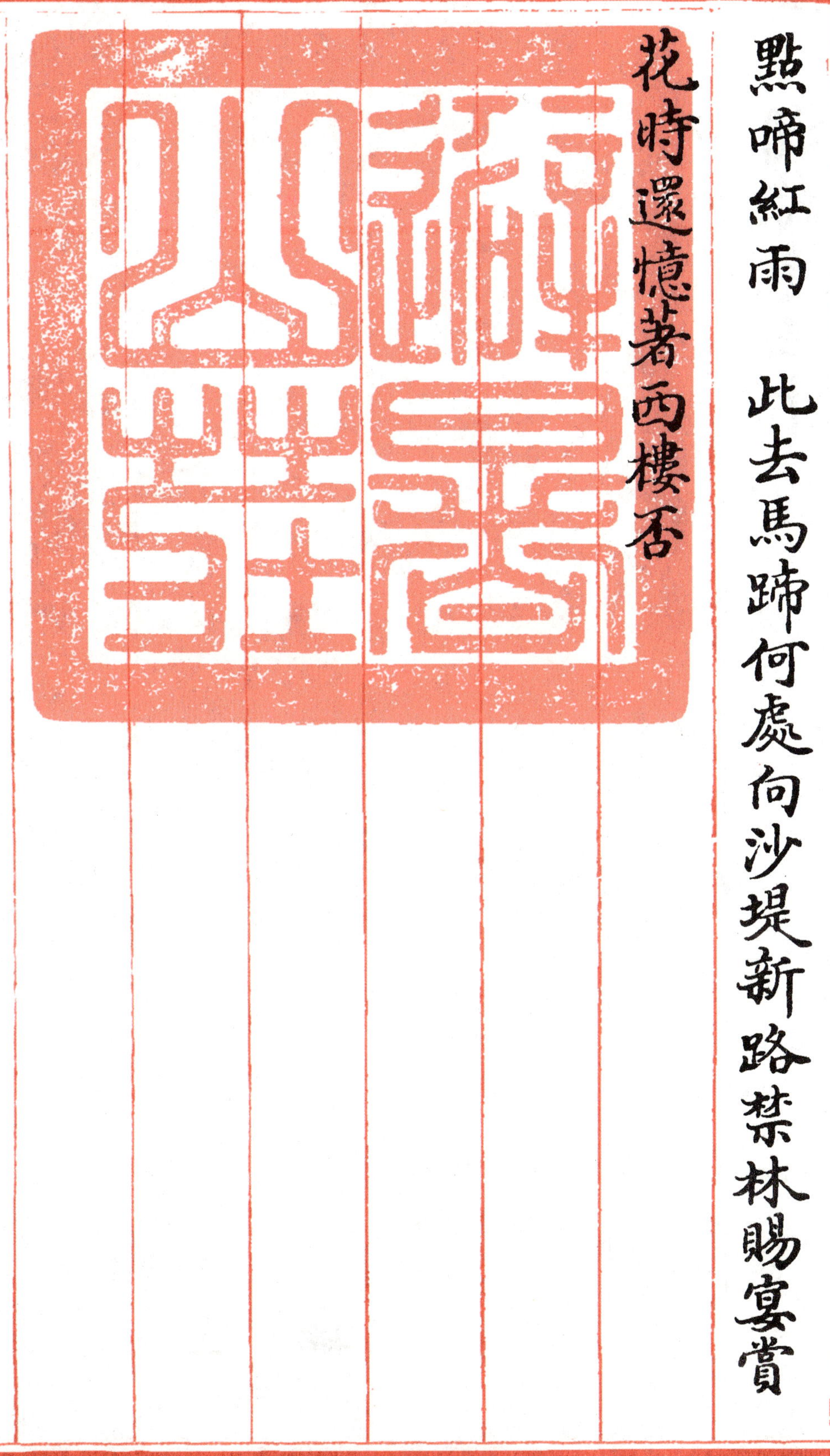

詞綜卷三十

總校官舉人臣章維桓
校對官編修臣吳錫麒
謄錄監生臣廖光陽

圖書在版編目（CIP）數據

詞綜 / (清) 朱彝尊編. —北京：中國書店，2018.2
ISBN 978-7-5149-1919-6

Ⅰ. ①詞… Ⅱ. ①朱… Ⅲ. ①詞（文學）－作品集－中國－古代 Ⅳ. ①I222.82

中國版本圖書館CIP數據核字(2017)第320416號

四庫全書·詞曲類

詞綜

作者 清·朱彝尊編
出版發行 中國書店
地址 北京市西城區琉璃廠東街一一五號
郵編 一〇〇〇五〇
印刷 山東汶上新華印刷有限公司
開本 730毫米×1130毫米 1/16
印張 84.5
版次 二〇一八年二月第一版第一次印刷
書號 ISBN 978-7-5149-1919-6
定價 二九八 元（全三册）

清·朱彝尊 編

詞綜

（二）

中國書店

詞綜

卷十二至卷二十一

一

詳校官户部員外郎臣牛稔文

詞綜卷十二

翰林院檢討朱彝尊編

宋詞六十三首

趙鼎 四首　　岳飛 一首

李彌遜 一首　　朱翌 一首

張元幹 八首　　洪皓 一首

呂本中 三首　　鄧肅 三首

劉子翬一首　張掄一首
朱敦儒十三首　康與之五首
吳億一首　曾覿三首
閻蒼舒一首　左譽一首
陸凝之一首　楊无咎五首
阮閱一首　侯寘二首
曾慥一首　曾惇一首
朱雍一首　姚進道一首

劉之翰一首　江緯一首

趙鼎字元鎮聞喜人崇寧初進士累官尚書左僕射同中書門下平章事兼樞密使卒贈太傅謚忠簡追封豐國公有得全居士集詞一卷黄叔暘云趙公中興名相詞章婉媚不減花間

蝶戀花

盡日東風吹綠樹向晚輕寒數點催花雨年少淒涼天付與更堪春思縈離緒　臨水高樓携酒處曾倚哀絃歌斷黄金縷樓下水流何處去凭闌目送蒼烟暮

點絳脣

香冷金爐夢回鴛帳餘香嫩更無人問一枕江南恨消瘦休文頻覺春衫褪清明近杏花吹盡薄暮東風緊

又

惜别傷離此生此念無重數故人何處還送春歸去美酒一杯誰解歌金縷無情緒淡烟疎雨花落空庭暮

滿江紅丁未九日南渡泊舟儀真江口

慘結秋隂西風送絲絲雨濕凝望眼征鴻幾字暮投沙

磧欲問鄉關何處是水雲浩蕩連南北但脩眉一抹有無中遙山色　江上路天涯客腸已斷頭應白空搔首興歎暮年離隔欲待忘憂除是酒奈酒行有盡愁無極便挽將江水入尊罍澆胸臆

岳　飛 字鵬舉湯陰人累官少保樞密副使封國公謚武穆追贈鄂王

小重山

昨夜寒蛩不住鳴驚回千里夢已三更起來獨自遶階行人悄悄簾外月朧明　白首為功名舊山松竹老阻

歸程欲將心事付瑶琴知音少絃斷有誰聽

李彌遜字似之吳縣人大觀初登第遷起居郎試中書舍人再試户部侍郎以爭和議忤秦檜乞歸田隱連江西山有筠溪集

菩薩鬘

江城烽火連三月不堪對酒長亭別休作斷腸聲老來無淚傾　風高帆影疾目送舟痕碧錦字幾時來薰風無鴈回

朱翌字新仲龍舒人政和中進士歷官中書待制有灊山集

點絳脣 梅

流水泠泠斷橋橫路低枝亞雪花飛下渾似江南畫白壁青錢欲買春無價歸來也風吹平野一點香隨馬

張元幹 字仲宗長樂人紹興中坐送胡銓及寄李綱詞除名有歸來集蘆川詞一卷

賀新郎 送胡邦衡待制赴新州

夢繞神州路悵秋風連營畫角故宮離黍底事崑崙傾砥柱九地黃流亂注聚萬落千村狐兔天意從來高難問況人情易老悲難訴更南浦送君去 涼生岸柳摧

殘暑耿斜河疎星淡月斷雲微度萬里江山知何處回首對牀夜語鴈不到書成誰與目盡青天懷今古肯兒曹恩怨相爾汝舉大白聽金縷

石州慢

寒水依痕春意漸回沙際烟闊溪梅晴照生香冷蕊數枝爭發天涯舊恨試看幾許消魂長亭門外山重疊不盡眼中青是愁來時節　情切畫樓深閉想見東風暗消肌雪辜負枕前雲雨樽前花月心期切處更有多少

淒涼殷勤留與歸時說到得再相逢恰經年離別

柳梢青

海山浮碧細雨絲風新愁如織慵試春衫不禁宿酒天涯寒食　歸期莫數芳辰誤幾度回廊夜色入户飛花隔簾雙燕有誰知得

點絳脣　秋社前一日溪光亭大雨作

山暗秋雲暝鴉接翅啼榕樹故人何處一夜溪亭雨夢入新涼只道消殘暑還知否燕將雛去又是流年度

又

春曉輕雷采蘋洲上清明雨亂雲遮樹點澹江村路今夜歸舟緑潤紅香處遙山暮畫樓何許喚取潮回去

又　望洛濱筠溪二老

清夜沉沉暗蛩啼處簷花落乍涼簾幕香繞屏山角堪恨歸鴻情似秋雲薄書難託儘教寂寞忘了前時約

怨王孫

霽雨天逈平林烟暝燈閃江沙水生釣艇樓外暗柳誰

家亂昏鴉　相思怪得今番甚寒食近小硯魚箋信屏山半掩微醉獨倚闌干恨春寒

清平樂

明珠翠羽小綰同心縷好去吳淞江上路寄與雙魚尺素　蘭橈飛取歸來愁眉待得伊開相見嫣然一笑眼波先入郎懷

洪　皓字光弼樂平人第進士建炎中以徽猷閣待制假禮部尚書為通問使還除徽猷閣直學士提舉萬壽觀兼權直學士院忤秦檜責濠州團練副使安置英州後徙袁州卒謚忠宣

江梅引

天涯除館憶江梅幾枝開使南來還帶餘杭春信到燕臺準擬寒英聊慰遠隔山水應銷落赴愬誰　空恁遐想笑摘蘂斷回腸思故里謾彈綠綺引三弄不覺魂飛更聽胡笳哀怨淚沾衣亂插繁華須異日待孤諷怕東風一夜吹

呂本中字居仁萊州人公著曾孫好問子授承務郎紹興六年賜進士累遷中書舍人兼權直學士院秦檜諷御史劾罷之提舉太平觀卒謚文靖有東萊集

南歌子

驛路侵斜月溪橋度曉霜短籬殘菊一枝黄正是亂山深處過重陽　旅枕原無夢寒更每自長只言江左好風光不道中原歸思轉淒涼

減字木蘭花

去年今夜同醉月明花樹下今夜江邊月暗長隄柳暗船　故人何處帶我離愁江外去來歲花前還似今年憶去年

清平樂　柳花

柳塘新漲艇子操雙槳閒倚曲樓成悵望是處春愁一樣　傍人幾點飛花夕陽又送棲鴉試問畫樓西畔暮雲恐近天涯

鄧　肅　字志宏延平人高宗朝官左正言所著有栟櫚集詞一卷

南歌子

雲繞風前鬢春開鏡裏妝鳳屏清晝裊龍香淺畫蛾眉新樣遠山長　比翼曾同夢雙魚隔異鄉玉樓依舊暗

垂楊樓下落花流水自斜陽

長相思

一重溪兩重溪溪轉山回路欲迷朱欄出翠微　梅花飛雪花飛醉卧幽亭不掩扉冷香尋夢歸

生查子

執手兩潸然情極都無語去馬更匆匆一息迷回顧孤館得村醪一醉空離緒酒醒却無人簾外三更雨

劉子翬　字彦沖崇安人以父韐任授承務郎通判興化軍辭歸武夷山學者稱為屏山先生有屏

山集

驀山溪 九日

浮烟冷雨此日還重九秋去又秋來但黃花年年依舊平臺戲馬無處問南徐茅舍小竹籬踈兀坐空搔首客來何有草草三杯酒一醉萬緣空休貪他金印如斗病翁老矣誰共賦歸歟芰隴麥網溪魚未落他人後

張掄 字才甫南渡故老有蓮社詞一卷

霜天曉角

曉風揺幕欹枕聞殘角霜月到窻寒影金猊冷翠衾薄

舊恨無處著新愁還又作夜夜單于聲裏燈花共珠

淚落

朱敦儒字希真一作希直洛陽人以薦起賜進士出身為秘書省正字兼兵部郎官遷兩浙東路提點刑獄上疏乞歸居嘉禾

晚除鴻臚少卿有樵歌三卷

張正大云希真賦月詞插天翠柳被何人推上一輪明月自是豪放賦梅引横枝銷瘦一如無但空裏疎花數點語意奇絶如不食烟火語　汪叔耕云希真詞多塵外之想雖雜以微塵而其清氣自不可没　黄叔暘云希真東都名士詞章擅名天資曠遠有神仙風

致

念奴嬌

别離情緒奈一番好景一番悲戚燕語鶯啼人乍遠還是他鄉寒食桃李無言不堪攀折總是風流客東君也自怪人冷淡蹤跡　花艷草草春工酒隨花意薄疎狂何益除却清風并皓月脉脉此情誰識料得文君重簾不卷且等閒消息不如歸去受他真個憐惜

朝中措

當年挾彈五陵間行處萬人看雪獵星飛羽箭春遊花簇雕鞍　飄零到此天涯倦客海上蒼顔多謝江南蘇小尊前怪我青衫

十二時

連雲衰草連天晚照連山紅葉西風正摇落更前溪嗚咽　燕去鴻歸音信絶問黄花又共誰折征人最愁處送寒衣時節

好事近

春雨細如塵樓外柳絲黃濕風約繡簾斜去透窻紗寒碧 美人慵剪上元燈彈淚倚瑶瑟卻卜紫姑香火問遼東消息

又 漁父

摇首出紅塵醒醉更無時節生計綠蓑青笠慣披霜衝雪 晚來風定釣絲閒上下是新月千里水天一色看孤鴻明滅

又

漁父長身來只共釣竿相識隨意轉船回棹似飛空無跡　蘆花開落任浮生長醉是良策昨夜一江風雨都不曾聽得

又

撥轉釣魚船江海儘爲吾宅恰向洞庭沽酒泊錢塘橫笛　醉顔禁冷更添紅潮落下前磧經過子陵灘畔得梅花消息

又

短棹釣船輕江上晚烟籠碧塞鴈海鷗分路占江天秋
色 錦鱗撥刺滿籃魚取酒價相敵風順片帆歸去有
何人留得

又

失却故山雲索手指空為客蓴菜鱸魚留我住鴛鴦湖
側 偶然添酒舊葫蘆小醉度朝夕吹笛月波樓下有
何人相識

點絳脣

客夢初回臥聽吳語開帆索護霜雲薄淡淡芙蓉落

畫舫無情人去天涯角思量著翠蟬金雀別後新梳掠

雙鸂鶒

拂破秋江烟碧一對雙飛鸂鶒應是遠來無力稍下相

偎沙磧　小管誰吹横笛驚起不知消息悔不當時描

得如今何處尋覓

相見歡

金陵城上西樓倚清秋萬里夕陽垂地大江流　中原

亂簪纓散幾時收試倩悲風吹淚過揚州

柳枝

江南岸柳枝江北岸柳枝折送行人無盡時恨分離柳枝 酒一杯柳枝淚雙垂柳枝君到長安百事違幾時歸柳枝

康與之字伯可渡江初以詞受知高宗官郎中有順菴樂府五卷

陳質齋云伯可詞鄙褻之甚 黃叔暘云伯可以文詞待詔金馬門凡中興粉飾治具及慈寧歸養兩宮歡集必假伯可之歌詠故應制之詞為多 王性之云伯可樂章令晏叔

原不得獨擅　沈伯時云康伯可柳耆卿音律甚協但未免時有俗語

洞仙歌令　荷花

若耶溪路別岸花無數欲斂嬌紅向人語與綠荷相倚恨回首西風波淼淼三十六陂烟雨　新妝明照水汀渚生香不嫁東風被誰誤遣踟躕騷客意千里緜緜仙浪遠何處凌波微步想南浦潮生畫橈歸正月曉風清斷腸凝竚

應天長

管絃繡陌燈火畫橋塵香舊時歸路腸斷蕭娘舊日風簾映朱户鶯能舞花解語念後約頓成輕負緩雕轡獨自歸來凭欄情緒　楚岫在何處香夢悠悠花月更誰主惆悵後期空有鱗鴻寄紈素枕前淚牕外雨翠幕冷夜涼虚度未應信此度相思寸腸千縷

喜遷鶯　秋夜聞鴈

秋寒初勁看雲路鴈來碧天如鏡湘浦烟深衡陽沙遠風外幾行斜陣回首塞門何處故國關河重省漢使老

認上林欲下徘徊清影　江南烟水暝聲過小樓燭暗金猊冷送目鳴琴裁詩挑錦此恨此情無盡夢想洞庭飛下散入雲濤千頃過盡也奈杜陵人遠玉關無信

訴衷情令　長安懷古

阿房廢址漢荒坵狐兎又羣遊豪華盡成春夢留下古今愁　君莫上古原頭淚難收夕陽西下塞鴈南來渭水東流

玉樓春

青箋後約無憑據誤我碧桃花下語誰將消息問劉郎悵望玉溪溪上路 春來無限傷情緒擬欲題詩都付與東風吹落一庭花手把新愁無寫處

吴 億 字大年南渡時人有溪園自怡集

南鄉子

江上雪初消暖日晴烟弄柳條認得裙腰芳草緑魂消曾折梅花過斷橋 蟬鬢為誰凋長恨含嬌那處嬌遥想晚妝呵手罷無聊更傍朱脣暖玉簫

曾覿字純甫汴人紹興中以寄班祗侯與龍大淵同為建王内知客孝宗受禪以潛邸舊人除權知閤門事淳熙初除開府儀同三司加少保醴泉觀使有海野詞一卷

黃叔暘云純甫東都故老詞多感慨如金人捧露盤憶秦娥等曲悽然有黍離之感

金人捧露盤

庚寅春奉使過京師感懷作

記神京繁華地舊游蹤正御溝春水溶溶平康巷陌繡鞍金勒躍青驄解衣沽酒醉絃管柳綠花紅　到如今餘霜鬢嗟前事夢魂中但寒烟滿目飛蓬雕欄玉砌空餘三十六離宮塞笳驚起暮天鴈寂寞東風

憶秦娥 邯鄲道上

風蕭瑟邯鄲古道傷行客傷行客繁華一瞬不堪思憶叢臺歌舞無消息金樽玉管空陳跡空陳跡連天草樹暮雲凝碧

菩薩鬘 次韻龍深甫

杏花寒食佳期近一簾烟雨琴書潤砌下水潺潺玉笙吹暮寒 陽臺雲易散往事尋思嬾花底醉相扶當時人在無

閻蒼舒 蜀人官至侍郎嘗北使汴京

水龍吟

少年聞說京華上元景色烘晴晝朱輪畫轂雕鞍玉勒金銜爭驟春滿鼇山夜沉陸海一天星斗正紅毬過了鳴鞘聲斷回鸞馭鈞天奏　誰料此生親到五十年都城如舊而今但有傷心烟霧縈愁楊柳寶籙宮前絳霄樓下不堪回首願黄圖早復端門燈火照人還又

左譽 字與言天台人歷仕後去為浮屠所著有筠翁長短句

王仲言云與言䇿名之後藉甚宦途錢塘幕府樂籍有名妹張芸女名穠色藝妙天下君頗顧之如盈盈秋水淡淡春山與一段離愁堪畫處横風斜雨挹衰柳及惟雲剪水滴粉搓酥皆為穠作當時都人有曉風殘月柳三變滴粉搓酥左與言之對後穠委身立勲大將家易姓章疎封大國紹興中因覓官行闕暇日訪西湖兩山間忽逢車與甚盛中覩一麗人褰簾顧君而顰曰如今若把菱花照猶恐相逢是夢中視之乃穠也君醒然悟入即拂衣東渡一意空門

眼兒媚

樓上黄昏杏花寒斜月小闌干一雙燕子兩行征鴈畫

角聲殘 綺牕人在東風裏灑淚對春閒也應似舊盈

盈秋水淡淡春山

陸凝之字永仲號石室餘杭人布衣高宗召見不赴

念奴嬌觀潮

遠山一帶遡晴空極目天涯浮白楓落鵶翻談笑處不

覺雲濤橫席酒病方蘇睡魔猶殢一掃無留迹吳帆越

棹怳然飛上空碧 長記草賦梁園凌雲筆勢倒三江

秋色對此鷩心空悵望老作紅塵閒客別浦烟平小樓

人散回首千波寂西風掃露為君重噴霜笛

楊旡咎 字補之清江人高宗朝累徵不起自號清夷長者有逃禪集二卷

南歌子 次東坡端午韻

小雨疎疎過長江滚滚流落霞殘照晚明樓又是一番

重午身寄南州 羅綺紛香陌魚龍漾彩舟不堪回首

鳳池頭誰道於今霜鬢猶是淹留

生查子

秋來愁更深黛拂雙蛾淺翠袖怯天寒脩竹蕭蕭晚

此意有誰知恨與孤鴻遠小立背西風又是重門掩

甘草子

秋暮永夜西樓冷月明牕户夢破櫓聲中憶在松江路欹枕試尋曾遊處記歷歷風光堪數誰與浮家五湖去儘醉眠秋雨

明月棹孤舟 周三五

寶髻雙垂烟縷縷年紀小未周三五壓衆精神出羣標格偏向衆中翹楚 記得譙門初見處禁不定亂紅飛

去掌託鞋兒肩拖裙子悔不做閒男女

於中好

牆頭艷杏花初試遠珍叢細挼紅蘂欲知占盡春明媚

悄無意看桃李　持杯準擬花前醉早一葉兩葉飛墜

晚來旋旋深無地更聽得東風起

阮閱　一作閎字閎休一作閎休建炎初知袁州致仕寓居宜春著詩話總龜

洞仙歌　贈宜春官妓趙佛奴

趙家姊妹合在昭陽殿因甚人間有飛燕見伊底盡道

獨步江南便江北也何曾慣見　惜伊情性好不解嗔人長帶桃花笑時臉向尊前酒底見了須歸似恁地能得幾回細看待不眨眼兒覰著伊將眨眼工夫看伊幾遍

侯　寘 字彥周東武人晁說之甥紹興中以直學士知建康有嬾窟詞一卷

朝中措 元夕上潭帥劉共甫

年來玉帳罷兵籌燈市小遲留花外香隨金勒酒邊人倚紅樓　沙堤此去傳柑侍宴天上風流還記月華小

隊春風十里潭州

風入松

少年心醉杜韋娘曾格外疎狂錦箋預約西湖上共幽深竹院松莊愁夜黛眉顰翠惜歸羅帕分香　重來一夢繞湖塘空烟水微茫同心眼底無蘇小記舊遊凝竚凄涼入扇柳風殘酒點衣花雨斜陽

曾慥 字端伯編 樂府雅詞

調笑 梅

清友羣芳右萬縞紛披玆獨秀天寒月薄黄昏後縞袂亭亭招手故山千樹連雲岫借問如今安否

曾惇 字㓜父有詞一卷黄叔暘云㓜父故相之孫辭播樂府

點絳脣 重九飲棲霞

九日傳杯要攜佳客棲霞去滿城風雨記得潘郎句紫菊紅萸何意留儂住愁如許暮烟一縷正在歸時路

朱雍 紹興中乞召試賢良有海詞二卷

好事近 梅

春色為誰來枝上半留殘雪恰近小園香徑對霜林寒月　危欄淒斷笛聲長吹到徧嗚咽最好短亭歸路有行人先折

姚進道 華亭人

青玉案 和賀方回韻送伯固歸吳中

三年枕上吳中路遣黄耳隨君去若到松江呼小渡莫驚鷗鷺四橋盡是老子經行處　輞川圖上看春暮常

記高人右丞句作箇歸期天已許春衫猶是小蠻鍼線曾濕西湖雨

劉之翰荆南人

水調歌頭獻田都統

涼露洗金井一葉下梧桐謫仙浪游何處華髮作詩翁烏帽蕭蕭一幅坐對清泉白石矯首撫長松獨鶴歸來晚聲在碧霄中　神仙宅留玉節駐金狨黔南一道十萬貔虎控雕弓笑折碧荷倒影自唱采蓮新曲詞句滿

秋風斂佩八千歲長入大明宮田世輔為金州都統制時之翰待峽州遠安主簿閱作此詞獻之田覽之大喜致書約來金城欲厚加資給而之翰遽亡明年田出閱武恍惚見之翰立道左因大驚異亟送千緡與其孤

江緯

向湖邊

退處鄉關幽棲林藪舍宇第須茅蓋翠巘清泉啓軒牕遙對遇等閒鄰里過從親朋臨顧草草便成歡會策杖携壺向湖邊柳外　旋買溪魚便斫銀絲鱠誰復欲痛

飲如長鯨吞海共惜醺酣恐歡娛難再𠜂清風明月非
錢買休追念金馬玉堂心膽碎且闘尊前有阿誰身在

詞綜卷十二

欽定四庫全書

詞綜卷十三

翰林院檢討朱彝尊編

宋詞六十八首

辛棄疾三十五首　范成大五首

黄公度三首　葛立方一首

張孝祥五首　姚寬三首

程垓十六首

辛棄疾 字幼安歷城人耿京聚兵山東節制忠義軍馬留掌書記令奉表南歸高宗召見授承務郎累官浙東安撫使加龍圖閣待制進樞密都承旨德祐初以謝枋得請贈少師謚忠敏有稼軒長短句十二卷

青玉案 元夕

東風夜放花千樹更吹隕星如雨寶馬雕車香滿路鳳簫聲動玉壺光轉一夜魚龍舞　蛾兒雪柳黃金縷笑語盈盈暗香去衆裏尋他千百度驀然回首那人却在燈火闌珊處

踏莎行 中秋後二夕帶湖篆岡小酌

夜月樓臺秋香院宇笑吟吟地人來去是誰秋到便淒涼當年宋玉悲如許　隨分盃盤等閒歌舞問他有甚堪悲處思量却也有悲時重陽節近多風雨

又 和趙興國知錄韻

吾道悠悠憂心悄悄最無聊處秋先到西風林外有啼鴉夕陽山下多衰草　長憶商山當年四老塵埃也走咸陽道為誰書到便幡然至今此意無人曉

念奴嬌 書東流村壁

野塘花落，又匆匆過了，清明時節。剗地東風欺客夢，一枕雲屏寒怯。曲岸持觴，垂楊繫馬，此地曾經別。樓空人去，舊遊飛燕能說。　聞道綺陌東頭，行人曾見，簾底纖纖月。舊恨春江流不盡，新恨雲山千疊。料得明朝，尊前重見，鏡裏花難折。也應驚問，近來多少華髮。

破陣子 為陳同甫賦壯詞以寄之

醉裏挑燈看劒，夢回吹角連營。八百里分麾下炙，五十

絃翻塞外聲沙場秋點兵　馬作的盧飛快弓如霹靂弦驚了却君王天下事贏得生前身後名可憐白髮生

祝英臺近

寶釵分桃葉渡烟柳暗南浦怕上層樓十日九風雨斷腸點點飛紅都無人管更誰勸流鶯聲住　鬢邊覷試把花卜歸期才簪又重數羅帳燈昏哽咽夢中語是他春帶愁來春歸何處却不解帶將愁去

沁園春　帶湖新居

三徑初成鶴怨猿驚稼軒未來甚雲山自許平生意氣衣冠人笑抵死塵埃意倦須還身閒貴早豈為蓴羹鱸鱠哉秋江上看驚絃鴈避駭浪船回　東岡更葺茅齋好都把軒窻臨水開要小舟行釣先應種柳疏籬護竹莫礙觀梅秋菊堪餐春蘭可佩留待先生手自栽沉吟久怕君恩未許此意徘徊

滿江紅

家住江南又過了清明寒食花徑裏一番風雨一番狼

籍紅粉暗隨流水去園林漸覺清陰密算年年落盡刺桐花寒無力　庭院靜空相憶無處說閒愁極怕流鶯乳燕得知消息尺素如今何處也綠雲依舊無蹤跡謾教人羞去上層樓平蕪碧

又

敲碎離愁紗窗外風搖翠竹人去後吹簫聲斷倚樓人獨滿眼不堪三月暮舉頭已覺千山綠但試把一紙寄來書從頭讀　相思字空盈幅相思意何時足滴羅襟

點點淚珠盈掬芳草不迷行客路垂楊只礙離人目最苦是立盡月黃昏闌干曲

又 送李正之提刑入蜀

蜀道登天一盃送繡衣行客還自歎中年多病不堪離別東北看騰諸葛表西南更草相如檄把功名收拾付君侯如椽筆 兒女淚君休滴荆楚路吾能識要新詩準備廬山山色赤壁磯頭千古浪銅鞮陌上三更月正梅花萬里雪深時須相憶

又 江行簡楊濟翁周顯先

過眼溪山怪都是舊時曾識還記得夢中行遍江南江北佳處徑須携杖去能消幾兩平生屐笑塵勞三十九年非長爲客　吳楚地東南坼英雄事曹劉敵被西風吹盡了無塵跡樓觀甫成人已去旌旗未卷頭先白歎人生哀樂轉相尋今猶昔

水調歌頭 舟次揚州和楊濟翁周顯先韻

落日塞塵起邊馬獵清秋漢家組練十萬列艦聳層樓

誰道投鞭飛渡憶昔鏑鳴血汚風雨佛貍愁季子正年
少匹馬黑貂裘　今老矣搔白首過揚州倦游欲去江
上手種橘千頭二客東南名勝萬卷詩書事業嘗試與
君謀莫射南山虎直覓富平侯

又

四坐且勿語聽我醉中吟池塘春草未歇高樹變鳴禽
鴻鴈初飛江上蟋蟀還來牀下時序百年心誰要卿料
理山水有清音　歡多少歌長短酒淺深而今已不如

昔後定不如今閒處直須行樂良夜更敎秉燭高會惜分陰白髮短如許黃菊倩誰簪

又 壬子三山被名陳端仁給事飲餞

長恨復長恨裁作短歌行何人爲我楚舞聽我楚狂聲余既滋蘭九畹又樹蕙之百畝秋菊更餐英門外滄浪水可以濯吾纓 一盃酒問何似身後名人間萬事毫髮常重泰山輕悲莫悲生離別樂莫樂新相識兒女古今情富貴非吾事歸與白鷗盟

又

帶湖吾甚愛千丈翠奩開先生杖屨無事一日走千回凡我同盟鷗鷺今日既盟之後來往莫相猜白鶴恁何處嘗試與偕來　破青萍排翠藻立蒼苔窺魚笑汝癡計不解舉吾杯廢沼荒坵疇昔明月清風此夜人世幾歡哀東岸綠陰少楊柳更須栽

賀新郎　別茂嘉十二弟

綠樹聽鵜鴂更那堪杜鵑聲住鷓鴣聲切啼到春歸無

啼處苦恨芳菲都歇算未抵人間離別馬上琵琶關塞黑更長門翠輦辭金闕看燕燕送歸妾　將軍百戰身名裂向河梁回頭萬里故人長絶易水蕭蕭西風冷滿座衣冠似雪正壯士悲歌未徹啼鳥還知如許恨料不啼清淚長啼血誰伴我醉明月

又 賦琵琶

鳳尾龍香撥自開元霓裳曲罷幾番風月最苦潯陽江頭客畫舸亭亭待發記出塞黃雲堆雪馬上離愁三萬

里望昭陽宮殿孤鴻没絃解語恨難説 遼陽驛使音塵絶瑣窗寒輕攏慢撚淚珠盈睫推手含情還却手一抹梁州哀徹千古事雲飛烟滅賀老定塲無消息想沉香亭北繁華歌彈到此為嗚咽

木蘭花慢 滁州送范倅

老去情味減對别酒怯流年況屈指中秋十分好月不照人圓無情水都不管共西風只管送歸船秋晚蓴鱸江上夜深兒女燈前 征衫便好去朝天玉殿正思賢

想夜半承明留教視草却遣籌邊長安故人問我道愁

腸殢酒只依然目斷秋霄落鴈醉來時響空絃

摸魚兒 淳熙己亥自湖北漕移湖南同官王正之置酒小山亭賦

更能消幾番風雨匆匆春又歸去惜春長怕花開早何

況落紅無數春且住見說道天涯芳草無一作迷歸路怨

春不語算只有殷勤畫簷蛛網盡日惹飛絮 長門事

準擬佳期又誤蛾眉曾有人妒千金縱買相如賦脉脉

此情誰訴君莫舞君不見玉環飛燕皆塵土閒愁最苦

休去倚危欄斜陽正在烟柳斷腸處羅大經云詞意殊怨使在漢唐時寧不賈種豆種桃之禍然聞壽皇見此詞頗不悅終不加以罪可謂盛德

太常引 建康中秋夜為呂潛叔賦

一輪秋影轉金波飛鏡又重磨把酒問姮娥被白髮欺人奈何　乘風好去長安萬里直下看山河斫去桂婆娑人道是清光更多

水龍吟 過南磵雙溪樓

舉頭西北浮雲倚天萬里須長劍人言此地夜深長見

斗牛光焰我覺山髙潭空水冷月明星淡待然犀下看凭欄却怕風雷怒魚龍慘　峽東蒼江對起過危樓欲飛還斂元龍老矣不妨髙卧氷壺涼簟千古興亡百年悲笑一時登覽問何人又卸片帆沙岸繫斜陽纜

又　旅次登樓

楚天千里清秋水隨天去秋無際遥岑遠目獻愁供恨玉簪螺髻落日樓頭斷鴻聲裏江南遊子把呉鈎看了闌干拍遍無人會登臨意　休說鱸魚堪膾儘西風季

鷹歸未求田問舍怕應羞見劉郎才氣可惜流年憂愁風雨樹猶如此倩何人喚取紅巾翠袖揾英雄淚

鷓鴣天 鵞湖歸病起作

枕簟溪堂冷欲秋斷雲依水晚來收紅蓮相倚深如怨白鳥無言定是愁 書咄咄且休休一邱一壑也風流不知筋力衰多少但覺新來懶上樓

西河 送錢仲耕自江西移守婺州

西江水道是西江人淚無情却解送行人月明千里從

今日日倚高樓傷心烟樹如薺　會君難别君易草草不知人意十年著破繡衣茸種成桃李問君可是厭承明東方鼓吹千騎　對梅花更消一醉看明年調鼎風味老病自憐憔悴過吾廬定有幽人相問歲晚淵明歸來未

永遇樂 京口北固亭懷古

千古江山英雄無覓孫仲謀處舞榭歌臺風流總被雨打風吹去斜陽草樹尋常巷陌人道寄奴曾住想當年

金戈鐵馬氣吞萬里如虎　元嘉草草封狼居胥意贏得倉皇北顧四十三年望中猶記燈火揚州路可堪回首佛貍祠下一片神鴉社鼓憑誰問廉頗老矣尚能飯否岳倦翁云此作微覺用事多

漢宮春立春

春已歸來看美人頭上裊裊春幡無端風雨未肯收盡餘寒年時燕子料今宵夢到西園渾未辦黃柑薦酒更傳青韭堆盤　却笑東風從此便薰梅染柳更没些閒

閒時又來鏡裏轉變朱顏清愁不斷問何人會解連環
生怕見花開花落朝來塞鴈先還

又

會稽秋風亭觀雨

亭上秋風記去年嫋嫋曾到吾廬山河舉目雖異風景
非殊功成者去覺團扇便與人疎吹不斷斜陽依舊茫
茫禹跡都無　千古茂林猶在甚風流章句解擬相如
只今木落江冷渺渺愁余故人書報莫因循忘却蓴鱸
誰念我新涼燈火一編太史公書

新荷葉 和趙德莊韻

人已歸來，杜鵑欲勸誰歸。綠樹如雲，等閒付與鶯飛。兔葵燕麥，問劉郎、幾度沾衣。翠屏幽夢，覺來水繞山圍。有酒重攜，小園隨意芳菲。往日繁華，而今物是人非。春風半面，記當年、初識崔徽。南雲鴈少，錦書無箇因依。

南鄉子 登京口北固亭

何處望神州。滿眼風光北固樓。千古興亡多少事，悠悠。不盡長江滾滾流。年少萬兜鍪。坐斷東南戰未休。天

下英雄誰敵手曹劉生子當如孫仲謀

蝶戀花　元日立春

誰向椒盤簪綵勝整整韶華爭上春風鬢往日不堪重記省爲花常抱新春恨　春未來時先借問晚恨開遲早又飄零近今歲花期消息定只愁風雨無憑準

清平樂　獨宿博山王氏菴

遶牀飢鼠蝙蝠翻燈舞屋上松風吹急雨破紙窗間自語　平生塞北江南歸來華髮蒼顏布被秋宵夢覺眼

前萬里江山

菩薩蠻 書江西造口壁

鬱孤臺下清江水中間多少行人淚西北是長安可憐無數山 青山遮不住畢竟東流去江晚正愁余山深聞鷓鴣 羅大經云南渡初金人追隆祐太后御舟至造口不及而還鷓鴣之句謂恢復之事行不得也

生查子 有覓詞者為賦

去年燕子來繡戶深深處花徑得泥歸都把琴書汚今年燕子來誰聽呢喃語不見捲簾人一陣黃昏雨

浪淘沙 山寺夜作

身世酒盃中萬事皆空古來三五箇英雄雨打風吹何處是漢殿秦宮　夢入少年叢歌舞匆匆老僧夜半誤鳴鐘驚起西窗眠不得捲地西風

定風波 暮春漫興

少日春懷似酒濃插花走馬醉千鍾老去逢春如病酒唯有茶甌香篆小薰籠　卷畫殘花風未定休恨花開原自要春風試問春歸誰得見飛燕來時相遇夕陽中

范成大字致能吳郡人紹興中進士累官權吏部尚書參知政事尋帥金陵以病請閒進資政殿學士領洞霄宮加大學士卒謚文穆有石湖集詞一卷

眼兒媚　萍鄉道中

酣酣日脚紫烟浮妍暖破輕裘困人天氣醉人花氣午夢扶頭　春慵恰似春塘水一片縠紋愁溶溶曳曳東風無力欲皺還休

菩薩蠻

客行忽到湘東驛明朝真是瀟湘客晴碧萬重雲幾時

逢故人　江南如塞北別後書難得先自鴈來稀那堪
春半時

謁金門宜春道中野塘春水可喜有懷舊隱

塘水碧仍帶麴塵顏色泥泥縠紋無氣力東風如愛惜
恰似越來溪側也有一雙鸂鶒只欠柳絲千百尺繫
船春弄笛

秦樓月寒食日湖南提舉胡元髙家席上聞琴

湘江碧故人同作湘中客湘中客東風回鴈杏花寒食

溫溫月到藍橋側醒心絃裏春無極春無極明朝殘夢馬嘶南陌

霜天曉角 梅

晚晴風歇一夜春堪折脉脉花疎天淡雲來去數枝月勝絶愁更絶此情誰與說惟有兩行低鴈知人倚闌干雪

黃公度 字思憲莆陽人紹興八年進士第一官尚書考功員外郎有知稼翁集詞一卷

好事近

湖上送残春已負别時歸約好在故園桃李為誰開誰落　還家應是荔支天浮蟻要人酌莫把舞裙歌扇便等閒拋却

卜算子　别士季弟之官

薄宦各東西往事隨風雨先自離歌不忍聞又何況春將暮　愁共落花多人逐征鴻去君向瀟湘我向秦後會知何處

青玉案

鄰雞不管離懷苦一還是催人去回首高城音信阻霜橋月館水村烟市總是思君處　裛殘别袖燕支雨謾留得愁千縷欲倩歸鴻分付與鴻飛不住倚欄無語獨立長天暮　按本集公登第後為趙忠簡所器而秦檜頗銜之及名赴行在雖知非當路意而迫於君命故寓意此詞蓋去就早定矣

葛立方　字常之丹陽人勝仲子紹興八年進士官至吏部侍郎有歸愚集詞一卷

卜算子

裊裊水芝紅脉脉蒹葭浦淅淅西風澹澹烟幾點疎疎

雨　草草展杯觴對此盈盈女葉葉紅衣當酒船細細

流霞舉

張孝祥

字安國烏江人紹興二十四年廷試第一累遷中書舍人直學士院兼都督府叅賛軍事領建康留守尋以荆南湖北路安撫使請祠進顯謨閣直學士有于湖集詞一卷

黄叔暘云于湖有紫微雅詞湯衡為序稱其平昔未嘗着藁筆酣興健頃刻即成却無一

字無來處

滿江紅　聽雨

斗帳高眠寒䆫靜瀟瀟雨意南樓近更移三鼓漏傳一

水點點不離楊柳外聲聲只在芭蕉裏也不管滴破故鄉心愁人耳　無似有遊絲細聚復散真珠碎天應分付與別離滋味破我一牀蝴蝶夢輸他雙枕鴛鴦睡向此際別有好思量人千里

念奴嬌

星沙初下望重湖遠水長雲漠漠一葉扁舟誰念我今日天涯飄泊平楚南來大江東去處處風波惡吳中何地滿懷俱是離索　長記送我行時綠波亭上泣透青

羅薄檣燕低飛人去後依舊湘城簾幕不盡山川無窮烟浪辜負秦樓約漁歌聲斷為君雙淚傾落

鷓鴣天

日日青樓醉夢中不知樓外已春濃杏花未濕疎疎雨楊柳初摇短短風　扶畫鷁躍花驄湧金門外小橋東行行又入笙歌裏人在珠簾第幾重

西江月　洞庭

問訊湖邊春色重來又是三年東風吹我過湖船楊柳

絲絲拂面　世路如今已慣此心到處悠然寒光亭下水連天飛起沙鷗一片

六州歌頭

長淮望斷關塞莽然平征塵暗霜風勁悄邊聲黯銷凝追想當年事殆天數非人力洙泗上絃歌地亦紛爭隔水他鄉落日牛羊踐衰草縱橫看軍人宵獵騎火一川明笳鼓悲鳴遣人驚　念腰間箭匣中劍空埃蠹竟何成時易失心徒壯歲將零渺神京干羽方懷遠靜烽燧

且休兵冠蓋使紛馳鶩若為情聞道中原遺老常南望翠葆霓旌使行人到此忠憤氣塡膺有淚如傾朝野遺記云安國在建康留守席上賦此歌闋魏公為罷席而入

姚寬字令威剡川人為六部監門有西溪居士樂府一卷

憶王孫

毿毿楊柳綠初低澹澹梨花開未齊樓上情人聽馬嘶憶郎歸細雨春風濕酒旗

生查子

郎如陌上塵妾似隄邊絮相見雨悠揚蹤跡無尋處
酒面撲春風淚眼零秋雨過了别離時還解相思否

踏莎行

蘋葉烟深荷花露濕碧蘆紅蓼秋風急采菱渡口日將沉飛鴻樓上人空立　彩鳳難雙紅綃暗泣回紋未剪吳刀澀夢魂歸處不留蹤厭厭一夜涼蟾入

程垓

字正伯眉山人有書舟雅詞一卷

按正伯與子瞻為中表兄弟故其詞有相亂者

酷相思

月掛霜林寒欲墜正門外催人起奈離別如今真箇是欲住也留無計欲去也來無計　馬上離魂衣上淚各自箇供憔悴問江路梅花開也未春到也須頻寄人別也須頻寄

小桃紅

不恨殘花觶不恨殘春破只恨流光一年一度又催新火縱青天白日繫長繩也留春得麼　花院從教鎖春

事從教過燒筍園林嘗梅臺榭有何不可已安排珍簟小胡牀待日長閒坐

芭蕉雨

雨過涼生藕葉晚庭消盡暑渾無熱枕簟不勝香滑爭奈寶帳情生金尊意愜　玉人何處夢蝶思一見氷雪須寫個帖兒叮嚀說試問道肯來麽今夜小院無人重樓有月

摸魚兒

掩淒涼黄昏庭院角聲何處嗚咽矮窗曲屋風燈冷還是苦寒時節凝竚切念翠被薰籠夜夜成虛設倚窗愁絶聽鳳竹聲中犀幃影外簌簌釀寒雪　傷心處却憶當年輕別梅花滿院初發吹香弄蘂無人見惟有暮雲千疊情未徹又誰料而今好夢分吴越不堪重説但記得當初重門鎖處猶有夜深月

念奴嬌

秋風秋雨正黄昏供斷一窗愁絶帶減衣寬誰念我難

忍重城離别轉枕褰帷挑燈整被總是相思切知他别後負人多少風月　不是怨極愁濃只愁重見了相思難説料得新來魂夢裏不管飛來蝴蝶排悶人間寄愁天上終有歸時節如今無奈亂雲依舊千疊

南浦

金鴨嬾薫香向晚來春酲一枕無緒濃緑漲瑶窻東風外吹盡亂紅飛絮無言竚立斷腸惟有流鶯語碧雲欲暮空惆悵韶華一時虚度　追思舊日心情記題葉西

樓吹花南浦老去覺歡疎傷春恨多付斷雲殘雨黃昏院落問誰猶在凭欄處可堪杜宇但只解聲聲催他春去

滿庭芳 臨安晚登

南月驚烏西風破鴈又是秋滿平湖採蓮人靜寒色戰菰蒲舊信江南好景一萬里輕覓蓴鱸誰知道吳儂未識蜀客已情孤 憑高增悵望湘雲盡處都是平蕪問故鄉何日重見吾廬縱有荷紉芰製終不似菊短籬疎

歸情遠三更雨夢依舊繞庭梧

漁家傲彭門道中

獨木小舟烟雨濕燕兒亂點春江碧江上青山隨意覓人寂寂落花芳草催寒食 昨夜青樓今日客吹愁不得東風力細拾殘紅書怨泣流水急不知那個傳消息

南鄉子

幾日訴離尊歌盡陽關不忍分此度天涯真箇去消魂相送黃花落葉村 斜日又黃昏蕭寺無人半掩門今

夜粉香明日淚休論只要羅巾記舊痕

憶秦娥

青門深海棠閑盡春陰陰春陰陰萬重雲水一寸歸心

玉樓深鎖烟消沉知他何日同登臨同登臨待收紅

淚細說如今

謁金門

春夜雨催潤柳塘花塢小院重門深幾許畫簾香一縷

獨立晚庭凝竚細把花枝閒數燕子不來天欲暮說

愁無處所

卜算子

獨自上層樓樓外青山遠望到斜陽欲盡時不見西飛燕 獨自下層樓樓下蛩聲怨待到黃昏月上時依舊柔腸斷

菩薩鬘

畫橋柏柏春江綠行人正在春江曲花潤接平川有人花底眠 東風元自好只怕催花老安得萬年楊繫教

春日長

愁倚欄令

春猶淺柳初芽杏初花楊柳杏花交映處有人家　玉窗明煖烘霞小屏上水遠山斜昨夜酒多春睡重莫驚他

水龍吟

夜來風雨匆匆故園定是花無幾愁多怨極等閒孤負一年芳意柳困桃慵杏青梅小對人容易算好春長在

好花長見元只是人憔悴　回首池南舊事恨星星不堪重記如今但有看花老眼傷時清淚不怕逢花瘦只愁怕老來風味待繁紅亂處留雲借月也須拚醉

洞庭春色

錦字親裁淚巾偷裛細說舊時記笑桃門巷妝窺寶靨弄花庭榭香濕羅衣幾度相隨游冶去任月細風尖猶未歸多少事有垂楊眼見紅燭心知　如今事都過也但贏得雙鬢成絲歎半妝紅豆相思有分兩分青鏡重

合難期惆悵一春飛絮夢恁悠颺教人分付誰銷魂處

又棃花雨暗半掩重扉

詞綜卷十三

欽定四庫全書

詞綜卷十四

翰林院檢討朱彝尊編

宋詞六十八首

韓元吉五首　周必大一首

京鏜二首　尤袤一首

仲并二首　朱熹一首

真德秀一首　趙汝愚一首

洪适四首　吳儆四首

楊萬里一首　李處全二首

張震二首　羅願一首

崔與之一首　劉克莊八首

樓鍔一首　吳琚一首

趙彥端七首　管鑑一首

魏子敬一首　甄龍友一首

俞國寶一首　衛元卿一首

李石二首　張鎡三首

杜旟三首　劉儗四首

岳珂一首　程珌一首

王千秋一首　程先一首

蘇洞一首　劉圻父一首

韓元吉字无咎號南㵎許昌人官吏部尚書有焦尾集一卷

六州歌頭

東風著意先上小桃枝紅粉膩嬌如醉倚朱扉記年時

隱映新妝面臨水岸春將半雲日煖斜陽轉夾城西草軟沙平驟馬垂楊渡玉勒爭嘶認蛾眉凝笑臉薄拂胭脂繡户曾窺恨依依　昔年攜手處香如霧紅隨步怨春遲消瘦損憑誰問只花知淚空垂舊日堂前燕和烟雨又雙飛人自老春長好夢佳期前度劉郎幾許風流地也自應悲但茫茫暮靄目斷武陵溪往事難追

薄倖

送君南浦對烟柳青青萬縷更滿眼殘紅吹盡葉底黃

鸝自語甚動人多少離情樓頭水濶山無數記竹裏題詩花邊載酒魂斷江干春暮　都莫問功名事白髮星星如許任雞鳴起舞鄉關何在憑高目盡孤鴻去漫留君住趂醉醾香煖持杯且醉瑶臺路相思記取愁絶西窗夜雨

謁金門 春雪

春尚淺誰把玉英裁剪儘道梅梢開未遍卷簾花滿院　樓上酒融歌煖樓下水平烟遠却似湧金門外見絮

飛波影亂

霜天曉角 題采石蛾眉亭

倚天絶壁直下江千尺天際兩蛾横黛愁與恨幾時極

暮潮風正急酒闌聞塞笛試問謫仙何處青山外遠

烟碧

水龍吟 題三峯閣詠英華女子

雨餘疊巘浮空望中秀色仙都是洞天未鎖人間春好

玉妃曾墜錦瑟繁絃鳳簫清響九霄歌吹問分香舊事

劉郎去後知誰伴風前醉　回首暝烟千里但紛紛落紅如淚多情易老青鸞何許詩成誰寄斗轉參橫半簾花影一溪寒水悵飛鳧路杳行雲夢斷有三峯翠

周必大 字子充一字宏道廬陵人紹興二十一年進士歷官左丞相封益國公贈太師謚文忠有省齋集近體樂府一卷

點絳脣 贈歌者小瓊

秋夜乘槎客星容到天孫渚眼波微注將謂牽牛渡見了還非重理霓裳舞雖無誤幾年一遇莫訝周郎顧

京鏜

字仲遠豫章人登紹興二十七年進士第由縣令擢御史遷右司郎官出為四川安撫使進刑部尚書慶元初官左丞相卒贈太保初謚文穆以家諱從其子請謚文忠改謚莊定

有松坡居士樂府一卷

雨中花　重陽

玉局祠前銅壺閣畔錦城藥市爭奇正紫萸綴席黃菊浮卮巷陌連鑣並轡樓臺吹竹彈絲登高望遠一年好景九日佳期　自憐行客猶對佳賓留連豈是貪癡誰會得心馳北闕興寄東籬惜別未催鷁首追歡且醉蛾

眉明年此會他鄉今日總是相思

尤袤 字延之無錫人紹興中進士累官禮部尚書正奉大夫贈光祿大夫謚文簡有梁溪集

瑞鷓鴣 詠落梅

清溪西畔小橋東落月紛紛水映空五夜客愁花片裏一年春事角聲中　歌殘玉樹人何在舞破山香曲未終却憶孤山醉歸路馬蹄香雪襯東風

仲并 字彌性江都人紹興中進士授平江教授改左承奉郎歷光祿寺丞終朝請大夫淮東安撫使司參議有浮山集

水調歌頭 浮遠堂

靜練平千頃華棟俯中流淩晨畫戟來看宿雨斷虹收八九胸中雲夢三千筆端風月無處快凝眸笑詠一堂上揮麈氣橫秋　俯危欄紅日下暮雲收無窮偉觀祇應天意為君謀容我醉時徙倚獨泛微烟踈雨浩蕩逐輕鷗不羡岳陽勝丹碧聳層樓

念奴嬌 同前

練江風靜臥氷奩百尺朱欄飛入江遠浮天天在水水

滿半天雲濕白鳥明邊青山斷處眼冷江頭立月明潮上葦間漁唱聲急　幾度吹老蘋花野香無數欲寄應難及天借詩人供醉眼尊俎一時收拾竹裏行厨花間步障風雨生呼吸酒闌歌罷釣船先具蓑笠

朱熹字元晦一字仲晦婺源人第進士仕至轉運副使崇政殿説書焕章閣待制致仕贈太師封信國公改徽國謚文有文公集詞一卷

水調歌頭 檃括杜牧之九日齊州詩

江水浸雲影鴻鴈欲南飛携壺結客何處空翠渺烟霏

塵世難逢一笑況有紫萸黄菊堪插滿頭歸風景今朝是身世昔人非　酬佳節須酩酊莫相違人生如寄何事辛苦怨斜暉無盡今來古往多少春花秋月那更有危機與問牛山客何必淚沾衣

真德秀 字景元更景希浦城人第慶元進士歷官翰林學士知制誥贈銀青光禄大夫謚文忠學者稱西山先生

蝶戀花 紅梅

兩岸月橋花半吐紅透肌香暗把遊人誤盡道武陵溪

上路不知迷入江南去　先自冰霜真態度何事枝頭點點胭脂汚莫是東君嫌淡素問花花又嬌無語

趙汝愚 字子直漢王元佐七世孫家餘干舉進士第一累官光祿大夫右丞相贈太師追封沂國公謚忠定

柳梢青 題豐樂樓

水月光中烟霞影裏湧出樓臺空外笙簫人間笑語身在蓬萊　天香暗逐風回正十里荷花盡開買箇輕舟山南遊遍山北歸來

洪适 字景伯皓子中博學宏詞科累官尚書右僕射同中書門下平章事兼樞密使謚文惠有盤洲集詞二卷

好事近 別傳文

柳岸碧漪深底事催人行色無計相留情話只別愁如織　小蠻樊素兩傾城幾度醉狂客明日扁舟西去聽歌聲不得

生查子

桃蹊蝶惜香柳困鶯銜絮日影過簾旌多少閒愁緒

紅綻武陵溪綠暗章臺路春色似行人無意花間住

浣溪沙　餞范子芬行

整頓春衫欲跨鞍一杯相屬少開顏愁蛾不似舊時彎
未見雨星添柳宿忍教三疊唱陽關相思空望會稽
山

虞美人

芭蕉滴滴窗前雨望斷江南路亂雲重疊幾多山不似
倦飛鷗鳥便知還　角聲更聽譙門弄夜夜思歸夢鄜

江樓下水含漪姑負釣灘烟艇緑蓑衣

吳儆 字益恭休寧人紹興二十七年進士淳熈初通判邕州已除知州兼廣南西路安撫都監以親老丐祠主管台州崇道館轉朝散郎致仕寶祐中追謚文肅有竹洲集詞一卷

滿庭芳 寄葉蔚宗

草滿池塘鶯啼楊柳燕忙知爲泥融飄花流水竹外小橋通又是一春憔悴摘殘英遍遶芳叢長安遠平蕪盡處疊疊但雲峯 西湖行樂處牙檣漾鷁錦帳翻虹想年時桃李應已成空欲寫相思寄與雲天濶難覔征鴻

空凝想時時殘夢依約上陽鐘

浣溪沙 題星州寺

十里青山泝碧流夕陽沙晚片帆收重重烟樹出層樓人去人歸芳草渡鷗飛鷗没白蘋洲碧桐翠竹記曾遊

又 題餘干傳舍

畫楯朱欄繞碧山平湖徙倚水雲寬人家楊柳帶汀灣目力已隨飛鳥盡機心還逐白鷗閒蕭蕭微雨晚來

寒

減字木蘭花中秋獨與靜之飲

碧梧秋老滿地琅玕紛不掃門掩黄昏惟有年時月照人　淒涼滿眼肯作六年燈火伴莫說淒涼來歲如今又一方

楊萬里字廷秀吉水人紹興中進士歴祕書監以寶文閣待制致仕進寶謨閣學士贈光禄大夫謚文節有誠齋集樂府一卷

好事近

月未到誠齋先到萬花川谷不是誠齋無月隔一庭脩竹如今纔是十三夜月色已如玉未是秋光奇絶看十五十六

李處全字粹伯淳熙中侍御史有晦菴詞一卷

水調歌頭 送王景文

上馬趣携酒送客古朱方秋風斜日山際低草見牛羊酩酊不知更漏但見横江白露清映月如霜平睨廣寒殿誰說路岐長 醉還醒時起舞念吾鄉江山爾爾回

首千載幾興亡一笑書生事業誰使管城居士不換碧油幢好在中泠水擊節奏伊涼

菩薩鬘

杜鵑只管催歸去知渠教我歸何處故國淚生痕那堪枕上聞　嚴裝吾已具泛宅吳中路弭楫喚東鄰江東日暮雲

張　震　字東父號無隱居士益寧人孝宗朝為諫官

黄叔暘云無隱居士詞甚婉媚蓋富貴人語也

驀山溪

青梅如豆斷送春歸去小緑間長紅看幾處雲歌柳舞偎花識面對月共論心携素手采香遊踏遍西池路水邊朱户曾記銷魂處小立背秋千空悵望娉婷韻度楊花撲面香糝一簾風情脉脉酒厭厭回首斜陽暮

蝶戀花

梅子初青春已暮芳草連雲緑遍西池路小院繡簾纔半舉銜泥紫燕雙飛去 人在赤欄橋畔住不觧傷心

還解相思否清夢欲尋猶間阻紗窗一夜蕭蕭雨

羅願 字端良號存齋歙縣人紹興中以蔭補承務郎監臨安新城稅歷鄂州守有鄂州小集

水調歌頭 中秋和施司諫

秋宇淨如水月鏡不安臺鬱孤高處張樂語笑脫塵埃簷外白毫千丈坐上銀河萬斛心境兩佳哉俯仰共清絕底處著風雷　問天公邀月姊婉凡才婆娑人世羞見蓬鬢漾金罍來歲公歸何處照耀彩衣簪橐禁直且休催一曲庾江上千古繼韶陔

崔與之字正子廣州人紹熙四年進士累官廣東經畧安撫使兼知廣州拜參知政事右丞相皆力辭以觀文殿大學士致仕封南海郡公卒諡清獻有集

水調歌頭

萬里雲間戍立馬劒門關亂山極目無際直北是長安人苦百年塗炭鬼哭三邊鋒鏑天道久應還手寫留屯奏炯炯寸心丹 對青燈搔白髮漏聲殘老來勳業未就妨却一身閒梅嶺綠陰青子蒲澗清泉白石怪我舊盟寒烽火平安夜歸夢到家山

劉克莊字潛夫莆田人以廕仕淳熙中賜同進士出身官龍圖閣直學士有後村别調一卷

憶秦娥

遊人絶緑隂滿野芳菲歇芳菲歇養蠶天氣采茶時節 枝頭杜宇啼成血陌頭楊柳吹成雪吹成雪淡烟疎雨江南三月

玉樓春呈林節推

年年躍馬長安市客裏似家家似寄青錢喚酒日無何紅燭呼盧宵不寐 易挑錦婦機中字難得玉人心下

事男兒西北有神州莫灑水西橋畔淚

賀新郎 端午

思遠樓前路望平堤十里湖光畫船無數綠蓋盈盈紅粉面葉底荷花解語鬬巧結同心雙縷尚有經年離別恨一絲絲總是相思處相見也又重午 清江舊事傳荆楚歎人情千載如新尚沉菰黍且盡樽前今日醉誰肯獨醒弔古汎幾盞菖蒲綠醑兩兩龍舟爭競渡奈珠簾暮捲西山雨看未足怎歸去

又 遊周氏花園

溪上收殘雨倚危欄薄綿乍脱日陰亭午鬧市不知春色處散在荒園廢墅漸小白長紅無數客子雖非河陽令也隨緣暫作鶯花主那可負甕中醑　碧雲四合干巖暮恨匆匆余方有事子姑歸去趂取羣芳未摇落暇日提魚就煑歎激電光陰如許回首明年何處在問桃花尚記劉郎否公莫笑醉中語

滿江紅

落日登樓誰管領倦遊在客待喚起滄浪漁父隔江吹笛看水看山身尚健憂晴憂雨頭先白對暮雲不見美人來遥天碧　山中鶴應相憶沙上鷺渾相識想石田茆屋草深三尺空有鬢如潘騎省斷無面見陶彭澤便倒傾海水浣衣塵難湔滌

清平樂 贈維揚陳師文參議家舞姬

宫腰束素只怕能輕舉好築避風臺護取莫遣驚鴻飛去　一團香玉温柔笑顰俱有風流貪與蕭郎眉語不

知舞錯伊州

摸魚兒

怪新來倚樓看鏡清狂渾不如舊暮雲千里傷心處一作色那更亂蟬踈柳凝望久愴故國百年陵闕誰回首功名大謬歎釆藥名山讀書精舍此計幾時就　封侯事久矣輸人妙手滄洲一作扁舟聊作漁叟高冠長劒都閒物世上切身惟酒千載後君試看拔山扛鼎俱烏有英雄骨朽問顧曲周郎而今還解來聽小詞否

長相思

朝有時暮有時潮水猶知日兩回人生長別離　來有時去有時燕子猶知社後歸君行無定期

樓鍔　字巨山淳熙中知江陰軍

浣溪沙　雙檜堂

夏半陽烏景最長小池不斷藕花香電影雷聲催急雨十分涼　芡剝明珠隨意嚼瓜分瓊玉趁時嘗雙檜堂深新釀好且傳觴

吴　琚　字居夫汴人憲聖皇后姪太寧郡王益之子歷尚書郎部使者直學士慶元中以鎮安節度使守建康遷少保卒謚忠惠有雲壑集

酹江月　觀潮應制

玉虹遥挂望青山隱隱有如一抹忽覺天風吹海立好似春霆初發白馬凌空瓊鰲駕水日夜朝天闕飛龍舞鳳鬱葱環拱吴越　此景天下應無東南形勝偉觀真奇絶好是吴兒飛彩幟蹴起一江秋雪黄屋天臨水犀雲擁看擊中流楫晚來波静海門飛上明月

趙彥端 字德莊乾道淳熙閒以直寳文閣知建寧府有介庵詞四卷

千秋歲

杏花風下獨立春寒夜微雨度踈星挂輝輝濃艷出嫋嫋繁枝亞朱檻倚輕羅醉裏添還卸 寂寞情猶乍悵望驂鸞駕衣褪玉香欺麝一花撩一醉杯重憑誰把春去也重簾翠幕人如畫

謁金門

休相憶明日遠如今日樓外綠烟村冪冪花飛如許急

柳外晚來船集波底夕陽紅濕送盡去雲成獨立酒醒愁又入張正夫云德莊宗室之秀賦西湖謁金門云波底夕陽紅溼阜陵問誰詞荅云彦端所作上云我家裏人也會此作等語甚

青玉案 贈勉道琵琶人

當年萬里龍沙路載多少離愁去冷壓層簾雲不度芙容雙帶垂楊嬌鬢絃索初調處　花凝玉立東風暮曾記江邊麗人句異縣相逢能幾許多情誰料琵琶洲畔同醉清明雨

沙塞子

春水綠波南浦漸理棹行人欲去黯銷魂柳際輕烟花梢微雨　長亭放䑽無計住但芳草迷人去路忍回頭斷雲殘日長安何處

清平樂席上贈人

桃根桃葉一樹芳相接春到江南三二月迷損東家蝴蝶　殷勤踏取青陽風前花正低昂與我同心支子報君百結丁香

點絳脣 途中逢管倅

顦顇天涯故人相遇情如故别離何遽忍唱陽關句

我是行人更送行人去愁無據寒蟬鳴處回首斜陽暮

虞美人

𫗦蟬高柳斜陽處池閣絲絲雨綠檀珍簟卷新紅屈曲

杏花蝴蝶小屏風　春山疊疊秋波漫收拾殘鍼線又

成嬌困倚檀郎無事更拋蓮子打鴛鴦

豆葉黄

粉墻丹檻柳絲中簾箔輕明花影重午醉醒來一面風
緑葱葱幾顆櫻桃葉底紅

管鑑 字明仲有養拙堂詞一卷

生查子

天教百媚生賦得多情怨背整玉搔頭寛了黄金釧
情隨歌意深故故回嬌盼不是不相知只為難相見

魏子敬

生查子

愁盈鏡裏山心疊琴中恨露濕玉蘭秋香伴金屏冷

雲歸月正圓鴈到人無信孤損鳳凰釵立盡梧桐影劉興伯云此詞題道塗壁甚工

甄龍友字雲卿永嘉人紹興中進士官國子監簿

霜天曉角題赤壁

峨眉仙客四海文章伯來向東坡遊戲人間世著不得

去國誰愛惜在天何處覓但見樽前人唱前赤壁後

赤壁

俞國寶 俞一作于臨川人淳熙間太學生有醒菴遺珠集

風入松 題酒肆

一春長費買花錢日日醉湖邊玉驄慣識西湖路驕嘶過沽酒樓前紅杏香中歌舞綠楊影裏秋千　暖風十里麗人天花壓鬢雲偏畫船載得春歸去餘情付湖水湖烟明日重扶殘醉來尋陌上花鈿

衛元卿 洋州人領薦不得志游山谷間

謁金門

花過雨又是一番紅素燕子歸來愁不語故巢無覓處

誰在玉樓歌舞誰在玉關辛苦若使邊塵吹得去東

風侯萬户

李　石 字知幾資陽人乾道中以薦任太學博士出為成都倅有方舟集

臨江仙

烟柳疎疎人悄悄畫樓風外吹笙倚欄閒喚小紅聲薰

香臨欲睡玉漏已三更　坐待不來來又去一方明月

中庭粉牆東畔小橋横起來花影下扇子撲流螢

漁家傲 贈鄂湖官妓

西去征鴻東去水幾重別恨千山裏夢繞綠窗書半紙何處是桃花溪畔人千里　瘦玉倚香愁黛翠勸人須要人先醉問道明朝行也未猶自記燈前背立偷垂淚

張鎡 字功甫號約齋西秦人官奉議郎有玉照堂詞一卷

鵲橋仙 菱

連汀接溆縈蒲帶藻萬鏡香浮光滿濕烟吹霽木蘭輕照波底紅嬌翠婉　玉纖採來銀籠攜去一曲山長水

遠緑鴛雙慣貼人飛恨南浦離多夢短

蘭陵王 荷花

蓼汀側朝露依依弄色知何許湘女淡妝羽節飛來帶秋碧輕裙素綃織誰與明璫競飾無言處相倚遡洄應有柔情正堆積 當年駐香鷁記草媚羅裙波映文席闕斜陽返照暮雨濕愛天際涼入 愁寂念疇昔謾太華峯頭幽夢尋覓兩今兩鬢如花白但一線才思半星心力新詞奇句

便做有怎道得

滿庭芳 促織

月洗高梧露溥幽草寶釵樓外秋深土花沿翠螢火墜牆陰靜聽寒聲斷續微韻轉淒咽悲沉爭求侶殷勤勸織促破曉機心　兒時曾記得呼燈灌穴斂步隨音任滿身花影猶自追尋攜向畫堂試鬬亭臺小籠巧裝金今休說從渠林下涼夜聽孤吟

杜旟 字伯高號橋齋金華人呂成公門下士與弟四人並有名譽

陳同甫云伯高奔風逸足而鳴以和鸞仲高麗句晏叔原不得擅美叔高戈矛森立有吞虎食牛之氣左右輝映匪獨一門之盛可謂一時之豪 葉正則贈幼高云杜子五兄弟詞林俱
上頭

酹江月 石頭城

江山如此是天開萬古東南王氣一自髯孫橫短策坐使英雄鵲起玉樹聲銷金蓮影散多少傷心事千年遼鶴併疑城郭非是 當日萬駟雲屯潮生潮落處石頭孤峙人笑褚淵今齒冷只有袁公不死斜日荒烟神州

何在欲墮新亭淚元龍老矣世間何限餘子

摸魚兒 湖上

放扁舟萬山環處平鋪碧浪千頃仙人憐我征塵久借與夢遊清枕風乍靜望兩岸羣峯倒浸玻瓈影樓臺相映更日薄烟輕荷花似醉飛鳥墮寒鏡 中都內羅綺千街萬井天教此地幽勝仇池仙伯今何在隄柳幾眠還醒君試問問此意只今更有何人領功名未竟待學取鴟夷仍携西子來動五湖興

驀山溪

春風如客可是繁華主紅紫未全開早綠遍江南千樹一番新火多少倦遊人纎腰柳不知愁猶作風前舞小闌干外兩兩幽禽語問我不歸家有佳人天寒日暮老來心事惟只有春知江頭路帶春來更帶春歸去

劉　儗　一云名仙掄字叔儗廬陵人有招山集

黄叔暘云叔擬有招山詩集樂章尢為人所膾炙

菩薩蠻　海棠

東風去了秦樓畔一川烟草無人管芳樹雨初晴黃鸝三聲兩　海棠花已謝春事無多也只有牡丹時知他歸不歸

念奴嬌　送張明之赴京西幕

艅艎東下望西江千里蒼茫烟水試問襄州何處是雉堞連雲天際叔子殘碑臥龍陳迹遺恨斜陽裏後來人物如君瓌偉能幾　其肯為我來耶河陽下士正是強人意勿謂時平無事也便以言兵為諱眼底山河樓頭

鼓角都是英雄淚功名機會要須閒暇先備

又　長沙趙帥席上作

西風何事爲行人掃蕩煩襟如洗悳濕蒸瀾都捲盡一片瀟湘清泚酒病驚秋詩愁入鬢對影人千里楚宫故事一時分付流水　江上買取扁舟排雲湧浪直過金沙尾歸去江南邱壑處不用重尋月姊風露林深芙蓉常冷笑傲烟霞裏草廬如舊臥龍知爲誰起

訴衷情

征衣薄薄不禁風長日雨絲中又是一年春事花信到梧桐　雲漠漠水溶溶去匆匆客懷今夜家在江西身在江東

岳　珂 字肅之號倦翁飛孫管內勸農使知嘉興府歷戶部侍郎淮東總領兼制置使有玉楮集

祝英臺近 北固亭

淡烟橫層霧斂勝槩分雄占月下鳴榔風急怒濤颭闊河無限清愁不堪臨鑑正雙鬢秋風塵染　謾登覽極目萬里沙場事業頻看劒古往今來南北限天壍倚樓

休弄新聲重城門掩歷歷數西州更點

程珌 字懷古休寧人紹興四年進士累官寶文閣學士知制誥兼福建安撫使封新安郡侯以端明殿學士致仕卒贈特進少師有洺水集詞一卷

念奴嬌 憶先廬春山之勝

歸來一笑尚看看趂得人間寒食阿壽牽衣仍問我雙鬢新來添白忽見庭前去年芳草依舊青青色西湖雨後綠波雨岸平拍　天教斷送流年三之一矣又是成疎隅燕子春寒渾未到誰說江南消息玉樹熏香冰桃

翻浪好箇真消息這回歸去松風深處橫笛

王千秋 字錫老東平人有審齋詞一卷

賀新郎 石城弔古

弔古城頭去正高秋霜晴木落路通洲渚欲問紫髯分鼎事只有荒祠烟樹巫覡去久無簫鼓霸業荒涼遺堞墜但蒼崖日閱征帆渡興與廢幾今古 夕陽細草空凝竚試追思當時子敬用心良誤要約劉郎銅雀醉底事遽爭荆楚遂但見蜀吳烽舉致使五官伸脚睡喚諸

兒畫取長陵土遺此恨欲誰語

程先 字傳之休寧人父官團練以偏師禦金人於池州殉節死當録其嗣固讓不受隱居東山遺其子永奇師事晦菴即語録所稱程次卿是也

鎖窻寒 有感

雨洗紅塵雲迷翠麓小車難去淒涼感慨未有今年春暮想曲江水邊麗人影沉香歇誰為主但免葵燕麥風前搖蕩徑花成土　空被多情苦歎嘉會難逢少年幾許紛紛沸閧負了青陽百五待何時重覩太平典衣貫酒

相爾汝算蘭亭有此歡娛又却悲今古

蘇洞字召叟山陰人有泠然閣集

雨中花懷劉改之

十載尊前放歌起舞人間酒戶詩流盡期君凌厲羽翮高秋世事幾如人意儒冠還負身謀歎天生李廣才氣無雙不得封侯　榆關萬里一去飄然片雲甚處神州應悵望家人父子重見無由隴水寂寥傳恨淮山宛轉供愁這回休也燕鴻南北長隅英游

劉圻父 字子家號篁嵲游朱文公之門有麻沙集

花發沁園春 呈史滄洲

換譜伊涼選歌燕趙一番樂事重起花新笑靨柳軟纖腰濟楚衆芳園裏年年佳會長是傍清明天氣正魏紫衣染天香蜀紅妝破春睡 一簇猩羅鳳翠遍東國西城點檢芳事銓齋吏散畫館人稀幾闋管絃清脆人生適意流轉共風光遊戲到遇景取次成歡怎教良夜休醉

詞綜卷十四

欽定四庫全書

詞綜卷十五

翰林院檢討朱彝尊編

宋詞六十六首

姜夔二十二首　陸游十五首

陳亮三首　劉過九首

楊炎六首　張輯十一首

姜夔字堯章鄱陽人流寓吳興有白石詞五卷

范石湖云白石有裁雲縫月之妙手敲金戛玉之奇聲趙子固云白石詞家之中韓也黄叔暘云白石詞極精妙不減清真其高處有美成所不能及　沈伯時云白石清勁知音亦未免有生硬處　張叔夏云姜白石如野雲孤飛去留無迹又云白石詞不惟清

虛且又騷雅讀之使人神觀飛越

探春慢 過雲溪別鄭次皐諸君

衰草愁烟亂鴉送目飛沙迴旋平野拂雪金鞭欺寒茸帽還記章臺走馬誰念漂零久謾贏得幽懷難寫故人青盼相逢小窗閒共情話　長恨離多會少重訪問竹

西珠淚盈把鴈磧沙平漁汀人散老去不堪遊冶無奈苕溪月又喚我扁舟東下甚日歸來梅花零亂春夜

一萼紅 人日登長沙定王臺

古城陰有官梅幾許紅萼未宜簪池面冰膠牆腰雪老雲意還又沉沉翠藤共閒穿徑竹漸笑語驚起臥沙禽野老林泉故王臺榭呼喚登臨　南去北來何事蕩湘雲楚水目極傷心朱戶黏雞金盤簇燕空歎時序侵尋記曾共西樓雅集想垂柳還裊萬絲金待得歸鞍到時

只怕春深

揚州慢 淳熙丙申至日過揚州

淮左名都竹西佳處解鞍少駐初程過春風十里盡薺麥青青自胡馬窺江去後廢池喬木猶厭言兵漸黃昏清角吹寒都在空城　杜郎俊賞算如今重到須驚縱荳蔻詞工青樓夢好難賦深情二十四橋仍在波心蕩冷月無聲念橋邊紅藥年年知為誰生

點絳脣 吳淞

燕鴈無心太湖西畔隨雲去數峯清苦商畧黄昏雨
第四橋邊擬共天隨住今何許凭欄懷古殘柳參差舞

暗香 石湖詠梅

舊時月色算幾番照我梅邊吹笛喚起玉人不管清寒
與攀摘何遜而今漸老都忘却春風詞筆但怪得竹外
踈花香冷入瑶席 江國正寂寂歎寄與路遥夜雪初
積翠尊易泣紅蕚無言耿相憶長記曾携手處千樹壓
西湖寒碧又片片吹盡也幾時見得

踈影 前題

苔枝綴玉有翠禽小小枝上同宿客裏相逢籬角黃昏無言自倚修竹昭君不慣胡沙遠但暗憶江南江北想珮環月下歸來化作此花幽獨　猶記深宫舊事那人正睡裏飛近蛾緑莫似春風不管盈盈早與安排金屋還教一片隨波去又却怨玉龍哀曲等恁時重覓幽香已入小窓横幅 張叔夏云暗香踈影二曲前無古人後無來者真為絶唱

長亭怨慢

漸吹盡枝頭香絮是處人家綠深門戶遠浦縈迴暮帆零亂向何許閱人多矣誰得似長亭樹樹若有情時不會得青青如此　日暮望高城不見只見亂山無數韋郎去也怎忘得玉環分付第一是早早歸來怕紅萼無人為主算只有并刀難剪離愁千縷

齊天樂　蟋蟀

庚郎先自吟愁賦淒淒更聞私語露濕銅鋪苔侵石井都是曾聽伊處哀音似訴正思婦無眠起尋機杼曲曲

屏山夜涼獨自甚情緒　西窻又吹暗雨為誰頻斷續相和砧杵候館吟秋離宮弔月別有傷心無數豳詩謾與笑籬落呼燈世間兒女寫入琴絲一聲聲更苦張叔夏云

全章精粹所詠瞭然在目且不留滯於物

念奴嬌　荷花

鬧紅一舸記年時常與鴛鴦為侶三十六陂人未到水佩風裳無數翠葉吹涼玉容消酒更灑菰蒲雨嫣然搖動冷香飛上詩句　日暮青蓋亭亭情人不見爭忍淒

波去只恐舞衣寒易落愁入西風南浦高栁垂陰老魚吹浪留我花間住田田多少幾回沙際歸路

湘月 即念奴嬌之鬲指聲也

五湖舊約問經年底事長負清景暝入西山漸喚我一葉夷猶乘興倦網都收歸禽時度月上汀洲冷中流容與畫橈不點清鏡　誰解喚起湘靈烟鬟霧鬢理哀絃鴻陣玉麈談玄歎坐客多少風流名勝暗栁蕭蕭飛星冉冉夜久知秋信鱸魚應好舊家樂事誰省

淡黃柳 合肥

空城曉一作畫角吹入垂楊陌馬上單衣寒側側看盡鵞黃嫩綠都是江南舊相識　正岑寂明朝又寒食强攜酒小橋宅怕梨花落盡成秋色燕燕飛來問春何在唯有池塘自碧

側犯 芍藥

恨春易去甚春却向揚州住微雨正繭栗梢頭弄詩句紅橋二十四總是行雲處無語漸半脫宮衣笑相顧

金壺細葉千朵圍歌舞誰念我鬢成絲來此共樽俎後日西園綠陰無數寂寞劉郎自脩花譜

惜紅衣荷花

枕簟邀涼琴書換日睡餘無力細灑冰泉并刀破甘碧牆頭唤酒誰問訊城南詩客岑寂高樹晚蟬說西風消息　虹梁水陌魚浪吹香紅衣半狼籍維舟試望故國渺天北可惜渚邊沙外不共美人遊歷問甚時同賦三十六陂秋色

琵琶仙 吴興

雙槳來時有人似舊曲桃根桃葉歌扇輕約飛花蛾眉正奇絶春漸遠汀洲自緑更添了幾聲啼鴂十里揚州三生杜牧前事休説 又還是宫燭分烟奈愁裏匆匆換時節都把一襟芳思與空階榆莢千萬縷藏鴉細柳為玉尊起舞迴雪想見西出陽關故人初别

凄涼犯 合肥秋夕

緑楊巷陌西風起邊城一片離索馬嘶漸遠人歸甚處

戍樓吹角情懷正惡更衰草寒烟淡薄似當時將軍部曲迤邐度沙漠 追念西湖上小舫携歌晚花行樂舊游在否想如今翠凋紅落謾寫羊裙等新鴈來時繫著怕匆匆不肯寄與悞後約

翠樓吟 武昌安遠樓成

月冷龍沙塵清虎落今年漢酺初賜新翻胡部曲聽氊幕元戎歌吹層樓高峙看檻曲縈紅簷牙飛翠人姝麗粉香吹下夜寒風細 此地宜有神仙擁素雲黃鶴與

君游戲玉梯凝望久歎芳草萋萋千里天涯情味仗酒祓清愁花消英氣西山外晚來還捲一簾秋霽

法曲獻仙音 張彥遠官舍

虛閣籠寒小簾通月暮色偏宜高處樹隔離宮水平馳道湖山盡入尊俎奈楚客淹留久砧聲帶愁去 屢回顧過秋風未成歸計誰念我重見冷楓紅舞喚起淡妝人問逋仙今在何許象筆鸞箋甚而今不道秀句怕平生幽恨化作沙邊烟雨

看垂楊連苑杜若吹沙愁損未歸眼信馬青樓去重簾下娉婷人妙飛燕翠尊共款聽艷歌郎意先感便携手月地雲堦裏愛良夜微煖　無限風流疎散有暗藏弓履偷寄香翰明月聞津鼓湘江上催人還解春纜亂紅萬點悵斷魂烟水遙遠又爭似相携乘一舸鎮長見

眉嫵　戲張仲遠

石湖仙　寄石湖處士

松江烟浦是千古三高游衍佳處須信石湖仙似鴟夷

翩然引去浮雲安在我自愛綠香紅嫵容與看世間幾度今古　盧溝舊曾駐馬為黃花閒吟秀句見說健兒也學綸巾敧羽玉友金蕉玉人金縷緩移箏柱聞好語明年定在槐府

解連環

玉鞍重倚卻沈吟未上又縈離思為大喬能撥春風小喬妙攜箏鴈啼秋水柳怯雲鬆更何必十分梳洗道郎攜羽扇那日隔簾半面曾記　西窗夜涼雨霽歎幽歡

未足何事輕棄問後約空指薔薇算如此溪山甚時重至水驛燈昏又見在曲屏近底念惟有夜來皓月照伊自睡

八歸 湖中送胡德華

芳蓮墜粉踈桐吹緑庭院暗雨乍歇無端抱影銷魂處還見篠牆螢暗蘚堦蛩切送客重尋西去路問水面琵琶誰撥最可惜一片江山總付與啼鴂 長恨相從未款而今何事又對西風離别渚寒烟淡棹移人遠縹緲

行舟如葉想文君望久倚竹愁生步羅襪歸來後翠尊雙飲下了珠簾玲瓏閒看月

玲瓏四犯 越中歲暮

疊鼓夜寒垂燈春淺匆匆時事如許倦遊歡意少俛仰悲今古江淹又吟恨賦記當時送君南浦萬里乾坤百年身世惟有此情苦　揚州柳垂官路有輕盈換馬端正窺戶酒醒明月下夢逐潮聲去文章信美知何用謾贏得天涯羈旅教說與春來要尋花伴侶

陸游

字務觀山陰人以蔭補登仕郎隆興初賜進士出身范成大帥蜀為參議官人譏其頹放因自號放翁嘉泰初詔同修國史升寶章閣待制有劍南集詞二卷

劉潛夫云放翁稼軒一掃纖艷不事斧鑿高則高矣但時時掉書袋要是一癖

南鄉子

歸夢寄吳檣水驛江程去路長想見芳洲初繫纜斜陽烟樹參差認武昌　愁鬢點新霜曾是朝衣惹御香重到故鄉交舊少淒涼却恐他鄉勝故鄉

好事近

湓口放船歸薄暮散花洲宿兩岸白蘋紅蓼映一蓑新緑 有沽酒處便為家菱芡四時足明日又乗風去任江南江北

朝中措

怕歌愁舞懶逢迎妝晚託春酲總是向人深處當時枉道無情 闗心近日啼紅密訴剪緑深盟杏館花陰恨淺畫堂銀燭嫌明

又

鼕鼕儺鼓餞流年燭焰動金船綵燕難尋前夢酥花空點春妍　文園謝病蘭成久旅回首淒然明月梅山笛夜和風禹廟鶯天

水龍吟　春日游摩訶池

摩訶池上追游路紅綠參差春晚韶光妍媚海棠如醉桃花欲暖挑菜初閒禁烟將近一城絲管看金鞍爭道香車飛蓋爭先占新亭館　惆悵年華暗換黯銷魂雨收雲散鏡奩掩月釵梁折鳳秦箏斜鴈身在天涯亂山

孤壘危樓飛觀歎春來只有楊花和恨向東風滿

采桑子

寶釵樓上妝梳晚嬾上秋千閒撥沈烟金縷衣寬睡髻偏　鱗鴻不寄遼東信又是經年彈淚花前愁入春風十四絃

漁家傲 寄仲高

東望山陰何處是往來一萬三千里寫得家書空滿紙流清淚書回已是明年事　寄語紅橋橋下水扁舟何

日尋兄弟行徧天涯真老矣愁無寐鬢絲幾縷茶烟裏

極相思

江頭疎雨輕烟寒食落花天翻紅墜素殘霞暗錦一段凄然　惆悵東君堪恨處也不念冷落樽前那堪更看漫空相趁柳絮榆錢

雙頭蓮　呈范至能待制

華髮星星驚壯志成虛此身如寄蕭條病驥向暗裏消盡當年豪氣夢斷故國山川隔重重烟水身萬里舊社

凋零青門俊遊誰記　盡道錦里繁華歎官閒晝永柴荆添睡清愁自醉念此際付與何人心事縱有楚柁吳檣知何時東逝空悵望鱠美菰香秋風又起

鵲橋仙

華燈縱博雕鞍馳射誰記當年豪舉酒徒一半取封侯獨去作江邊漁父　輕舟八尺低篷三扇占斷蘋洲烟雨鏡湖元自屬閒人又何必官家賜與

又　夜聞杜鵑

茅簷人靜蓬窗燈暗春晚連江風雨林鶯巢燕總無聲但月夜常啼杜宇 催成清淚驚殘孤夢又揀深枝飛去故山猶自不堪聽況半世飄然羇旅

感皇恩

小閣倚秋空下臨江渚漠漠孤雲未成雨數聲新鴈回首杜陵何處壯心空萬里人誰許 黃閣紫樞築壇開府莫怕功名欠人做如今熟計只有故鄉歸路石帆山脚下菱三畝

沁園春 三榮橫谿閣小宴

粉破梅梢綠動萱叢春意已深漸珠簾低捲筇枝微步氷開躍鯉林暖鳴禽荔子扶踈竹枝哀怨濁酒一尊和淚斟凭欄久歎山川冉冉歲月駸駸　當時豈料如今謾一事無成霜鬢侵看故人强半沙堤黃閣魚懸帶玉貂映蟬金許國雖堅朝天無路萬里淒涼誰寄音東風裏有灞橋烟柳知我歸心

又

一別秦樓轉眼新春又近放燈憶盈盈倩笑纖纖柔握雪香花語玉暖酥凝念遠愁腸傷春病思自怪平生殊未曾君知否漸香消蜀錦淚漬吳綾　難求繫日長繩況倦客飄零少舊朋但江郊鴈起漁村笛遠寒釭委燼孤硯生冰水繞山圍烟昏雲慘縱有高臺常怯登消魂處是魚箋不到鄉夢無憑

真珠簾

山村水館參差路感羈游正似殘春風絮掠地穿簾知

是竟歸何處鏡裏新霜空自憫問幾時鸞臺鼇署遲暮謾憑高懷遠書空獨語　自古儒冠多誤悔當年早不扁舟歸去醉下白蘋洲看夕陽鷗鷺菰菜鱸魚都棄了只換得青衫塵土休顧早收身江上一蓑烟雨

陳　亮　字同父永康人淳熙中詣闕上書孝宗欲官之亟渡江歸至光宗策進士擢第一授僉書建康府判官廳公事未至官而卒端平初謚文毅有龍川集詞一卷

水龍吟

鬧花深處層樓畫簾半捲東風軟春歸翠陌平莎茸嫩

垂楊金淺遲日催花淡雲閣雨輕寒輕暖恨芳菲世界
游人未賞都付與鶯和燕　寂寞憑高念遠向南樓一
聲歸鴈金釵鬭草青絲勒馬風流雲散羅綬分香翠綃
封淚幾多幽怨正銷魂又是疎烟淡月子規聲斷

洞仙歌 秋雨追次李元膺韻

瑣窗秋暮夢高唐人困獨立西風萬千恨又簷花落處
消碎空堦芙蓉怨無限秋容老盡　枯荷催欲折多少
離聲鎖斷天涯訴幽悶似蓬山去後方士來時揮粉淚

點點梨花香潤斷送得人間夜霖鈴更落葉梧桐孤燈成暈

虞美人

東風蕩颺輕雲縷時送瀟瀟雨水邊臺榭燕新歸一點香泥濕帶落花飛　海棠糝徑鋪香繡依舊成春瘦黄昏庭院柳啼鴉記得那人和月折梨花

劉過　字改之襄陽人一云太和人有龍洲詞一卷

黄叔暘云改之稼軒之客詞多壯語蓋學稼軒者也　陶九成云改之造詞贍逸有思致

沁園春二首尤纖麗可愛

賀新郎 贈鄉人朱唐卿

多病劉郎瘦最傷心天寒歲晚客他鄉久大舸翩翩何許至元是高陽舊友便一笑相歡攜手與問武昌城下月又何如楊子江頭柳追往事兩眉皺　燭花自剪明如晝喚青娥小紅樓上殷勤勸酒昵昵琵琶恩怨語春筍輕籠翠袖看舞徽金釵微溜若見故鄉吾父老道長安市上强如舊重會面幾時又

又 去年秋余試牒四明賦贈老娼至今天下與禁中皆歌之江西人來以為鄧南秀所作非也

老去相如倦向文君説似而今怎生消遣衣袂京塵曽染處空有香紅尚軟料彼此魂消腸斷一枕新涼眠客舍聽梧桐疎雨秋風顫燈暈冷記初見　樓低不放珠簾捲晚妝殘翠蛾狼籍淚痕流臉人道愁來須殢酒無奈愁深酒淺但託意焦琴紈扇莫鼓琵琶江上曲怕荻花楓葉俱淒怨雲萬疊寸心遠

又 西湖

睡覺啼鶯曉醉西湖兩峯日日買花簪帽去盡酒徒無人問惟有玉山自倒任拍手兒童爭笑一舸乘風翩然去避魚龍不見波聲悄歌韻遠喚蘇小　神仙路遠蓬萊島紫雲深參差禁樹有烟花遶人世紅塵西障日百計不如歸好付樂事與他年少費盡柳金梨雪句問沈香亭北何時名心未懨鬢先老

清平樂

新來塞北傳到真消息赤地居民無一粒更五單于爭

立　維師尚父鷹揚熊羆百萬堂堂看取黄金假鉞歸來異姓真王

唐多令 重過武昌

蘆葉滿汀洲寒沙帶淺流二十年重過南樓柳下繫船猶未穩能幾日又中秋　黄鶴斷磯頭故人曾到否舊江山渾是新愁欲買桂花同載酒終不似少年遊

又 重過江南

解纜蓼花灣好風吹去帆二十年重過新灘洛浦凌波

人去後空夢繞翠屏間　飛霧濕征衫蒼著烟樹寒望
星河低處長安綺陌紅樓應笑我為花事過江南

沁園春 美人足

洛浦凌波為誰微步輕生暗塵記踏花芳徑亂紅不損
步苔幽砌嫩綠無痕襯玉羅慳銷金樣窄載不起盈盈
一段春嬉游倦笑教人款撚微褪些跟　有時自度歌
匀悄不覺微尖點拍頻憶金蓮移換文鴛得侶繡茵催
衮舞鳳輕分慪恨深遮牽情半露出沒風前烟縷裙知

何似似一鈎新月淺碧籠雲

又 美人指甲

銷薄春冰碾輕寒玉漸長漸彎見鳳鞋泥汚偎人强剔龍涎香斷撥火輕翻學撫瑶琴時時欲剪更掬水魚鱗波底寒纖柔處試摘花香滿鏤棗成斑 時將粉淚偷彈記綰玉曽教柳傳看筭恩情相著搔便玉體歸期暗數劃遍闌干每到相思沈吟静處斜倚朱脣皓齒間風流甚把仙郎暗掐莫放春閒

行香子山水扇面

佛寺雲邊茅舍山前樹陰中酒旆低懸峯巒空翠溪水清漣只欠桃花欠沙鳥欠漁船　無限風烟景趣天然最宜他隱者盤旋何人村墅若個林泉恰似歙湖似方口似斜川

楊炎號止濟翁廬陵人有西樵語業一卷

鵲橋仙

思歸時節乍寒天氣總是離人愁緒夜來無奈被西風

更吹做一簾秋雨 征衫拂淚闌干倚醉羞對黃花無語寄書除是鴈來時又只恐書成鴈去

蝶戀花 別范南伯

離恨做成春夜雨添得春江剗地東流去弱柳繫船都不住為君愁絶聽鳴艣 君到南徐芳草渡想得尋春依舊當年路後夜獨憐回首處亂山遮莫無重數

又 稼軒坐間作首句用邱六書中語

點檢笙歌多釀酒不放東風獨自迷楊柳院院翠陰停

永晝曲欄隨處堪垂手　昨日解酲今夕又消得情懷
長被春僝僽門外馬嘶人去後亂紅不管花消瘦

秦樓月

東風寂垂楊舞困春無力春無力落紅不管杏花狼籍
斷腸芳草萋萋碧新來怪底相思極相思極冷烟池
館又將寒食

水調歌頭

把酒對斜日無語問西風胭脂何事都做顏色染芙蓉

放眼暮江千頃中有離愁萬斛無處落征鴻天在闌干角人倚醉醒中　千萬里江南北浙西東吾生如寄尚想三徑菊花叢誰是中州豪傑借我五湖舟楫去作釣魚翁故國且回首此意莫匆匆

滿江紅

筆染相思暗題盡朱門白壁動離思春生遠岸烟銷殘日楊柳結成羅帶恨海棠染就胭脂色想深情幽怨繡屛間雙鸂鶒　春水綠春山碧花有恨人無力對一奩

愁思十分孤寂寸寸錦腸渾欲斷盈盈玉淚應偷滴倩東風吹鴈過江南傳消息

張輯 字宗瑞鄱陽人有東澤綺語債二卷

朱湛盧云東澤得詩法于姜堯章世謂謫仙復作不知其又能詞也

踈簾淡月 寓桂枝香

梧桐雨細漸滴做秋聲被風驚碎潤逼衣篝線裊蕙爐沈水悠悠歲月天涯醉一分秋一分憔悴紫簫吹斷素箋恨切夜寒鴻起 又何苦淒涼客裏負草堂春緑竹

溪空翠落葉西風吹老幾番塵世從前諳盡江湖味聽商歌歸興千里露侵宿酒疎簾淡月照人無寐

如此江山 寓齋天樂

西風揚子江頭路扁舟雨晴呼渡岸隔瓜洲津橫蒜石摇盡波聲千古詩人一去但對峙金焦斷磯青樹欲下斜陽長淮渺渺正愁予 中流笑與客語把貂裘為浣半生塵土品水烹茶看碑憶鶴恍似舊曾游處聊憑陸譜問八極神游肯重來否如此江山更蒼烟白鷺

釣船笛 寓好事近

載酒岳陽樓秋入洞庭深碧極目水天無際正白蘋風急 月明不見宿鷗驚醉把玉欄拍誰謂百年心事恰釣船横笛

月當窓 寓霜天曉角

看朱成碧曾醉梅花側相遇匆匆相别又爭似不相識 南北千里隔幾時重見得最苦子規啼處一片月當窓白

山漸青 寓長相思

山無情水無情楊柳飛花春雨晴征衫長短亭 擬行行重行行行 一作吟 到江南第幾程江南山漸青

碧雲深 寓憶秦娥

風淒淒井欄絡緯驚秋啼驚秋啼涼侵好夢月正樓西卷簾望月知心誰闊河空隔長相思長相思碧雲暮合有美人兮

南浦月 寓點絳脣　賦瀟湘漁父

來剪蓴絲江頭一陣鳴蓑雨孤蓬歸路吹得蘋風暮
短髮蕭蕭笑與沙鷗語休歸去玉龍嘶處邀月過南浦

沙頭雨 寓點絳脣

帶醉歸時月華猶在吹簫處曉愁情緒忘却匆匆語
客裏風霜詩鬢空如許江南去岸花迎櫓遙隔沙頭雨

花自落 寓謁金門

春寂寞簾底蕙爐烟薄聽盡歸鴻書怎託相思天一角
象筆鸞箋閒却秀句與誰商略睡起愁懷何處著無

風花自落

垂楊碧 寓謁金門

花半濕睡起一窻晴色千里江南真咫尺醉中歸夢直

前度蘭舟送客雙鯉沈沈消息樓外垂楊如此碧問

春來幾日

闌干萬里心 寓憶王孫

小樓柳色未春深湘月牽情入苦吟翠袖風前冷不禁

怕登臨幾曲闌干萬里心

詞綜卷十五

欽定四庫全書

詞綜卷十六

翰林院檢討朱彛尊編

宋詞六十一首

謝懋四首　黄機十二首

劉鎮四首　危稹一首

吳禮之三首　劉光祖三首

閭邱次杲一首　馬莊父三首

李洪一首　李泳二首
李漳一首　李泝一首
鄭域一首　戴復古一首
黄銖二首　嚴仁五首
易祓一首　趙善扛四首
毛幵四首　王㮙一首
曹豳一首　洪咨夔一首
趙汝迕一首　章穎一首

郭應祥一首　　陸淞一首

謝懋 字勉仲有靜寄居士樂章二卷黄叔暘云居士樂章二卷吳坦伯明為序稱其片言隻字戛玉鏗金蘊藉風流為世所貴

石州引

日脚斜明秋色半陰人意淒楚飛雲特地凝愁做弄晚來微雨誰家別院舞困幾葉霜紅西風送客聞砧杵鞭馬出都門正潮平洲渚　無語匆匆短棹滿載離愁片帆高舉京洛紅塵因念幾年羇旅淺顰輕笑當時風月

逢迎別來誰畫雙眉嫵回首一銷凝望歸鴻容與

洞仙歌 春雨

愁邊雨細漠漠天如醉搖颺游絲晚風外釀輕寒和暝色花柳難勝春自老誰管啼紅斂翠 關情潛入夜斜濕簾櫳幾處挑燈耿無寐念陽臺當日事好伴雲來因箇甚不入襄王夢裏便添起寒潮捲長江又恐是離人斷腸清淚

念奴嬌 中秋呈徐叔至

霽天湛碧正新涼風露冰壺清徹河漢無聲光練練湧出銀蟾孤絶岩桂香飄井梧影轉冷浸宮袍潔西廂往事一簾輕夢悽切　腸斷楚峽雲歸尊前無緒知有愁如髮此夕姮娥應也恨冷落瓊樓金闕禁漏迢迢邊鴻杳杳幽意憑誰決闌干星斗落梅三弄初闋

憶少年 寒食

池塘緑遍王孫芳草依依斜日遊絲捲晴晝繫東風無力　蝶趂幽香蜂釀蜜秋千外臥紅堆碧心情費消遣

更梨花寒食

黄機字幾仲一云字幾叔東陽人有竹齋詩餘一卷

乳燕飛次岳總幹韻

擊碎珊瑚樹為留春怕春欲去駛如風雨春不留兮君休問付與流鶯自語但莫賦緑波南浦世上功名花梢露政何如一笑翻金縷繫白日莫教暮　蒼頭引馬城西路趂池亭荻芽尚短梅心未苦小雨欲晴晴不定漠漠雪飛輕絮算行樂春來幾度鞭影不搖鞍小據過橫

塘試把前山數雙白鷺忽飛去

摸魚兒

惜春歸送春惟有亂紅撲簌如雨亂紅也怨春狼籍搵得淚痕無數腸斷處更喚起羣鴉催發長亭路征鞍難駐但脉脉含顰嗔人底事剛愛逐春去　闌干凭芳草斜陽凝竚愁連滿眼烟樹鬉鬆不理金釵溜鸞鏡一奩香霧花誰主悵玉容寂寞春知否單衣嬾御任門外東風流鶯聲裏盡日攪飛絮

喜遷鶯 香風亭上

平湖百畝種滿湖蓮葉繞堤楊柳冉冉波光輝輝烟影空翠濕雲襟袖靜愜鄰雞啼午喚逼沙鷗眠晝西園路更紅塵不斷蜨酣蜂瘦 知否堪畫處野薺蕪菁胥地鋪茵繡桃李陰邊桑麻叢裏斜矗酒帘誇酒竹寺小依山趾茅店平窺津口春又晚正香風有客倚欄搔首

水龍吟

晴江滾滾東流為誰流得新愁去新愁都在長亭望際

扁舟行處歌罷翻香夢回呵酒別來無據恨荼蘼吹盡櫻桃過了便只恁成孤負　須信情鍾易感數良辰佳期應誤才高自歎彩雲空詠淩波謾賦團扇塵生吟箋淚漬一觴慵舉但叮嚀雙燕明年還解寄平安否

鵲橋仙

一番雨過江頭綠漲催喚扁舟解去重來言語縱堪憑（一作是相寬）怎得似而今且住　陽關聲斷同心未綰簌簌淚珠無數秋鴻春燕往還時莫忘了錦箋分付

酹江月

春愁幾許似春雲藹藹連空無數隱約眉尖偏易得没箇因由分付楊柳烟濃海棠花暗緑漲牆頭路小樓應是有人和淚凝竚　長記寶軸妝成鴛鴦繡嬾輕笑歌金縷香雪精神依舊否風月誰憐虚度帶減衣寛十分顦顇兩下平分取黄昏可更子規聲碎烟塢

傳言玉女 次岳總幹韻

日薄風柔池面欲平還皺紋楸玉子礫礫敲春晝繡衾

半捲花氣濃熏香獸小團初試鞔轤銀甆　夢斷陽臺甚情懷似病酒冰奩羞對比年時更瘦雙燕作歸寄與綠箋紅豆那堪又是牡丹時候

清平樂

西園啼鳥留得春多少客裏情懷無日好愁損連天芳草　博山灰冷香殘微風吹滿銀箋卓午花陰不動一雙蝴蝶團圞

又　江上九日

西風獵獵又是登高節一片情懷無處説秋滿江頭紅葉　誰憐鬢影淒涼新來更點吳霜孤負萸囊菊琖年年客裏重陽

憶秦娥

秋蕭索梧桐落盡西風惡西風惡數聲新鴈數聲殘角離愁不管人飄泊年年孤負黄花約黄花約幾重庭院幾重簾幕

蝶戀花

碧樹涼颸驚畫扇窻戶齊開秋意參差滿先自離愁裁不斷蛩螿更作聲聲怨　山繞千重溪百轉隔了溪山夢也無由見歸計憑誰占近遠銀釭昨夜花如糝

醜奴兒

綺窻撥斷琵琶索一一相思一一相思無限柔情說似誰　銀鉤欲寫回文曲淚滿烏絲淚滿烏絲薄倖知他知不知

劉鎮字叔安南海人嘉泰二年進士自號隨如學者稱為隨如先生

劉濳夫云叔安樂府麗不至褻新不犯陳周柳辛陸之能事庶乎兼之

漢宮春　鄭賀守席上懷舊

日軟風柔望暖紅連島晴綠平川尋芳拾蘂勝伴陌上鮮妍玉驄歸路記青門曾墮吟鞭人去後庭花弄影一簾香月娟娟　追念舊遊何在歎佳期虛度錦瑟華年博山夜來燼冷誰換沈烟屏幃半掩奈夢雲不到愁邊春易老相思無據閒情分付魚箋

水龍吟　丙戌清明和章質夫韻

弄晴臺館收烟侯時有燕泥香墜宿酲未解單衣初試騰騰春思前度桃花去年人面重門深閉記彩鸞別後青驄歸去長亭路芳塵起　十二屏山遍倚任蒼苔點紅如綴黃昏人靜暖香吹月一簾花碎芳意婆娑綠陰風雨畫橋烟水笑多情司馬留春無計濕青衫淚

浣溪沙　丁亥餞元宵

簾幕收燈斷續紅歌臺人散彩雲空夜寒歸路噤魚龍宿醉未消花市月芳心已逐柳塘風丁寧鶯燕莫匆

匆

清平樂 趙園避暑

柳陰庭院簾約風前燕著雨荷花紅半斂消得盈盈綠扇竹光野色生寒玉纖雪藕冰盤長記酒醒人靜暗香吹月闌干

危稹 字逢吉臨川人淳熙進士歷屯田郎出知漳州有巽齋集

漁家傲

老去諸餘情味淺詩情不上閒釵釧寶幌有人紅兩靨

簾間見紫雲元在深深院　十四條絃音調遠柳絲不隔芙蓉面秋入西窗風露晚歸去懶酒酣一任烏巾岸

吳禮之字子和錢唐人有順受老人詞五卷

蝶戀花

滿地落紅初過雨綠樹成陰紫燕風前舞烟草低迷縈小路晝長人靜扃朱戶　沈水香銷新翦苧欹枕朦朧花底聞鶯語春夢又還隨柳絮等閒飛過東牆去

霜天曉角

西風又急細雨黃花濕樓枕一篙烟水蘭舟漾畫橋側念昔空淚滴故人何處覓魂斷菱歌淒怨疎簾外暮山碧

又 王生陶氏月夜共沈西湖賦此弔之

連環易闕難解同心結癡騃佳人才子情緣重怕離別意切人路絶共沈烟水濶蕩漾香魂何處長橋月短橋月

劉光祖 字德脩簡州人登進士第慶元初官侍御史改司農少卿遷起居郎終顯謨閣直學士提

舉嵩山崇福宮卒謚文節有鶴林詞一卷

醉落魄

春風開者一時還共春風謝柳條送我今槐夏不飲香醪孤負人生也 曲塘泉細幽琴寫胡牀滑簟應無價日遲睡起疎簾挂何不歸歟花竹秀而野

洞仙歌 荷花

晚風收暑小池塘荷淨獨倚胡床酒初醒起徘徊時有香氣吹來雲藻亂葉底游魚動影 空擎承露蓋不見

冰容惆悵明妝曉鸞鏡後夜月涼時月淡花低幽夢覺

欲憑誰省且應記臨流凭闌干便遥想江南紅酣千頃

昭君怨

人在醉鄉居住記得舊曾來去疎雨聽芭蕉夢魂遥

惆悵柳烟何處目送落霞江浦明夜月當樓照人愁

閭邱次杲

朝中措 浮遠堂

横江一抹是平沙沙上幾千家到得人家盡處依然水

接天涯　危欄送目翩翩去鷗點點歸鴉漁唱不知何處多應只在蘆花

馬莊父 字子嚴建安人自號古洲居士

二郎神 柳花

日高睡起又恰見柳梢飛絮倩說與年年相挽却又因他相誤南北東西何時定看碧沼青浮無數念蜀郡風流金陵年少那尋張緒　應許雪花比並撲簾堆戶更羽綴游絲氈鋪小徑腸斷鵓鳩喚雨舞態顛狂恨腰輕

怯散了幾回重聚空暗想昔日長亭别酒杜鵑催去

朝中措 竹

龍孫脫穎破苔紋英氣欲凌雲深處未須留客春風自掩柴門 蒲團宴坐輕敲茶臼細撲爐熏彈到琴心三疊鷓鴣啼傍黄昏

孤鸞

沙堤初軟正宿雨初收落梅飄滿可奈東風暗逐馬蹄輕捲湖波又還漲緑粉牆陰日融烟暖驀地刺桐枝上

有一聲春喚　任酒帘飛動畫樓晚便指數燒燈時節非遠陌上叫聲好是賣花行院玉梅對妝雪柳鬧蛾兒象生嬌顫歸去爭先戴取倚寶釵雙燕

李　洪　字子大盧陵人與弟漳泳淦淛著李氏花萼集五卷其姪直倫為之序

浪淘沙　櫻桃

上苑又春殘櫻顆如丹明光宮裏水晶盤想得退朝花底散宣賜千官　往事記金鑾荔子難攀多情更有酪漿寒蜀客筠籠相贈處愁憶長安

李泳 字子永洪弟

賀新郎 感舊

門掩長安道捲重簾垂楊散暑嫩涼生早午夢驚回庭陰翠蝶舞鶯吟未了正露冷芙蓉池沼金鴈塵昏幺絃斷理餘音尚想腰肢裊歡漸遠思還繞　臨皋望極滄江渺晚潮平湘烟萬頃斷虹殘照彩舫凌波分飛後别浦菱花自老問錦鯉何時重到樓迥層城看不見對瀟瀟暮雨憐芳草幽恨濶楚天杳

水調歌頭 題甘將軍廟卷雪樓

危樓雲雨上其下水扶天羣山四合飛動寒翠落簷前盡是清秋闌檻一笑波翻濤怒雪陣卷蒼烟炎暑去無迹清駛久翩翩　夜將闌人欲静月初圓素娥弄影光射空際渺嬋娟不用濯纓垂釣唤取龍宫仙駕耕此萬瓊田横笛望中起吾意已超然

李　漳 字子清一作子申洪弟

多麗

好人人去來欲見無因記當時竊香倚煖豈期蜨散鶼分到而今漫勞夢想歎後會慘啼痕繡閣銀屏知他何處一重山盡一重雲暮天杳梗蹤萍跡還是寄孤村寂寥月今宵為誰虛照黃昏　細追思深誠密意黯然一餉銷魂仗游魚謾傳尺素望塞鴻空憶回紋帳衾寒香銷塵滿博山沈水更誰熏斷腸也無聊情味唯是殢芳樽沈吟久移燈向壁掩上重門

李　浙 字子秀洪弟

踏莎行 送新城交代李達善

紅藥香殘綠筠粉嫩春歸何處尋春信繡鞍初上馬蹄輕舉頭便覺長安近 別酒無情啼妝有恨山城向晚斜陽褪清江極目帶寒烟錦鱗去後憑誰問

鄭域 字中卿號松窗三山人慶元中曾使金著燕谷剽聞

念奴嬌 戊午生日作

嗟來咄去被天公把做小兒調戲踏雪龍庭歸未久還促炎州行李不半年間北燕南越一萬三千里征衫著

破著衫人可知矣　休問海角天涯黄蕉丹荔自足供甘旨泛綠依紅無箇事時舞斑衣而已救蟻藤橋養魚盆沼是亦經綸耳伊周安在且須學老萊子

戴復古字式之天台人陸游門人有石屏集詞一卷

清平樂興國軍呈李司直

今朝欲去忽有留人處説與江頭楊柳樹繫我扁舟且住　十分酒興詩腸難禁冷落秋光借取春風一笑狂夫到老猶狂

黄銖字子厚建安人有穀城集

江神子晚泊分水

秋風嫋嫋夕陽紅晚烟濃暮雲重萬疊青山山外叫歸鴻獨上高樓三百尺憑玉楯睇層空　人間日月去匆匆碧梧桐又西風北去南來消盡幾英雄擲下玉尊天外去多少事不言中

漁家傲朱晦翁示歐陽公鼓子詞戲賦

永日離憂千萬緒雪舟遠汎清漳浦珍重故人寒夜雨

揮玉麈沈沈畫閣凝香霧　風砌落花留不住紅蜂翠蜨間飛舞明日柳陰江上路雲起處蒼山萬疊人歸去

嚴　仁　字次山邵武人與同族嚴羽嚴參時稱邵武三嚴有清江欸乃一卷

黄叔暘云次山詞極能道閨閣之趣

玉樓春

春風只在園西畔薺菜花繁蝴蝶亂冰池晴緑照還空香徑落紅吹已斷　意長翻恨遊絲短盡日相思羅帶緩寶奩如月不欺人明日歸來君試看

好事近 舟行

曉色未分明，敲動月邊鼉鼓。卯酒一杯徑醉，又別君南浦。　春江如席照晴空，大船夾雙櫓。腸斷斜陽渡口，正落紅如雨。

一落索

清曉鶯啼紅樹，又一雙飛去。日高花氣撲人來，獨自箇、傷春無緒。　別後暗寬金縷，倩誰傳語。一春不忍上高樓，為怕見、分攜處。

鷓鴣天

一曲危絃斷客腸津橋捩柁轉牙檣江心雲帶蒲帆重樓上風吹粉淚香　瑶草碧柳芽黄載將離恨過瀟湘請君看取東流水方識人間别意長

又

行盡春山春事空别愁離恨滿江東三更鼓潤官樓雨五夜燈殘客舍風　寒淡淡曉朧朧黄雞催斷丑時鐘紫騮嚼勒金銜響衝破飛花一道紅

易祓字彦祥一作彦章長沙人一云寧鄉人寧宗朝賜進士第一累官禮部尚書有山齋集

驀山溪

海棠枝上留得嬌鶯語雙燕幾時來並飛入東風院宇夢回芳草綠遍舊池塘梨花雪桃花雨畢竟春誰主東郊拾翠襟袖霑飛絮寶馬趁雕輪亂紅中香塵滿路十千斗酒相與買春閒吳姬唱秦娥舞擁醉青樓暮

趙善扛字文鼎宗室號解林居士

重疊金

玉關芳草粘天碧春風萬里思行客嬌馬向風嘶道歸猶未歸 南雲新有鴈望眼愁邊斷膏沐為誰容倚樓烟雨中

十拍子 上巳

柳絮飛時緑暗荼蘼開後春酣花外青帘迷酒思陌上晴光收翠嵐佳辰三月三 解珮人逢游女踏青草鬭宜男醉倚畫欄欄檻北夢遶清江江水南飛鸞與共驂

宴清都 餞明遠兄縣丞滿赴調

疎柳無情緒都不管渡頭行客欲去猶依賴得玉光萬頃為人留住相從歲月如驚歎回首離歌又賦更舉目斜照沈沈西風剪剪秋墅　君行定憶南池歌筵舞地花晨月午八甎步日三雍奏樂送君雲路別情未抵遺愛試聽取湖山共語便可能無意同傾一尊露醑

賀新郎

晝永重簾捲乍池塘一番過雨芰荷初展竹引新梢半含粉綠蔭扶疎滿院過花絮蜨稀蜂懶窓户沈沈人不

到伴清幽時有流鶯囀凝思久意何限　玉釵墜枕風鬟顫湛虛堂壺冰瑩徹簟波零亂自是仙姿清無暑月影空隨素扇破午睡香銷餘篆一枕湖山千里夢正白蘋烟棹歸來晚雲弄碧楚天遠

毛幵 字平仲信安人仕止州倅有樵隱詞一卷

滿庭芳 自宛陵易倅東陽留別諸同寮

世事難窮人生無定偶然蓬轉萍浮為誰教我從宦到東州還似翩翩海燕舞春至歸及涼秋回頭笑渾家數

口又泛五湖舟　悠悠當此去黄童白叟莫謾相留但谿山好處深負重游珍重諸公送我臨岐淚欲語先流應須記從今風月相憶在南樓

滿江紅

潑火初收秋千外輕烟漠漠春漸遠緑楊芳草燕飛池閣已著單衣寒食後夜來還是東風惡對空山寂寂杜鵑啼梨花落　傷别恨閒情作十載事驚如昨向花前月下共誰行樂飛蓋低迷南苑路湔裙悵望東城約但

老來顚頷惜春心年年覺

謁金門

春已半芳草池塘緑遍山北山南花爛漫日長蜂蝶亂閒掩屏山六扇夢好强教鶯斷愁對畫梁雙語燕故人心不見

畫堂春

華燈收盡雪初殘踏青還爾遊盤落梅强半已飛翻刻地春寒　多病故人日遠幾時雙燕來還可憐樓上一

凭闌不見長安

王　埜一作或字子文號潛齋金華人以文介蔭補官嘉定十二年進士第寶祐初拜端明殿學士僉書樞密院事封吳郡侯卒贈七官位特進

西河

天下事問天怎忍如此陵圖誰把獻君王結愁未已少豪氣槩總成塵空餘白骨黄葦　千古恨吾老矣東游曾吊淮水繡春臺上一回登一回揾淚醉歸撫劍倚西風江濤猶壯人意　只今袖手野色裏望長淮猶二千

里縱有英心誰寄近新來又報烽烟起絶域張騫歸來

未

曹豳 字西士號東畝瑞安人嘉泰二年進士第累官左司諫以論事忤旨遷起居郎進禮部侍郎以寶章閣待制致仕謚文恭

西河 和王潛齋韻

今日事何人弄得如此漫漫白骨蔽川原恨何日已關河萬里寂無烟月明空照蘆葦 謾哀痛無及矣無情莫問江水西風落日慘新亭幾人墮淚戰和何者是良

籌扶危但看天意　只今寂寞數澤裏豈無人高卧閭里試問安危誰寄定相將有詔催公起須信前書言猶未

洪咨夔 字舜俞於潛人嘉定二年進士累遷吏部侍郎兼給事中進刑部尚書拜翰林學士知制誥加端明殿學士卒贈兩官有平齋集詞一卷

眼兒媚

平沙芳草渡頭村綠遍去年痕遊絲下上流鶯來往無限消魂　綺窗深靜人歸晚金鴨水沈溫海棠影下子

規聲裏立盡黃昏

趙汝迕 字叔午樂清人嘉定中登第僉判雷州以詩忤權要謫官尋卒

清平樂

初鶯細雨楊柳低愁縷烟浦花橋如夢裏猶記倚樓別語 小屏依舊圍香恨抛薄醉淺妝判却寸心雙淚爲他花月淒涼

章穎 字茂獻臨江軍人第進士累官禮部尚書兼侍讀贈光祿大夫謚文肅

小重山

柳暗花明春事深小欄紅芍藥已抽簪雨餘風軟碎鳴琴遲遲日猶帶一分陰　把酒莫沈吟身閒無箇事且登臨舊游何處不堪尋無尋處惟有少年心

郭應祥字承禧臨江人嘉定間進士官楚越間有笑笑詞一卷

玉樓春

匆匆相遇匆匆去恰似當初元未遇生憎黃土嶺頭塵强學章臺街裏絮　雨荒三徑雲迷路總是離人堪恨處從今對酒與當歌空惹離情千萬緒

陸淞 字子逸會稽人左丞佃之孫耆舊續聞稱為陸辰州

瑞鶴仙

臉霞紅印枕睡起來冠兒猶是不整屏間麝煤冷但眉山壓翠淚珠彈粉堂深晝永燕交飛風簾露井悵無人與說相思近日帶圍寬盡　重省殘燈朱幌淡月疎窗那時風景陽臺路迥雲雨夢便無準待歸來先指花梢教看却把心期細問問因循過了青春怎生意穩 張叔夏云景中帶情屏去浮艷

詞綜卷十六

欽定四庫全書

詞綜卷十七

翰林院檢討朱彝尊編

宋詞六十首

盧祖臯十四首　高觀國二十首

史達祖二十六首

盧祖臯字申之永嘉人一云邛州人慶元中登第嘉定中為軍器少監有蒲江集詞一卷

黄叔暘云蒲江樂章甚工字字可入律吕

倦尋芳

香泥壘燕密葉巢鶯春晴寒淺花徑風柔著地舞裀紅軟鬭草烟欺羅袂薄秋千影落春遊倦醉歸來記寶帳歌慵錦屏香暖　別來悵光陰容易還又荼蘼牡丹開遍妒恨疎狂那更柳花迎面鴻羽難憑芳信短長安猶近歸期遠倚危樓但鎮日繡簾高捲

西江月

燕掠晴絲裊裊魚吹水葉粼粼禁街微雨灑芳塵寒食

清明相近　謾著宮羅試煖閒呼社酒酬春晚風簾幕
悄無人二十四番花信

清平樂

柳邊深院燕語明如怨消息無憑聽又懶隔斷畫屏雙
扇寶盃金縷紅牙醉魂幾度兒家何處一春游蕩夢
中猶恨楊花

烏夜啼

段段寒沙淺水蕭蕭暮雨孤篷香羅不共征衫遠砧杵

客愁中別恨慵看楊柳歸期暗數芙蓉碧梧聲到紗
窓曉昨夜已秋風

又西湖

漾煖紋波颭颭吹晴絲雨濛濛輕衫短帽西湖路花氣
撲春驄　鬭草褰衣濕翠千秋瞥眼飛紅日長不放春
醪困立盡海棠風

謁金門

蘭棹舉相趂落紅飛去一隙輕簾凝睇處柳絲牽不住

昨日翠蛾金縷今夜碧波烟渚好夢無憑窓又雨天涯知幾許

又

閒院宇獨自行來行去花片無聲簾外雨峭寒生碧樹做弄清明時序料理春醒情緒憶得歸時停棹處畫橋看落絮

水龍吟 淮西重午

會昌湖上扁舟幾年不醉西山路流光又是宮衣初試

安榴半吐千里江山滿川烟草薰風淮楚念離騷恨遠
獨醒人去闌干外誰懷古　亦有魚龍戲舞艷晴川綺
羅歌鼓鄉情節意樽前同是天涯羈旅漲緑池塘翠陰
庭院歸期無據問明年此夜一眉新月照人何處

又　荼蘼

蕩紅流水無聲暮烟細草粘天遠低徊倦蝶往來忙燕
芳期頓懶緑霧迷牆翠虬騰架雪明香暖笑依依欲挽
春風教住還疑是相逢晚　不似梅妝瘦減占人間丰

神蕭散攀條弄蘂天涯猶記曲欄小院老去情懷酒邊風味有時重見對枕幃空想東窗舊夢帶將離恨

洞仙歌 茉莉

玉肌翠袖較似荼蘼瘦幾度熏醒夜窗酒問炎州何事得許清涼塵不到一段氷壺剪就 晚來庭戶悄暗數流光細拾芳英黯回首念日暮江東偏為魂銷人易老幽韻清標似舊正紋簟如波帳如烟更奈向月明露濃時候

鷓鴣天

庭緑初圓結蔭濃香溝收拾樹梢紅池塘少歇鳴蛙雨簾幕輕迴舞燕風　春又老笑誰同澹烟斜日小樓東相思一曲臨風笛吹過雲山第幾重

魚游春水

離愁禁不去好夢别來無覔處風翻征袂觸目年芳如許軟紅塵裏鳴鞭鐙拾翠叢中勾伴侶都負歲時暗關情緒　昨夜山陰杜宇似把歸期驚倦旅遥知樓倚東

風凝顰暗數實香拂拂遺鴛錦心事悠悠尋燕語芳草暮寒亂花微雨

賀新郎

彭傅師於三高祠前作釣雪亭趙子野邀余賦之

挽住風前柳問鴟夷當日扁舟近曾來否月落潮生無限事零落茶烟未久謾留得尊罏依舊可是功名從來誤撫荒祠誰繼風流後今古恨一搔首　江涵鴈影梅花瘦四無塵雪飛雲凍夜窓如畫萬里乾坤清絕處付與漁翁釣叟又恰是題詩時候猛拍闌干呼鷗鷺道他

年我亦垂綸手飛過我共樽酒

沁園春 雙溪狎鷗

幾葉凋楓半篙寒日傍橋繫船愛洞門深鎖人間福地雙溪分占天上星躔破帽敧寒短鞭敲月此地經行知幾年空贏得似沈郎消瘦還欠詩篇　沙鷗伴我愁眠向水驛風亭紅蓼邊有村醪可飲且須同醉溪魚堪鱠切莫論錢笠澤陂頭垂虹亭上橙蟹肥時霜滿天相隨否算江南江北惟有君閒

高觀國字賓王山陰人有竹屋癡語一卷

陳唐卿云竹屋梅谿詞要是不經人道語其妙處少游美成亦未及也　張叔夏云竹屋白石邦卿夢窗格調不凡句法挺異俱能特立清新之意刪削靡曼之詞自成一家

蘭陵王春雨

灑塵閣冪冪天垂似幕春寒峭吹斷萬絲濕影和烟暗簾箔清愁曉來覺佳景悄悄過郤芳郊外鶯恨燕愁不管秋千冷紅索　行雲楚臺約念今古凝情朝暮如昨啼紅濕翠春情薄謾一犂江上半篙堤外勾引輕陰趂

畫角正孤緒寂寞　斑駁止還作聽點點簷聲沈沈春
酌只愁入夜東風惡怕催教花放趲將花落溟濛烟草
夢正遠恨怎託

御街行　詠轎

籐筠巧織花紋細稱穩步如流水踏青陌上雨初晴嫌
怕濕文鴛雙履要人送上逢花須住纔過處香風起
裙兒挂在簾兒裏更不把窓兒閉紅紅白白簇花枝恰
稱得尋春芳意歸來時晚紗籠引道扶下人微醉

又 賦簾

香波半窣深深院正日上花陰淺青絲不動玉鈎閒看翠額輕籠葱蒨鶯聲似隔篆烟微度愛橫影參差滿那回低挂朱欄畔念悶損無人捲窺春偷倚不勝情彷彿見如花嬌面纖柔緩揭瞥然飛去不似春風燕

玲瓏四犯

水外輕陰做弄得飛雲吹斷晴絮駐馬橋西還繫舊時芳樹不見翠陌尋春漫問著小桃無語恨燕鶯不識閒

情却隔亂紅飛去　少年曾失春風意到如今怨恨難訴魂驚萬萬江南遠烟草喚愁如許此意待寫翠箋奈斷腸都無新句問甚時舞鳳歌鸞花底再看仙侶

菩薩蠻

春風吹緑湖邊草春光依舊湖邊道玉勒錦障泥少年游冶時　烟明花似繡且醉旗亭酒斜日照花西歸鴉花外啼

解連環　柳

露條烟葉惹長亭舊恨幾番風月愛細縷先窣輕黃漸拂水藏鴉翠陰相接纎軟風流眉黛淺三眠初歇奈年華又晚縈絆游蜂絮飛晴雪　依依灞橋怨别正千絲萬緒難禁愁絶悵歲久應長新條念曽繫花驄屢停蘭楫弄影揺晴恨閒損春風時節隅郵亭故人望斷舞腰瘦怯

燭影揺紅

别浦潮平遠村帆落烟江冷征鴻相喚著行飛不耐霜

風緊雪意垂垂未定正慘慘雲橫疎影酒醒情緒日晚登臨淒涼誰問　行樂京華軟紅不斷香塵噴試將心事卜歸期終是無憑準寥落年華將盡誤玉人高樓凝恨第一休負西子湖邊江梅春信

喜遷鶯

涼雲歸去再約著晚來西樓風雨水靜簾陰鷗閒菰影秋到露汀烟浦試省喚回幽恨盡是愁邊新句倦登眺動悲涼還在殘蟬吟處　淒楚空見許香鎖霧扃心似

秋蓮苦實瑟彈冰玉臺窺月淺黛可憐偷聚幾時翠溝題葉無復繡簾吹絮鬢華晚念庾郎情在風流誰與

霜天曉角

春雲粉色春水和烟濕試問西湖楊柳東風外幾絲碧望極連翠陌蘭橈雙槳急欲訪莫愁何處旗亭在畫橋側

卜算子

屈指數春來彈指驚春去檐外蛛絲網落花也要留春

住　幾日喜春晴幾夜愁春雨十二雕窻六曲屏題徧

傷春句

少年遊　草

春風吹碧春雲映緑夢曉入芳茵軟襯飛花遠連流水

一望隔香塵　萋萋多少江南舊恨翻憶翠羅裙冷落

閒門淒迷古道烟雨正愁人

齊天樂

碧雲闕處無多雨愁與去帆俱遠倒葦沙閒枯蘭砌冷

寥落寒江秋晚樓陰縱覽正䰟怯清吟病多消黯怕揖西風袖羅香自去年減　風流江左久客舊遊得意處朱簾曾卷載酒春情吹簫夜約猶憶玉嬌香軟塵樓故苑歎璧月空簷夢雲飛觀送絶征鴻楚峰烟數點

又　中秋夜懷梅谿

晚雲知有關山念澄霄卷開清霽素景中分冰盤正溢何曾嬋娟千里危欄靜倚正玉管吹涼翠觴留醉記約清吟錦袍初喚醉䰟起　孤光天地共影浩歌誰與舞

淒涼風味古驛烟寒幽垣夢冷應念秦樓十二歸心對此想斗插天南鴈橫遼水試問姮娥有愁能為寄

玉樓春

春烟淡淡生春水曾記芳洲蘭棹艤岸花香到舞衣邊汀草色分歌扇底　棹沈雲去情千里愁壓雙鴛飛不起十年春事十年心怕說濺裙當日意

永遇樂　次韻弔青樓

淺暈脩蛾脆痕紅粉猶記窺戶香斷奩空塵生砌冷誰

喚青鸞舞春風花信秋宵月約歷歷此心曾許衡芳恨千年怨結玉骨未應成土　木蘭艇子莫愁何在謾繫寒江烟樹事逐雲沈情隨珮冷短夢分今古一抔遙夜孤光難曉多少碎人腸處空淒黯西風細雨盡吹淚去

金人捧露盤

楚宮閒金成屋玉為欄斷雲夢容易驚殘驪歌幾疊至令愁思怯陽關清音恨阻抱哀箏知為誰彈　年華晚月華冷霜華重鬢華斑須念間損雕鞍斜緘小字錦

江三十六鱗寒此情天濶正梅花笛裏關山

鳳栖梧

雲喚隂來鳩喚雨謝了江梅可踏江頭路擷却一番花信阻不成日日春寒去　見説東風桃葉渡岸隔青山依舊横眉嫵歸鴈不如筝上柱一行常見相思苦

賀新郎 梅

月冷霜袍擁見一枝年華又晚粉愁香凍雲隅溪橋人不度的皪春心未縱清影怕寒波摇動更没纖毫塵俗

態倚高情預得春風寵沈凍蜨挂幺鳳　一杯正要吳姬捧想見那柔酥弄白暗香偷送回首羅浮今在否寂寞烟迷翠壠又爭奈桓伊三弄開遍西湖春意爛算群花正作江山夢吟思怯暮雲重

祝英臺近 荷花

擁紅妝翻翠蓋花影暗南浦波面澄霞蘭艇採香去有人水濺湘裙相招晚醉正月上涼生風露　兩凝佇別後歌斷雲閒嬌姿黯無語魂夢西風端的此心苦遙想

芳臉輕顰淩波微步鎮輸與沙邊鷗鷺

清平樂

春蕪雨濕燕子低飛急雲壓前山羣翠失烟水滿湖輕碧　小憐相見灣頭清寒不到青樓請上琵琶絃索今朝破得春愁

史達祖 字邦卿汴人有梅溪詞二卷

姜堯章云邦卿詞奇秀清逸融情景于一家會句意于兩得　張功甫云生詞織綃泉底去塵眼中妥貼輕圓辭情俱到有瓌奇警邁清新閑婉之長而無訑蕩汙淫之失端可分

鑣清真平
眺方回

綺羅香 春雨

做冷欺花將烟困柳千里偷催春暮盡日冥迷愁裏欲飛還住驚粉重蝶宿西園喜泥潤燕歸南浦最妨他佳約風流鈿車不到杜陵路　沈沈江上望極還被春潮晚急難尋官渡隱約遥峰和淚謝娘眉嫵臨斷岸新綠生時是落紅帶愁流處記當日門掩梨花剪燈深夜語

雙雙燕 春燕

過春社了度簾幕中間去年塵冷差池欲住試入舊巢相並還相雕梁藻井又軟語商量不定飄然快拂花梢翠尾分開紅影 芳徑芹泥雨潤愛貼地爭飛競誇輕俊紅樓歸晚看足柳昏花暝應自棲香正穩便忘了天涯芳信愁損翠黛雙蛾日日畫欄獨凭

玉樓春 梨花

玉容寂寞誰為主寒食心情愁幾許前身清淡似梅妝遥夜依微留月住 香迷蝴蝶飛時路雪在秋千來往

處黃昏著了素衣裳深閉重門聽夜雨

萬年歡

兩袖梅風謝橋邊岸痕猶帶陰雪過了匆匆燈市草根青發燕子春愁未醒悞幾處芳音遼絕烟溪上采菉人歸定應愁沁花骨　非干厚情易歇奈燕臺句老難道離別小徑吹衣曾記故里風物多少驚心舊事第一是侵堦羅襪如今但柳髮晞春夜來和露梳月

壽樓春　尋春服感念

裁春衫尋芳記金刀素手同在晴窓幾度因風殘絮照
花斜陽誰念我今無裳自少年消磨疎狂但聽雨挑燈
欹牀病酒多夢睡時妝　飛花去良宵長有絲闌舊曲
金譜新腔最恨湘雲人散楚蘭魂傷身是客愁為鄉算
玉簫猶逢韋郎近寒食人家相思未忘蘋藻香

祝英臺近

落花深芳草暗春到斷腸處金勒驕風欲過大堤去翠
樓葛嶺西邊恰如舊約畫欄映一枝瓊樹　正凝佇芳

意欺月矜春渾欲便偷去多少鶯聲不敢寄愁與謝郎

日日西湖如今歸後幾時見倚簾吹絮

西江月

西月澹窺樓角東風暗落簷牙一燈初見影窗紗又是重簾不下　幽思屢隨芳草閒愁又似楊花楊花芳草遍天涯繡被春寒夜夜

夜行船　正月十八日聞賣杏花有感

不翦春衫愁意態過收燈有些寒在小雨空簾無人深

巷巳早杏花先賣 白髮潘郎寬沈帶怕看山憶他眉黛草色拖裙烟光染鬢長記故園挑菜

蝶戀花

二月東風吹客袂蘇小門前楊柳如腰細胡蝶識人遊冶地舊曾來處花開未 幾夜湖山生夢寐評泊尋芳只怕春寒裏今歲清明逢上巳相思先到濺裙水

臨江仙

草脚青回細膩柳梢緑轉苗條舊遊重到合魂消棹横

春水渡人凭赤欄橋　歸夢有時曾見新愁未肯相饒

酒香紅被夜迢迢莫教無用月來照可憐宵

又

倦客如今老矣舊遊可奈春何幾曾湖上不經過看花

南陌醉駐馬翠樓歌　遠眼愁隨芳草湘裙憶著春羅

枉教裝得舊時多向來簫鼓地曾見柳婆娑

八歸

秋江帶雨寒沙縈水人瞰畫樓愁獨烟蓑散響驚詩思

還被亂鷗飛去秀句難續冷眼盡歸圖畫上認隔岸微茫雲屋想半屬漁市樵村欲暮競燃竹 須信風流未老憑持酒慰此淒涼心目一鞭南陌數篙官渡賴有歌眉舒綠只匆匆遠眺早覺閒愁挂喬木應難禁故人天際望徹淮山相思無雁足

過龍門

醉月小紅樓錦瑟箜篌夜來風雨曉來收幾點落花饒柳絮同為春愁 寄信問晴鷗誰在芳洲綠波寧處有

蘭舟獨對舊時攜手地情思悠悠

秋霽

江水蒼蒼望倦柳愁荷共感秋色廢閣先涼古簾空暮鴈程最嫌風力故園信息愛渠入眼南山碧念上國誰是鱠鱸江漢未歸客　還又歲晚瘦骨臨風夜聞秋聲吹動岑寂露蛩鳴清燈冷屋翻書愁上鬢毛白年少俊遊渾斷得但可憐處無奈苒苒驚魂採香南浦剪梅烟驛

惜黄花 定興道中

涵秋寒渚染霜丹樹尚依稀是來時夢中行路時節正思家遠道仍懷古更對著滿城風雨　黄花無數碧雲欲暮美人兮美人兮未知何處獨自捲簾櫳誰為開尊俎恨不得御風歸去

齊天樂 賦橙

犀紋隱隱黄鶯嫩籬落翠深偷見細雨重移新霜試摘佳處一年秋晚荆江未遠想橘友荒凉木奴嗟怨就説

風流草泥來趂蟹螯健　并刀寒映素手醉䰟沈夜飲
曾倩排遣沆瀣含酸金罍裏玉籔籔吳鹽輕點瑤姬齒
軟待惜取團圓莫教分散入手温存帕羅香自滿

又　白髮

秋風早入潘郎鬢斑斑遽驚如許暖雪侵梳晴絲拂領
裁滿愁城深處瑤簪謾妒便羞插宮花自憐衰暮尚想
春情舊吟淒斷茂陵女　人間公道惟此歎朱顏也恁
容易隨去湼了重緇搔來更短方悔風流相誤郎潛幾

縷漸疎了銅駝俊遊儔侶縱有黟黟奈何詩思苦

又　湖上即席分賦得羽字

鴛鴦拂破蘋花影低低趂涼飛去畫裏移舟詩邊就夢葉葉碧雲分雨芳游自許過柳影閒波水花平渚見說西風為人吹恨上瑤樹　闌干斜照未滿杏牆應望斷春翠偷聚淺約揉香深盟擣月誰是窓閒青羽孤箏幾柱問因甚參差暫成離阻夜色空庭待歸聽俊語

夜合花

柳鎖鶯魂花翻蝶夢自知愁染潘郎輕衫未攬猶將淚點偷藏念前事怯流光早春窺酥雨池塘向銷凝裏梅開半面情滿徐妝　風絲一寸柔腸曾在歌邊惹恨燭底縈香芳機瑞錦如何未織鴛鴦人扶醉月依牆是當初誰敢疎狂把閒言語花房夜久各自思量

東風第一枝

春雪

巧沁蘭心偷粘草甲東風欲障新暖謾疑碧瓦難留信知暮寒較淺行天入鏡做弄出輕鬆纖軟料故園不捲

重簾悞了作來雙燕 青未了柳回白眼紅欲斷杏開素面舊游憶著山陰後盟遂妨上苑熏爐重熨便放慢春衫鍼線怕鳳靴挑菜歸來萬一灞橋相見

又 立春

草脚愁回一作蘇花心夢醒鞭香拂散牛土舊歌空憶珠簾彩筆倦題繡戶粘雞貼燕想占斷東風來處暗惹起一掬相思亂藏翠盤紅縷 今夜覓夢池秀句明日動探花芳緒寄聲沽酒人家款一作俊約嬉一作俊遊伴侶憐

他梅柳怎忍後天街酥雨待過了一月燈期日日醉扶歸去張叔夏云不獨措辭精粹又且見時節風物之感

風流子

紅樓橫落日蕭郎去幾度碧雲飛記窗眼遞香玉臺妝罷馬蹄敲月沙路人歸如今但一鶯通信息雙燕說相思入耳舊歌怕聽金縷斷腸新句羞染烏絲　相逢南溪上桃花嫩嬌樣淺淡羅衣恰是怨深腮赤愁重聲遲悵東風巷陌草迷春恨軟塵庭戶花悞幽期多少寄來

芳字都待還伊

三姝媚

烟光搖縹瓦望晴簷風裊柳花如灑錦瑟横牀想淚痕塵影鳳絃長下倦出犀帷頻夢見王孫驕馬諱道相思偷理綃裙自驚腰衩　惆悵南樓遥夜記翠箔張燈枕肩歌罷又入銅駝遍舊家門巷首詢聲價可惜東風將恨與閒花俱謝記取崔徽模様歸來暗寫

喜遷鶯 元宵

月波凝滴望玉壺天近了無塵隔翠眼圈花冰絲織練黄道寳光相直自憐詩酒瘦難應接許多春色最無頼是隨香趂燭曾伴狂客　蹤跡謾記憶老了杜郎忍聽東風笛柳院燈踈梅廳雪在誰與細傾春碧舊情拘未定猶自學當年游歴怕萬一誤玉人夜寒窗際簾隙

湘江靜

暮草堆青雲浸浦記匆匆倦鴈曾駐漁榔四起沙鷗未落怕愁沾詩句碧袖一聲歌石城怨西風隨去滄波蕩

晚菰蒲弄秋還重到斷魂處　酒易醒思正苦想空山
桂香懸樹三年夢冷孤吟意短屢烟鐘津鼓屐齒屢登
臨移橙後幾番涼雨潘郎漸老風流頓減閒居未賦

陽春

杏花烟梨花月誰與暈開春色坊巷曉愔愔東風斷舊
火銷處近寒食少年蹤跡愁暗隔水南山北還是寶絡
雕鞍被鶯聲喚來香陌　記飛蓋西園寒猶凝驚醉耳
誰家夜笛燈前重簾不挂殢華裾粉淚曾拭如今故里

信息賴海燕年時相識奈芳草正鎖江南夢春衫怨碧

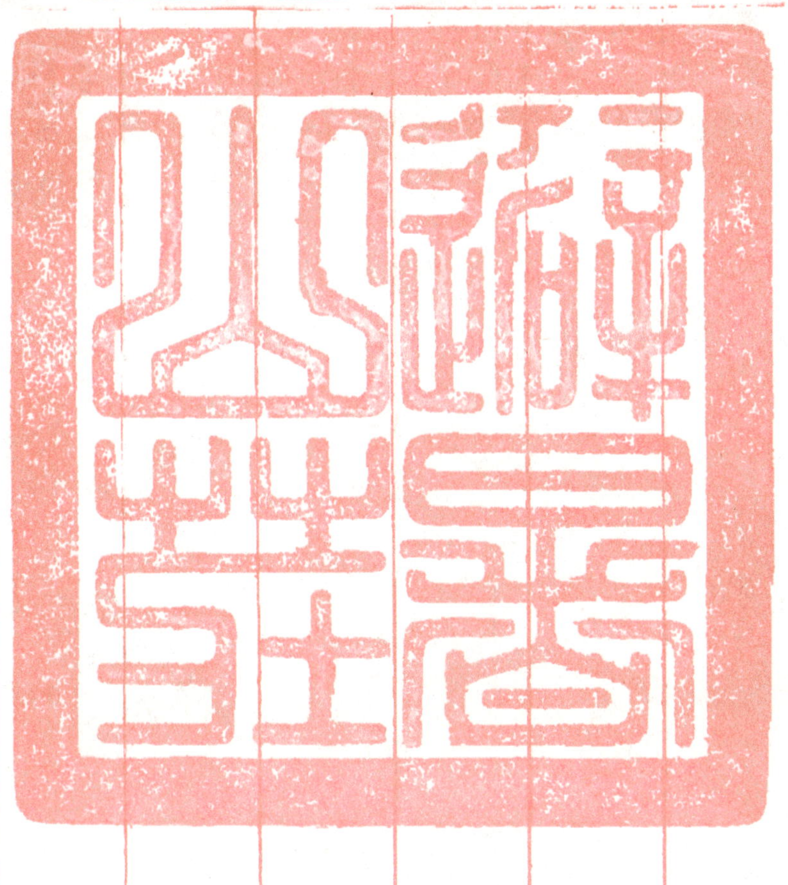

詞綜卷十七

欽定四庫全書

詞綜卷十八

翰林院檢討朱彝尊編

宋詞六十一首

汪莘七首　吳潛五首

李昂英一首　史寯之一首

章謙亨一首　趙以夫八首

陳經國二首　方岳五首

張栔 一首　洪瑹 五首

方千里 四首　汪晫 一首

尹煥 二首　馮取洽 二首

陳以莊 一首　盧炳 四首

沈端節 一首　潘牥 一首

馮艾子 一首　黃昇 四首

文及翁 一首　李芸子 一首

嚴羽 一首　李廷忠 一首

王以寧一首

汪莘字叔耕休寧人嘉定間下詔求言叩閽三上書不報爲慈湖朱晦庵真西山諸公交相歎服後築室柳溪自號方壺居士有方壺存稿詞二卷

杏花天

美人家在江南住每惆悵江南日暮白蘋洲畔花無數還憶瀟湘風度　幸自是斷腸無處怎强作鶯聲燕語東風占斷秦箏柱也逐落花歸去

好事近

夾岍隘桃花花下蒼苔如積驀地輕寒一陣上桃花顔
色　東鄰西舍絶經過新月是相識白玉闌干斜倚作
蓬山春夕

乳燕飛　感秋采楚詞賦此

去郢頻回首正横江蓀橈容與蘭旌悠久悵望龍門都
不見似把長楸辜負念往日佳人為偶獨向芳洲相思
處采蘋花杜若空盈手乘赤豹誰來後　雲中眼界窮
高厚覽山川冀州還在陶唐何有木葉紛紛秋風晚縹

緲瀟湘左右見帝子氷魂相守應記揮絃相對日酬一杯太乙東皇酒問此意君知否

八聲甘州

惜餘春蛺蜨引春來杜鵑趣春歸算何如桃李渾無言說開落忘機多謝黃鸝舊友相逐落花飛芳草連天遠愁殺斜暉　誰向西湖南畔問亭臺在否花木應非看孤山山下惟說隱君盧想錢塘春遊依舊到梨花寒食隘舟車尋常事不須惆悵暮雨沾衣

吳潛字毅夫寧國人嘉定十年進士第一淳祐中叅知政事拜右丞相兼樞密使進左丞相封慶國公改封許國公景定初安置循州卒贈少師有履齋詩餘三卷

滿江紅 滕王閣

萬里西風吹我上滕王高閣正檻外楚山雲漲楚江濤作何處征帆林杪去有時野鳥沙邊落近簾鉤暮雨掩空來今猶昨 秋漸緊添離索天正遠傷漂泊歎十年心事休休莫莫歲月無多人易老乾坤雖大愁難著向黄昏斷送客魂銷城頭角

酹江月　瓜洲會趙南仲端明

紅塵飛騎，報元戎小隊，踏青南陌。雪浪堆邊，呼曉度、吳楚半江分坼。歲月驚心，風埃迷目，相對頭俱白。楊花撩亂，可憐如此春色。　誰道燕燕鶯鶯，多情猶自認得，年時客。重唱江南腸斷句，為我滿傾雲液。畫鼓舟移，金鞍人遠，一晌烟波隔。斜陽冉冉，依然無限悽惻。

二郎神

小樓向晚，正柳鎖、一城烟雨。計十里吳山，繡簾朱户，曾學宮詞内舞浪逐東風無人管但脉脉歳移年度嗟往事未塵新愁還織恁堪重訴　凝竚問春何事飛紅飄絮縱杜曲秦川舊家都在誰寄音書説與野草淒迷暮雲沉黯渾自替人無緒珠淚滴應把寸腸萬結夜帷深處

鵲橋仙

扁舟乍泊危亭孤嘯目斷閒雲千里前山急雨過溪來盡洗却人間暑氣　暮鴉木末落鳧天際都是一番一作

團秋意癡兒騃女賀新凉也不道西風又起

青玉案

十年三過蘇臺路還又是匆匆去迅景流光容易度鷺洲鷗渚葦汀蘆岸總是消魂處　蒼烟欲合斜陽暮付與愁人砌愁句為問新愁愁底許酒邊成醉醉邊成夢夢斷前山雨

李昴英　一作昂英字俊明一云字公昴番禺人一云資州人寶慶中進士第三人任臨汀推官累官吏部侍郎卒謚忠簡有文溪詞一卷

蘭陵王

燕穿幕春在深深院落單衣試龍沫旋熏又怕東風曉寒薄別來情緒惡瘦得腰圍柳弱清明近正似海棠怯雨芳踪飄泊　敘留去年約恨易老嬌鶯每多誤靈鵲碧雲杳緲天涯各望不斷芳草又迷香絮迴文强寫字屢錯淚欲注還閣　孤酌駐春脚更彩局誰收寶軫慵學階除拾取飛花嚼是多少春恨等閒吞却闌干猛拍歎命薄悔舊諾

史雋之 紹定初知江陰軍

望海潮 浮遠堂

危岑孤秀飛軒爽豁空江泱漭黄流吴札故邱春申舊國西風吹换清秋滄海浪初收共登高臨眺尊俎綢繆鳳集高岡駒留空谷接英游　八牕盡控瓊鉤送帆檣杳杳潮汐悠悠今古興懷關河極目愁邊滅没輕鷗淮岸隔重洲認澹霞天末一縷青浮未許英雄老去西北是神州

章謙亨 字牧叔吳興人為鉛山令

念奴嬌 垂楊

垂楊得地在樓臺側畔無人攀折不似津亭舟繫處只伴客愁離別絲過搖金帶鋪新翠雅稱鶯調舌芳筵相映最宜斜挂殘月 却得連日春寒未教輕滾一片庭前雪應恨張郎今老去難比風流時節醉眼渾醒愁眉都展舞困腰肢怯有時微笑把伊綰箇雙結

趙以夫 字用父長樂人端平中知漳州有虛齋樂府二卷

孤鸞 梅

江頭春早問江上寒梅占春多少自照疎星冷秪許春風到幽香不知甚處但迢迢滿河烟草回首誰家竹外有一枝斜好　記當年曾共花前笑念玉雪襟期有誰知道喚起羅浮夢正參横月小淒涼更吹寒管謾相思鬢毛驚老待覔西湖半曲對霜天清曉

龍山會 九日

九日無風雨一笑凭高浩氣横秋宇羣峯青可數寒城

小一水縈迴如縷西北最關情謾遥指東徐南楚黯消魂斜陽冉冉鴈聲悲苦　今朝寒菊依然重上南樓草草成歡聚詩朋休浪賦舊題處俯仰已隨塵土莫放酒行踈清漏短涼蟾當午也全勝白衣未至獨醒凝竚

角招　梅

曉寒薄苔枝上剪成萬點氷蕚暗香無處著立馬斷魂晴雪籬落溪略彴恨寄驛音書遼邈夢遶揚州東閣風流舊日何郎想依然林壑　離索引杯自酌相看冷淡

一笑人如削水雲寒漠漠底處羣仙飛來霜鶴芳姿綽約正月滿瑶臺珠箔徙倚闌干寂寞盡分付許多愁城頭角

徵招 雪

玉壺凍裂琅玕折駸駸逼人衣袂暖絮漲空飛失前山横翠欲低還又起似妝點滿園春意記憶當時剡中情味一溪雲水 天際絶人行高吟處依稀灞橋鄰里更剪剪梅花落雲階月砌化工真解事强勾引老來詩思

楚天暮驛使不來悵曲欄獨倚

二郎神 次陳唯道

野塘暗碧漸點點翠鈿明鏡想畫永珠簾人閒金屋時倚妝臺照影睡起闌干凝思處漫數盡歸鴉棲暝知月下鶯黃雲邊蛾緑為誰重整 曾倩鴈傳鵲報心期罕定奈柳絮浮雲桃花流水長是參差不並莫怨春歸莫愁柘老蠶已三眠將醒腸斷句枉費丹青漠漠水遥烟迥

雙瑞蓮

千機雲錦裡看並蔕新房駢頭芳蘂清標艷態兩兩翠裳霞袂似是商量心事倚緑蓋無言相對天蘸水彩舟過處鴛鴦驚起　縹緲漾影揺香想劉阮風流雙仙姝麗閒情未斷猶戀人間歡會莫待西風吹老薦玉醴碧筒擕醉清露底月照一襟歸思

求遇樂　七夕和劉隨如

雲鴈將秋露螢照夜凉透窗户星網珠疎月奩金小清

絶無點暑天孫河鼓東西相望隱隱光流華渚妝樓上

青瓜玉果多少騃兒癡女　金鍼暗度蛛絲密結便有

繫人心處經歲離思霎時歡愛愁緒空萬縷人間天上

一般情味枉了錦箋囑付又何似吹笙仙子跨黄鶴去

鵲橋仙

翠鈿心事紅樓歡宴深夜沉沉無暑竹邊荷外再相逢

又還逐浮雲飛去　錦箋尚濕珠香未歇空惹閒愁千

縷尋思不似鵲橋人猶自得一年一度

陳經國 嘉禧淳祐間人 有龜峯詞一卷

沁園春 丁酉歲感事

誰使神州百年陸沉青氈未還悵晨星殘月北州豪傑西風斜日東帝江山劉表坐談深源輕進機會失之彈指間傷心事是年年冰合在在風寒　說和說戰都難算未必江沱堪宴安歎封侯心在鱣鯨失水平戎策就虎豹當關渠自無謀事猶可作更剔殘燈抽劍看麒麟閣豈中興人物不盡儒冠

又送陳起莘歸長樂

過了梅花縱有春風不如早還正燕泥日煖草綿別路鶯朝烟淡柳拂征鞍黎嶺天高建溪雷吼歸好不知行路難龜山下漸楊梅初熟盧橘猶酸　名場老我間關分歲晚誅茅湖上山歎龍舒君去尚留破硯魚軒人老長把連環鏡影霜侵衣痕塵暗贏得狂名傳世間君歸日見家林舊竹為報平安

方岳　字巨山祁門人理宗朝兩為文學掌故官中秘書出守袁州有秋厓先生小稿

臺城路 和楚客賦蘆

孤蓬夜傍低叢宿蕭蕭雨聲悲切一岸霜痕半山烟色愁到沙頭枯葉淡雲沒滅黯西風吹老滿汀新雪天豈無情離騷點點送歸客 歸去來兮怎得儘鷺翹鷗倚乍寒時節秋晚山川夕陽浦漵贏得别腸千結濤翻浪疊那得似西來一笻横絶搔首江南鴈銜千里月

滿江紅

且問黄花陶令後幾番重九應解笑秋厓人老不堪詩

酒宇宙一舟吾倦矣山河兩戒君知否倚西風無奈劍花寒虬龍吼　江欲釂談天口秋何負持螯手儘石麟蕪沒斷烟衰柳故國山園青玉案何人印佩黃金斗倘只消江左管夷吾終須有

水調歌頭 平山堂用東坡韻

秋雨一何碧山色倚晴空江南江北愁思分付酒螺紅蘆葉蓬舟千里菰菜蓴羹一夢無語寄歸鴻醉眼渺河洛遺恨夕陽中　蘋洲外山欲暝斂眉峯人間俯仰陳

迹歎息兩仙翁不見當時楊柳只是從前烟雨磨滅幾英雄天地一孤嘯匹馬又西風

又

九日多景樓用吳侍郎韻

醉我一壺玉了此十分秋江濤還比當日擊楫渡中流問訊重陽烟雨俯仰人間今古此意渺滄洲天地幾今夕舉白與君浮　舊黃花新白髮笑重游滿船明月猶在何日大刀頭誰跨揚州鶴去已怨故山猿老借箸欲前籌莫倚闌干北天際是神州

蝶戀花 用韻秋懷

鴈落寒沙秋惻惻明月蘆花共是江南客騎鶴樓高邉羽急柔情不盡淮山碧 世路只催雙鬢白菰菜蓴羮正自令人憶歸夢不知江水隔烟帆飛過平如席

張榘 字方叔潤州人有芸窗詞一卷

青玉案 被檄出郊題陳氏山居

西風亂葉溪橋樹秋在黃花羞澀處滿袖塵埃推不去馬蹄濃露雞聲淡月寂歷荒村路 身名多被儒官誤

十載重來慢如許且盡清樽公莫舞六朝舊事一江流水萬感天涯暮

洪瑹 字叔璵自號空同詞客有詞一卷

驀山溪 憶中都

潮平風穩行色催津鼓回首望重城但滿眼紅雲紫霧分香解佩空記小樓東銀燭暗繡簾垂昵昵凭肩語闗山千里垂柳河橋路燕子又歸來但惹得滿身花雨彩箋不寄蘭夢更無憑燈影下月明中魂斷金釵股

踏莎行

滿滿金盃垂垂玉筯離歌不放行人去醉中扶上木蘭船醒來忘却桃源路　帶綰同心釵分一股斷魂空草高唐賦秋山萬疊水雲深茫茫無著相思處

求遇樂　送春

歌雪徘徊夢雲溶曳欲勸春住薄倖楊花無端杜宇抵死催教去參差烟岫千回百匝不解禁春歸路病厭厭那堪更聽小樓一夜風雨　金釵鬬草玉盤行菜往事

了無憑據合數松兒分香栢子總是牽情處小桃朱戶

題詩在否尚憶去年崔護綠陰中鶯鶯燕燕也應解語

瑞鶴仙

聽梅花吹動涼夜何其明星有爛相看淚如霰問而今

去也何時會面匆匆聚散便作秋鴻社燕最傷心夜來

枕上斷雲零雨何限　因念人生萬事回首悲涼都成

夢幻芳心繾綣空惆悵巫陽館況船頭一轉三千餘里

隱隱高城不見恨無情春水連天片帆如箭

齊天樂

轆轤聲破銀牀凍霜寒又侵鴛被皓月疎鐘悲風斷漏驚起畫樓人睡銀屏十二歎麈滿絲簧暗消金翠可恨風流故人迢遞隔千里　相思情緒最苦舊歡無續處魂夢空費斷鴈無情離鸞有恨空想吳山越水花憔玉悴但翠黛愁横紅鉛淚洗待剪江梅倩誰傳此意

方千里 三衢人有和清真詞

齊天樂

碧紗窗外黃鸝語聲聲似愁春晚岸柳飄綿庭花墮雪惟有平蕪如剪重門向掩看風動疎簾浪鋪湘簟暗想前歡舊遊心事寄詩卷　鱗鴻音信未覩夢魂尋訪後關山又隔無限客館愁思天涯倦跡幾許良宵展轉閒情意遠記密閨深閨繡衾羅薦睡起無人料應眉黛斂

塞垣春　和周清真

四遠天垂野向晚景雕鞍卸吳藍滴草塞綿藏柳風物堪畫對雨收霧霽初晴也正陌上烟光灑聽黃鸝啼紅

樹短長音如寫　懷抱幾多愁年時趂歡會幽雅盡日足相思奈春晝難夜念征塵滿堆襟袖那堪更獨游花陰下一别鬢毛減鏡中霜滿把

醜奴兒

淩波臺畔花如剪幾點吳霜烟淡雲黄東閣何人見晚妝　江南春近書千里誰寄清香别墅横塘鼓角聲中又夕陽

迎春樂

紅深綠暗春無跡芳心蕩冶遊客記揺鞭跋馬銅駝陌

凝睇認珠簾側絮滿愁城風捲白遮多少相思消息

何處約歡期芳草外高樓北

汪晫字處微績溪人開禧中一至闕下不就舉試而歸棲隱山中卒里人私謚曰康範先生

蝶戀花 秋夜簡趙尉

午夜涼生風小住銀漢無聲雲約疎星度佳客欲眠知

未去對牀只欠蕭蕭雨 素月四更山外吐酒醒衾寒

消盡沉烟縷料想玉樓人倚處歸帆日竚烟中浦

尹煥字惟曉山陰人官左司有梅津集

霓裳中序第一 茉莉

青顰粲素靨海國仙人偏耐熱殘盡風香露屑便萬里淩空肯憑蓮葉盈盈步月悄似憐輕去瑤闕人何在憶渠癡小點點愛清絕 愁絕舊遊輕別忍重看瑣香金篋淒涼清夜簟茀杳杳詩魂真化風蝶冷香清到骨夢十里梅花霽雪歸來也嘅嘅心事自共素娥說

唐多令 吳興席上

蘋末轉清商溪聲供夕涼緩傳杯催喚紅妝斜綰烏雲

新浴罷裙拂地水沉香　歌短舊情長重來驚鬢霜悵

綠陰青子成雙說著前歡佯不記一作保　颺蓮子打鴛鴦

周公謹云可與杜牧之尋芳較晚為偶

馮取洽字熙之延平人自號雙溪翁

蝶戀花和玉林韻

秋到雙溪溪上樹葉葉涼聲未省來何許盡拓溪樓窻

與戶倚欄清夜窺河鼓　那得吟朋同此住獨對秋芳

欲寄花無處杖屨相從曾有語未來先自愁君去

摸魚兒 和玉林韻

歎劉郎那回輕別霏霏三落紅雨玄都觀裏應遺恨一抹淡烟殘縷愁望處想霧暗雲深忘却來時路新花舊主記刻羽流商裁紅剪翠山徑日將暮 空枝上時有幽禽對語聲聲如問來否人生行樂須聞健衰老念誰免此吾所與在溪上深深錦繡花千塢何時定去但對酒思君呼兒為我頻唱小桃句

陳以莊字敬叟建安人有月溪集

水龍吟 錢塘記恨

晚來江闊潮平越船吳榜催人去稽山滴翠胥濤濺恨一襟離緒訪柳章臺問桃仙浦物華如故向秋娘渡口泰娘橋畔依稀是相逢處　窈窕青門紫曲舊羅新衣翻金縷舊音怳記輕攏慢撚哀絃危柱金屋難成阿嬌已遠不堪春暮聽一聲杜宇紅殷綠老雨花風絮

盧炳字叔陽有哄堂詞一卷

謁金門

春寂寂節物又催寒食樓上捲簾雙燕入斷魂愁似織
門外雨餘風急滿地落英紅濕好夢驚回無處覓天
涯芳草碧

又

春事寂苦筍鰣魚初食風捲繡簾飛絮入柳絲縈似織
迅速韶光去急雨過緑陰尤濕回首舊遊何處覓遠
山空佇碧

點絳脣

過眼溪山向來都是經行處驂鸞人去冷落吹簫侶小立江亭愁對蒹葭浦無情緒酒杯慵舉閒看江楓舞

踏莎行

秋色人家夕陽洲渚西風催過黃華渡江烟引素忽飛來水禽破暝雙雙去 奔走紅塵棲遲羈旅斷腸猶憶江南句白雲低處鴈回峯明朝便踏瀟湘路

沈端節字約之吳興人有克齋詞一卷

虞美人

去年寒食初相見花上雙飛燕今年寒食又花開垂下重簾不許燕歸來　隔簾聽燕呢喃語似說相思苦東君都不管閒愁一任落花飛絮兩悠悠

潘牥 初名公筠夢南臺人持方牛首與之遂易名字庭堅閩縣人端平初進士通判潭州有紫巖集

羽仙歌

雕簷綺戸倚晴空如畫曾是吳王舊臺榭自綄紗人去後落日平蕪行雲斷幾見花開花謝　淒涼闌檻外一

簇青山多少圖王共爭覇莫閒愁金杯瀲灩對酒當歌歡娛地夢中興亡休話漸倚遍西風晚潮生明月裏鷺鷥背人飛下

馮艾子字偉壽號雲月雙溪子

黄叔暘云偉壽精于律吕詞多自製腔

春風嫋娜

被梁間雙燕話盡春愁朝粉謝午花柔倚紅欄故與蝶圍蜂遶柳綿無數飛上搔頭鳳管聲圓蠶房香煖笑挽

羅衫須少留隔院蘭馨趁風遠鄰牆影影伴烟收　些子風情未減眉頭眼尾萬千事欲說還休薔薇露一作刺牡丹毬慇懃記省前度綢繆夢裏飛紅覺來無覓望中新綠別後空稠相思難偶歎無情明月今年已是一作見三度如鉤

黃昇一作昃字叔暘號玉林有散花菴詞一卷胡季直云玉林早棄科舉雅意讀書間從吟詠自適游受齋嘗稱其詩為晴空氷柱樓秋房聞其與魏菊莊友善併以泉石清士目之

月照梨花

晝景方永重簾花影好夢猶酣鶯聲喚醒門外風絮交飛送春歸　脩蛾畫了無人問幾多別恨淚洗殘妝粉不知嘶馬何處烟草萋迷鷓鴣啼

酹江月　題玉林

玉林何有有一彎蓮沼數間茅宇斷塹疎籬聊補葺那得粉牆朱戶禾黍西風雞豚曉日活脫田家趣客來茶罷自挑野菜同煮　多少甲第連雲十眉環座人醉黄金塢回首邯鄲春夢破零落珠歌翠舞得似衰翁蕭然

陋巷長作溪山主紫芝可採更尋岩谷深處

又

西風解事為人間洗盡三庚煩暑一枕新涼宜客夢飛入藕花深處氷雪襟懷琉璃世界夜氣清如許劃然長嘯起來秋滿庭戶　應笑楚客才高蘭成愁悴遺恨傳千古作賦吟詩空自好不直一杯秋露淡月闌干微雲河漢耿耿天催曙此情誰會梧桐葉上疎雨

鵲橋仙

青林雨歇珠簾風細人在綠陰庭院夜來能有幾多寒已瘦了梨花一半　寶釵無據玉琴難托合造一襟幽怨雲窗霧閣事茫茫試與問杏梁雙燕

文及翁 字時學號本心綿州人歷官參知政事

賀新涼 遊西湖有感

一勺西湖水渡江來百年歌舞百年酣醉回首洛陽花石盡烟渺黍離之地更不復新亭墮淚簇樂紅妝搖畫舫問中流擊楫何人是千古恨幾時洗　余生自負澄

清志更有誰磻溪未遇傅巖未起國事如今誰倚仗衣帶一江而已便都道江神堪恃借問孤山林處士但掉頭笑指梅花蘂天下事可知矣

李芸子 字耘叟號芳州昭武人

木蘭花慢

占西風早處一番雨一番秋記故國斜陽去年今日落葉林幽悲歌幾回激烈寄疎狂酒令與詩籌遺恨清商易改多情紫燕難留 嗟休觸緒繭絲抽舊事續何由

奈予懷湫湫羈愁鬱鬱歸夢悠悠生平不如老杜便如他飄泊也風流寄語庭柯徑菊甚時得棹孤舟

嚴羽 字儀卿樵川人自號滄浪逋客

滿江紅 送廖叔仁赴闕

日近觚稜秋漸滿蓬萊雙闕正錢塘江上潮頭如雪把酒送君天上去瓊琚玉佩鵷鴻列丈夫兒富貴等浮雲看名節 天下事吾能說今老矣空凝絶對西風慷慨唾壺歌缺不灑世間兒女淚難堪親友中年別問相思

他日鏡中看蕭蕭髮

李廷忠 字居厚號橘山 有樂府一卷

生查子 薔薇

玉女翠帷薰香粉開妝面不是占春遲羞被羣花見

纎手織柔條絳雪飛千片流入紫金巵未許停歌扇

王以寧 字周士長沙人歷官宣撫司參謀制置襄鄧

水調歌頭 裴公亭懷古

歲歲橘洲上老葉舞愁紅西山光翠依舊影落酒杯中

人在子亭高處下望長沙城郭獵獵酒帘風遠水湛寒碧獨釣綠蓑翁　懷往事追昨夢轉頭空孫郎前日豪健顧指五都雄起擁奇才劍客十萬銀戈赤幘歌鼓壯軍容何似裴相國談道老圭峯

詞綜卷十八

詞綜卷十九

翰林院檢討朱彝尊編

宋詞六十六首

吳文英四十五首　蔣捷二十一首

吳文英

字君特四明人從吳毅夫遊有夢窗甲乙丙丁稿四卷

張叔夏云吳夢窻如七寶樓臺眩人眼目折碎下來不成片段　尹惟曉云求詞于吾宋前有清真後有夢窻此非予之言四海之公言也　沈伯時云夢窻深得清真之妙但用

事下語太晦處人不易知

倦尋芳 餞周糾定夫

暮帆挂雨氷岸飛梅春思零亂送客將歸偏是故宮離苑醉酒曾同涼月舞尋芳還隔紅塵面去難留悵芙蓉路窄綠楊天遠 便繫馬鶯邊清曉烟草晴花沙潤香軟爛錦年華誰念故人遊倦寒食相思堤上路行雲應在孤山畔寄新吟莫空回五湖春鴈

又 花翁遇舊歡吳門老妓李憐邀分韻同賦此詞

墜瓶恨井塵鏡迷樓空閒孤燕寄別崔徽清瘦畫圖春面不約舟移楊柳繫有緣人映桃花片釵分携悔香瘢謾爇綠鬟輕剪　聽細語琵琶幽怨客鬢蒼華衫袖濕徧漸老芙蓉猶自帶霜重看一縷情深朱户掩兩痕愁起青山遠被西風又驚吹夢雲分散

又上元

海霞倒影空霧飛香天市催晚暮靨宮梅相對畫樓簾捲羅襪輕塵花笑語寶釵爭掩春心眼亂簫聲正風柔

柳弱舞肩交燕　念窈窕東鄰深巷燈外歌沉月上花
淺驚夢雲點點漏壺清怨珠絡香消空念往紗窗人
老羞相見漸銅壺閉春陰曉寒人倦

燭影摇紅　餞馮深居翼日深居初度

飛蓋西園晚秋恰勝春天氣霜花開盡錦屏空紅葉新
裝綴時放清杯泛水暗淒涼東風舊事夜吟不就松影
闌干月籠寒翠　莫唱陽關但憑彩袖歌千歲秋星入
夢隔明朝十載吳宮會一棹回潮渡葦正西窗燈花報

喜柳蠻櫻素試酒爭憐不敎不醉

法曲獻仙音 和丁宏庵韻

落葉霞翻敗窗風咽暮色淒涼深院瘦不關秋淚緣生別情銷鬢霜千點悵翠冷搔頭燕那能語恩怨　紫簫遠記桃枝向隨春渡愁未洗鉛水又將恨染粉縞澀離箱忍重拈燈夜裁剪望極藍橋彩雲飛羅扇歌斷料鸚籠玉鎖夢裏隔花時見

憶舊游 別黃澹翁

送人猶未苦苦送春隨人去天涯片紅都飛盡陰陰潤緑暗裏啼鴉賦情頓雪雙鬢飛夢逐塵沙歎病渴淒涼分香瘦減兩地看花　西湖斷橋路想繫馬垂楊依舊敧斜葵麥迷烟處問離巢孤燕飛過誰家故人為寫深怨空壁掃秋蛇但醉上吳臺殘陽草色歸思還賒

點絳唇　懐蘇州

明月茫茫夜來應照南橋路夢遊熟處一枕啼秋雨可惜人生不向吳城住心期誤鴈將秋去天遠青山暮

又　試燈夜初晴

捲盡愁雲素娥臨夜新梳洗暗塵不起酥潤凌波地

輦路重來彷彿燈前事情如水小樓薰被春夢笙歌裏

又

推枕南窗楝花寒入单紗淺雨簾不捲空礙調雛燕

一握柔葱香染榴巾汗音塵斷畫羅閒扇山色天涯遠

又

時霎清明載花不過西園路嫩雲綠樹正是春留處

燕子重來往事東流去征衫貯舊寒一縷淚濕風簾絮

西子妝 夢窗自度腔湖上清明薄遊

流水麯塵豔陽醅酒畫舸遊情如霧笑拈芳草不知名乍凌波斷橋西堍垂楊謾舞總不解將春繫住燕歸來問綵繩纖手如今何許　歡盟誤一箭流光又趁寒食去不堪衰鬢著飛花傍緑陰冷烟深樹玄都秀句記前度劉郎曾賦最傷心一片孤山細雨

唐多令

何處合成愁離人心上秋縱芭蕉不雨也颼颼都道晚涼天氣好有明月怕登樓　年事夢中休花空烟水流燕辭歸客尚淹留垂柳不縈裙帶住謾長是繫行舟張叔夏云此詞疎快不質實

玉漏遲 中秋

鴈邊風訊小飛瓊望杳碧雲先晚露冷闌干定怯藕絲冰腕淨洗浮雲片玉勝花影春燈相亂秦鏡滿素娥未肯分秋一半　每圓處即良宵甚此夕偏饒對歌臨怨

萬里嬋娟幾許霧屏雲幔孤兎淒涼照水曉風起銀河西轉摩淚眼瑤臺夢回人遠

祝英臺近 除夜立春

剪紅情裁綠意花信上釵股殘日東風不放歲華去有人添燭西窗不眠侵曉笑聲轉新年鶯語 舊樽俎玉纖曾擘黃柑柔香繫幽素歸夢湖邊還迷鏡中路可憐千點吳霜寒銷不盡又相對落梅如雨

又 春日客龜溪游廢園

采幽香巡古苑竹冷翠微路鬬草溪根沙印小蓮步自憐兩鬢清霜一年寒食又身在雲山深處　晝閒度因甚天也慳春輕陰便成雨綠暗長亭歸夢趁風絮有情花影闌干鶯聲門徑解留我霎時凝竚

又上元

晚雲開朝雪霽時節又燈市夜約遺香南陌少年事笙簫一片紅雲飛來海上繡簾捲緗桃春起　舊遊地素娥城闕年年新妝趁羅綺玉練氷輪無塵涴流水曉霞

紅處啼鵶良宵一夢畫堂正日長人睡

霜花腴 重陽前一日汎石湖

翠微路窄醉晚風憑誰為整欹冠霜飽花腴燭銷人瘦秋光做也都難病懷强寬恨鴈聲偏落歌前記年時舊宿淒涼暮烟秋雨野橋寒 妝壓鬢英爭艷度清商一曲暗墜金蟬芳節多陰蘭情稀會晴暉稱拂吟箋更移畫船引珮環邀下嬋娟算明朝未了重陽紫萸應耐看

喜遷鶯 同丁基仲過希道家看牡丹

凡塵流水正春在絳闕瑤墀十二暖日明霞天香盤錦低映曉光梳洗故苑浣花沉恨化作天紅斜紫困無力倚闌干還倩東風扶起　公子留意處羅蓋牙籤一花名字小扇翻歌密圍留客雲葉翠溫羅綺灩瀲紫金盃重人倚妝臺微醉夜和露剪殘枝點點花心清淚

又　福山蕭寺歲除

江亭年暮趁飛鴈又聽數聲柔櫓藍尾杯單膠牙餳淡重省舊時羈旅雪舞野梅籬落寒擁漁家門戶晚風峭

做初番花信春還知否　何處園艷冶紅燭畫堂博簺良宵午誰念行人愁先芳草輕送年華如羽自剔短檠不睡空索彩桃新句便歸好料鵞黄已染西池千縷

聲聲慢　閏重九飲郭園

檀欒金碧婀娜蓬萊遊雲不蘸芳洲露柳霜蓮十分點綴殘秋新彎畫眉未隱似含羞低度牆頭愁送遠駐西臺車馬共惜臨流　知道池亭多宴掩庭花長是驚落秦謳賦粉闌干猶聞凭袖香留輸他翠漣拍甃瞰新妝

終日凝眸簾半捲帶黄花人在小樓

又　餞魏繡使泊吳江為友人賦

旋移輕鷁淺傍垂虹還因送客遲留淚雨橫波遥山眉上新愁行人倚欄心事問誰知只有沙鷗念聚散幾楓丹霜渚蓴緑春洲　漸近香菰炊黍想紅絲織字未遠青樓寂寞漁鄉爭如連醉温柔西窻夜深翦燭夢頻生不放雲收共悵望認孤烟起處是舟

高陽臺　落梅

宮粉彫痕仙雲墮影無人野水荒灣古石埋香金沙鎖骨連環南樓不恨吹横笛恨曉風千里關山半飄零庭上黄昏月冷闌干　壽陽宮裏愁鸞鏡問誰調玉髓暗補香瘢細雨歸鴻孤山無限春寒離魂難倩招清些夢縞衣解珮溪邊最愁人啼鳥晴明葉底清圓

又　豐樂樓

脩竹凝妝垂楊駐馬憑闌淺畫成圖山色誰題樓前有鴈斜書東風緊送斜陽下弄舊寒晩酒醒餘自消凝能

幾花前頓老相如　傷春不在高樓上在燈前攲枕雨
外熏爐怕爇遊船臨流可奈清癯飛紅若到西湖底攪
翠瀾總是愁魚莫重來吹盡香綿淚滿平蕪

滿江紅　澱山湖

雲氣樓臺分一派滄浪翠蓬開小景玉盆寒浸巧石盤
松風送流花時過岸浪搖晴練欲飛空算鮫宮秖隔一
紅塵無路通　神女驚凌曉風明月低鬟丁東對兩娥
猶鎖怨綠烟中秋色未教飛盡鴈夕陽長是墜踈鐘又

一聲欸乃過前岩移釣篷

遶佛閣

暗塵四斂樓觀迥出高映孤館清漏將短厭聞夜久籤聲動書幔桂花又滿閒步露草偏愛幽遠花氣清婉望中迤邐城陰度河岸 倦客最蕭索醉倚斜陽穿柳綫還似汴隄虹梁橫水面看浪颭春燈舟下如箭此行重見歎故友難逢羇思空亂兩眉愁向誰舒展

解語花 梅花

門橫皺碧路入滄烟春近江南岸暮寒如剪臨溪影一一半斜清淺飛霙弄晚蕩千里暗香平遠端正看瓊樹三枝總似蘭昌見　酥瑩雲容夜暖伴蘭翹清瘦蕭鳳柔婉冷雲荒翠幽棲久無語暗申春怨東風半面料準擬何郎詩卷歡未闌烟雨青黃宜晝陰庭館

荔支香近　七夕

輕睡時聞晚鵲噪庭樹又說今夕天津西畔重歡遇蛛絲暗鎖紅樓燕子穿簾處料天上比人間更情苦　秋

鬢改妒月娣長眉嫵過雨西風數葉井梧秋舞夢入藍橋幾點疎星映朱戶淚濕沙邊凝竚

尉遲杯 賦楊公小蓬萊

垂楊逕洞鑰啓時遣流鶯迎涓涓暗谷流紅應有緗桃千頃臨池笑靨春色滿銅華弄妝影記年時試酒湖陰褪花曾采新杏　珠窻繡網玄經纔石研開奩雨潤雲凝小小蓬萊香一掬愁不到朱嬌翠靚清樽伴人間日永斷琴和棋聲竹露冷笑從前醉卧紅塵不知仙在人

境

霜葉飛 重九

斷烟離緒關心事斜陽紅隱霜樹半壺秋水薦黃花香噀西風雨縱玉勒輕飛迅羽淒涼誰弔荒臺古記醉踏南屏彩扇咽寒蟬倦夢不知蠻素　聊對舊節傳杯塵箋蠹管斷闋經歲慵賦小蟾斜影轉東籬夜冷殘蛩語早白髮緣愁萬縷驚飆從捲烏紗去謾細將茱萸看但約明年翠微高處

瑞鶴仙

淚荷拋碎璧正漏雲篩雨斜捎窗隙林聲怨秋色對小山不迭寸眉愁碧涼欺岸幘暮砧催銀屏剪尺最無聊燕去堂空舊幕暗塵羅額　行客西園有分斷柳淒花似曾相識西風破屐林下路水邊石念寒蛩殘夢歸鴻心事那聽江村夜笛看雪飛蘋底蘆梢未如鬢白

又　贈道女陳華山内

彩雲棲翡翠聽風笙吹下飛軿天際晴霞翦輕袂澹春

姿雪態寒梅清泚東皇有意旋安排闌干十二早不知為雲為雨盡日建章門閉　堪比紅綃纖素紫燕輕盈内家標致游仙舊事星斗下夜香裏看華峰寒聳紙屏横幅春色長供午睡更醉乘玉井秋風采花弄水

齊天樂

新烟初試花如夢疑收楚峰殘雨茂苑人歸秦樓燕宿同惜天涯為旅遊情最苦早柔緑迷津亂莎荒圃數樹梨花晚風吹墮半汀鷺　流紅江上去遠翠樽曾共醉

雲外别墅淡月秋千幽香巷陌愁結傷春深處聽歌看
舞駐不得當時柳蠻櫻素睡起懨懨洞簫誰院宇

又

烟波桃葉西陵路十年斷魂潮尾古柳重攀輕鷗驟别
陳迹危亭獨倚涼颸乍起渺烟磧飛帆暮山横翠但有
江花共臨秋鏡照憔悴　華堂燭暗送客眼波回盼處
芳艷流水素骨凝冰柔葱蘸雪猶憶分瓜深意清樽未
洗夢不濕行雲謾沾殘淚可惜秋宵亂蛩疎雨裏

掃花遊 送春古江村

水園沁碧驟夜雨飄紅竟空林島艷春過了有塵香墜鈿尚遺芳草步繞新陰漸覺交枝逕小最深窈愛綠葉翠圓勝看花好 芳架雪未掃怪翠被佳人困迷清曉柳絲繫棹問閶門自古送春多少倦蝶慵飛故撲簪花破帽酹殘照掩重城暮鐘不到

瑞龍吟 德清清明競渡

大溪面遥望繡羽衝烟錦梭飛練桃花三十六陂鮫宫

睡起嬌雷乍轉　去如箭催趁戲旗遊鼓素瀾雪濺東
風冷濕鮫腥淡陰送晝輕霏弄晚　洲上青蘋生處鬬
春不管懷沙人遠殘日半開一川花影零亂山屏醉纈
連棹東西岸闌干倒千紅妝靨鉛香不斷傍暝疎簾捲
翠漣皺淨笙歌未散算柳嬌桃嬾猶自有玉龍黄昏吹
怨重雲暗閣春霖一片

解蹀躞

醉雲又兼醒雨楚夢時來往倦蜂剛著梨花惹游蕩還

做一段相思冷波葉舞愁紅送人雙槳　暗凝想情共天涯秋黯朱橋鎖深巷會稀投得輕分頓惆悵此去幽曲誰來可憐殘照西風半妝樓上

玉樓春　京市舞女

茸茸貍帽遮梅額金蟬羅翦胡衫窄乘肩爭看小腰身倦態強隨閒鼓笛　問稱家住城東陌欲買千金應不惜歸來困頓殢春眠猶夢婆娑斜趁拍

澡蘭香　淮安重午

盤絲繫腕巧篆垂簪玉隱紺紗睡覺銀瓶露井彩箋雲窻往事少年依約為當時曾寫榴裙傷心紅綃褪萼黍夢光陰漸老汀洲烟蒻　莫唱江南古調怨抑難招楚江沉魄薰風燕乳暗雨梅黃午鏡澡蘭簾幕念秦樓也擬人歸應翦菖蒲自酌但悵望一縷新蟾隨人天角

惜紅衣　余從姜石帚遊苕霅間三十五年矣重來傷今感昔聊賦以詠懷

鷺老秋絲蘋愁暮雪鬢那不白倒柳移栽如今暗溪碧烏衣細語傷伴惹茸紅曾約南陌前度劉郎尋流花蹤

跡　朱樓水側雪面波光汀蓮沁顏色當時醉近繡箔夜吟寂三十六磯重到清夢冷雲南北買釣舟溪上應有烟蓑相識

風入松

聽風聽雨過清明愁草瘞花銘樓前緑暗分携路一絲柳一寸柔情料峭春寒中酒交加曉夢啼鶯　西園日日掃林亭依舊賞新晴黄蜂頻撲秋千索有當時纖手香凝惆悵雙鴛不到幽堦一夜苔生

鶯啼序

殘寒正欺病酒掩沉香繡户燕来晚飛入西城似説春事遲暮畫船載清明過却晴烟冉冉吴宫樹念羇情遊蕩隨風化為輕絮 十載西湖傍柳繫馬趂嬌塵輭霧遡紅漸招入仙溪錦兒偷寄幽素倚銀屏春寛夢窄斷紅濕歌殘金縷瞑堤空輕把斜陽總還鷗鷺 幽蘭旋老杜若還生水鄉尚寄旅别後訪六橋無信事往花萎瘞玉埋香幾番風雨長波妒眄遥山羞黛漁燈分影春

江宿記當時短楫桃根渡青樓彷彿臨分敗壁題詩淚墨慘淡塵土　危亭望極草色天涯歎鬢侵半苧暗點檢離痕歡唾尚染鮫綃嚲鳳迷歸破鸞慵舞殷勤待寫書中長恨藍霞遼海沈過鴈謾相思彈入哀箏柱傷心千里江南怨曲重招斷魂在否

玉漏遲

絮花寒食路晴絲罥日綠陰吹霧客帽敧風愁滿畫船烟浦綵挂秋千散後悵塵鎖燕簾鶯戶從間阻夢雲無

準鬢霜如許　夜久繡閣藏嬌記掩扇傳歌剪燈留語月約星期細把花鬚頻數彈指一襟怨恨謾空倩啼鵑聲訴深院宇黃昏杏花微雨

金盞子　吳城連日賞桂一夕風雨悉已零落獨寓窻晚花方作小蕾未及見開遂有新邑之役朅來西館籬落間嫣然一枝可愛見佀人而喜為賦此解

賞月梧園恨廣寒宮樹曉風搖落莓砌掃蛛塵空腸斷薰爐燼消殘萼殿秋尚有餘花鎖烟窻雲幄新鴈又無端送人江上短亭初泊　籬角夢依約又一笑惺忪翠

袖薄悠然醉魂唤醒幽叢畔淒香霧雨漠漠晚吹作顫

秋聲早屏空金雀明朝想猶有數點蜂黄伴我斟酌

絳都春　余往來清華池館六年賦咏屢以感昔傷今益不堪懷乃復作此解

春來鴈渚弄艷冶又入垂楊如許困舞瘦腰啼濕宫黄

池塘雨碧沿蒼蘚雲根路尚追想凌波微步小樓重上

憑誰為唱舊時金縷　凝竚烟蘿翠竹欠羅袖為倚天

寒日暮强醉梅邊招得花奴來樽俎東風須惹春雲住

更莫把飛瓊吹去便教携取熏籠夜温繡户

十二郎 垂虹橋上有垂虹亭屬吳江

素天際水浪拍碎凍雲不凝記曉葉題霜秋燈吟雨曾繫長橋過艇又是賓鴻重來後猛賦得歸期纔定嗟繡鴨解言香鱸堪釣尚廬人境　幽興爭如共載月娥妝鏡念倦客依前貂裘茸帽重向淞江照影酹酒蒼茫倚歌平遠亭上玉虹腰冷迎醉面暮雪飛花幾點黛愁山暝

蔣　捷 字勝欲義興人有竹山詞一卷

賀新郎

渺渺啼鴉了亘魚天寒生峭嶼五湖秋曉竹几一鐙人做夢嘶馬誰行故道起搔首窺星多少月有微黃籬無影挂牽牛數朶青花小秋太淡添紅棗　愁痕倚賴西風掃被西風翻催鬢鬒與秋俱老舊院隔霜簾不捲金粉屏邊醉倒計無此中年懷抱萬里江南吹簫恨恨參差白鴈橫天杪烟未斂楚山杳

又 約友三月旦飲

鴈嶼晴嵐薄倚層屏千樹高低粉纖紅弱雲隘東風藏
不盡吹艷生香萬蜨又散入汀蘅洲葯擾擾匆匆塵土
面看歌鶯舞燕逢春樂人共物知誰錯　寶釵樓上圍
簾幕小嬋娟雙調彈箏半霄鸞鶴我輩中人無此分琴
思詩情當却也勝似愁横眉角芳景三分才過二便緑
陰門巷楊花落沽斗酒且同酌

又

夢冷黄金屋歎秦箏斜鴻陣裏素絃塵撲化作嬌鶯飛

歸去猶認窗紗舊綠正過雨荆桃如菽此恨難平君知否似瓊臺湧起彈碁局消瘦影嫌明燭　鴛樓碎瀉東西玉問芳蹤何時再展翠釵難卜待把宫眉横雲樣描上生綃畫幅怕不是新來妝束綵扇紅牙今都在恨無人解聽開元曲空掩袖倚寒竹

洞仙歌 對雨思友

世間何處最難忘杯酒惟是停雲想親友此時無一盞千種離愁西風外長伴枯荷衰柳　去年深夜語傾倒

書窻窻燭心懸小紅豆記得到門時雨正蕭蕭嗟今雨此情非舊待與子相期采黄花又未卜重陽果能晴否

又 柳

枝枝葉葉受東風調弄便是鶯穿也微動自鵞黄千縷數到飛綿閒無事誰管將春迎送　輕柔心性在教得遊人酒舞花吟恣狂縱更誰家鸞鏡裏貪學纖娥移來傍妝樓新種總不道江頭鎖清愁正雨溗烟茫翠陰如夢

瑞鶴仙 鄉城見月

紺烟迷鴈跡漸碎鼓零鐘街巷初息風檠背寒壁放冰蜍飛到蛛絲簾隙瓊魂暗泣念鄉關霜蕪似織謾將身化鶴歸來忘却舊遊端的　歡極蓬壺蕖浸花院梨溶醉連春夕柯雲罷弈櫻桃在夢難覓勸清光乍可幽窻相伴休照紅樓夜笛怕人間換譜伊涼素娥未識

白苧

正春晴又春冷雲低欲落瓊苞未剖早是東風作惡旋

安排一雙銀蒜鎮羅幕幽砌水生漪皺嫩綠潛鱗初躍
惛惛門巷桃樹紅纔約略知甚時霽華烘破青蕚
憶昨引蜨花邊近來重見身學垂楊瘦削問小翠眉山
為誰攢却斜陽院宇任蛛絲罥徧玉箏絃索戶外惟聞
放剪刀聲深在妝閣料想裁縫白苧春衫薄

女冠子 元夕

蕙花香也雪晴池館如畫春風飛到寶釵樓上一片笙
簫琉璃光射而今燈謾挂不是暗塵明月那時元夜況

年來心嬾意怯羞與蛾兒爭耍　江城人悄初更打問繁華誰解再向天公借剔殘紅炧但夢裏隱隱鈿車羅帕吳箋銀粉砑待把舊家風景寫成閒話笑緑鬟鄰女倚窗猶唱夕陽西下

永遇樂　緑陰

清逼池亭潤侵山閣雲氣凝聚未有蟬前已無蝶後花事隨逝水西園支徑今朝重到半礙醉筇吟袂除非是鶯身瘦小暗中引雛穿去　梅簷滴溜風來吹斷放得

斜陽一縷玉子敲枰香綃落翦聲度深幾許層層離恨淒迷如此點破謾煩輕絮應難認争春舊館倚紅杏處

高陽臺 送翠英

燕捲晴絲蜂黏落絮天教綰住閒愁閒裏清明匆匆粉澀紅羞燈搖縹暈茸窻冷語未闌娥影分收好傷情春也難留人也難留 芳塵滿目悠悠為問縈雲珮響還繞誰樓別酒纔斟從前心事都休飛鶯縱有風吹轉奈舊家苑已成秋莫思量楊柳灣西且櫂吟舟

絳都春

春愁乍晝正鶯背帶綠酴醾花謝細雨院深淡月廊斜重簾挂歸時記約燒燈夜早折盡千秋紅架縱然歸近風光又是翠陰初夏　姹婭嚬青泫白恨玉珮罷舞芳塵凝榭幾擬倩人付與香蘭秋羅帕知他墮策斜攏馬在底處垂楊樓下無言暗擁嬌鬟鳳釵溜也

聲聲慢 秋聲

黃花深巷紅葉低窗淒涼一片秋聲豆雨聲來中間夾

帶風聲踈踈二十五點麗譙門不鎖更聲故人遠問誰
搖玉佩簷底鈴聲　彩角聲吹月墮漸連營馬動四起
笳聲閃爍鄰燈燈前尚有砧聲知他訴愁到曉碎噥噥
多少蛩聲訴未了把一半分與鴈聲

金盞子

練月縈窻夢乍醒黃花翠竹庭館心字夜香消人孤另
雙鶼被他羞看擬待告訴天公減秋聲一半無情鴈正
用恁時飛來叫雲尋伴　猶記杏櫳煖銀燭下纖影卸

佩玦春渦暈紅豆小鶯衣嫩珠痕澹印芳汗自從信誤青鸞想籠鸚停喚風刀快但剪盡簷梧桐怎剪愁斷

梅花引

白鷗問我泊孤舟是身留是心留心若留時何事鎖眉頭風拍小簾燈暈舞對閒影冷清清憶舊遊　舊遊舊遊今在否花外樓柳下舟夢也夢也夢不到寒水空流漠漠黃雲濕透水綿裘都道無人愁似我今夜雪有梅花似我愁

解珮令

春晴也好春陰也好著些兒春雨越好春雨如絲繡出花枝紅裊怎禁他孟婆合皁　梅花風悄杏花風小海棠風驀地寒峭歲歲春光被二十四風吹老楝花雨爾且慢到

虞美人聽雨

少年聽雨歌樓上紅燭昏羅帳壯年聽雨客舟中江闊雲低斷雁叫西風　而今聽雨僧廬下鬢已星星也悲

歡離合總無情一任堦前點滴到天明

又 梳樓

絲絲楊柳絲絲雨春在溟濛處樓兒忒小不藏愁幾度和雲飛去覓歸舟　天憐客子鄉關遠借與花消遣海棠紅近緑闌干纔捲朱簾却又晚風寒

祝英臺近 次韻惜别

柳邊樓花下館低卷繡簾半簾外天絲擾擾似情亂知他蛾緑纖眉鵞黄小袖在何處閒遊閒翫　最堪歎箏

面一寸麈深玉柱網斜雁譜字紅蔫剪燭記同看幾回傳語東風將愁吹去怎奈向東風不管

行香子 舟宿間灣

紅了櫻桃綠了芭蕉送春歸客尚蓬飄昨宵穀水今夜蘭皐奈雲溶溶風淡淡雨瀟瀟 銀字笙調心字香燒料芳蹤乍整還凋待將春恨都付春潮過窈娘堤秋娘渡泰娘橋

柳梢青 游女

學唱新腔秋千架上釵股敲雙柳雨花風翠鬆裙褶紅
膩鞋幫　歸來門掩銀釭淡月裏疎鐘漸撞嬌欲人扶
醉嬾人問斜倚樓窗
霜天曉角　折花
人影窗紗是誰來折花折則從他折去知折去向誰家
簷牙枝最佳折時高折些說與折花人道須插向鬢
邊斜

詞綜卷十九

詞綜卷二十

翰林院檢討朱彝尊編

宋詞卷七十六首

陳允平 二十二首　周密 五十四首

陳允平 字君衡號西麓明州人有日湖漁唱二卷

張叔夏云詞欲雅而正志之所之一為物所役則失其雅正之音近代陳西麓所作平正亦有佳者

摸魚兒 西湖送春

倚東風畫欄十二芳陰簾幕低護玉屏翠冷梨花瘦寂寞小樓烟雨腸斷處悵折柳柔情舊别長亭路年華似羽任錦瑟聲寒瓊簫夢遠羞對綵鸞舞 文園賦重憶河橋眉嫵啼痕猶濺紈素丁香共結相思恨空託繡羅金縷春已暮縱燕約鶯盟無計留春住傷春倦旅趁暗緑稀紅扁舟短棹載酒送春去

絳都春

鞦韆倦倚正海棠半坼不耐春寒殢雨弄晴飛梭庭院

繡簾閒梅妝欲試芳情懶翠顰愁入眉彎霧蟬香冷霞

綃淚揾恨襲湘蘭　悄悄池臺步晚任紅熏杏靨碧沁

苔痕燕子未來東風無語又黃昏琴心不度春雲遠斷

腸難託啼鵑夜深猶倚垂楊二十四欄

酹江月　賦水仙

漢江露冷是誰將瑶瑟彈向雲中一曲清泠聲漸杳月

高人在珠宮暈額黃輕塗腮粉艷羅帶織青葱天香吹

散珮環猶自丁東　回首杜若汀洲金鈿玉鏡何日得
相逢獨立飄飄烟浪遠羅襪羞濺春紅渺渺予懷迢迢
良夜三十六陂風九疑何處斷魂飛度千峰

又

霽空虹雨傍啼螿莎草宿鷺汀洲隔岸人家砧杵急微
寒先到簾鈎步幄塵高征衫酒潤誰煖玉香篝風燈微
暗夜長頻換更籌　高是鴈柱調箏鴛梭織錦付與兩
眉愁不似樽前今夜月幾度同上南樓紅葉無情黃花

有恨辜負十分秋歸心如醉夢魂飛趁東流

清平樂

鳳城春淺寒壓花梢顫有約不來梁上燕十二繡簾空捲　去年共倚秋千今年獨倚闌干誤了海棠時候不成直待花殘

永遇樂

玉腕籠寒翠闌凭曉鶯調新簧暗水穿苔遊絲度柳人靜芳晝長雲南歸鴈樓西飛燕去來慣認炎涼王孫遠

青青草色幾回望斷柔腸　薔薇舊約樽前一笑等閒
辜負年光鬬草庭空拋梭架冷簾外風絮香傷春情緒
惜花時候日斜尚未成妝聞嬉笑誰家女伴又還採桑

八寶妝

望遠秋平初過雨微茫水湍烟汀亂荻疎柳猶帶數點
殘螢待月重樓誰共倚信鴻斷續雨三聲夜如何頓涼
驟覺紈扇無情　還思驂鸞素約念鳳簫鴈瑟取次塵
生舊日潘郎雙鬢半已星星琴心錦意暗懶又争奈西

風吹恨醒屏山冷怕夢魂飛度藍橋不成

綺羅香 秋雨

鴈宇蒼寒蛩疏翠冷又是淒涼時候小揭珠簾衣潤唾花羅縐洗曉鷺獨立衰荷遡歸燕尚棲殘柳想黃華羞澀東籬斷無新句到重九　孤檠清夢易覺腸斷唐宮舊曲聲迷官漏滴入愁心秋似玉樓人瘦烟檻外催落梧桐帶西風亂捎鴛甃記畫簾燈影沉沉共裁春夜韭

探春 蘇堤春曉

上苑烏啼中洲鷺起疎鐘纔度雲窈篆冷香篝燈微塵幌殘夢猶吟芳草搔首捲簾看認何處六橋烟柳翠橈纔艤西泠趁取過湖人少　掠水風花繚繞還暗憶年時旗亭歌酒隱約春聲鈿車寶勒次第鳳城開了惟有踏青心縱早起不嫌寒峭畫欄閒立東風舊紅誰掃

秋霽 平湖秋月

千頃玻璃送遠目斜陽漸下林間題葉人歸採菱舟散望中水天一色碾空桂魄玉繩低轉雲無迹有素鷗閒

伴夜深呼棹過環碧　相思萬里頓隔嬋娟幾回瑤臺
同駐鸞翼對西風憑誰問取人間那得有今夕却笑廣
寒宮殿窄露冷烟澹還看數點殘星兩行新鴈倚樓橫
笛

百字令　斷橋殘雪

凝雲沍曉正蘩花纔積荻絮初殘華表翩躚何處鶴愛
吟人正孤山凍解苔鋪水融莎甃誰凭玉勾闌茸衫氊
帽冷香吹上吟鞭　將次柳際瓊消梅邊粉瘦添做十

分寒閒踏輕澌來薦菊年潭新漲微瀾水北峰巒城陰樓觀留向月中看巘雲深處好風飛下晴湍

掃花遊 雷峰落照

數峰皺碧記載酒紺園柳塘花塢最堪避暑愛蓮香送晚翠嬌紅嫵欵乃菱歌乍起蘭橈競舉日斜處望孤鶩斷霞初下芳杜　遙想山寺古看倒影金輪遡光朱户暝烟帶樹有投林鷺宿凭樓僧語可惜流年付與朝鐘暮鼓謾凝竚步長橋月明歸去

蓦山溪 花港觀魚

春波浮淥小隱桃溪路烟雨正林塘翠不礙錦鱗來去芹香藻膩偏愛鯉花肥簷影下柳陰中逐浪吹萍絮宮溝泉滑怕有題紅句鈎餌已忘機都付與人間兒女濠梁興在鷗鷺笑人癡三湘夢五湖心雲水蒼茫處

齊天樂 南屏晚鐘

赤欄橋畔斜陽外臨江暮山凝紫戲鼓纔停漁榔乍歇一片芙蓉秋水餘霞散綺正銀鑰停闗畫橈催艤魚板

敲殘數聲初入萬松裏　坡翁詩夢未老翠微樓上月
曾共誰倚御苑烟花宮斜露草幾度西風彈指黄昏盡
也有眠月閒僧醉香遊子鷲嶺猿啼喚人吟思起

明月引　和白雲趙宗簿

雨餘芳草碧蕭蕭暗春潮蕩雙橈紫鳳青鸞舊夢帶文
簫綽約珮環風不定雲欲墮六銖香天外飄　相思為
誰蘭恨銷渺湘魂無處招素紈猶在真真意還倩誰描
舞鏡空懸羞對月明宵鏡裏心心裏月君去矣舊東風

新畫橋

唐多令 吳江道上寄鄭可大

何處是秋風月明霜露中算淒涼未到梧桐曾向垂虹橋上看有幾樹水邊楓　客路怕相逢酒濃愁更濃數歸期猶是初冬欲寄相思無好句聊折贈鴈來紅

又

休去採芙蓉秋江烟水空帶斜陽一片征鴻欲頓閒愁無頓處都著在兩眉峰　心事寄題紅畫橋流水東斷

腸人無奈秋濃回首層樓歸去嬾早新月挂梧桐

戀繡衾

緗桃紅淺柳褪黃燕初來宮漏漸長任日轉花梢也倚
蘭屏猶未試妝　秦鸞舊曲無心理憶年時相傍採桑
聽綠樹嬌鶯囀一聲聲都是斷腸

又

銀鴛金鳳盡暗銷曉簾櫳新翠漸交算多少相思恨被
東風吹上柳梢　羅窗夜夜梨花瘦奈月明香夢易遙

便擬倩題紅句趂落花流過謝橋

小重山

岸柳黄深綠漸繞林塘初雨過漲蒲蔔秋千亭榭彩旗交鶯聲裏春在杏花梢　慵整翠雲翹眉尖愁兩點倩誰描斜陽芳草暗魂銷東風遠猶凭赤闌橋

慶春宫

斜日明霞殘虹分雨軟風淺掠蘋波聲冷瑤笙情疎寶扇酒醒無奈秋河彩雲輕散漫敲缺銅壺浩歌眉痕留

怨依約遥峯學斂雙娥　銀牀露洗涼柯屏掩香銷忍
埽裀羅楚驛梅邊吳江楓畔庾郎從此愁多草蛩喧砌
料催織回文鳳梭相思遼遠簾卷翠樓月冷星河

垂楊　懐古

銀屏夢覺漸淺黄嫩緑一聲鶯小細雨輕塵建章初閉
東風悄依然千樹長安道翠雲鎖玉窻深窈斷橋人空
倚斜陽帶舊愁多少　還是清明過了任烟縷露條碧
纖青嫋恨隔天涯幾回惆悵蘇堤曉飛花滿地誰為掃

甚薄倖隨波縹緲啼鵑不喚春歸人自老

周密字公謹濟南人僑居吳興自號弁陽嘯翁又號蕭齋有草窻詞二卷一名蘋洲漁笛譜

大聖樂 東園餞春

嬌緑迷雲倦紅顰曉嫩晴芳樹漸午陰簾影移香燕語夢回千點碧桃吹雨冷落錦衾歸後記前度蘭橈停翠浦凭欄久謾凝竚鳳翹慵聽金縷 留春問誰最苦奈花自無言鶯自語對畫樓殘照東風吹遠天涯何許怕折露條愁輕别更烟暝長亭啼杜宇垂楊晚但羅袖晴

沾飛絮

花犯 水仙花

楚江湄湘娥乍見無言灑清淚淡然春意空獨倚東風芳思誰記凌波路冷秋無際香雲隨步起謾記漢宮仙掌亭亭明月底　氷絃寫怨更多情騷人恨枉賦芳蘭幽芷春思遠誰賞國香風味相將共歲寒伴侶小窻淨沉烟熏翠被幽夢覺涓涓清露一枝燈影裏

探春 脩門度歲

綵勝宜春翠盤消夜客裏暗驚時候剪燕心情呼盧音語景物總成懷舊愁鬢妒垂楊早穉眼漸濃如豆儘敎寬盡春衫畢竟為誰消瘦　梅浪半空如繡便骨領芳菲忍辜詩酒映竹占花臨窗卜鏡還念歲寒宮袖簫鼓動春城競點綴玉梅金柳廝勾元宵燈前共誰攜手

瑤花　瓊花

朱鈿寶玦天上飛瓊比人間春別江南江北曾未見謾擬梨雲梅雪淮山春晚問誰識芳心高潔消幾番花落

花開老了玉闗豪傑 金壺剪送瓊枝看一騎紅塵香度瑤闕韶華正好應自喜初識長安蜂蜨杜郎老矣想舊事花須能說記少年一夢揚州二十四橋明月

玉京秋

烟水闊高林弄殘照晚蜩淒切碧砧度韻銀牀飄葉衣濕桐陰露冷採涼花時賦秋雪歎輕別一襟幽事砌蛩能說 客思吟商還怯怨歌長瓊壺暗缺翠扇疎紅衣香褪翻成銷歇玉骨西風恨最恨閒却新涼時節楚簫

咽誰倚西樓淡月

解語花

晴絲罥蝶煖蜜酣蜂重簾卷春寂寂雨蕚烟梢壓闌干花雨染衣紅濕金鞍誤約空極目天涯草色閬苑玉簫人去後惟有鶯知得　餘寒猶掩翠戶梁燕乍歸芳信未端的淺薄東風莫因循輕把杏鈿狼籍塵侵錦瑟殘日紅窗春夢窄睡起折枝無意緒斜倚秋千立

曲遊春 遊西湖

禁苑東風外颺煖絲晴絮春思如織燕約鶯期惱芳情
偏在翠深紅隙漠漠香塵隔沸十里亂絲叢笛看畫船
盡入西泠閒却半湖春色　柳陌新烟凝碧映簾底宮
眉堤上遊勒輕瞑籠烟怕梨雲夢冷杏香愁冪歌管酬
寒食奈蜨怨良宵岑寂正恁醉月搖花怎生去得

秋霽　秋日遊西湖

重到西泠記芳園載酒畫舸横笛水曲芙蓉渚邊鷗鷺
依依似舊相識年華易失斷橋幾换垂楊色謾自惜愁

損庾郎雙鬢點華白　殘蛩露草怨蜨飛花轉眼西風
又陳迹歎如今才消量減樽前韋貢醉吟筆欲寄遠情
秋水隔舊遊空在凭高望極斜陽亂山浮紫暮雲凝碧

臺城路　梅

宮簷融暖晨妝懶輕霞未勻酥臉倚竹嬌顰臨溪瘦影
依約樽前重見盈盈笑靨映珠絡玲瓏翠綃怱蒨夢入
羅浮湍衣清露暗香染　東風千樹易老怕紅顏旋減
芳意偷變贈遠天寒吟香夜永多少江南新怨瓊梳靜

掩任剪雪裁雲競誇輕艷畫角黃昏夢隨春去遠

又

東風又入江南岸年年漢宫春早寳屑無痕生香有韻消得何郎花惱孤山夢繞記路隔金沙那回曾到夜月相思翠樽誰共飲香醥　天寒宫怨贈遠水邊憑為問春到多少竹外凝情牆陰照影誰見嫣然一笑冷香未了怕玉管西樓一聲霜曉花自多情看花人自老

又 赤壁重遊

清溪數點芙蓉雨蘋飈涼泛吟鷗洗玉空明浮珠沆瀣人靜籟沉波息仙潢咫尺想翠羽瓊樓有人相憶天上人間未知今夕是何夕　此生此夜此景自仙翁去後清致誰識散髮吟商簪花弄水誰伴空江橫笛流年暗惜怕一度西風井梧吹碧底事閒愁醉歌浮大白

又

曲屏遮斷行雲路西樓怕聽疎雨硯凍凝華香寒散霧呵筆慵題詩句長安倦旅歎衣染塵痕鏡添秋縷過盡

飛鴻錦箋誰與寄愁去　簫臺應是怨別曉寒梳洗懶依舊眉嫵酒滴爐香花圍坐暖閒却珠韝鈿柱芳心謾語恨柳外遊韉繫情何許暗卜歸期細將梅蘂數

又　蟬

槐陰忽送清商怨依稀正聞還歇寫怨聲長危絃調苦前夢蛻痕枯葉傷情惜別是幾度斜陽幾回殘月轉眼西風一襟幽恨向誰説　輕鬢猶記動影翠蛾應妒我雙鬢如雪枝冷頻移葉踈猶抱肯負好秋時節淒淒切

切漸迤邐黄昏砌蛩相接露洗餘悲暮烟聲更咽

一枝春 酒邊聞歌和韻

淡碧春姿柳眠醒似怯朝來疎雨芳程乍數喚起探花情緒東風尚淺甚先有翠嬌紅嫵應自把羅綺圍春占得畫屏春聚 留連繡叢深處愛歌雲裊裊低隨香縷瓊窗夜暖試與細評新譜妝眉媚粉料無奈弄顰佯妒還只怕簾外籠鶯笑人醉語

又 春晚和韻

簾影移陰杏薌寒乍濕西園絲雨芳期暗數又是去年
心緒金花謾翦倩誰畫舊時眉嫵空自傷楊柳風流淚
滴軟綃紅聚　羅窻那回歌處歎庭花倦舞香銷冰縷
樓空燕冷碎錦懶尋㡳譜幺絃謾賦曾記是倚嬌成妒
深院悄門掩梨花倩鶯寄語

緑蓋舞風輕　白蓮

玉立照新妝翠蓋亭亭凌波步秋漪真色生香明璫搖
淡月舞袖斜倚耿耿芳心奈千縷晴絲縈繫恨開遲不

嫁東風顰怨嬌蕋　花底謾卜幽期素手採珠房粉豔初洗雨濕鉛腮碧雲深暗聚軟綃清淚訪藕尋蓮楚江遠相思誰寄棹歌回衣露滿身花氣

玲瓏四犯　戲調夢窗

波暖塵香正嫩日輕陰搖蕩清晝幾日新晴初展綺窻紋繡年少忍負才華儘占斷豔歌芳酒奈翠簾蜨舞蜂喧催趁禁烟時候　杏腮紅透梅鈿皺燕歸時海棠厮句尋芳較晩東風約還約劉郎歸後憑問柳陌情人比

似垂楊誰瘦倚畫欄無語春恨遠頻回首

拜星月　春暮寄夢窗

膩葉陰清孤花香冷迤邐芳洲春換薄酒孤冷悵相如遊倦想人在絮幕香簾凝望誤認幾許烟檣風幔芳草天涯負華堂雙燕　記簫聲淡月梨花院研箋紅謾寫東風怨一夜花落鵑啼喚四橋吟伴蕩歸心已過江南岸清宵夢遠逐飛花亂幾千萬絲縷垂楊繫春愁不斷長亭怨慢

記千竹萬荷深處綠淨池臺翠涼亭宇醉墨題香閒簫
橫玉畫吟趣勝流星聚知幾誦燕臺句零落碧雲空歎
轉眼歲華如許　凝佇望涓涓一水夢到隔花窻戶十
年舊事儘消得庾郎愁賦燕樓鶴表半飄零算惟有盟
鷗堪語慢倚遍河橋一片涼雲吹雨

宴清都 雲川圖

老去閒情懶東風外霏霏花絮零亂輕鷗漲綠啼鴰晴
碧一春過半尋芳已是來遲怕迤邐年華暗換還應恨

白雪歌空秋霜鬢冷難管　凭欄自笑清狂事隨花謝
愁與春緩持盃顧曲登樓賦筆杜郎才減前歡已隔前
溪但耿耿臨高望眼遡輕紅一棹歸時半蟾弄晚

霓裳中序第一

湘屏展翠疊恨入宮溝流怨葉缸冷金花暗結又鴈影
帶霜蛩音淒月珠寛腕雪歎錦箋芳字盈篋人何在玉
簫舊約忍對素娥說　愁絶衣砧幽咽任帳底沉烟漸
滅紅蘭誰採贈別悵洛浦分綃漢臯遺玦舞鸞光半缺

最怕聽離絃乍闋憑欄久一庭香露桂影弄淒蜨

惜餘春慢 避暑和韻

紺玉波寬碧雲亭小冉冉水花香細魚牽翠帶燕掠紅衣雨窻萬荷喧睡臨檻自採瑤房鉛粉沾襟雪絲縈指喜嘶蟬樹遠盟鷗鄉近鏡奩光裏　簾戶悄竹色侵棋槐陰移漏晝永簟花鋪水清眠乍足晚浴初慵瘦約楚裙尺二曲砌虛庭夜深月透龜紗涼生蟬翅看銀潢瀉露金井鴉啼漸起

祝英臺近 攬秀園

倚玲瓏尋窈窕瑶草四時碧小小蓬萊花氣透簾隙幾回翠水荷初蒼崖梅小綺寮掩玉壺春色 柳屏窄芳檻日日東風幾陣吹吟筆曲折花房鶯燕似曾識最憐燈影纔收歌塵初静畫樓外一聲秋笛

又 后溪次韻日㷉堂主人

殢餘酲尋舊雨愁與病相半緑意陰陰絲竹静深院絶憐事逐春移淚隨花落似剪斷蛟房珠串 喜重見為

誰倦酒慵詩簀屏掩雙扇白髪潘郎羞見看花伴可堪

好夢殘時新愁生處烟月冷子規聲斷

徵招 九日有懷 楊守齋

江蘺揺落江楓冷霜空鴈程初到萬景正悲秋奈曲終

人杳登臨嗟老矣問古今清愁多少一夢東園十年心

事恍然驚覺 腸斷紫霞深知音遠寂寂怨琴淒調短

髪已無多怕西風吹帽黃花空自好問誰識對花懐抱

楚山遠九辨難招更晚烟殘照

聲聲慢 柳花

燕泥沾粉魚浪吹香芳堤十里新晴静惹遊絲花邊裊裊扶春多憐漂泊記章臺曾挽青青堪愛處是撲簾嬌嫩隨馬輕盈　長是河橋三月做一番晴雪惱亂詩魂帶雨沾衣羅襟點點離痕休綴潘郎鬢影怕緑窻年少人驚卷春去翦東風千縷碎雲

又 送王聖與次韻

瓊壺敲月白髪簪花十年一夢揚州恨入琵琶小憐重

見灣頭樽前漫題金縷奈芳情已逐東流還送遠甚長安亂葉都是閒愁　次第重陽近也看黄花緑酒只合遲留脆柳無情不堪重繫行舟百年正消幾別對西風休賦登樓怎去得怕淒涼時節團扇悲秋

醉落魄　洪魯仲之江西書以為别

寒侵徑葉鴈風擊碎珊瑚屑硯涼閒試霜晴帖頌菊騷蘭秋事正奇絶　故人又作江西别書樓虚度中秋節碧蘭倚遍誰人說愁是新愁月是舊時月

水龍吟

燕翎誰寄愁箋天涯極望王孫草新烟換柳光風浮蕙
餘寒尚峭倚杖看雲剪燈聽雨幾番詩酒歎長安倦客
江南舊恨飛花亂清明後　堤上斜陽風驟散香綿輕
沾吟袖麴塵雨岸紋波十里暖蒸香透海潤雲深流水
春遠夢魂難勾問鶯邊按譜花前覓句解相思否

又

舞紅輕帶愁飛寶韉暗憶章臺路吟香醉雨吹簫門巷

飄梭院宇立盡殘陽眼迷晴樹夢隨風絮歎江潭冷落依依舊恨人空老柳如許　錦瑟年華暗度賦行雲空題短句晴絲繫燕幺絃彈鳳文君更苦烟水流紅暮雲凝紫是春歸處悵江南望遠蘋花自採寄將愁與

又 白蓮

素鸞飛下青冥舞衣半惹涼雲碎藍田種玉綠房迎曉一奩秋意擎露盤深憶君涼夜暗傾鉛水想鴛鴦正結梨雲好夢西風冷還驚起　應是飛瓊仙會倚涼飆碧

簪斜墜輕妝鬬白明璫照影紅衣羞避霽月三更粉香千點靜聞十里聽湘絃奏徹氷綃偷剪聚相思淚

天香 龍涎香

碧腦浮氷紅薇染露驪宮玉唾誰擣麝月雙心鳳雲百和寶釧珮環爭巧濃熏殘炷疑醉度千花春曉金餅著衣餘潤銀葉透簾微裊　素被瓊篝夜悄酒初醒翠屏深窅一縷舊情空趂斷烟飛繞羅袖餘馨漸少悵東閣淒涼夢難到誰念韓郎清愁漸老

珍珠簾 琉璃簾

寶堦斜轉春宵翳雲屏㪅霞卷東風新霽光照萬星寒曳冷雲垂地暗憶連昌遊冶事照炫轉熒煌珠翠難比是鮫人織就冰綃清淚　猶記夢入瑤臺正玲瓏透月瓊扉十二細縷逗濃香接翠蓬雲氣縞夜梨花生煖白浸瀲灧一池春水乘醉怳歸時人在明河影裏

踈影 梅影

冰條凍葉又横斜照水一花初發素壁秋屏招得芳魂

彷彿玉容明滅踈踈滿地珊瑚冷全誤却撲花幽蝶甚美人忽到窻前鏡裏好春難折　閒想孤山舊事浸清漪倒映千樹殘雪暗裏東風可慣無情攪碎一簾香月輕妝誰寫崔徽面認隱約烟綃重疊記夢回紙帳殘燈瘦倚數枝清絶

玉漏遲　題吳夢窻霜花腴詞集

老來歡意少錦鯨去紫簫聲杳怕展金奩依舊故人懐抱猶想烏絲醉墨驚醉語香紅圍繞閒自笑與君共是

承平年少　雨窻短夢難憑是幾調宮商幾番吟嘯淚眼東風回首四橋烟草載酒倦遊處已換却花間啼烏春恨悄天涯暮雲殘照

南樓令

開了水芙蓉一年秋已空送新愁千里孤鴻揺落江蘺多少恨吟不盡楚雲峰　往事夕陽紅故人江水東翠衾寒幾夜霜濃夢隔屏山飛不去隨夜鵲繞疎桐

西江月

波影暖浮玉甃柳陰深鎖金鋪湘桃花褪燕誰雛又是一番春暮　碧柱情深鳳怨雲屏夢淺鶯呼繡窗人倦冷熏爐簾影搖搖亭午

又 茶蘼閣

花氣半侵雲閣柳陰近隔春城畫欄明月按瑤箏醉倚滿身花影　翠格素虬晴雪錦籠紫鳳香雲東風吹玉滿閒亭二十四簾春靜

鷓鴣天 清明

燕子時時度翠簾柳寒猶未透香綿落花門巷家家雨新火樓臺處處烟　情默默恨懨懨東風吹動畫秋千剩桐開盡聲聲鳥無奈春風祗醉眠

又

相傍清明晴更慳閉門空自惜花殘海棠半坼難禁雨燕子初歸不奈寒　金鴨冷錦鴛閒銀釭空照小屏山翠羅袖薄東風悄獨倚西樓第幾欄

夜行船

寒菊淒風棲小蜨簾櫳靜半規涼月夢不分明恨無憑

據斷腸錦箋盈篋 哀角吹霜寒正怯倚瑤箏暗愁難

說寶獸頻添玉蟲暗剪長記舊家時節

杏花天

瑞雲盤翠侵宫額眉柳嫩不禁愁積返魂誰染東風筆

寫出郢中春色 人去後垂楊自碧歌舞夢欲尋無迹

愁隨兩槳江南北日暮石城風急

又 昭君

漢宮乍出慵梳掠關月冷玉沙飛幕龍香撥指春風弱
一曲哀絃謾託　君恩薄空憐命薄青塚遠幾番花落
丹青自是難描摸不是當時畫錯

又

金池瓊苑曾經醉是多少紅情緑意東風一枕遊仙睡
換却鶯花人世　漸暮色鶗聲四起正愁滿香溝御水
一色柳烟三十里為問春歸那裏

浪淘沙

芳草碧茸茸染恨無窮一春心事雨聲中窄素宮羅寒尚峭閒倚熏籠　猶記粉牆東同醉香叢金鞍何處驟花驄裊裊緑窗殘夢斷紅杏東風

點絳脣　南漪釣隱年存叟

午夢初回卷簾盡放春愁去晝長無侶自對黃鸝語絮影蘋香春在無人處移舟去未成新句一硯梨花雨

謁金門

花不定燕尾剪開紅影幾點落英蜂翅趁日遲簾幕靜

試把翠蛾輕暈愁薄寶臺鸞鏡屈指一春將次盡
歸期猶未穩

又 吳山觀濤

天水碧染就一江秋色鰲戴雪山龍起蟄快風吹海立
數點烟鬟青滴一杼霞綃紅濕白鳥明邊帆影直隔
江聞夜笛

又

芳事晚數點杏鈿香淺惻惻輕寒風剪剪錦屏春夢遠

穉柳拖烟嬌軟花影暗藏深院初試輕衫并畫扇壯
丹紅未展

清平樂

曉鶯嬌咽庭户溶溶月一樹湘桃飛茜雪紅豆相思漸
結 看看芳草平沙遊韉猶未歸家自是蕭郎漂泊錯
教人恨楊花

鳳棲梧 生香亭

竹香花深連別墅曲曲回廊小小閑庭宇忽地香來無

覓處杖藜閑趁遊蜂去　老桂凝秋森玉樹澗底孤芳苒苒吹詩句一掬幽情知幾許鈎簾半畝藤花雨

少年遊 宮詞擬小山

簾銷寶篆捲宮羅蜂蜨撲飛梭一樣春風燕梁鶯戶那處得春多　曉妝日日隨春輦多在壯丹坡花深深處柳陰陰處一片笙歌

甘州 燈夕寄二隱

漸淒淒芳草綠江南輕暉弄春容記舊曾遊處簫聲巷

陌燈影簾櫳月暖烘鑪戲鼓十里步香紅敧枕聽新雨往事朦朧　還是春江夢曉怕等閒愁見鴈影西東喜故人好在水驛寄詩筒數芳程漸催花信送歸帆知第幾番風空吟想梅花千樹人在其中

一萼紅　登蓬萊閣有感

步深幽正雲黃天淡雪意未全休鑑曲寒沙茂林烟草俛仰今古悠悠歲華晚飄零漸遠誰念我同載五湖舟磴古松斜厓陰苔老一片清愁　回首天涯歸夢幾魂

飛西浦淚灑東州故國山川故園心眼還似王粲登樓最負他秦鬟妝鏡好江山何事此時遊為嗅狂吟老監共賦銷憂

詞綜卷二十

欽定四庫全書

詞綜卷二十一

翰林院檢討朱彝尊編

宋詞七十首

王沂孫三十一首　張炎三十九首

王沂孫

字聖與號碧山又號中仙會稽人有碧山樂府二卷一名花外集

天香　龍涎香

孤嶠蟠烟層濤蜕月驪宫夜採鉛水訊遠槎風夢深薇

露化作斷魂心字紅甆候火還乍識冰環玉指一縷縈

簾翠影依稀海天雲氣 幾回殢嬌半醉翦春燈夜寒

花碎更好故溪飛雪小窻深閉荀令如今頓老總忘却

樽前舊風味謾惜餘熏空篝素被

南浦 春水

柳下碧粼粼認麴塵乍生色嫩如染清溜滿銀塘東風

細參差縠紋初遍別君南浦翠眉曾照波痕淺再來漲

緑迷舊處添却殘紅幾片 蒲萄過雨新痕正拍拍輕

鷗翩翩小燕簾影蘸樓陰芳流去應有淚珠千點滄浪一舸斷魂重唱蘋花怨采香幽徑鴛鴦睡誰道湔裙人遠

又前題

柳外碧連天漾翠紋漸平低蘸雲影應是雪初消巴山路蛾眉乍窺清鏡綠痕無際幾番飄蕩江南恨弄波素韈知甚處空把落紅流盡　何時橘里蓴鄉泛一舸翩然東風歸興孤夢遶滄浪蘋花漠漠雨昏烟暝連筒接

縷故溪深掩柴門靜只愁雙燕銜春去拂破藍光千頃

花犯 苔梅

古嬋娟蒼鬟素靨盈盈瞰流水斷魂十里歎紺縷飄零難繫離思故山歲晚誰堪寄琅玕聊自倚謾記我緑蓑衝雪孤舟寒浪裏 三花兩蘂破濛茸依依似有恨明珠輕委雲臥穩藍衣正護春顦顇羅浮夢半蟾挂曉幺鳳冷山中人乍起又喚取玉奴歸去餘香空翠被

露華 碧桃

紺葩乍坼笑爛漫嬌紅不是春色換了素妝重把青螺輕拂舊歌共渡烟江却占玉奴標格風霜峭瑶臺種時付與仙骨　閒門晝掩淒惻似淡月梨花重化青䰟尚帶唾痕香凝怎忍攀摘嫩緑漸暖溪陰簌簌粉雲飛出芳艷冷劉郎未應認得

無悶　雪意

陰積龍荒寒度鴈門西北高樓獨倚悵短景無多亂山如此欲喚飛瓊起舞怕攪碎紛紛銀河水凍雲一片藏

花護玉未教輕墜　清致悄無似有照水南枝已攪春意誤幾度憑欄莫愁凝睇應是梨花夢好未肯放東風來人世待翠管吹破蒼茫看取玉壺天地

眉嫵新月

漸新痕懸柳澹彩穿花依約破初暝便有團圓意深深拜相逢誰在香逕畫眉未隱料素娥猶帶離恨最堪愛一曲銀鉤小寶簾挂秋冷　千古盈虧休問歎謾磨玉斧難補金鏡太液池猶在淒涼處何人重賦清景故山

夜永試待他窺户端正看雲外山河還老桂花舊影

水龍吟 牡丹

曉寒慵揭珠簾牡丹院落花開未玉闌干畔柳絲一把和風半倚國色微酣天香乍染扶春不起自真妃舞罷謫仙賦後繁華夢如流水　池館家家芳事記當時買栽無地爭如一朶幽人獨對水邊竹際把酒花前剩攜醉了醒來還醉怕洛中春色匆匆又入杜鵑聲裏

又 海棠

世間無此儔停玉環未破東風睡將開半斂似紅還白
餘花怎比偏占年華禁烟纔過夾衣初試歎黃州一夢
燕宮絶筆無人解看花意 猶記花陰同醉小闌干月
高人起千枝媚色一庭芳景清寒似水銀燭延嬌緑房
留艷夜深花底怕明朝小雨濛濛便化作燕支淚

又 落葉

曉霜初著青林望中故國凄涼早蕭蕭漸積紛紛猶墜
門荒逕悄渭水風生洞庭波起幾番秋杪想重崖半没

千峰盡出山中路無人到　前度題紅杳杳遡宮溝暗流空遶啼螿未歇飛鴻欲過此時懷抱亂影翻窻碎聲敲砌愁人多少望吾廬甚處只應今夜滿庭誰掃

綺羅香

屋角疎星庭陰暗水猶記藏鴉新樹試折梨花行入小欄深處聽粉片簌簌飄堦有人在夜窻無語料如今門掩孤燈畫屏塵滿斷腸句　佳期渾似流水還見梧桐幾葉輕敲朱戶一片秋聲應做兩邊愁緒江路遠歸鴈

無憑寫繡箋倩誰將去謾無聊猶掩芳樽醉聽深夜雨

齊天樂 螢

碧痕初化池塘草熒熒野光相趁扇薄星流盤明露滴零落秋原飛燐練裳暗近記穿柳生涼度荷分暝誤我殘編翠囊空歎夢無凖　樓陰時過數點倚欄人未睡曾賦幽恨漢苑飄苔秦陵墜葉千古淒涼不盡何人為省但隔水餘輝傍林殘影已覺蕭疎更堪秋夜永

又 蟬

綠槐千樹西窻悄厭厭晝眠驚睡飲露身輕吟風翅薄
半翦冰箋誰寄淒涼倦耳謾重拂琴絲怕尋冠珥短夢
深宮向人猶自訴憔悴　殘紅妝盡過雨晩來頻斷續
都是秋意病葉難留纖柯易老空憶斜陽身世窻明月
碎甚已絶餘音尚遺枯蜕鬢影參差斷魂清鏡裏

又　前題

一襟餘恨宫魂斷年年翠陰庭樹乍咽涼柯還移暗葉
重把離愁深訴西窻過雨怪瑶珮流空玉箏調柱鏡暗

妝殘爲誰嬌鬢尚如許　銅仙鉛淚似洗歎移盤去遠
難貯零露病翼驚秋枯形閱世消得斜陽幾度餘音更
苦甚獨抱清商頓成淒楚謾想薰風柳絲千萬縷

又　贈秋崖道人西歸

冷烟殘水山陰道家家擁門黃葉故里魚肥初寒鴈落
孤艇將歸時節江南恨切問還與何人共歌新闋換盡
秋芳想渠西子更愁絕　當時無限舊事歎繁華似夢
如今休說短褐臨流幽懷倚石山色重逢都別江雲凍

結算只有梅花尚堪攀折寄取相思一枝和夜雪

三姝媚 次周公謹故京送别韻

蘭釭花半綻正西窻凄凄斷螢新鴈别久逢稀謾相看華髮共成銷黯總是飄零更休賦梨花秋苑何況如今離思難禁俊才都減　今夜山高江淺又月落帆空酒醒人遠彩袖烏絲解愁人惟有斷歌幽婉一信東風再約看紅腮青眼只恐扁舟西去蘋花弄晚

又 櫻桃

紅櫻懸翠葆漸金鈴枝深瑤堦花少萬顆燕支贈舊情争奈弄珠人老扇底清歌還記得樊姬嬌小幾度相思紅豆都銷碧絲空裊　芳意荼蘼開早正夜色瑛盤素蟾低照蔫筍同時歎故園春事已無多了貯滿筠籠偏暗觸天涯懷抱謾想青衣初見花隂夢好

慶清朝　榴花

玉局歌殘金陵句絶年年負却薰風西鄰窈窕獨憐入户飛紅前度緑隂載酒枝頭色比似裙同何須擬蠟珠

作蔕湘彩成叢　誰在舊家殿閣自太真仙去掃地春空朱旛護取如今應誤花工顛倒絳英滿逕想無車馬到山中西風後尚餘數點還勝春濃

高陽臺

淺萼梅酸新溝水綠初晴節序暄妍獨立雕欄誰憐枉度華年朝朝準擬清明近料燕翎須寄銀箋又爭知一字相思不到吟邊　雙蛾不拂青鸞冷任花陰寂寂掩戶閒眠屢卜佳期無憑却恨金錢何人寄與天涯信趣

東風急整歸鞭縱飄零滿院楊花猶是春前

又 西麓陳君衡遠遊未還周公謹有懷人之賦倚其歌而和之

駝褐輕裝狨韉小隊氷河夜渡流澌朔雪平沙飛花亂拂蛾眉琵琶已是淒涼調更賦情不比當時想如今人在龍庭初勸金巵 一枝芳信應難寄向山邊水際獨抱相思江鴈孤回天涯人自歸遲歸來依舊秦淮碧問此愁還有誰知對東風空似垂楊零亂千絲

又

殘雪庭陰輕寒簾影霏霏玉管春葭小帖金泥不知春是誰家相思一夜窻前夢奈個人水隔天遮但淒然滿樹幽香滿地橫斜　江南自是離愁苦況游驄古道歸鴈平沙怎得銀箋殷勤與說年華如今處處生芳草縱凭高不見天涯更消他幾度東風幾度飛花

掃花游 秋聲

商飈乍發漸淅淅初聞蕭蕭還住頓驚倦旅背青燈弔影起吟愁賦斷續無憑試立荒庭聽取在何許但落葉

滿堦惟有高樹　迢遞歸夢阻正老耳難禁病懷淒楚故山院宇想邊鴻孤唳砌蛩私語數點相和更著芭蕉細雨避無處這閒愁夜深尤苦

又　綠陰

小庭蔭碧遇驟雨疎風剩紅如掃翠交徑小門攀條弄蘂有誰重到謾說青青比似花時更好怎知道一别漢南遺恨多少　清晝人悄悄任密護簾寒暗迷窻曉舊盟誤了又新枝嫩子總隨春老漸隔相思極目長亭路杳攬

懷抱聽蒙茸數聲啼鳥

又

捲簾翠濕過幾陣殘寒幾番風雨問春佳否但匆匆暗裏換將花去亂碧迷人總是江南舊樹謾凝竚念昔日采香人更何許　芳徑攜酒處又蔭得青青嫩苔無數故林晚步想參差漸滿野塘山路倦枕閒牀正好微曛院宇送淒楚怕涼聲又催秋暮

又

滿庭嫩碧漸密葉迷窻亂枝交路斷紅悽處但匆匆換得翠痕無數暗影沉沉靜鎖清和院宇試凝佇怕一點舊香猶在幽樹　濃陰知幾許且拂簟清眠引節閒步杜郎老去算尋芳較晚倦懷難賦縱勝花時到了愁風怨雨短亭暮謾青青怎遮春去

瑣窻寒

趁酒梨花催詩柳絮一窻春怨疎疎過雨洗盡滿堦芳片數東風二十四番幾番誤了西園宴認小簾朱戶不

如飛去舊巢雙燕　曾見雙蛾滚自别後多應黛痕不展撲蝢花陰怕看題詩團扇試憑他流水寄情遡紅不到春更遠但無聊病酒厭厭夜月荼蘼院

又春寒

料峭東風廉纖細雨落梅飛盡單衣惻惻再整金猊香燼誤千紅試妝較遲故園不似清明近但滿庭柳色柔絲羞舞淡黄猶凝　芳景還重省向薄晚窺簾嫩陰欺枕桐花漸老已做一番風信又看看緑遍西湖早催塞

北歸鴈影等歸時為帶春歸併帶江南恨

應天長

踈簾蜨粉幽徑燕泥花間小雨初足又是禁城寒食輕舟泛晴淥尋芳地來去熟尚彷彿大堤南北望楊柳一片陰陰摇曳新緑　重訪艷歌人聽取春聲猶是杜郎曲蕩漾去年春色深深杏花屋東風曾共宿記小刻近窻新竹舊游遠沉醉歸來滿院銀燭

摸魚兒

洗芳林夜來風雨匆匆還送春去方纔送得春歸了那又送君南浦君聽取怕此際春歸也過吳中路君行到處便快折河邊千條翠柳為我繫春住　春還住休索吟春伴侶殘花今已塵土姑蘇臺下烟波遠西子近來何許能喚否又只恐殘春到了無憑據煩君妙語更為我且將春連花帶柳寫入翠箋句

聲聲謾

啼蛩門静落葉堦深秋聲又入吾廬一枕新涼西窻晚

雨踈踈舊香舊色換却但滿川殘柳荒蒲茂陵遠任歲華冉冉老盡相如　昨夜西風初起想蓴邊呼櫂橘後思書短景淒然殘歌空扣銅壺當時送行共約鴈歸時人賦歸歟鴈歸也問人歸鴈也無

望梅

畫欄人寂喜輕盈照水犯寒先坼裊數枝雲縷鮫綃露淺淺塗黄漢宮嬌額剪玉裁氷已占斷江南春色恨風前素艷雪裏暗香偶成拋擲　如今眼穿故國待拈花

弄蘂時話思憶想隴頭依約飄零甚千里芳心杳無消息粉却珠愁又只恐吹殘羌笛正斜飛半窻曉月夢回隴驛

張炎字叔夏循王後寓居臨安自號樂笑翁有玉田詞三卷鄭思肖為之序仇仁近云叔夏詞意度起玄律呂協洽當與白石老仙相皷吹

南浦春水

波暖綠粼粼燕飛來好是蘇堤纔曉魚没浪痕圓流紅去翻嗁東風難掃荒橋斷浦柳陰撑出扁舟小回首池

塘青欲遍絶似夢中芳草　和雲流出空山甚年年淨洗花片不了新緑乍生時孤村路猶憶那回曾到餘情渺渺茂林觴詠如今悄前度劉郎歸去後溪上碧桃多少

水龍吟　白蓮

仙人掌上芙蓉涓涓獨滴金盤露輕妝照水纖裳玉立飄飄似舞幾度消凝滿湖烟月一汀鷗鷺記小舟夜悄波明香遠渾不見花開處　應是浣紗人妒褪紅衣被誰

輕誤閒情雅澹冶姿清潤憑嬌待語隔浦相逢偶然傾

蓋似傳心素怕湘皐珮解綠雲十里卷西風去

解連環 孤鴈

楚江空晚悵離羣萬里怳然驚散自顧影欲下寒塘正

沙淨草枯水平天遠寫不成書只寄得相思一點歎因

循誤了殘氊擁雪故人心眼　誰憐旅愁荏苒謾長門

夜悄錦箏彈怨想伴侶猶宿蘆花也曾念春前去程應

轉暮雨相呼怕驀地玉關重見未羞他雙燕歸來畫簾

半捲

探春 雪霽

銀浦流雲綠房迎曉一抹牆腰月淡暖玉生香懸氷解凍碎滴瑶階如霰纔放些晴意早瘦了梅花一半也知不作花香東風何事吹散 摇落似成秋苑甚釀得春來怕教春見野渡舟迴前村門掩應是不勝清怨次第尋芳去灞橋外蕙香波暖猶聽簷聲看燈人在深院

又 歲晚吴中作

列屋烘爐深門響竹催殘客裏時序投老情懷薄游滋味消得幾回凄楚聽鴈聽風雨更聽過數聲柔櫓暗將一點歸心試託鄉書分付　試問西樓在否休忘了盈盈端正窺戶簾卸蟾氷柳縈蛾雪次第滿城簫鼓閒見誰家月渾不記舊游何處伴我微吟恰有梅花一樹

高陽臺 西湖春感

接葉巢鶯平波卷絮斷橋斜日歸船能幾番游看花又是明年東風且伴薔薇住到薔薇春已堪憐更凄然萬

綠西泠一抹荒烟　當年燕子知何處但苔深韋曲草暗斜川見說新愁如今也到鷗邊無心再續笙歌夢掩重門淺醉閒眠莫開簾怕見飛花怕聽啼鵑

掃花遊　春飲殊鄉醉餘偶賦

嫩寒禁暖正草色侵衣野光如洗去城數里遶長堤是柳釣船初艤小立斜陽試數花風第幾問春意待留取斷紅心事難寄　芳信成撚指甚遠客他鄉老懷如此醉餘夢裏尚分明認得舊時羅綺可惜空簾誤却歸來

燕子勝遊地想依然斷橋流水

又 高疏寮東野園

烟霞萬壑記曲徑尋幽霽痕初曉緑窻窈窕看隨花甃石就泉通沼幾日不來一片蒼雲未掃自長嘯悵喬木荒涼都是殘照 碧天秋浩渺聽虛籟泠泠飛下孤峭山空翠老步仙風怕有采芝人到野色閒門芳草不除更好境竟深悄比斜川又清多少

渡江雲 久客山陰王菊存問予近作書以寄之

山空天入海倚樓望極風急暮潮初一簾鳩外雨幾處
閒田隔水動犂鉏新烟禁柳想如今綠到西湖猶記得
當年深隱門掩兩三株　愁余荒洲古溆斷梗疎萍更
漂流何處空自覺圍羞帶減影怯燈孤長疑即見桃花
面甚近來翻致無書書縱杳如何夢也都無

又　次趙元甫韻

錦香繚繞地深燈挂壁簾影浪花斜灑船歸去後轉首
河橋那處認紋紗重盟鏡約還記得前度秦嘉惟只有

葉題堪寄流不到天涯　驚嗟十年心事幾曲闌干想蕭娘聲價閒過了黃昏時候踈柳啼鴉浦潮夜湧平沙淨問斷鴻知落誰家書又遠空江片月蘆花

綺羅香　紅葉

萬里飛霜千山落木寒豔不招春妒楓冷吳江獨容又吟愁句正船艤流水孤村似花繞斜陽芳樹甚荒溝一片淒涼載情不去載愁去　長安誰問倦旅羞見衰顏借酒飄零如許謾倚新妝不入落陽花譜為回風起舞

樽前盡化作斷霞千縷記陰陰綠遍江南夜窻聽暗雨

清平樂

候蛩淒斷人語西風岸月落沙平江似練望盡蘆花無鴈　暗教愁損蘭成可憐夜夜關情只有一枝梧葉不知多少秋聲

疎影　梅影

黄昏片月似滿地碎陰還更清絶枝北枝南疑有疑無幾度背燈難折依稀倩女離魂處緩步出前村時節看

夜深竹外橫斜應妒過雲明滅　窺鏡蛾眉淡掃為容
不在貌獨抱孤潔莫是花光描取春痕不怕麗譙吹徹
還驚海上燃犀去照水底珊瑚疑活做弄得酒醒天寒
空對一庭香雪

邁陂塘

愛吾廬傍湖千頃蒼茫一片清潤晴嵐暖翠融融處花
影倒窺天鏡沙浦迥看野水涵波隔柳橫孤艇眠鷗未
醒甚占得蓴鄉都無人見斜照起春暝　休重省莫問

山中秦晉桃源今度難認林間却是長生路一笑元非捷徑深更靜待散髮吹簫鶴背天風冷憑高露飲正碧落塵空光摇半壁月在萬松頂

甘州　餞沈秋江

記玉關踏雪事清遊寒氣敝貂裘傍枯林古道長河飲馬此意悠悠短夢依然江表老淚灑西州一字無題處落葉都愁　載取白雲歸去問誰留楚珮弄影中洲折蘆花贈遠零落一身秋向尋常野橋流水待招來不是

舊沙鷗空懷感有斜陽處最怕登樓

月下笛 甬東積翠山舍

萬里孤雲清遊漸遠故人何處寒窗裏曾記經行舊時路連昌約略無多柳第一是難聽夜雨謾驚回悽悄相看燭影擁衾誰語　張緒歸何暮伴冷落依依短橋鷗鷺天涯倦旅此時心事良苦只愁重灑西州淚問杜曲人家在否恐翠袖正天寒猶倚梅花那樹

臺城路 送周方由之吳

朗吟未了西湖酒驚心又歌南浦折柳官橋呼船野渡還聽垂虹風雨漂流最苦況如此江山恁時情緒怕有鴟夷笑人何事載詩去　荒臺祇今在否再休登望遠都是愁處暗草埋沙明波洗月誰念天涯羈旅何陰未暑快料理歸程再盟鷗鷺只有空山近來無杜宇

又寄太白山人陳又新

薛濤箋上相思字重開又還重摺太白秋聲東瀛柳色一縷輕痕輕拆虛沙動月歎千里悲歌唾壺敲缺記得

巴山此時懷抱那時說　寒香深處話别病來渾瘦損
懶賦清切笑裏移春吟邊慨古多少英游消歇迴潮似
咽送一點愁心故人天末江影沉沉夜涼鷗夢濶

又　杭友抵越適鑑曲漁舍會飲

春雲不暖垂楊柳吹却絮雲多少燕子人家夕陽巷陌
行入野畦深窈籌花鬬草記小艇尋芳斷橋初曉那日
心情幾人同向近來老　消憂何處最好夜遊頻秉燭
猶是遲了南浦歌闌東林社冷贏得如今懷抱吟悰暗

惱待醉也慵聽勸歸啼鳥怕攪離愁亂紅休去掃

又 庚辰會江蘭坡於薊北恍然如夢回憶舊遊已十八年矣

十年舊事翻疑夢重逢可憐俱老水國春空山城歲晚無語相看一笑荷衣換了任京洛塵沙冷凝風帽見說吟情近來不到謝池草　歡遊曾步翠窈亂紅迷紫曲芳意今少舞扇招香歌橈喚玉猶憶錢塘蘇小無端暗惱又幾度流連燕昏鶯曉回首妝樓甚時重去好

又 為湖天賦

扁舟忽過蘆花浦閒情便隨鷗去水國吹簫虹橋問月
西子如今何許危欄慢拊正獨立蒼茫半空飛露到影
虛明洞庭波映廣寒府 魚龍吹浪自舞湫然凌萬頃
如聽風雨夜氣浮山晴暉蕩目無尋秋處騖鳧自語尚
記得當時散人來否勝景平分此心遊太古

真珠簾 近雅軒即事

雲深別有深庭宇小簾櫳占取芳菲多處花暗曲房春
潤幾番酥雨見說蘇堤晴未隱便好趁踏青人去休去

且料理琴書夷猶今古　誰見靜裏閒心縱荷衣未葺雪巢堪賦醒醉一乾坤任此情如許茂樹石牀同坐久又却被清風留住欲住奈簾影妝樓剪燈人語

三姝媚　送舒亦山

蒼潭枯海樹正雪竇高寒水聲東去古意蕭閒問結廬人遠白雲誰侶賀監猶存還散跡千岩風露抱瑟空游都是淒涼此愁誰語　莫趁江湖鷗鷺怕太乙爐烟暗銷鉛虎投老心情判歸來何事共成羈旅布襪青鞋休

悮入桃源深處待得重逢却說巴山夜雨

憶舊遊 新朋故侶醉酒遲留吳山縱横渺渺兮予懷也

記開簾送酒隔水懸燈款語梅邊未了清游興又飄然獨去何處山川淡風晴收榆筴吹下沈郎錢歎客裏光陰消磨艷冶都在尊前　留連佳人處是鑑曲窺鶯蘭沼圍泉醉拂珊瑚樹寫百年幽恨分付吟箋故舊幾回飛夢江雨夜涼船縱忘却歸期千山未必無杜鵑

探芳信 次周草窻韻

坐清晝正治思縈花餘酲倦酒甚採芳人老芳心尚如舊消魂忍説銅駝事不是因春瘦向西園竹掃頽垣蔓羅荒甃　風雨夜來驟歎歌冷鶯簾恨凝蛾岫愁到今年都是去年否賦情懶聽山陽笛目極空搔首我何堪老却江潭漢柳

梅子黄時雨 病中懷歸

流水孤村愛塵事頓消來訪深隱向醉裏誰扶滿身花影鷗鷺相看如 一作鷩相比 瘦近來不是傷春病嗟流景竹

外野橋猶繫烟艇　誰引斜川歸興便啼鷗縱少無奈
時聽待棹擊空明魚波千頃彈斷琵琶留不住最愁人
是黃昏近江風緊一行柳絲吹暝

瑣窗寒

亂雨敲春深烟帶晚水窗慵凭空簾謾卷數日更無花
影怕依然舊時歸燕定知未識江南冷最憐他樹底蔫
紅不語背人吹盡　清潤通幽徑謾移燈剪韭試温香
鼎分吟醉裏過了幾番風信想竹間高閣半開小車未

來猶自等傍新晴隔柳呼船待教潮信穩

又　王碧山又號中仙越人也其詩清峭其詞閒雅有姜白石意趣今絶響矣余悼之

斷碧分山空簾剩月故人天外香留酒滯蝴蝶一生花裏想如今愁魂正遠夜臺夢語秋聲碎自中仙去後詞箋賦筆便無清致　都是淒涼意悵玉笥埋雲錦衣歸去形容憔悴料應也孤吟山鬼那知人是彈折素琴黃金鑄出相思淚但柳枝門掩清陰候蛩愁暗葦

法曲獻仙音　聽琵琶有懷昔游

雲隱山暉樹分溪影未放妝臺簾卷籌密籠香鏡圓窺粉花深自然寒淺正人在銀屏底琵琶半遮面 語聲軟且休彈玉關愁怨怕喚起西湖那時春感楊柳古灣頭記小憐隔水曾見聽到無聲謾贏得情緒難剪把一襟心事散入落梅千點

西河 史元叟依綠莊賞荷

花最盛西湖曾泛烟艇鬧紅深處小秦箏斷橋夜飲鴛鴦水宿不知寒如今翻被鷺醒 那時事都倦省闌干

來此間凭是誰分得半機雲恍疑晝錦想當年飛燕皺裙時舞盤微墜珠粉　軟波不剪素練静碧盈盈移下秋影醉裏玉書難認且脫巾露髮飄然乘興一葉浮香天風冷

長亭怨　辛卯歲會蓟泉於蓟北踰八年會于甬東未幾别去將復之北作此以餞

記横遂玉闗高處萬疊沙寒雪深無路傲却貂裘遠遊歸後共誰語故人何許渾忘了江南舊雨不擬重逢應笑我飄零如羽　同去釣珊瑚海樹底事便成行旅烟

迷斷浦更幾點戀人飛絮如今又京國尋春定應被薇花留住且莫把孤愁說與當時歌舞

又 有懷故居

望花外小橋流水門巷愔愔玉簫聲絶鶴去臺空珮環何處弄明月十年前事愁千折心情頓別露粉風香誰為主都成消歇　凄咽曉窻分袂處同把帶鴛親結江空歲晚便忘了尊前曾說恨西風不庇寒蟬便掃盡一林殘葉謝楊柳多情還有緑陰時節

西子妝 吳夢窻自製此曲余喜其聲調嫻雅久欲效而未能甲午春寓羅江陳文卿間行江上景況離離因填此詞惜舊譜零落不能倚聲歌也

白浪搖天清陰漲地一片野情幽意楊花點點是春心替風前萬花吹淚遙岑寸碧有誰看朝來清氣自沉吟甚流光輕把繁華如此 斜陽外隱約孤村隔塢閒門閑漁舟何似莫歸來想桃源路通人世危欄靜倚千年事都消一醉謾依依愁落鵑聲萬里

風入松

小窻晴緑占閒波畫影舞飛梭惜春猶問花多少柳陰中春已無多乍試泥金巧扇初裁水碧輕羅　園林未肯愛清和人醉牡丹坡笑歌且醉平生事問東風畢竟如何燕子尋常巷陌酒邊莫唱西河

瑤臺聚八仙

秋月娟娟人正遠魚鴈待拂吟牋也知遊事多在第二橋邊花底鴛鴦深處睡柳陰淡隔裏湖船路綿綿夢吹舊曲如此山川　平生幾兩謝屐便放歌自得直上風

烟峭壁誰家長嘯竟落松前十年孤劔萬里又何似畦

分抱甕泉中山酒且醉飡石髓白眼青天

南樓令

風雨客殊鄉梧桐傍小窻甚秋聲今夜偏長暗憶舊時

歌舞地誰得似牧之狂　茉莉擁釵梁窩雲一枕香醉

瞢騰多少思量明月半牀人睡覺聽說道夜深涼

南歌子

葉密春聲聚花多瘦影重只留一路過東風園得生香

不斷錦薰籠　月地連金屋雲樓瞰翠蓬惺忪語笑隔簾櫳知是誰調鸚鵡柳陰中

浪淘沙

香霧濕雲鬟蕊珮珊珊酒醒微步晚波寒金鼎尚存丹已化雪冷虛壇　遊冶未知還鶴怨空山瀟湘無夢繞叢蘭碧海茫茫歸不去却在人間

詞綜卷二十一

總校官舉人臣章維桓
校對官編修臣吳錫麒
謄録監生臣廖光陽